鹿鼎記

前頁圖／
楊柳青年畫「金玉滿堂」（部分）──
繪製於康熙年間。
楊柳青是清代繪製年畫的中心，
在河北省運河之旁，
與揚州交通極便，
韋小寶可能見過這幅年畫。
韋春芳在麗春院大紅之時，
與圖中少婦或相彷彿，
而赤身露體、雙手索物之小兒，
亦依稀如韋公當年。

本頁圖／
清乾清宮。

上圖／
乾清宮正殿「正大光明」匾額──
係順治所書，康熙臨摹而製匾。

下圖／
順治時銅錢──
背面滿文為「寶源」二字，
韋小寶小時用過。

3

乾清宮大殿內景。

太和殿皇帝寶座。

御製文第三集卷二十七

雜著

古文評論

國語

穆王將征犬戎

布令修德不勤兵於遠自是先王撫馭荒

皇帝

勅諭中官之設難自古不廢然任使失宜
遂貽禍亂近如明朝王振汪直曹吉祥劉
瑾魏忠賢等專權干預朝政開廠緝
事枉殺無辜出鎮典兵流毒甚至謀為
不軌陷害忠良煽引黨類搆功頌德以
致國事日非覆敗相尋足為鑒戒朕今
定內官衙門及員數職掌法制甚明以後
但有犯法干政竊權納賄囑託內外衙門
交結滿漢官員越分擅奏外事上言官吏
行凌虐處死定不姑貸特立鐵

守

順治十二年六月二十八日

右圖／
順治敕諭鐵牌，
嚴禁太監干政。

左圖／
康熙御製文集之一頁。

清帝調動御林軍合符——

滿清皇帝調動驍騎營、前鋒護軍營等親兵，均有黃金合符，統兵都統接到合符後，和先頒者相合無訛，方奉旨辦事，以防有人假傳聖旨。

乾清宮中御用

乾清宮中的佛像掛氈。皇太后慈寧宮寢殿中的掛氈當相彷彿。

清朝武官所賜穿的黃馬褂──圖為英人戈登。韋小寶所穿者形狀相同，惟尺碼較小耳。

清朝皇帝出巡時的
隨從及御前侍衛。

清朝皇帝出巡時
隨從及御前侍衛
備用的馬匹。

滿清八旗防衛京畿圖──原圖存軍機處，圖中「廂黃旗、廂白旗」等字，「廂」為「鑲」字之簡寫。八旗兵拱衛禁城，四郊並分布營房及伏兵。

清軍武將上陣衝擊圖。

清軍武將校射圖。

康熙時瓷器，
五彩鏤空夔紋薰香爐。

清大喇嘛的穿珠帽。

少林寺僧人練拳圖。

少林寺僧人練兵刃圖。
兩圖繪於清康熙、雍正年間，
現藏巴黎法國遠東學會。

佛教法器：右為鍍金降魔杵，左為鐵降魔杵。

佛教法器：右為金剛杵，左為髑髏金降魔杵。

董小宛像——
禹之鼎繪。
清代民間傳說，
順治所寵愛之董鄂妃即董小宛，
係奪之於冒辟疆。
後世史家考證，
認為此傳說不確。

順治帝繪「墨菊圖」。

順治墨筆鍾馗──畫上題有「御筆」、「賜戶部尚書戴明說」字樣。戴明說於順治十二年二月至十三年四月任戶部尚書，此圖當繪於該時。

鹿鼎記

(二)

金庸

《鹿鼎記》目錄

韋小寶拿近燭台照去，見這女子半爿臉染滿了鮮血，約莫十六七歲年紀，眉清目秀，容貌甚美，忍不住讚道：

「原來臭小娘是個小美人兒。」小郡主道：「你別罵我師姊。」

第十一回

春辭小院離離影　夜受輕衫漠漠香

小郡主格的一笑，掀被下床，笑道：「我穴道早解開了，等了你好久，你怎麼這時候才回來？」韋小寶奇道：「誰給你解開穴道的？」小郡主道：「給點了穴道，過得六七個時辰，不用解也自然通了。我扶你上床，我可得走了。」

韋小寶大急，叫道：「不行，不行！你臉上傷痕沒好。須得再給你搽藥，才好得全。」小郡主嘻嘻一笑，說道：「你這人真壞，說話老騙人。你幾時在我臉上刻花了？害得我就心了半天。」韋小寶問道：「你怎麼知道？」小郡主道：「我早下床來照過鏡子，臉上甚麼也沒有。」

韋小寶見她臉上光潔白膩，塗著的豆泥、蓮蓉等物早洗了個乾淨，好生後悔：「我這麼莽撞，也沒先瞧她臉，倘若見到她洗過了臉，說甚麼也不會著了她道兒。」說道：「你搽了我的靈丹妙藥，自然好了。否則我為甚麼巴巴的又去給你買珍珠？我走遍了北京城的珠寶店，才給你買到這兩串好珍珠。我還買了一對挺好看的玩意兒給你。」

小郡主忙問：「是甚麼玩意兒？」韋小寶道：「你解開我穴道，我就拿給你。」小郡主道：「好！」正要伸手去給他解開穴道，忽見他眼珠轉個不停，心念一動，笑道：「險些兒又上了你的當。解開你穴道，你又不許我走啦。」韋小寶忙道：「不會的，不會的。大丈夫一言既出，那個馬難追。」小郡主道：「馴馬難追！甚麼叫那個馬難追？」韋小寶道：「那個馬比馴馬跑得還要快，那個馬都追不上，馴馬自然更加追不上了。」小郡主不知「那個馬」是甚麼馬，將信將疑，道：「那個馬難追，倒第一次聽見。」小郡

韋小寶道：「那你就學了這個乖。這玩意兒有趣得緊呢，一隻公的，一隻母的。」小郡

主問道：「是小白兔嗎？」韋小寶搖頭道：「不是，比小白兔可好玩十倍。」小郡主道：「是金魚嗎？」韋小寶大搖其頭，道：「金魚有甚麼好玩？這比金魚要好玩一百倍。」小郡主又猜了幾樣玩物，都沒猜中，道：「快拿出來！到底是甚麼東西？」

韋小寶要誘她解開穴道，說道：「你一解開我穴道，我立刻便拿給你看。」小郡主搖頭道：「不行，我即刻得走，哥哥不見了我，一定心焦得很呢。」韋小寶道：「你穴道早解開了，爲甚麼不走，卻要等我回來？」小郡主道：「你好心給我買珍珠，我總得謝謝你，向你告別一聲。不聲不響的走了，不是太對不起人嗎？」

韋小寶肚裏暗笑：「原來這小娘是個小傻瓜，沐王府的人木頭木腦，果然沒姓錯了。」說道：「是啊，我就心你一個人在這裏害怕，在街上拚命的跑，只想早些買了珍珠，可是一家一家珠寶店瞧過去，就是沒合意的，心中一急，連摔了幾個觔斗。」小郡主輕呼一聲：「啊喲！可摔痛了沒有？」韋小寶愁眉苦臉的道：「這一摔下去，剛好胸口撞在一塊大石頭上，痛得我死去活來。」小郡主道：「現下好些沒有？」韋小寶哼哼唧唧的道：「這一撞傷勢不輕，越來越痛了。你……你……你點了我穴道，不肯解開，我這……這……這一口氣，提……提……不上來……我……我……」越說聲音越低，突然雙眼上翻，眼中露出來的全是眼白，果然沒了氣，大吃一驚，「啊」的一聲，全身發抖，顫聲問道：「你怎麼會死了？」韋小寶斷斷續續的道：「你……點錯……點錯了我的穴道……點了我……我的……死……死穴……」小郡主急道：「不會的，不會的。師父教的點穴

法子，決不會錯。我明明點了你的『靈墟』與『步廊』兩穴，還有『天池穴』。」

韋小寶道：「你……你慌慌張張的，點……點錯了，啊喲，我全身氣血翻湧，經脈倒轉，天下大亂，走……走火……入……」小郡主道：「是走火入魔罷？」韋小寶道：「正是，走火入魔。啊喲，你怎麼這樣胡塗？點穴功夫沒練得到家，就在我身上亂七八糟的瞎點？你點的不是甚麼『天池』，甚麼『步廊』，都點了死穴，死得十拿九穩的死穴！」他不懂穴道名稱，否則早就舉了幾個死穴出來。

小郡主年紀幼小，功夫自然沒練得到家。點穴功夫原本艱難繁複，人身大穴數百，諸穴相去常只數分，慌忙之中點錯了也屬尋常。但她曾得明師指點，這三下認穴極準，勁力雖不足，穴位卻絲毫無錯，可是新學乍用，究竟沒多大自信，韋小寶又愁眉苦臉，裝得極像，她以為真的點錯了死穴，急道：「莫非……莫非我點了你的『膻中穴』麼？」

韋小寶道：「正是，正是『膻中穴』。你也不用難過，你……你……不是故意的，我死之後，決不怪你。閻……閻羅王問起，我決不說是你點死我的……我說我自己不小心，手指頭在自己身上一點，就點死了。」

小郡主聽他答允在閻羅王面前為自己隱瞞，又感激，又過意不去，忙道：「快……快把穴道解了再說，或許還有救。」忙伸手在他胸口、腋下推拿。她點穴的勁力不強，只推拿得幾下，韋小寶已能行動。他呻吟了幾下，說道：「唉，已點了死穴，救不活了！」小郡主急道：「或許救得活的。我不小心點錯了，真……真對不起。」

韋小寶道：「我知你是好人。我死之後，在陰世裏保祐你，從早到晚，鬼魂總是跟

在你身旁。」小郡主尖叫一聲，問道：「你鬼魂老是跟在我身旁？」韋小寶道：「你別害怕，我的鬼魂不會害你的。不過有個規矩，誰殺死了我，我的鬼魂就總是跟著誰。」

小郡主越想越驚，說道：「我不是故意要殺死你的。」

韋小寶嘆了口氣，問道：「小姑娘，你叫甚麼名字啊？」小郡主退了一步，道：「你問來幹甚麼？」臉上滿是驚異之色，又道：「你要到陰世裏告我，是不是？我不跟你說。」韋小寶搖頭道：「我不會告你的。」小郡主道：「那你問我名字幹甚麼？」

韋小寶道：「我知道了你名字，好在陰世保祐你。陰間鬼朋鬼友很多，我叫大家齊心合力的來保祐你，你不論走到那裏，幾千幾百個鬼魂都跟著你。」

小郡主嚇得大叫一聲，忙道：「不，不要！別跟著我。」韋小寶道：「那麼就單是我一個人的鬼魂跟著你行不行？」小郡主遲疑片刻，道：「你……你如不嚇我，那……那麼還不要緊。」韋小寶道：「我當然不嚇你。你白天坐著，我的鬼魂給你趕蒼蠅，晚上睡著，我的鬼魂給你趕蚊子。你悶得慌，我的鬼魂托夢給你，講很好聽很好聽的故事給你聽。」

小郡主道：「你為甚麼待我這麼好？」幽幽嘆了口氣，道：「你不死就好了。」

韋小寶道：「有一件你答允我的事，你沒辦到，唉，我死不瞑目。」小郡主道：「甚麼事？我答允過你甚麼？」韋小寶道：「你答允叫我三聲好哥哥，我在臨死之前聽到你叫了，那就死得眼閉了。」

小郡主出生於世襲黔國公王府，父母兄長都十分寵愛她，雖然她出世之時已國破家

亡，但世臣家將、奴婢僕役，還是對這位金枝玉葉的郡主愛護得無微不至，一生之中，從沒有人騙過她、嚇過她。她出世以來所聽到的言語，可說沒半句假話，因此對韋小寶的胡說八道，初時也都信以為真。待見他越說越精神，說到要叫他三聲好哥哥時，眼中閃爍著狡獪的光芒，她只不過天真善良，畢竟不是傻子，知道韋小寶在逗弄自己，退了一步，說道：「你騙人，你不會死的。」

韋小寶哈哈大笑，說道：「就算暫且不死，過幾天總是要死的。」小郡主道：「過幾天也不會死。」韋小寶道：「就算過幾天不死，將來總是要死的。你不叫我這三聲好哥哥，我的鬼魂天天跟著你，不住的叫：『好——妹，好——妹——妹！』」他緊逼了喉嚨，聲音拖得長長的，當真陰風慘慘，十分可怕，又伸長舌頭，裝作吊死鬼模樣。

小郡主「啊」的一聲，回身便衝出房去。

韋小寶追將出去，見她伸手去拔門閂，忙攔腰一把抱住，說道：「走不得，外面惡鬼很多。」小郡主急道：「放開手，我要回家。」韋小寶道：「走不出去的。」小郡主道：「走不出去。」小郡主手肘後撤，左手握拳往韋小寶頭頂擊下。韋小寶身子後縮，避過了這一拳，卻已抱住了她小腿。小郡主一招「虎尾剪」，左掌斜削下去。韋小寶沒能避開，啪的一聲，打中他肩頭，他用力拉扯，小郡主站立不定，摔倒在地。

韋小寶趕上去要將她揪住，小郡主「鴛鴦連環腿」飛出，直踢面門。韋小寶一個打滾，又已扭住了她左臂。小郡主拳腳功夫曾得明師傳授，遠比韋小寶所學為精，兩人若右手切了下去，斬他右腕。

當真比武，韋小寶決不是對手。但二人此刻只是在地下扭打，一個想逃，一個扭住她不放。這等扭撲摔跤的功夫，韋小寶卻經過長期習練，和康熙比武較量，幾達一年。海老公傳他的武功雖半真半假，他又練得馬虎，這近身搏擊的擒拿，他畢竟還有幾下子。幾個回合下來，韋小寶胸口雖吃了兩拳，卻已抓住了小郡主右臂，拗了轉來，笑問：「投不投降？」

小郡主道：「不投降！」韋小寶抬起左膝，跪在她臂上，又問：「投不投降？」小郡主仍道：「不投降！」韋小寶手上加勁，將她反在背後的手臂向上一抬。小郡主吃痛，「啊」的一聲，哭了出來。

韋小寶和康熙比武摔跤，兩人不論痛得如何厲害，從不示弱，更無哭泣之事，只不過一到給對方制住，沒法反抗，便叫「投降」，算是輸了一個回合，重新比過。不料小郡主的作風與康熙全然不同，一輪便哭。韋小寶道：「呸！沒用的小丫頭！」放開了她。

便在此時，忽聽得窗格上喀的一聲響，韋小寶低聲道：「啊喲！有鬼！」小郡主大吃一驚，反手過來，抱住了他。

只聽得窗格上又是一響，窗子軋軋的推開，這一來，連韋小寶也大吃一驚，顫聲道：「真的有鬼！」小郡主向前一撲，鑽入了床上被窩中，全身發抖。

窗子緩緩推開，有人陰森森的叫道：「小桂子，小桂子！」

韋小寶初時只道是海老公的鬼魂前來索命，但聽這呼聲是女子口音，顫聲道：「是個女鬼！」連退幾步，雙腿酸軟，坐倒在床沿上。

突然一陣勁風吹了進來，房中燭火便熄，眼前一花，房中已多了一人。那女鬼陰森森又叫：「小桂子，小桂子！閻王爺叫你去。閻王爺說你害死了海老公！」韋小寶只嚇得魂飛魄散，想說：「海老公不是我害死的。」但張口結舌，那裏說得出話來？只聽那女鬼又尖聲叫道：「閻王爺要捉你去，上刀山，下油鍋，小桂子，今天你逃不了啦！」

韋小寶聽了這幾句話，猛地發覺：「是太后，不是女鬼！」但心中的害怕絲毫不減，心道：「若是女鬼，或許還捉我不去，太后卻非殺了我滅口不可。」自從他得知太后的機密，起初就心她會殺了自己滅口，但一直沒動靜，時日一久，這番就心也就漸漸淡了，只道太后信了自己，以為自己果真沒聽到海大富那番話；又或許以為自己即使聽到了，也決不敢洩漏，再升了自己管御膳房，自己感激之下，一切太平無事。

他怎知道，太后所以遲遲不下手，只因那日與海老公動手，內傷極重，又見海老公重重一腳竟踢不死韋小寶，只道這小孩內功修為了得，自己若不痊愈，功力不復，便不敢貿然行事。這等殺人滅口之事，不能假手於旁人，必須親自下手。否則的話，這小孩臨死之際說了幾句話出來，豈非壞了大事？別說韋小寶只是個微不足道的小太監，縱然是后妃太子、將軍大臣，只要可能與聞這件大秘密的，有一百個便殺一百，一千個便殺一千。

她已等待甚久，其時功力猶未復原，但想多就擱一日，便多一分洩漏的危險，到這一晚實不願再等，決定下手。來到韋小寶屋外，推開窗子時聽得韋小寶說「有鬼」，便索性假裝是鬼。她不知床上尚有一人，慢慢凝聚勁力，提起右手，一步步走向床前。

韋小寶知難抗拒，身子一縮，鑽入了被窩。太后揮掌拍下，波的一聲響，同時擊中了韋小寶與小郡主，幸好隔著厚厚一層棉被，勁力已消去了大半。

太后提起手掌，第二掌又再擊下，這次運力更強，手掌剛與棉被相觸，猛覺掌心中一陣劇痛，已為利器所傷，大叫一聲，向後躍開。

只聽得窗外有三四人齊聲大呼：「有刺客，有刺客！」太后大吃一驚：「怎地有人知道了？」她親手來殺一個小太監，決不能讓人見到，手掌又痛得厲害，不暇察看韋小寶是否已死，雙足一點，從窗中縱躍出。尚未落地，背後已有人雙雙襲到，太后雙掌向後揮出，使一招「後顧無憂」，左掌右掌同時擊中二人胸口。那二人直擇了出去。

只聽得鑼聲鐺鐺響起，片刻間四下裏都響起鑼聲。遠處有人叫道：「右衛第一隊、第二隊保護皇上，右衛第三隊保護太后。」跟著東首假山後有人叫道：「這邊有刺客！」

太后知道這些都是宮中侍衛，便縮身躲在花叢之側，掌心的疼痛一陣陣更加厲害了，只見影綽綽的有七八堆人在互相斯殺，兵刃不斷碰撞，心想：「原來宮中當真來了刺客，是海老公的朋友，還是驚拜的舊部？」但聽得遠處傳令之聲不絕，黑暗中火把和孔明燈上的燈火明亮，四面八方聚攏。太后眼見如再不走，稍遲片刻，便難以脫身，矮著身子從花叢後躍出，急往慈寧宮而去。

只奔得數丈，迎面一人撲到，手中一對鋼錐向太后面門疾刺，喝道：「大膽反賊，竟敢到宮中搗亂。」太后微微斜身，右掌虛引，左掌向他肩頭拍出。那人沉肩避開，左手鋼錐反挑。太后向左一閃，右掌反拍，霎時間二人已拆了數招。那人口中吆喝：「好

443

反賊，原來是個婆娘。」太后見這侍衛武藝不低，自己雖可收拾得下，但總得再拆上十

來招，只怕其餘侍衛趕來，情急之下，叫道：「我是太后。」那人微一遲疑，太后雙掌齊出，砰的

「甚麼?」太后道：「大膽奴才，你敢冒犯太后?」那人微一遲疑，太后雙掌齊出，砰的

一聲，擊正在他胸口。那侍衛立時斃命。太后提氣躍出，閃入了花叢。

韋小寶鑽入被窩，給太后發掌擊在腰間，登時幾乎窒息，危急間拔出靴筒中匕首，

在被窩中豎而向上，被窩便高了起來。太后第二掌向被窩隆起處擊落，那匕首鋒銳無

比，太后這一掌勁道又極大，匕首尖立時穿過棉被，刺入掌心，直通手背。

待得太后從窗中躍出，韋小寶掀起棉被一角，只聽得屋外人聲雜亂，他當時第一個念

頭是：「太后派人來捉拿我了!」從床上一躍下地，掀開棉被，說道：「咱們快逃!」

小郡主哭道：「痛……痛死我啦!」原來太后第一掌的掌力既打中了韋小寶後腰，

又打中小郡主的左腿，小郡主受力較多，左腿小腿骨竟讓擊斷。

韋小寶道：「怎麼啦?」一把抓住她頸口衣服，道：「快逃，快逃!」將她拉下床

來。小郡主右足先落地，只覺左腿劇痛難當，身子一側，滾倒在地，哭道：「我的……

我的腿斷啦。」韋小寶情急之下，罵了出來：「小娘皮，遲不斷，早不斷……」心想老

子逃命要緊，別說你一條腿斷了，就是四條腿、八條腿都斷成十七八段，老子也不放在

心上，轉身搶到窗口，向外張望，只盼外面沒人，就此躍出。

一望之下，只見太后雙掌向後揮出，跟著兩人飛了起來，重重摔落，一人正好摔在

他窗下，朦朦朧朧間見到這人穿著侍衛服色，心下大奇：「太后為甚麼打宮中侍衛？」

見太后閃身躲向花叢，又見數丈之外有六七人正在廝殺，手中各有兵刃，搏鬥得甚是激烈，聽得遠處有人叫道：「拿刺客，拿刺客！」韋小寶又驚又喜：「原來真的來了刺客，卻不是來拿我。」凝目望去，見太后又在和一名侍衛相鬥。那侍衛使一對鋼錐，雖和他窗口相距已遠，仍可見到鋼錐上白光閃動。鬥得一會，太后又將那侍衛打死，飛身在黑暗中隱沒。

韋小寶回頭向小郡主瞧去，見她坐在地下，輕聲呻吟。他既知自己並無危險，心情立時大佳，走到她身前，低聲道：「痛得很厲害嗎？外邊有人要來捉你，快別作聲。」

小郡主嚇得不敢出聲，忽聽得外面有人叫道：「黑腳狗牙齒厲害，上點蒼山罷！」

小郡主「咦」的一聲，道：「是我們的人。」

韋小寶奇道：「是你的朋友？你怎麼知道？」小郡主道：「他們說的是我們沐王府的暗語，快……快……扶我去瞧瞧。」韋小寶道：「他們來皇宮救你，是不是？」小郡主道：「我不知道，這裏是皇宮嗎？」韋小寶不答，心想：「他們如知這小丫頭在這裏，衝進來救人，老子雙拳難敵四手。」一伸手，牢牢按住她嘴巴，低聲恐嚇：「千萬不可出聲，給人一發覺，連你另一條腿也打斷了，我可捨不得！」

只聽外面有人「啊啊」大叫，又有人歡呼道：「殺了兩個刺客！」有人叫道：「刺客向東逃了，大夥兒快追！」人聲漸漸遠去。韋小寶放開了手，道：「你的朋友逃走啦！」小郡主道：「不是逃走！他們說上『點蒼山』，是暫時退一退的意思。」韋小寶

道：「黑腳狗是甚麼東西？」小郡主道：「黑腳狗就是清兵。」

遠處人聲隱隱，傳令之聲不絕，顯然宮中正在圍捕刺客。

忽聽得窗下有人呻吟了兩聲，卻是女子聲音。韋小寶道：「有個刺客還沒死，我去戳她兩刀！」宮中侍衛均是男子，這呻吟的自然是刺客了。

小郡主道：「不……不要殺，或許是我們府裏的。」扶著韋小寶肩頭，站了起來，右足單腳著地，幾下跳躍，到了窗口，見窗下有兩個人，問道：「是天南地北的……」韋小寶一伸手，又按住了她嘴。窗下一個女子道：「孔雀明王座下，你……你是小郡主？」

韋小寶心想這女子已發現小郡主的蹤跡，禍事不小，提起匕首，便欲擲下，突然間右腕一緊，已給小郡主握住，跟著脅下一痛，按住她嘴巴的手也不由自主的鬆開了。

小郡主問道：「是師姊嗎？」窗下那女子道：「是我。你……你在這裏幹甚麼？」小郡主道：「你別罵她，她是我師姊。師姊，你受了傷嗎？你……你快想法子救救我師姊。師姊待我最好的。」她這幾句話分別對二人而說。窗下那女子呻吟了一聲，道：「我不要這小子救。諒他也沒救我的本事。」

韋小寶接口道：「你奶奶的，你在這裏幹甚麼？」小郡主道：「你別罵她，她是我師姊。師姊，你受了傷嗎？你……你快想法子救救我師姊。師姊待我最好的。」

韋小寶用力一掙，小郡主便鬆了手。韋小寶罵道：「臭小娘！你說我沒救你的本事？你這種第九流武功的小丫頭，哼，老子只要伸一根小指頭兒，隨手便救你媽的二三十個、七八十個。」這時遠處又響起了「捉刺客、捉刺客」的聲音。

小郡主大急，忙道：「你快救我師姊，我……我叫你三聲好……好……哥哥，好哥

哥，好哥哥！」這三個字，本來她說甚麼也不肯叫，這時為了求他救人，竟爾連叫三聲。

韋小寶大樂，說道：「好妹子，你要好哥哥做甚麼？」小郡主羞得滿臉通紅，低聲道：「求你救我師姊。」窗下那女子卻甚倔強，道：「別求他，這小子自身難保，連他自己也救不了。」韋小寶道：「哼，瞧在我好妹子份上，我偏要救你。好妹子，咱們說過了話，不許抵賴，你要我救你師姊，以後可不得改口，永遠叫我好哥哥。」小郡主道：「叫你甚麼都成。好叔叔、好伯伯、好公公！」韋小寶道：「我只做好哥哥。叫我『公公』的人，還怕少了。」小郡主道：「是了，我永遠……永遠叫你好……好……」韋小寶道：「好甚麼？」小郡主道：「好……哥哥！」說著在他背上輕輕一推。

韋小寶跳出窗去，只見一個身穿黑衣的女子蜷著身子斜倚於地，說道：「宮裏侍衛就來捉你去了，將你斬成肉醬，做肉包子吃。」那女子道：「希罕嗎？自有人給我報仇。」韋小寶道：「你這小丫頭倒嘴硬。侍衛們先不殺你，把你衣衫脫光了，大家拿你來做老婆。」那女子怒道：「你快一刀將姑娘殺了。」韋小寶笑道：「我為甚麼殺你？我也要將你衣衫脫光了，拿你做老婆。」說著俯身去抱。那女子大急，揮掌打了他個耳光，但她重傷之餘，手上毫無勁力，打在臉上，便如輕輕一拂。

韋小寶笑道：「你還沒做我老婆，先給老公搔癢。」抱起她身子，從窗口送進去。

小郡主大喜，上前將那女子接住，慢慢將她放上了床。

韋小寶正要跟著躍進房去，忽聽得腳邊有人低聲說道：「桂……桂公公，這女子是反賊……刺客，救……救她不得。」韋小寶一驚，問道：「你……你是誰？」那人道：

447

「我……我是宮中……侍……衛……」韋小寶登時明白，他是適才給太后一掌打中的侍衛，竟然未死，他躺在地下，動彈不得，說話又斷斷續續，受傷定然極重，心想：「我若將這黑衣女子交了出去，自是一件功勞，但小郡主又怎麼辦？這件事敗露出來，那可是大禍一椿。」提起匕首，嗤的一刀，插入他胸口。那侍衛哼也沒哼，立時斃命。

韋小寶道：「這可對不住了，倘若你剛才不開口，就不會送了性命，只不過我桂公公的腦袋，在這脖子上就坐得不這麼安穩了。」又想：「左近只怕還有受傷的，說不得，只好一個個都殺了滅口。」他在周遭花叢假山尋了一遍，地下共有五具屍首，三個是宮中侍衛，兩個是外來刺客，都已氣絕身死。韋小寶抱起一具刺客的屍首，放在窗格上，頭裏腳外，跟著在屍首背後用匕首戳了幾下。

小郡主驚道：「他……他是我們王府的人，死都死了，你怎麼又殺他？」

韋小寶哼了一聲，道：「他死都死了，我就不能再殺他。你倒殺死個死人給我瞧瞧！要救你的臭小娘師姊，只好這樣了。」

那女子躺在床上，說道：「你才臭！」韋小寶道：「你又沒聞過，怎知我臭？」那女子道：「這屋子裏就有一股臭氣。」韋小寶道：「本來很香，你進來之後才臭。」

小郡主急道：「你兩個又不相識，一見面就吵嘴，快別吵了。師姊，你怎麼到這裏來？」那女子道：「我們不知道你在這裏。大夥兒不見了你，到處找尋，找不到……」小郡主道：「是來救我麼？」那女子道：「是……是……」說到這裏，已然上氣不接下氣。韋小寶道：「沒力氣說話，就少說幾句。」那女子道：「我偏要說，你怎麼樣？」韋小寶道：「你有本事就說下去。人家

小郡主多麼溫柔斯文，那似你這般潑辣。」

小郡主忙道：「不，不，你不知道。我師姊是最好不過了。你別罵她，她就不會生你氣了。師姊，你甚麼地方受了傷？傷得重不重？」韋小寶道：「她武功不行，不自量力，到宮裏來現世，自然傷得極重，我看活不了三個時辰，不到天亮就翹了辮子。」小郡主道：「不會的。好……好哥……你快想法子，救救我師姊。」那女子怒道：「我寧可死了，也不要他救。小郡主，這小子油腔滑調，你為甚麼叫他……叫他這個？」韋小寶道：「叫我甚麼？」

那女子卻不上當，道：「叫你小猴兒。」韋小寶道：「我是公猴兒，你就是母猴兒。」跟女人拌嘴吵架，他在麗春院中久經習練，甚麼大陣大仗都經歷過來的，那裏會輸給人了？那女子聽他出言粗俗無賴，便不再睬他，不住喘氣。

韋小寶提起桌上燭台，道：「咱們先瞧瞧她傷在那裏。」那女子叫道：「別瞧我，別瞧我！」韋小寶喝道：「別大聲嚷嚷，你想人家捉了你去做老婆嗎？」拿近燭台照去，只見這女子頭髮蓬鬆，半邊臉染滿了鮮血，約莫十六七歲年紀，眉清目秀，容貌甚美，忍不住讚道：「原來臭小娘是個小美人兒。」小郡主道：「你別罵我師姊，她本來就是個美人兒。」

韋小寶道：「好！我更加非拿她做老婆不可。」那女子一驚，想掙扎起來打人，但身子微微一抬，便「啊」的一聲，摔在床上。

韋小寶於男女之事，在妓院中自然聽得多了，渾不當作一回事，但說「拿她做老婆」

云云，他年紀幼小，倒也從來沒起過色心，動過歹念，只是他性喜惡作劇，見那女子聽得自己說到要拿她做老婆，不禁甚為得意，笑道：「你不用性急，還沒拜堂，怎能做得夫妻？你當這裏是麗春院嗎？說做夫妻就做。啊喲！你傷口流血，可弄髒了我的床。」只見她衣衫上鮮血不住滲出，傷勢著實不輕。

忽聽得一羣人快步走近，有人叫道：「桂公公，桂公公，你沒事嗎？」宮中侍衛擊退刺客，派人保護了皇上、太后，和位份較高的嬪妃，便來保護有職司、有權力的太監。韋小寶是皇帝跟前的紅人，便有十幾名侍衛搶著來討好。

韋小寶低聲向小郡主道：「上床去。」拉過被來將二人都蓋住了，放下了帳子，叫道：「你們快來，這裏有刺客！」那女子大驚，但重傷之下，怎掙扎得起？小郡主急道：「你別嚷，別叫人來捉我師姊。」韋小寶道：「她不肯做我老婆，那有甚麼客氣？」

說話之間，十幾名侍衛已奔到了窗前。一人叫道：「啊喲，這裏有刺客。」韋小寶笑道：「這傢伙想爬進我房來，給老子幾刀料理了。」眾侍衛舉起火把，果見那人背上有幾個傷口，衣上、窗上、地下都是血跡。一人道：「桂公公受驚了。」另一人道：「桂公公受甚麼驚？桂公公武功了得，一舉手便將刺客殺死，便再多來幾個，一樣的殺了。」眾侍衛跟著討好，大讚韋小寶了得，今晚又立了大功。

韋小寶笑道：「功勞也沒甚麼，料理一兩個刺客，也不費多大勁兒。要擒住『滿洲第一勇士』鰲拜，就比較難些了。」眾侍衛自然諛詞如潮。

一名侍衛道：「施老六和熊老二殉職身亡，這批刺客當真兇惡之極。若不是桂公公，又怎對付得了？」韋小寶道：「大家去保護皇上要緊，我這裏沒事。」一人道：「多總管率領了二百多名兄弟，親自守在皇上寢宮之前。刺客逃的逃，殺的殺，宮裏已清靜了。」

韋小寶道：「殉職的侍衛，我明兒求皇上多賞賜些撫卹，大夥兒都辛苦了，皇上必有重賞。」眾人大喜，一齊請安道謝。韋小寶心道：「又不用我花銀子賞人，幹麼不多做做好人？」說道：「眾位的姓名，我記不大清楚了，請各位自報一遍。皇上若問起今晚奮勇出力、立了大功之人，兄弟也好提上一提。」

眾侍衛更加歡喜，忙報上姓名。韋小寶記心極好，將十餘人的姓名覆述了一遍，絲毫沒錯，說道：「大夥兒再到各處巡巡，說不定黑暗隱僻的所在，還有刺客躲著，要是捉到了活口，男的重重拷打，女的便剝光了衣衫做老婆。」眾侍衛哈哈大笑，連稱：

「是，是！」

韋小寶道：「把屍首抬了去罷？」眾侍衛答應了，搶著搬抬屍首，請安而去。

韋小寶關上窗子，轉過身來，揭開棉被。小郡主笑道：「你這人真壞，可嚇了我們一大跳……啊喲……」只見褥上都是鮮血，她師姊臉色慘白，呼吸微弱。韋小寶道：「她傷在那裏？快給她止血。」那女子道：「你……你走開，小郡主，我……我傷在胸口。」韋小寶見她血流得極多，怕她傷重而死，不敢再逗趣，轉過了頭，說道：「傷口

451

流血，有甚麼好看？你道是西洋鏡、萬花筒麼？小郡主，你有沒有傷藥？」小郡主道：

「我沒有啊。」韋小寶道：「臭小娘身邊有沒有？」那女子道：「沒有！你……你才是臭小娘。」

只聽得衣衫簌簌之聲，小郡主解開那女子衣衫，忽然驚叫：「啊喲！怎……怎麼辦？」韋小寶回過頭來，見那女子右乳之下有個兩寸來長的傷口，鮮血兀自流個不住。

小郡主手足無措，哭道：「你……你……快救我師姊……」那女子又驚又羞，顫聲道：「別……別讓他看。」韋小寶道：「呸，我才不希罕看呢。」見她血流不止，也不禁驚慌，四顧室中，要找些棉花布片給她塞住傷口，一瞥眼，見到藥鉢中大半鉢「蓮蓉豆泥蜜糖珍珠糊」，喜道：「我這靈丹妙藥，很能止血。」撈起一大把，抹在她傷口上。

這蜜糊黏性甚重，黏住了傷口，血便止了。韋小寶將鉢中的蜜糊都敷上了她傷口，自己手指上也都是蜜糊，見她椒乳顫動，這小頑童惡作劇之念難以克制，順手反手，便都抹在她乳房上。那女子又羞又怒，叫道：「小……小郡主，快……快給我殺了他。」

小郡主解釋：「師姊，他給你治傷呢！」

那女子氣得險些暈去，苦於動彈不得。韋小寶道：「你快點了她穴道，不能讓她亂說亂動，否則流血不止，性命交關。」小郡主應道：「是！」點了那女子小腹、脅下、腿上幾處穴道，說道：「師姊，你別亂動！」這時她自己斷腿處也痛得不可開交，眼眶中淚水不住滾來滾去。韋小寶道：「你也躺著別動。」記得幼時在揚州與小流氓打架，有人跌斷手臂，跌打醫生用夾板夾住斷臂，敷以草藥。當下扶正她斷腿，拔出匕首，割

下兩條凳腳，夾在她斷腿之側，牢牢用繩子縛緊，心想：「這傷藥卻到那裏找去？」

一凝思間，已有了主意，向小郡主道：「你們躺在床上，千萬不可出聲。」放下帳子，吹熄了燭火，拔閂出門。小郡主驚問：「你……你去那裏？」韋小寶道：「去拿藥治你的腿。」小郡主道：「你快回來。」韋小寶道：「是了。」聽小郡主說話的語氣，竟將自己當作了靠山，不禁大是得意。他反手帶上了門，一想不妥，又推門進去，上了門閂，從窗中躍出，關上了窗子。這樣一來，宮中除了太后、皇上，誰也不敢擅自進他屋子了。

他走得十幾步，只覺後腰際隱隱作痛，心想：「皇太后這老婊子下毒手打我，在宮中再躭下去，老子遲早老命難保，還是儘早溜之大吉的為妙。」

他向有火光處走去，見幾名侍衛正在巡邏。侍衛一見到他，搶著迎上。韋小寶問道：「宮裏侍衛兄弟有多少人受傷？」一人道：「回公公：有七八人重傷，十四五人輕傷。」韋小寶道：「在那裏治傷？帶我去瞧瞧。」眾侍衛齊道：「公公關心侍衛兄弟，大夥兒沒一個不感激。」便有兩名侍衛領路，帶著韋小寶到眾侍衛駐守的宿衛值班房。

二十來名受傷的侍衛躺在廳上，四名太醫正忙著給眾人治傷。

韋小寶上前慰問，不住誇獎眾人，為了保護皇上，奮不顧身，英勇殺敵，一一詢問傷者姓名。眾侍衛登時精神大振，似乎傷口也不怎麼痛了。韋小寶問道：「這些反賊是那一路的？是鰲拜那廝的手下嗎？」一名侍衛道：「似乎都是漢人。不知捉到活口沒有？」

韋小寶詢問眾侍衛和刺客格鬥的情形，眼中留神觀看太醫用藥。眾侍衛有的受了刀槍外傷，有的受了拳掌內傷，又或是斷骨挫傷。韋小寶道：「這些傷藥，我身邊都得備上一些，倘若宮中侍衛兄弟們受了傷，來不及召請太醫，我好先給大夥兒治治。哼，這些刺客窮凶極惡，天大的膽子，今天沒一網打盡，難保以後不會再來。」

幾名侍衛都道：「桂公公體恤侍衛兄弟，真想得周到。」

韋小寶說道：「剛才我受三名刺客圍攻，我殺了一名，另外兩個傢伙逃走了，可是我後腰也給刺客重重打了一掌，這時兀自疼痛。」心道：「老婊子來行刺老子，難道不是刺客？老子這一次可沒說謊。」四名太醫一聽，忙放下眾侍衛，一齊過來，解開他袍子察看，果見後腰有老大一塊烏青，忙調藥給他外敷內服。

韋小寶叫太醫將各種傷藥都包上一大包，揣在懷裏，問明了外敷內服的用法，再取了兩塊敷傷用的夾板，又誇獎一陣，慰問一陣，這才離去。

他見識幼稚，說話亂七八糟，殊不得體，誇獎慰問之中夾著不少市井粗口。眾侍衛雖出身宗室貴族，但大都是粗魯武人，對於「奶奶、十八代祖宗」原就不以為意，本來給刺客打傷，自覺藝不如人，待見皇上最寵幸的桂公公也因與刺客格鬥而受傷，沮喪之餘，忽蒙桂公公誇獎，那等於是皇上傳旨嘉勉，就算給他大罵一頓，心中也著實受用，何況是讚得天花亂墜？這一下當真心花怒放，恨不得身上傷口再加長加闊幾寸。

韋小寶回到自己屋子，先在窗外側耳傾聽，房中並無聲息，低聲道：「小郡主，是

我回來了。」他生怕貿然爬進窗去，給那女子砍上一刀，刺上一劍，懷中那幾大包傷藥可得自己先用了。小郡主喜道：「嗯，我等了你好久啦。」韋小寶爬入房中，關上窗，點亮蠟燭，揭開帳子，見兩個少女並頭而臥。那女子與他目光一觸，立即閉上了眼。小郡主卻睜著一雙明亮澄澈的眼睛，目光中露出欣慰之意。

韋小寶道：「小郡主，我給你敷傷藥。」小郡主道：「不，先治我師姊。請你將傷藥給我，我替她敷。」韋小寶道：「甚麼你啊我的，叫也不叫一聲。」小郡主澀然一笑，問道：「你到底叫甚麼名字？我聽他們叫你桂公公。」韋小寶道：「桂公公是他們叫的，你叫我甚麼？」小郡主微微閉眼，低聲道：「我心裏……心裏可以叫你好……好哥哥，嘴上老是叫著，這可不……不……好。」韋小寶道：「好，咱們通融一下，有人在旁的時候，我叫你小郡主，你叫我桂大哥。沒人時，我叫你好妹子，你叫我好哥哥。」

小郡主還沒答應，那女子睜眼道：「小郡主，肉麻死啦，他討你便宜，別聽他的。」韋小寶道：「哼，又不是要你叫，要你多管甚麼閒事？你就叫我好哥哥，我還不要呢。」小郡主問道：「那你要她叫你甚麼？」韋小寶道：「除非要她叫我好老公、親親老公。」那女子臉上一紅，隨即現出鄙夷之色，說道：「你想做人家老公，來世投胎啦。」小郡主道：「好啦，好啦，你兩個又不是前世冤家，怎地見面就吵？桂大哥，請你給我傷藥。」韋小寶道：「我先給你敷藥。」揭開被子，捲起小郡主褲管，拆開用作夾板的凳腳，將跌打傷藥敷在小腿折骨之處，然後將取來的夾板夾住傷腿，緊緊縛住。

小郡主連聲道謝，甚是誠懇。

韋小寶道：「我老婆叫甚麼名字？」小郡主一怔，道：「你老婆？」見韋小寶向那女子一努嘴，微笑道：「你就愛說笑，我師姊姓方，名叫⋯⋯」那女子急道：「別跟他說。」韋小寶聽到她姓方，登時想起沐王府中「劉白方蘇」四大家將來，便道：「她姓方，我當然知道。甚麼聖手居士蘇岡，白氏雙木白寒松、白寒楓，都是我的親戚。」小郡主和那女子聽得他說到蘇岡與白氏兄弟的名字，都大為驚奇。小郡主道：「怎麼他們都是你的親戚？」韋小寶道：「劉白方蘇，四大家將，咱們自然是親戚。」小郡主更加詫異，道：「真想不到。」那女子道：「小郡主，別信他胡說。這小孩兒壞得很。他不是我親戚，有了這種親戚才倒霉呢。」

韋小寶哈哈大笑，將傷藥交給小郡主，俯嘴在她耳邊低聲道：「好妹子，你悄悄的跟我說，她叫甚麼名字？」但兩個少女併枕而臥，韋小寶說得雖輕，還是給那女子聽見了，她急道：「別說。」韋小寶笑道：「不說也可以，那我就要親你一個嘴。先在這邊臉上香一香，再在那邊香一香，然後親一個嘴。你到底愛親嘴呢，還是愛說名字？我猜你一定愛親嘴。」燭光下見那女子容色艷麗，衣衫單薄，鼻中聞到淡淡的一陣陣女兒香，心中大樂，說道：「原來你果然是香的，這可要好好的香上一香了。」

那女子沒法動彈，給這憊懶小子氣得鼻孔生煙，幸好他年紀幼小，適才聽了眾侍衛的言語，又知他是個太監，只不過口頭上頑皮胡鬧，不會有甚麼真正非禮之行，倒也並不如何驚惶，見他將嘴巴湊過來真要親嘴，忙道：「好，好，說給這小鬼聽罷！」

小郡主笑了笑，說道：「我師姊姓方，單名一個『怡』字，『心』字旁一個『台』

字的『怡』。」韋小寶根本不知『怡』字怎生寫法，點了點頭，道：「嗯，這名字馬馬虎

虎，也不算很好。小郡主，你又叫甚麼名字？」小郡主道：「我叫沐劍屏，是屏風的

屏，不是浮萍的萍。」韋小寶自不知這兩個字有甚麼區別，說道：「這名字比較好些，

不過也不是第一流的。」

方怡道：「你的名字定是第一流的了，尊姓大名，卻又不知如何好法？」

韋小寶一怔，心想：「我的真姓名不能說，小桂子這名字，似乎也沒甚麼精采。」

便道：「我姓吾，在宮裏做太監，大家叫我『吾老公』。」

方怡冷笑道：「吾老公，吾老公，這名字倒挺……」說到這裏，登時醒覺，原來上

了他的大當，呸的一聲，道：「瞎說！」

小郡主沐劍屏道：「你又騙人，我聽得他們叫你桂公公，不是姓吾。」韋小寶道：

「男人就叫我桂公公，女人都叫我吾老公。」方怡道：「我卻知道你叫甚麼名字。」韋小

寶微微一驚，忙問：「你怎知道？」方怡道：「我知道你姓胡，名說，字八道！」韋小

寶哈哈一笑，見方怡說了這一會子話，呼吸又急促起來，便道：「好妹子，你

韋小寶說了這一會子話，呼吸又急促起來，便道：「好妹子，你

給她敷藥罷，別痛死了她。我吾老公就只這麼一個老婆，這個老婆一死，第二個可就娶

不起了。」

沐劍屏道：「師姊說你胡說八道，果然不錯。」放下帳子，揭開被給方怡敷藥，問

道：「桂大哥，你先前敷的止血藥怎麼辦？」韋小寶道：「血止住了沒有？」沐劍屏

道：「止住了。」原來蜜糖一物頗具止血之效，黏性又強，黏住了傷口，竟不再流血，

457

至於蓮蓉、豆泥等物雖無藥效，但堆在傷口之上，也有阻血外流之功。

韋小寶大喜，道：「我這靈丹妙藥，靈得勝過菩薩的仙丹，你這可相信了罷。其中許多珍珠粉末，塗在她胸口，將來傷愈之後，她胸脯好看得不得了，有羞花閉月之貌，只可惜只有我兒子才瞧得見。」沐劍屏嗤的一笑，道：「你真說得有趣。怎麼只有你兒子才……」韋小寶道：「她餵我兒子吃奶，我兒子自然瞧見了。」方怡呸的一聲。

沐劍屏睜著圓圓的雙眼，卻不明白，方師姊為甚麼會餵他兒子吃奶。

韋小寶道：「把這些止血靈藥輕輕抹下，再敷上傷藥。」沐劍屏答應道：「嗯！」

便在此時，忽聽得門外有人走近，一人朗聲說道：「桂公公，你睡了沒有？」韋小寶道：「睡了，是那一位？有事明天再說罷！」門外那人道：「下官瑞棟。」韋小寶吃了一驚，道：「啊！是瑞副總管駕到，不知有……有甚麼事？」

瑞棟是御前侍衛的副總管，韋小寶平時和眾侍衛閒談，各人都讚這位瑞副總管武功了得，僅次於御前侍衛總管多隆，是侍衛隊中一位了不起的人物。他近年來常在外公幹，韋小寶卻沒見過。

瑞棟道：「下官有件急事，想跟公公商議。驚吵了桂公公安睡。」韋小寶尋思：「他半夜三更的來幹甚麼？定是知道我屋裏藏了刺客，前來搜查，那可如何是好？我如不開門，看來他定會硬闖。這兩個小娘又都受了傷，逃也來不及了。只好隨機應變，騙了他出去。」瑞棟又道：「這件事干係重大，否則也不敢來打擾公公清夢了。」

韋小寶道：「好，我來開門。」鑽頭入帳，低聲道：「千萬別作聲。」

走到外房，帶上了門，硬起頭皮打開大門。只見門外站著一條大漢，身材魁梧，自己頭頂還未及到他項頸。瑞棟拱手道：「打擾了，公公勿怪。」

韋小寶道：「好說，好說。」仰頭看他臉色。見他臉上既無笑容，亦無怒色，不知他心意如何，問道：「瑞副總管有甚麼要緊事？」卻不請他進屋。瑞棟道：「適才奉太后懿旨，說今晚有刺客闖宮犯駕，大逆不道，命我向桂公公查問明白。」

韋小寶一聽到「太后懿旨」四字，便知大事不妙，說道：「是啊！我也正要向你查問個明白呢。剛才我去向皇上請安，皇上說道：『瑞棟這奴才可大膽得很了，他一回到宮中，哼哼……』」

瑞棟大吃一驚，忙問：「皇上還說甚麼？」

韋小寶和他胡言亂語，原是拖延時刻，設法脫身逃走，見一句話便誘得他上鉤，便道：「皇上吩咐我天明之後，立刻向眾侍衛打聽，到底瑞棟這奴才勾引刺客入宮，是受了誰指使？有甚麼陰謀，同黨還有那些人？跟鰲拜有甚麼牽連？」

瑞棟更加吃驚，顫聲道：「皇……皇上怎麼說……說是我勾引刺客入宮？是那個奸徒向皇上謊報？這……這不是天大的冤枉麼？」

韋小寶道：「皇上吩咐我悄悄查明，又說：『瑞棟這奴才聽到了風聲，必定會來殺你，你可得小心了。』我說：『皇上萬安，諒瑞棟這奴才便有天大膽子，也決不敢在宮中行兇殺人。』皇上道：『哼，那可未必。這奴才竟敢勾引刺客入宮，要不利於我，還

有甚麼事做不出？』」

瑞棟急道：「你……你胡說！我沒勾引刺客入宮，皇上……皇上不會胡亂冤枉好人。今晚我親手打死了三名刺客，許多侍衛兄弟都親眼見到的。皇上儘可叫他們去查問。」說著額頭突起了青筋，雙手緊緊握住了拳頭。

韋小寶心想：「先嚇他一個魂不附體，手足無措，挨到天明，老子便逃了出宮。那小郡主和方怡又怎麼辦？哼，老子泥菩薩過江，自身難保，逃得性命再說，管她甚麼小郡主、老郡主，方怡、圓怡？老子假太監不扮了，青木堂香主也不幹了，拿著四五十萬兩銀子，到揚州開麗夏院、麗秋院、麗冬院去。」說道：「這麼說來，那些刺客不是你勾引入宮的了？」

瑞棟道：「自然不是。太后親口說道，是你勾引入宮的。太后吩咐我別聽你花言巧語，一掌斃了便是。」韋小寶道：「這恐怕你我二人都受了奸人的誣告。瑞副總管，你不用耽心，我去向皇上跟你分辯分辯。只要真的不是你勾引刺客，皇上年紀雖小，卻十分英明，對我又挺信任，這件事自能水落石出。」

瑞棟道：「好，多謝你啦！你這就跟我見太后去。」

韋小寶道：「深更半夜，見太后幹麼？我還是乘早去見皇上的好，只怕這會兒已有人奉旨來拿你了。瑞副總管，我跟你說，侍衛們來拿你，你千萬不可抵抗，倘若拒捕，罪名就不易洗脫了。」

瑞棟臉上肌肉不住顫動，怒道：「太后說你最愛胡說八道，果然不錯。我沒犯罪，

為甚麼要拒捕？你跟我見太后去罷！

韋小寶身子一側，低聲道：「你瞧，捉你的人來啦！」瑞棟臉色大變，轉頭去看。

韋小寶一轉身，便搶進了房中。

瑞棟轉頭見身後無人，知道上當，急追入房，縱身伸手，往韋小寶背上抓去。

其實韋小寶一番恐嚇，瑞棟心下甚為驚惶，倘若韋小寶堅持要帶他去見皇帝，瑞棟多半不敢強行阻攔。但韋小寶房中藏著兩個女子，其中一人確是進宮犯駕的刺客，只道事已敗露，適才太后又曾親自來取他性命，那裏敢去見皇帝分辯？騙得瑞棟一回頭，立即便奔逃入房，只盼能穿窗逃走。他想御花園中到處是假山花叢，黑夜裏躲將起來，卻也不易捉到。不料瑞棟身手敏捷，韋小寶剛踏進房門，便即追了進來。

韋小寶竄入房後，縱身躍起，踏上了窗檻，正欲躍出，瑞棟右掌拍出，一股勁風，撲向他背心。韋小寶腿彎一軟，摔了下來。瑞棟左手探出，抓向他後腰。韋小寶施展擒拿手法，雙掌奮力格開，但人小力弱，身子一晃，撲通一聲，摔入了大水缸中。這水缸原是海老公治傷之用，海老公死後，章小寶也沒叫人取出。

瑞棟哈哈大笑，伸手入缸，一把卻抓了個空，原來韋小寶已縮成一團。但這水缸能有多大，再抓一次，終於抓住他後領，濕淋淋的提將上來。

韋小寶一張嘴，一口水噴向瑞棟眼中，跟著身子前縱，撲入他懷中，左手摟住他頭頸。

瑞棟大叫一聲，身子抖了幾下，抓住韋小寶後領的右手慢慢鬆了，他滿臉滿眼是水，

眼睛卻睜得大大的，臉上盡是迷惘驚惶，喉頭咯咯數聲，想要說話，卻說不出話來。只

聽得嗤的一聲輕響，一把短劍從他胸口直劃而下，直至小腹，剖了一道長長的口子。

瑞棟睜眼瞧著這把短劍，可不知此劍從何而來。他自胸至腹，鮮血狂迸，突然之間，身子向後倒下，直至身亡，仍不知韋小寶用甚麼法子殺了自己。

韋小寶嘿的一聲，左手接過匕首，右手從自己長袍中伸了出來。原來他擗入水缸，一縮身間，已抽出匕首，藏入長袍，刀口向外。他一口水噴得瑞棟雙目難睜，跟著縱身向前，抱住了他，這把削鐵如泥的匕首已刺入他心口。倘若當真相鬥，十個韋小寶也不是他對手，但倉卒之間，奇變橫生，赫赫有名的瑞副總管竟爾中了暗算。

韋小寶和瑞棟二人如何搶入房中，韋小寶如何擗入水缸，方怡和沐劍屏隔著帳子都看得清清楚楚，但瑞棟將韋小寶從水缸中抓了出來，隨即遭殺，韋小寶使的是甚麼手法，方沐二女卻都莫名奇妙。

韋小寶想吹幾句牛，說道：「我……我……這……這……」只聽得自己聲音嘶啞，竟說不出話來，適才死裏逃生，已嚇得六神無主。

沐劍屏道：「謝天謝地，你……居然殺了這韃子。」方怡道：「這瑞棟外號『鐵掌無敵』，今晚打死了我沐王府的三個兄弟。你為我們報了仇，很好，很好！」

韋小寶心神略定，說道：「他是『鐵掌無敵』，就是敵不過我韋……桂公公、吾老公。我是第一流的武學高手，畢竟不同。」伸手到瑞棟懷中去掏摸，摸出一本寫滿了小字的小冊子，又有幾件公文。

韋小寶也不識得，順手放在一旁，忽然觸到他後腰硬梆梆的藏著甚麼物件，用匕首

462

割開袍子，見是一個油布包袱，說道：「這是甚麼寶貝了，藏得這麼好？」割斷包上絲

縧，打開包袱，原來包著一部書，書函上赫然寫著「四十二章經」五字。這經書的大小

厚薄，與以前所見的全然一樣，只不過封皮是紅綢白邊。

韋小寶叫道：「啊喲！」忙伸手入懷，取出從康親王府盜來的那部《四十二章經》，

幸好他摔入水缸之後，立即為瑞棟抓起，只濕了書函外皮，並未濕到書頁。兩部經書放

在桌上，除了封皮一是紅綢、一是紅綢鑲白邊之外，全然一模一樣。太后手裏已有兩部

《四十二章經》，是當日他與索額圖從鰲拜家裏抄來的，自己這時也有了兩部，心想：

「這經書中定有不少古怪，可惜我不識字，如請小郡主和方姑娘瞧瞧，定會明白。但這樣

一來，她們就瞧我不起了。」拉開抽屜，將兩部經書放入。

尋思：「剛才太后自己來殺我，她是怕我得知了她的秘密，洩漏出去，後來又派這

瑞棟來殺我，卻胡亂安了我一個罪名，說我勾引刺客入宮。她等了一回，不見瑞棟回

報，又會再派人來。這可得先下手為強，立即去向皇上告狀，挨到天明，老子逃出宮

去，再也不回來啦。」向方怡道：「我須得出去瞎造謠，說這瑞棟跟你們沐王府勾結

好老……好老……方姑娘（他本來想叫一聲「好老婆」，但局勢緊急，不能多開玩笑，以致誤

了大事，便改口叫她「方姑娘」）你們今晚到皇宮來，到底要幹甚麼？想行刺皇帝嗎？我

勸你們別行刺小皇帝，太后這老婊子不是好東西，你們專門去刺她好了。」

方怡道：「你既是自己人，跟你說了也不打緊。咱們假冒是吳三桂兒子吳應熊的手

下，到皇宮來行刺韃子皇帝。能得手固然甚好，否則的話，也可讓皇帝一怒之下，將吳

三桂殺了。」

韋小寶吁了口氣，說道：「妙計，妙計！你們用甚麼法子去攀吳三桂？」

方怡道：「我們內衣上故意留下記號，是平西王府的部屬，有些兵器暗器，也刻上平西王府的字樣。有幾件舊兵器，就刻上『大明山海關總兵府』的字樣。」韋小寶問道：「那幹甚麼？」方怡道：「吳三桂這廝投降韃子之前，在我大明做山海關總兵。」

韋小寶點頭道：「這計策挺厲害。」

方怡道：「我們此番入宮，想必有人戰死殉國，那麼衣服上的記號，便會給韃子發覺。倘若遭擒，起初不供，等到給韃子拷打得死去活來，才供出是受了平西王指使，前來行刺皇帝。我們一進宮，便在各處丟下刻字的兵器，就算大夥兒僥倖能全軍退回，也已留下了證據。」她說得興奮，喘氣漸急，臉頰上現出紅潮。

韋小寶道：「那麼你們進宮來，並不是為了來救小郡主？」方怡道：「自然不是。我們又不是神仙，怎知小郡主竟會在皇宮之中？」

韋小寶點點頭，問道：「你身邊可有刻字的兵刃？」方怡道：「有！」從被窩中摸出一把長劍，但手臂無力，沒法將劍舉高。韋小寶笑道：「幸虧我沒睡到你身邊，否則便給你一劍殺了。」方怡臉上一紅，瞪了他一眼。

韋小寶接過劍來，藏在瑞棟屍身腰間，道：「我去告狀，說這瑞棟是刺客一夥，這可不是證據麼？」方怡搖了搖頭，道：「你瞧瞧劍上刻的是甚麼字？」韋小寶問道：「刻的甚麼字？」反正看了也是不識，不如不看。方怡道：「那是『大明山海關總兵府』

464

八字，這瑞棟是滿洲人，不會在大明山海關總兵部下當過差罷。」

韋小寶「嗯」了一聲，取回長劍，放在床上，道：「得在他身上安些甚麼贓物才好？」一轉念間，說道：「好極了！」將吳應熊所贈的那兩串明珠，一對翡翠雞，還有那疊金票，全都塞在瑞棟懷裏。他知金票是北京城中的金鋪所發，吳應熊派人去買來的，只須一查金鋪店號，便知來源，這番栽贓當真天衣無縫，心道：「吳世子啊吳世子，老子逃命要緊，只好對你不住了。」

他抱起瑞棟的屍身，要移入花園，只走一步，忽聽得屋外有人走近。他輕輕將屍身放下，只聽得一人說道：「皇上有命，吩咐小桂子前往伺候。」

韋小寶大喜，心想：「我正躭心今晚見不到皇上，又出亂子。現下皇上來叫我去，那再好沒有了。這瑞棟的屍身，可搬不出去啦。」應道：「是，待奴才穿衣，即刻出來。」將瑞棟的屍身輕輕推入床底，向小郡主和方怡打幾個手勢，叫她們安臥別動，匆匆除下濕衣，換上一套衣衫，那件黑絲棉背心雖也濕了，卻不除下。

正要出門，心念一動：「這姓方的小娘不大靠得住，可別偷我東西。」將兩部《四十二章經》和大疊銀票都揣在懷裏，這才熄燭出房，卻忘了攜帶師父所給的武功圖本。

康熙在上書房中查問刺客的武功家數。

韋小寶靈機一動，指手劃腳，使了兩招出來。

康熙認出是沐家拳中的一招「橫掃千軍」，一招「高山流水」，大為高興。

第十二回

語帶滑稽吾是戲　弊清摘發爾如神

韋小寶走出大門，見門外站著四名太監，卻都不是熟人。為首的太監道：「桂公公，皇上半夜三更都要傳你去，嘖嘖嘖，皇上待你真沒得說的。瑞副總管呢？皇上也要傳他，跟桂公公同去見駕。」韋小寶心中一凜，說道：「瑞副總管回宮了嗎？我可從來沒見過。」那太監道：「是嗎？咱們這就快先去罷。」說著轉過身來，在前領路。

韋小寶暗暗納罕：「他為甚麼問我瑞副總管？皇上怎知瑞副總管跟我在一起？」又想：「我是副首領太監，職位比你高得多，你怎地走在我前面？你年紀不小了，難道還不懂宮裏規矩？」問道：「公公貴姓？咱們往日倒少見面。」那太監道：「我們這些閒雜小監，桂公公自然不認得。」韋小寶道：「皇上派公公來傳我，那也不是閒雜小監了。」

說話之間，見他轉而向西，皇帝的寢宮卻是在東北面，韋小寶道：「你走錯了罷？」那太監道：「沒錯，皇上在向太后請安，剛才鬧刺客，怕驚了慈駕。咱們去慈寧宮。」

韋小寶一聽到去見太后，吃了一驚，便停了腳步。

走在他後面的三名太監中，二人突然向兩旁一分，分站左右，四人將他夾在中間。

韋小寶一驚更甚，暗叫：「糟糕，糟糕！怎麼是皇上叫我去伺候，一鬧將起來，眾侍衛聞聲趕至，那裏還逃得脫？他心中怦怦亂跳，笑嘻嘻的道：「是去慈寧宮嗎？那倒好得很，拿我。」雖不知這四人是否會武，但以一敵四，總之打不贏，分明是太后來捉

太后每次見到我，不是金銀，便是糖果糕餅，定有賞賜。太后待奴才們最好了，她說我小孩子家貪嘴，總是賞不少吃的。」說著便走上了通向太后寢宮的迴廊。

四名太監見他依言去慈寧宮，便回復了一前三後的位置。

韋小寶道：「上次見到太后，運氣當真好極。太后說我拿了鰲拜，功勞不小，一賞

就賞了我五千兩金子，二萬兩銀子。我力氣太小，可那裏搬得動？太后說：『搬不動，

慢慢搬。小桂子啊，你這錢怎麼個用法？」我說：『回太后：奴才最喜歡結交朋友，身

邊有了金子銀子，太監之中那個跟奴才說得來的，奴才就送給他們一些。有錢大家花

啊！」他信口胡扯，腦中念頭急轉，籌思脫身之計。

他身後那太監道：「那有賞這麼多的？」韋小寶道：「哈，不信嗎？瞧我的。」從

懷中摸出一大疊銀票，有的是五百兩一張，有的一千兩，也有二千兩的。

燈籠火光照映之下，看來依稀不假，四名太監只瞧得氣也透不過來，都停住了腳步。

韋小寶抽了四張銀票，笑道：「皇上和太后不斷賞錢，我怎麼花得光？這裏四張銀

票，有的二千兩，有的一千兩，四位兄弟碰碰運氣，每人抽一張去。」

四名太監都不信，世上那有將幾千兩銀子隨手送人的？都不伸手去抽。

韋小寶道：「身邊銀子太多，沒地方花用，有時也不大快活。眼下我去見太后和皇

上，又不知要賞多少銀子給我了。」說著將銀票高高揚起，在風中抖動，斜眼察看周遭

地形。

一名太監笑道：「桂公公，你真的將銀票給我們，可不是開玩笑罷？」韋小寶道：

「有甚麼玩笑好開？我們尚膳監裏的兄弟們，那一個不得過我千兒八百的？來來來，碰碰

手氣，那一位兄弟先來抽？」那太監笑嘻嘻的道：「我先來抽。」韋小寶道：「等一會

兒，你們看清楚了。」將四張銀票湊到燈籠火光之下。四名太監看得分明，果然都是一

千兩、二千兩的銀票，都不由得臉上變色。太監不能娶妻生子，又不能當兵做官，於金銀財物比之常人更加倍的喜歡。這四人雖在宮中當差已久，但一千兩、二千兩銀子的銀票，卻也從沒見過。

韋小寶揚起手來，將銀票在風中舞了幾下，笑道：「好，這位大哥先來抽！」那太監伸手去抽，手指還沒碰到銀票，韋小寶一鬆手，四張銀票讓風吹得飛了出去，飄飄盪盪，飛上花叢。韋小寶叫道：「啊喲，你怎麼不抓牢？快搶，快搶，那一搶到，銀票便是他的。」四名太監拔步便追。

韋小寶叫道：「快抓，別飛走了！」身子一矮，鑽入了早就瞧準了的假山洞中。他知御花園這一帶的假山極多，山洞連環曲折，鑽進去之後，一時可還真不容易找到。

四名太監趕著去搶銀票，兩個人各拾到一張，一人拾到了兩張，卻有一人落空，兩人登時爭執起來。一個說：「說好一人一張，快分一張來。」一個說：「桂公公說的，誰拾到便是誰的，兩張都是我的。」一個說：「甚麼一千兩的？說得好輕鬆自在，一兩的也沒有。」沒拾到銀票的一把抓住他胸脯，道：「你給不給？咱們請桂公公評評這個理。」一轉身，韋小寶已不知去向。四人大吃一驚，齊聲大叫，四下找尋。沒拾到銀票的太監兀自不肯罷休，抓住了拾到兩張之人的衣襟，定要他分一張過來。

韋小寶早已躲入十餘丈外的山洞，聽二人大聲爭吵，暗暗好笑，尋思：「我躲到天明，從側門溜出宮去，就再也不回來了。」只聽一名太監道：「太后吩咐的，說甚麼也

要將桂公公和瑞副總管立即傳去。他……他……可躲到那裏去了?」另一名太監道:

「他在宮裏，也躲不到那裏去。只是他給銀票的事，可不能說出來。郝兄弟，你兩張銀

票，就分一張給小勞，否則他一定會抖出來，大家發不成財，還得糟糕。」

忽聽得腳步聲響，西首有幾人走近，一人說道:「今晚宮中鬧刺客，只怕大夥兒明

兒都要受處分。」韋小寶一聽，便知是宮中侍衛。另一人道:「只盼桂公公在皇上面前

多說幾句好話。」又一人道:「桂公公年紀雖小，爲人可眞夠交情，實在難得。」

韋小寶大喜，從山洞中鑽出，低聲道:「衆位兄弟，快別作聲。」當先兩名侍衛提

著燈籠，輕聲叫道:「桂公公。」韋小寶見這羣侍衛共有十五六人，正是剛才到自己窗

口來過的那批人。他記得這些人的名字，說道:「張大哥、趙大哥，那邊四名太監勾結

刺客，大夥兒快去拿住了，功勞不小。」跟著又叫了幾人名字，說道:「赫大哥、鄂大

哥，先點了這四個人啞穴，要不然便打落他們下巴，別讓他們大聲嚷嚷，驚動了皇上。」

衆侍衛聽說是四名太監，也不放在心上，作個手勢，吹熄燈籠，伏低身子，慢慢掩

將過去。那四名太監兩個在山洞中找韋小寶，兩個在爭銀票，都全神貫注。衆侍衛合圍

之勢一成，一聲低哨，四面八方擁出，三四人服侍一個，將四名太監撳翻在地。這些侍

衛武功並不甚高，誰也不會點穴，當下或使擒拿手法，或以掌擊，打落了四人下巴。

四名太監張大了嘴巴，一句話也說不出來，不明所以，驚惶已極。

韋小寶指著旁邊一間屋子，喝道:「拉進去拷問!」衆侍衛將四名太監橫拖倒曳，

拉進廂廳，有人點起燈籠，高高舉起。韋小寶居中一坐，衆侍衛拉四名太監跪下。

四人奉太后之命來捉人，如何肯跪？眾侍衛拳打足踢，強行按倒。

韋小寶道：「你們四人剛才鬼鬼祟祟的，在爭甚麼東西？說甚麼一千兩是你的，二千兩是我的？又說甚麼外面來的朋友這趟運氣不好，給狗侍衛們害死了不少。『外面來的朋友』是甚麼朋友？為甚麼叫侍衛大人『狗侍衛』？」

眾侍衛大怒，一腳腳往四人背上踢去。四名太監肚中大叫「冤枉」，卻那裏說得出口？

韋小寶又道：「我跟在你們背後，聽到一個說：『是我帶路的，那兩張銀票，是他給我的，怎可分給你？』說著向那抓到兩張銀票的姓郝太監一指，又指著那沒搶到銀票的小勞道：『你說：『大家一起幹這件大事，殺頭抄家，罪名都是一般，為甚麼不分給我？不行，一定要分。』』指著另一名太監道：『你說：『郝兄弟，你兩張銀票，就分一張給小勞，否則他一定會抖出來，大家發不成財，還得殺頭抄家。』這句話是你說的，是不是？你們一起幹甚麼大事？為甚麼要殺頭抄家？又分甚麼銀票不銀票的？』

眾侍衛道：「他們給刺客帶路，自然犯了殺頭抄家的大罪。分甚麼銀票，搜搜他們身上就是了。」一搜之下，立時便搜出那四張銀票，眾侍衛見這四張銀票數額如此巨大，都大聲叫了起來。一名尋常太監的月份銀子，不過四兩、六兩，忽然身上各懷巨款，那裏還有假的？

那姓趙的侍衛問那身上有兩張銀票的太監：「你姓勞？」那太監面無人色，也點了點頭。那姓趙的侍衛又問身上沒有銀票的太監：「你姓郝？」那太監點了點頭。那姓趙的侍衛道：「好啊，刺客給了你們這許多銀子，你們就給刺客帶路，叫他們『外面的朋友』，叫

我們『狗侍衛』？你奶奶的！」一腳用力踢去，那姓郝的太監眼珠突出，口中嗬嗬連聲。

那姓趙的侍衛道：「不可莽撞，得好好盤問。」俯身伸手，在那姓勞太監的下顎骨上一托，給他接上了下巴。韋小寶喝道：「你們幹這件大事，到底是受了誰的指使？這等大膽，快快招來！」那太監道：「冤枉，冤枉！是太后吩咐我們……」

韋小寶一躍而前，左手按住他嘴巴，喝道：「胡說八道！這種話也說得的？你再多口，立時便殺了你。」韋小寶道：「你們是奉命辦事，並不是自己的主意，是不是？」三名太監連連點頭。韋小寶道：「好！你們是奉命辦事，並不是自己的主意，是不是？」三名太監連連點頭。韋小寶道：「他說這是太后指使，這……這……這可大禍臨頭了。」

眾侍衛一齊臉上變色，說道：「太后吩咐他們將刺客引進宮來？」他們都知皇上並非太后的親生兒子，太后向來精明果斷，難道皇上得罪了太后，因而……因而……宮闈之中勾心鬥角，甚麼可怕的事情都有，自己竟然牽涉其中，委實性命交關。

韋小寶問另一名太監：「你們當真是太后派來辦事的？這件事干係重大，可胡說不得。當真是太后差遣的？」那太監說不出話，只連連點頭。韋小寶道：「這幾張銀票，也是太后給的？」三名太監一齊搖頭。韋小寶道：「不是太后給的？」三名太監連連點頭。韋小寶道：「你們要死還是要活？」三人搖頭。韋小寶問：「你們要死？」三人搖頭。韋小寶問：「要活？」三人頭點得快極。

韋小寶道：「你們要死？」三人搖頭。韋小寶問：「你們要死？」三人搖頭。韋小寶問：「要活？」三人頭點得快極。

韋小寶一拉兩名為首的侍衛，三人走到屋外。韋小寶低聲道：「張大哥、趙大哥，

咱們的吃飯傢伙，這一趟只怕要搬一搬家了。」那姓張的名叫張康年，姓趙的叫趙齊賢，都是漢軍旗的，早給嚇得神魂不定，齊道：「那……那怎麼辦？」韋小寶道：「我是半點主意也沒有，張大哥、趙大哥瞧著該怎麼辦？」張康年道：「倘若張揚出來，也不知會鬧到甚麼地步，如能遮掩，那是最好不過。」趙齊賢道：「是啊，不如將這四名太監放了，大家裝作沒這回事就是。」張康年道：「就只怕人無害虎意，虎有傷人心。」

韋小寶道：「放了他們，本來極好，不過要他們不可去稟明太后。否則的話，太后一怒之下，要殺人滅口，這四個太監固然活不成，咱們這裏一十六個兄弟，再加上我，多半要分成三十四截。」

張趙二人同時打個寒戰。張康年舉起右掌，虛劈一掌。韋小寶向趙齊賢瞧去，趙齊賢點點頭，問道：「他們身邊那四張銀票？」韋小寶道：「這六千兩銀子，眾位大哥分了就是。我是嚇得魂飛魄散，只求這件事不惹上身來，銀子是不要的了。」張趙二人聽得有六千兩銀子好分，每人可分得三百多兩，更無遲疑，轉身入屋，在四名侍衛耳邊說了幾句話。那四人點了點頭，拉起四名太監，說道：「你們既是太后身邊的人，這就回去罷！」

那名叫小勞的太監先前給韋小寶以匕首柄擊暈了，這時已然醒轉。四名太監大喜，走出屋去，四名侍衛跟了出去。只聽得外面「嗬嗬嗬嗬」幾聲慘叫，跟著外面一名侍衛叫道：「有刺客，有刺客！」另一人叫道：「啊喲，不好，刺客殺死了四個太監。」四名侍衛走進屋來，向韋小寶道：「桂公公，外邊又有刺客，害死了四位公公。」四

韋小寶長嘆一聲，道：「可惜，可惜！刺客逃走了，追不上了？」一名侍衛道：「就沒見到刺客的影子。」韋小寶道：「嗯，那是誰也沒法子了。四位公公給刺客刺殺之事，你們這就去稟明多總管罷！」眾侍衛強忍笑容，齊聲應道：「是！」韋小寶再也忍耐不住，哈哈大笑。眾侍衛也都大笑不止。韋小寶笑道：「眾位大哥，恭喜發財，明兒見。」

韋小寶興匆匆回到住處，將到門口，忽聽得花叢中有人冷冷的道：「小桂子，你好！」韋小寶聽得是太后的聲音，大吃一驚，轉身便逃，奔出五六步，只覺一隻手搭上了左肩肩頭，全身痠麻，便如有幾百斤大石壓在身上，再難移步。他急忙彎腰，伸手去拔匕首，手指剛碰到劍柄，右手上臂已吃了一掌，忍不住「啊」的一聲叫了出來。只聽得太后沉聲道：「小桂子，你年紀輕輕，真好本事啊。不動聲色，殺了我四名太監，還會栽贓嫁禍，連我都敢誣陷，哼，哼……」

韋小寶心中只連珠價叫苦，情急之下，料想太后對自己恨之入骨，甚麼哀求都必無用，只有豁出性命，狠狠嚇她一嚇，挨得過一時三刻，再想法子逃命，說道：「太后，你此刻殺我，已經遲了，可惜啊，可惜！」太后冷冷的道：「可惜甚麼？」韋小寶道：「你想殺我滅口，只可惜遲了一步。剛才那些侍衛們說此甚麼話，想來……想來你都聽到了。」太后陰森森的道：「你說我派這四名沒用的太監，勾引刺客入宮。哼，我又為的是甚麼？」

韋小寶道：「我怎知道你爲的是甚麼，皇上就多半知道。」反正這條性命十成中已

死了九成九，索性給她無賴到底。

太后怒極，冷笑道：「我掌力一吐，立即叫你斃命，只太便宜了你這小賊。」

韋小寶道：「是啊，你掌力使勁，就殺了小桂子，明日宮裏人人都知道了。『小桂

子怎麼死了？』『自然是太后殺的。』『太后幹麼殺他？』『因爲小桂子撞破了太后的秘

密。』『甚麼秘密啊？』『這件事說來話長，來來來，你到我屋子裏來，我仔仔細細的說

給你聽。你千萬不能跟旁人說啊，這件事委實非同……非同小可。』」

太后氣得搭在他肩旁上的手不住發抖，緩了一口氣，才道：「大不了也只那十幾名侍

衛知道，我殺了你之後，立刻命瑞棟將這十幾個傢伙都抓了起來，即刻處死，還有甚麼

後患？」

韋小寶哈哈大笑。太后道：「死到臨頭，虧你還笑得出。」韋小寶道：「太后，你

說要瑞棟殺人？他……他……哈哈……」太后問道：「他怎樣？」韋小寶道：「他早

已給我……」本想說「他早已給我一刀斃了」，突然間靈機一動，又「哈哈」了幾聲。太

后又問：「早已給你怎麼樣？」韋小寶道：「他早已給我收得貼貼服服，再也不聽你的

話啦。」

太后冷笑一聲，道：「憑你這小鬼能有多大本事，能叫瑞副總管不聽我的話。」韋

小寶道：「我是個小太監，他自然不怕。瑞副總管怕的卻是另一位。」太后顫聲道：

「他……他怕的是皇上？」韋小寶道：「我們做奴才的，自然怕皇上，那也怪他不得啊，

是不是？」太后道：「你跟瑞棟說了些甚麼？」韋小寶道：「甚麼都說了。」

太后喃喃的道：「甚麼都說了。」沉默半晌，道：「他……他人呢？」

好，大大的好，就只怕不怎麼容易。」太后驚問：「他出宮去了？」韋小寶道：

說道：「不錯。他說他既怕皇上，又怕了你，夾在中間難做人，只怕有甚麼性命的憂

愁，又有甚麼殺身的大禍，不如高走遠飛。」太后道：「高飛遠走。」韋小寶道：

「對，對！太后，你怎麼知道？你聽到他說這句話麼？他是高飛遠走了！」

太后哼了一聲，說道：「他連官也不要做了？逃到那裏去啦？」韋小寶道：「他…

…他是到……」心念一動，道：「他說到甚麼台山，甚麼六台、七台、八台山去啦。」

太后道：「五台山！」韋小寶道：「對，對！是五台山。太后，你甚麼都知道。」

太后問道：「他還說甚麼？」韋小寶道：「也沒說甚麼。只不過……只不過說，我

託他辦的事，他無論如何會辦到的。他賭了咒，立下了重誓，甚麼千刀萬剮、絕子絕孫

的。」太后道：「你託他辦甚麼事？」韋小寶道：「也沒甚麼。瑞副總管本來說，他不

做官也不打緊，就是出門沒盤纏，那又不是一年半載的事。我就送了他二萬兩銀子的銀

票。」太后道：「你倒發財得緊哪，那裏來的這許多銀子？」韋小寶道：「那也是旁人

送的，康親王送些，索額圖大人送些，吳三桂的兒子也送了些。」太后道：「你出手這

樣豪爽，瑞棟自然要感恩圖報了，你到底要他辦甚麼事？」韋小寶道：「奴才不敢說。」

太后厲聲道：「你說不說？」搭在他肩頭的手掌用力壓落。韋小寶「唉唷」一聲。太后

掌力稍鬆，喝道：「快說！」

韋小寶嘆了口氣，說道：「瑞副總管答允我，奴才在宮裏倘若給人害死，他就將這中間的原因，詳詳細細稟明皇上。他說他要去寫一個奏摺，放在身邊。他跟奴才約定，每隔兩個月，奴才到天橋去找一個賣……賣冰糖葫蘆的漢子，問他：『有翡翠瑪瑙的冰糖葫蘆沒有？』他就說：『有啊，一百兩銀子一串。』我說：『這樣貴啊？二百兩銀子賣不賣？』他說：『不賣，不賣！你還沒歸天嗎？』我說：『你去跟老頭子說罷！』他就去通知瑞副總管了。」危急之際，編不出甚麼新鮮故事，只好將陳近南要他和徐天川聯絡的對答稍加變化。

太后哼的一聲，說道：「這等江湖上武人聯絡的法門，料你這小賊也想不出來，是瑞棟這膽小傢伙教你的，是不是？」韋小寶假作驚奇，說道：「咦！你怎知是瑞副總管教我的？是了，他跟我說的時候，你都聽到了。」只覺太后按在自己肩頭的手不住顫動，過了好一會，聽得她問：「你到時候如不去找那賣冰糖葫蘆的，那怎麼樣？」

韋小寶道：「瑞副總管說，他會再等十天，我如仍然不去，那自然是奴才的小命不保，他……他就想法子來稟明皇上。那時候奴才死都死了，本來也沒甚麼好處，不過奴才對皇上一片忠心，要請皇上千萬小心，有怨報怨，有仇報仇，別要受人暗算。那也是奴才和瑞副總管忠心為主罷啦。」

太后喃喃的道：「有怨報怨，有仇報仇，那好得很哪。」韋小寶道：「這些日子

來，奴才天天服侍皇上，可半點口風也沒露。只要奴才好好活著，在皇上身邊侍候，這種事情就永遠別讓皇上知道的好，又何必讓皇上操心呢？」太后吁了口氣，說道：「你倒是個大大的好人哪。」韋小寶道：「皇上待奴才很好，太后待奴才可也不壞啊。奴才對太后忠心，說不定太后心中一歡喜，又賞賜些甚麼，那不是大家都挺美麼？」

太后嘿嘿嘿的冷笑幾聲，說道：「你還盼我賞賜你甚麼，臉皮當真厚得可以。」冷笑聲中竟有了幾分歡愉之意，語氣也已大為寬慰。

韋小寶聽她語氣已變，情勢大為緩和，忙道：「奴才有甚麼貪圖？只要太后和皇上平平安安的，大家和和氣氣的過日子，咱們做奴才的就是天大的福氣了。太后你老人家萬福金安，奴才明兒這就到天橋去，找到那個漢子，叫他儘快去通知瑞副總管，要他守口如瓶。奴才……再要他帶三千兩銀子去，說是太后賞他的。」太后哼了一聲，說道：「這種人辦事不力，棄職潛逃，我不砍他腦袋是他運氣，還賞他銀子？」韋小寶道：「是，是！這三千兩銀子，自然是奴才出的。太后怎能再賞他銀子？」

太后慢慢鬆開了搭在他肩頭的手，緩緩的道：「小桂子，你當真對我忠心麼？」

韋小寶跪下地來，連連磕頭，說道：「奴才對太后忠心，有千萬般好處，若不忠心，腦袋瓜子搬家。小桂子雖然胡塗，這顆腦袋倒也看得挺要緊的。」太后點點頭，說道：「很好，很好！」說一聲「很好」，在他背上拍一掌，連說三聲，連拍三掌。

韋小寶登時頭暈目眩，立時便欲嘔吐，喉間「呃呃呃」的不住作聲。

太后道：「小桂子，那天晚上，海大富那老賊說道，世間有一門叫做甚麼『化骨綿

479

掌」的功夫，倘若練得精了，打在身上，可以教人全身骨骼俱斷。這門功夫是很難練的。我自然也不會，不過覺得你這小孩兒很乖，很伶俐，在你背上打三掌試試，也挺有趣的。」

韋小寶胸腹間氣血翻湧，再也忍耐不住，「哇」的一聲，又是鮮血，又是清水，大口吐了出來，心道：「老婊子不信我的話，還是下了毒手。」

太后道：「你不用害怕，我不會打死你的，你如死了，誰去天橋找那賣冰糖葫蘆的呢？只不過讓你帶點兒傷，幹起事來就不怎麼伶俐了。」韋小寶道：「多謝太后恩典。」

韋小寶掙扎著站起，慢慢繞到屋後，伏在窗檻上喘了一會氣，這才爬進窗去。

小郡主沐劍屏低聲問道：「桂大哥，是你嗎？」韋小寶正沒好氣，罵道：「去你媽的，不是我。」方怡接口道：「小郡主好好問你，你為甚麼罵人？」韋小寶剛爬到窗口，說道：「我⋯⋯」一口氣接不上來，砰的一聲，摔進窗來，躺在地下，再也站不起身。

方怡與沐劍屏齊聲「哎喲」，驚問：「怎⋯⋯怎麼啦？你受了傷？」

韋小寶這一交摔得著實不輕，但聽得兩女語氣中大有關切之意，心情登時大好，哈哈一笑，喘了幾口氣，又想：「老婊子這幾掌，也不知是不是『化骨綿掌』，說不定她練得不到家，老子穿著寶貝背心，骨頭又硬，她化來化去，化老子不掉⋯⋯」說道：「好妹子和好老婆都受了傷，我如不也傷上一些，叫甚麼有福共享，有難同當呢？」

沐劍屏道：「桂大哥，你傷在那裏？痛不痛？」韋小寶道：「好妹子有良心，問我

痛不痛。痛本來是很痛的，可是給你問了一聲，忽然就不痛了。你說奇不奇怪？」沐劍屏笑道：「你又來騙人了。」

韋小寶手扶桌子，氣喘吁吁的站起，心想：「我這條老命現下還在，全靠瑞副總管夠交情，肯撐腰，只要老媼子一知瑞副總管已死，韋小寶的老命再也挨不過半個時辰。」從藥箱裏拿出那隻三角形青底白點的藥瓶。海老公藥箱中藥粉、藥丸甚多，他卻只認得這瓶「化屍粉」。將瑞棟的屍身從床下拉出，取回塞在他懷中的金票和珍玩。

沐劍屏道：「把你們兩個都嚇死了，這死人豈不是多了兩個羞花閉月的女伴？」方怡道：

小寶道：「你一直沒回來，這死人躺在我們床下，可把我們兩個嚇死了。」韋

「呸，小郡主，別跟他多說。」

韋小寶道：「我變個戲法，你們要不要看？」方怡道：「不看。」韋小寶道：「不看的就閉上了眼睛。」方怡當即閉上眼睛。沐劍屏跟著也閉上眼，但隨即又睜開了。

韋小寶從藥箱中取出一枝小銀匙，拔開藥瓶木塞，用小銀匙取了少許「化屍粉」，倒在瑞棟屍身的傷口之中，過不多時，傷口中便冒出煙霧，跟著發出一股強烈臭味，再過一會，傷口中流出許多黃水，傷口越爛越大。沐劍屏「咦」的一聲。方怡好奇心起，睜開眼睛，一見到這情景，一雙眼睛睜得大大的，再也閉不攏了。

屍體遇到黃水，便即腐爛，黃水越多，屍體爛得越快。

韋小寶見她二人都有驚駭之色，說道：「你們那一個不聽我話，我將這寶粉洒一點在你們臉上，立刻就爛成這般樣子。」沐劍屏道：「你……你別嚇人。」方怡怒目瞪了

他一眼，驚恐之意卻難以自掩。韋小寶笑嘻嘻的走上一步，拿著藥瓶向她晃了兩下，收入懷中。

不多時瑞棟的屍身便爛成了兩截。韋小寶提起椅子，用椅腳將兩截屍身都推入黃水，過不了大半個時辰，盡數化為黃水。他吁了一口長氣，心想：「老娘子就是差一百萬兵到五台山去，也捉不到瑞棟了。」他到水缸中去舀水沖地，洗去屍首中流出來的黃水，沒沖得幾瓢水，身子一歪，倒在床上，困倦已極，就此睡去。

醒來時天已大亮，但覺胸口一陣煩惡，作了一陣嘔，卻嘔不出甚麼。只聽得沐劍屏關心的聲音問道：「桂大哥，好些了嗎？」韋小寶坐起身來，才知自己在方沐二人腳邊和衣睡了半夜，見天色不早，忙跳下床來，說道：「我趕著見皇帝去，你們躺著別動。」想從窗中爬出去，但腰背痛得厲害，只得開門出去，反鎖了門。

韋小寶到上書房候不了半個時辰，康熙退朝下來，笑道：「小桂子，聽說你昨晚殺了個刺客。」韋小寶請了個安，說道：「皇上聖體安康。」康熙笑道：「你運氣好，跟刺客交上了手，我可連刺客的影兒也沒見著。你殺的那人武功怎樣？你用甚麼招數殺的？」

韋小寶並沒跟刺客動手過招，皇帝武功不弱，可不能隨口亂說，靈機一動，想起那日在楊柳胡同白家，風際中和玄貞道人比擬動手過招的情景，便道：「黑暗之中，我只跟他瞎纏爛打，忽然間他左腿向右橫掃，右臂向左橫掠……」一面說，一面手腳同時比劃。

482

康熙拍手道：「對極，對極！正是這一招！」韋小寶一怔，問道：「皇上，你會這一招？」康熙笑道：「你知道這一招叫甚麼？」韋小寶早知叫做『橫掃千軍』，卻道：「奴才不知。」康熙笑道：「我教你個乖，這叫『橫掃千軍』！」韋小寶甚是驚訝，道：「這名字倒好聽！」他驚的不是這一招的名稱，而是康熙竟也知道了。

康熙道：「他使這一招打你，你又怎麼對付？」韋小寶道：「一時之間，我心慌意亂，眼看對付不了，忽然想起你跟我比武之時，使過一記極妙的招數，將我摔得從你頭頂飛了過去，好像你說過的，是武當派的武功『翎羊掛角』。」康熙大喜，叫道：「你用我的武功破他這招『橫掃千軍』？」韋小寶道：「正是。我學的武功，本來並不高明，幸好咱倆比武打架打得多了，你使的手法我也記得了一大牛。我記得你這麼一打，這麼一拗⋯⋯」康熙喜道：「對，對，這是『紫雲手』與『折梅手』。」

韋小寶心想：「我拍他馬屁，可須拍個十足十！」說道：「我便學你的樣，忙去抓他的手，抓是抓住了，就只力氣不夠，抓的部位又不大對頭，給他左手用力一抖，就掙脫了。」康熙道：「可惜，可惜。我教你，應當抓住這裏『會宗』與『外關』兩穴之間，他就無論如何掙不脫。」康熙伸手抓住韋小寶的手腕穴道。韋小寶假裝使勁，咬牙切齒的掙了幾下，自然沒法掙脫，道：「你早教了我，也就沒有後來的兇險了。」康熙放開了他的手，笑問：「後來怎樣？」

韋小寶道：「他一掙脫，身子一轉，已轉在我背後，雙掌擊我背心⋯⋯」康熙叫道：「高山流水！」韋小寶道：「這一招叫『高山流水』麼？當時我可給他嚇得落花流

水了，無可奈何之中，只好又用上你的招數。」

康熙笑道：「沒出息！怎地跟人打架，不用師父教的功夫，老是用我的招數？」韋小寶道：「師父教的招數，練起來倒也頭頭是道，一跟人真的拚命，那知全不管用，反而是你那些招數，突然間打從心底裏冒了上來。皇上，那時候他手掌邊緣已打上我背心，我早嚇得魂不附體，又怎能去細想用甚麼招數！我身子借勢向前一撲，從右邊轉了過去。」康熙道：「很好！那是『迴風步』！」韋小寶道：「是嗎？我躲過了他這一招，乘勢拔出匕首，反手一劍，大叫：『小桂子，投不投降？』」

康熙哈哈大笑，問道：「怎麼叫起小桂子來？」

韋小寶道：「奴才危急之中不知怎地，竟把你的招數學了個十足。這反手一劍，本來是你反手一掌，打在我背心，大叫：『小桂子，投不投降？』我想也不想的使了出來，嘴裏卻也這麼大叫。他哼了一聲，沒來得及叫『投降』，就已死了。」

康熙笑道：「妙極，妙極！我這反手一掌，叫作『孤雲出岫』，沒想到你化作劍法，一擊成功。」康熙練了武功之後，只與韋小寶假打，總與真的跟敵人性命相拚那麼過癮，此刻聽到韋小寶手刃敵人，所用招數全是從自己這裏學去的，自是興高采烈，心想若是自己出手，定比韋小寶更精采十倍，說道：「這些刺客膽子不小，武功卻也稀鬆平常。」

韋小寶道：「皇上，刺客的武功倒也不怎麼差勁。咱們宮裏的侍衛，就有好幾個傷在他們手裏。總算小桂子命大，曾侍候皇上練了這麼久武功，偷得了你三招兩式。否則

484

的話，皇上，你今兒可得下道聖旨：撫卹殉職忠臣小太監小桂子紋銀一千兩。」

康熙笑道：「一千兩那裏夠？至少是一萬兩。」兩人同時哈哈大笑。

康熙道：「小桂子，你可知道這些刺客是甚麼人？」韋小寶道：「我就是不知。皇上明白他們的武功家數，多半早料到了。」康熙道：「本來還不能拿得穩，你剛才這一比劃，又多了一層證明。」雙手一拍，吩咐在上書房侍候的太監：「傳索額圖、多隆二人進來。」

那兩人本在書房外等候，一聽皇帝傳呼，便進來磕頭。

多隆是滿洲正白旗的軍官，進關之時曾立下不少戰功，武功也甚了得，但一直受鰲拜排擠，在官場中很不得意，最近鰲拜倒了下來，才給康熙提升為御前侍衛總管，掌管乾清門、中和殿、太和殿各處宿衛。領內侍衛大臣共有六人，正黃、正白、鑲黃三旗每旗兩人，其中眞正有實權的，只有掌管宮中宿衛的御前侍衛正副總管。多隆新任要職，宮裏突然出現刺客，已一晚沒睡，心下惴惴，不知皇帝與皇太后是否會怪罪。

康熙見他雙眼都是紅絲，問道：「擒到的刺客都審明了沒有？」多隆道：「回皇上：擒到的活口叛賊共有三人，奴才分別審問，起初他們抵死不說，後來熬刑不過，這才招認，果然……果然是平西王……平西王吳三桂的手下。」康熙點點頭，「嗯」了一聲。多隆又道：「叛賊遺下的兵器，上面刻著有『平西王府』的字樣。格斃了的叛賊所穿內衣，也都有平西王府標記。昨晚入宮來侵擾的叛賊，證據確鑿，乃吳三桂的手下。就算不是吳三桂所派，他……他也脫不了干係。」

485

康熙問索額圖：「你也查過了？」索額圖道：「叛賊的兵器、內衣，奴才都查核過了，多總管所錄的叛賊口供，確是如此招認。」康熙道：「那些兵器、內衣，拿來給我瞧瞧。」

多隆應道：「是。」他知皇帝年紀雖小，卻甚精明，這件事又干係重大，早就將諸種證物包妥，命手下親信侍衛捧著在上書房外等候，當下出去拿了進來，解開包袱，放在案上，立即退了幾步。滿清以百戰而得天下，開國諸帝均通武功，原是不避兵刃，但在書房之中，臣子在皇帝面前露出兵刃，畢竟忌諱。多隆小心謹慎，先行退開。

康熙走過去拿起刀劍審視，見一把單刀的柄上刻著「大明山海關總兵府」的字樣，微微一笑，道：「欲蓋彌彰，固然不對，但弄巧成拙，故意弄鬼做過了火，卻也引人生疑。」向索額圖道：「吳三桂如派人來宮中行刺犯上，自然深謀遠慮，籌劃周詳，甚麼刀劍不能用，幹麼要攜帶刻了字的兵器？怎會想不到這些刀劍會失落宮中？」

索額圖道：「是，聖上明見，奴才拜服之至。」

康熙轉頭問韋小寶：「小桂子，你所殺的那名叛賊，使了甚麼招數？」韋小寶道：「他使了一招『橫掃千軍』，又使一招『高山流水』。」康熙問多隆：「那是甚麼功夫？」多隆雖是滿洲貴臣，於各家各派武功倒也所知甚博，這「橫掃千軍」與「高山流水」兩招，又不是生僻的招數，答道：「回皇上：那似乎是雲南前明沐王府的武功。」

康熙雙手一拍，說道：「不錯，不錯。多隆，你的見聞倒也廣博。」

多隆登感受寵若驚，臉上露出一絲笑容，跪下磕頭，道：「謝皇上稱讚。」

康熙道：「你們仔細想想，吳三桂若派人入宮行刺，決不會揀他兒子正在北京的時候。刺客甚麼日子都好來，幹麼定要揀他兒子來朝見的當口？這是可疑者之一。吳三桂善於用兵，辦事周密，派這些叛賊進宮幹事，人數既少，武功也不甚高，明知難以成功，有甚麼用處？這跟吳三桂的性格不合，這是可疑者之二。再說，就算他派人刺死了我，於他又有甚麼好處，難道他想起兵造反？他如要造反，幹麼派他兒子到北京來，豈不是存心將兒子送來給我們殺頭？這是可疑者之三。」

韋小寶先前聽方怡說到陷害吳三桂的計策，覺得大是妙計，此刻經康熙一加分剖，登覺處處露著破綻，不由得佩服之極，連連點頭。

索額圖道：「皇上聖明，所見非奴才們所及。」

康熙道：「你們再想想，倘若刺客不是吳三桂所派，卻攜帶了平西王府的兵器，那有甚麼用意？自然想陷害他了。吳三桂幫我大清打平天下，功勞甚大，恨他忌他的人著實不少。到底這批叛賊是由何人指使，須得好好再加審問。」

索額圖和多隆齊聲稱是。多隆道：「皇上聖明。若不是皇上詳加指點開導，奴才們胡裏胡塗的上了當，不免冤枉了好人。」康熙道：「冤枉了好人嗎？嘿嘿！」

索額圖和多隆見皇帝不再吩咐甚麼，便叩頭辭出。

康熙道：「小桂子，那『橫掃千軍』與『高山流水』這兩招，你猜我怎麼知道的？」

韋小寶心中怦怦跳了兩下，說道：「我正奇怪，皇上怎會知道？」康熙道：「今日一早，我已傳了許多侍衛來，問他們昨晚與刺客格鬥的情形，一查刺客所使的武功家數，

有好幾招竟是前明沐家的。你想，沐家本來世鎮雲南，我大清龍興之後，將雲南封了給吳三桂，沐家豈有不著惱的？何況沐家最後一個黔國公沐天波，便死在吳三桂手下。我叫人將沐家最厲害的招數演將出來，其中便有這『橫掃千軍』與『高山流水』兩招。」

韋小寶道：「皇上當真料事如神。」不禁擔憂：「我屋裏藏著沐家的兩個女子，不知他知不知道？」

康熙笑問：「小桂子，你想不想發財？」韋小寶聽到「發財」兩字，登時精神一振，憂心盡去，笑嘻嘻的道：「皇上不叫我發，我不敢發。皇上叫我發財，小桂子不敢不發。」康熙笑道：「好，我叫你發財！你將這些刀劍、從刺客身上剝下的內衣、刺客的口供，都拿去交給一個人，就有大大一筆財好發。」韋小寶一怔，登時省悟，叫道：

「吳應熊！」康熙笑道：「你很聰明，這就去罷！」

韋小寶道：「吳應熊這小子，這一次運道真高，他全家性命，都是皇上給賞的。」康熙道：「你跟他去說甚麼？」韋小寶道：「我說：姓吳的，咱們皇上明見萬里，你爺兒倆在雲南幹甚麼事，皇上沒一件不知道。你們不造反，皇上清清楚楚，若是，嘿嘿，有甚麼三心兩意，兩面三刀，皇上一樣的明明白白。他媽的，你爺兒倆還是給我乖乖的罷！」

康熙哈哈大笑，說道：「你人挺乖巧，就是不讀書，說出話來粗裏粗氣，倒也合我的意思。他媽的，你爺兒倆還是給我乖乖的罷，哈哈，哈哈！」

韋小寶聽得皇上居然學會了一句「他媽的」，不禁心花怒放，喜孜孜的磕了頭，捧了

刀劍等物走出書房，回到自己屋中。

他剛要開鎖，突然間背上一陣劇痛，心頭煩惡，便欲嘔吐，勉強開鎖進門，坐在椅上，不住喘氣。

沐劍屏道：「你……你身子不舒服麼？」韋小寶道：「見了你的羞花閉月之貌，身子就舒服了。」沐劍屏笑道：「我師姊才是羞花閉月之貌，我臉上有隻小烏龜，醜也醜死了。」

韋小寶聽她說笑，心情立時轉佳，笑道：「你臉上怎麼會有隻小烏龜？啊，我知道啦，好妹子，你臉蛋兒又光又滑，又白又亮，便如是一面鏡子，因此會有一隻小烏龜。」沐劍屏不解，問道：「為甚麼？」韋小寶道：「你跟誰睡在一起？你的臉蛋像是一面鏡子，照出了那人的相貌，臉上自然就有隻小烏龜了。」方怡道：「呸，你自己過來照照，小郡主臉上才有隻小烏龜。」韋小寶道：「我如過來照照，好妹子臉上便出現一個又漂亮、又神氣的大老爺。」方沐二人都笑了起來。方怡笑道：「小烏龜大老爺，那是個甚麼大老爺？」

三人低笑了一陣。方怡道：「喂，咱們怎麼逃出宮去？你得給想個法子。」

韋小寶這些日子來到處受人奉承，但一回到自己屋裏，便感孤寂無聊，忽然有方沐兩個年輕姑娘相陪，雖然每一刻都有給人撞見的危險，可實在捨不得她們就此離去，說道：「這可得慢慢想法子。你們身上有傷，只要踏出這房門一步，立時便給人拿了。」

方怡輕輕嘆了口氣，問道：「我們昨晚進宮來的同伴，不知有幾人死了，幾人給拿了？遭難的人叫甚麼名字，你可知道麼？」韋小寶搖頭道：「不知道。你既關心，我可以給你去打聽打聽。」方怡低聲道：「多謝你啦。」

韋小寶自從和她相識以來，從未聽她說話如此客氣，心下略感詫異。

沐劍屏道：「尤其要問問，有一個姓劉的，可平安脫險了沒有？」韋小寶問道：「姓劉的？劉甚麼名字？」沐劍屏道：「那是我們劉師哥，叫作劉一舟。他……他是我師姊的心上人，那可……那可……」突然嘶的一聲笑，原來方怡在她肢窩中呵癢，不許她說下去。

韋小寶「啊」的一聲，道：「劉一舟，嗯，這……這可不妙。」方怡情不自禁，忙問：「怎麼啦？」韋小寶道：「那不是一個身材高高，臉孔白白，大約二十幾歲的漂亮年輕人？這人武功可著實了得，是不是？」他自然不知劉一舟是何等樣人，但想此人既是方怡的意中人，諒必是個漂亮的年輕人，既是她們師哥，說他武功很高也不會錯。

果然沐劍屏道：「對了，對了，就是他。方師姊說，昨晚她受傷之時，見到劉師哥給三名侍衛打到了，一名侍衛按住了他，多半是給擒住了。不知現今怎樣？」

韋小寶嘆道：「唉，這位劉師傅，原來是方姑娘的心上人……」不住搖頭嘆氣。

方怡滿臉憂色，問道：「桂大哥，那劉……那劉師哥怎樣了？」

韋小寶滿心想：「臭小娘，跟我說話時一直沒好聲氣，提到了你劉師哥，卻叫我桂大哥起來。我且嚇她一嚇。」又長嘆一聲，搖了搖頭，道：「可惜，可惜！」

方怡驚問：「怎麼啦？他……他……他是受了傷，還是……還是死了？」

韋小寶哈哈大笑，說道：「甚麼劉一舟、劉兩屁，老子從來沒見過。他是死了活

了，我怎麼知道？你叫我三聲『好老公』，我就給你查查去。」

方怡先前見他搖頭嘆氣，連稱「可惜」，只道劉一舟定然凶多吉少，忽然聽他這麼

說，心下大喜，啐道：「說話沒半點正經，到底那一句話是真，那一句話是假？」

韋小寶道：「這個劉一舟倘若落在我手裏，哼哼，我先綁住了他，狠狠拷打他一

頓，打得他屁股變成四片，問他用甚麼花言巧語，騙得了我老婆的芳心。然後我提起刀

來，一刀砍將下去，這麼嚓的一聲……」方怡道：「你殺了他？」韋小寶道：「不

是，我割了他卵蛋，叫他變成個太監。」沐劍屏不懂他說些甚麼。方怡卻是明白的，滿

臉飛紅，罵道：「小滑頭，就愛胡說八道！」韋小寶道：「你那劉師哥多半已給人擒住

了。要不要他做太監，我桂公公說出話來，倒有不少人肯聽。方姑娘，你求我不求？」

方怡臉上又一陣紅暈，囁嚅不語。沐劍屏道：「桂大哥，你肯幫人，用不到人家開

言相求，那才是俠義英雄。」韋小寶搖手道：「不對，不對！我就最愛聽人家求我。越

是『好老公、親老公』的叫得親熱，我給人家辦起事來越有精神。」

方怡遲疑半晌，道：「桂大哥，好大哥，我求你啦。」韋小寶板起了臉，道：「要

叫老公！」沐劍屏道：「你這話不對了。我師姊將來是要嫁劉師哥的，劉師哥才是她老

公，她怎麼肯叫你老公？」韋小寶道：「不行，她嫁劉一舟，老子要喝醋，大大的喝

醋。」沐劍屏道：「劉師哥人是很好的。」

韋小寶道：「他越好，我越喝醋，越喝越多。啊喲，酸死了，酸死了！喝的醋太多，哈哈，哈哈！」大笑聲中，捧了那個包裹，走出屋去，反鎖了房門，帶了四名隨從太監，騎馬去西長安街吳應熊在北京的寓所。

他在馬背之上，不住右手虛擊，呼叫：「梆梆梆，梆梆梆！」眾隨從都不明其意，又怎想得到，桂公公這次是奉聖旨去發財，自然要將雲南竹槓「梆梆梆」的敲得直響。

吳應熊聽說欽使到來，忙出來磕頭迎接，將韋小寶接進大廳。

韋小寶道：「皇上吩咐我，拿點東西來給你瞧瞧。」韋小寶一怔，笑道：「你受不起驚嚇？」吳應熊道：「卑職的膽子是最小的，受不起驚嚇。」韋小寶一怔，笑道：「小王爺，你膽子大不大？」吳應熊道：「公公的意思，卑職不大明白，還請明示。」

昨晚在康親王府中，他自稱「在下」，今日韋小寶乃奉旨而來，眼見他趾高氣揚，隱隱覺得勢頭不好，連聲自稱「卑職」。

韋小寶道：「昨晚你一共派了多少刺客進宮去？皇上叫我來問問。」

昨晚宮裏鬧刺客，吳應熊已聽到消息，突然聽得韋小寶這麼問，這一驚非同小可，立即跪倒，向著天井連連磕頭，說道：「皇上待微臣父子恩重如山，微臣父子就是做牛做馬，也報答不了皇上的恩典。微臣吳三桂、吳應熊父子甘為皇上效死，決無貳心。」

韋小寶笑道：「起來，起來，慢慢磕頭不遲。小王爺，我給你瞧些物事。」說著解開包袱，攤在桌上。

492

吳應熊站起身來，看到包袱中的兵器衣服，不由得雙手發抖，顫聲道：「這……這

宮行刺，決意殺死韃子皇帝，立吳三桂爲主云云。饒是吳應熊機變多智，卻也不禁嚇得

魂不附體，雙膝一軟，又即跪倒，這一次是跪在韋小寶面前，說道：「桂……公公，這

……這決不是眞的，微臣父子受了奸人……陷害，萬望公公奏明聖上，奏……奏明……」

韋小寶道：「這些兵器，都是反賊攜入宮中的，圖謀不軌，大逆不道。兵器上卻都

刻了貴府的招牌老字號。」吳應熊道：「微臣父子仇家甚多，必是仇家奸計。」韋小寶

沉吟道：「你這話本來也有三分道理，就不知皇上信不信。」吳應熊道：「公公大恩大

德，懇請給卑職父子分剖明白。卑職父子的身家性命，都出於公公所賜。」

韋小寶道：「小王爺，你且起來。你昨晚已先送了我一份禮，倒像早已料到有這件

事似的，嘿嘿，嘿嘿！」吳應熊本待站起，聽他這句話說得重了，忙又跪倒，說道：

「只要公公向皇上給卑職父子剖白幾句，皇上聖明，必定信公公的說話。」

韋小寶道：「這件事早鬧了開來啦，索額圖索大人、侍衛頭兒多隆多大人，都已見過

皇上，回稟了刺客的供狀。你知道啦，這等造反的大事，誰有天大膽子敢按了下來？給

你在皇上面前剖白幾句，也不是不可以。我還想到了一個妙計，雖不是十拿九穩，卻多

半可以洗脫你父子的罪名，只不過太也費事罷了。」吳應熊大喜道：「全仗公公搭救。」

韋小寶道：「請起來好說話。」吳應熊站起身來，連連請安。

韋小寶低聲問道：「刺客當眞不是你派去的？」吳應熊道：「決計不是！卑職怎能

幹這等十惡不赦、罪該萬死之事？」韋小寶道：「好，我交了你這朋友，就信了你這次。倘若刺客是你派去的，日後查了出來，那可坑死了我，我非陪著你給滿門抄斬不可。」吳應熊道：「公公萬安，放一百個心，決無此事。」

韋小寶道：「那麼依你看，這些反賊是誰派去的？」吳應熊沉吟道：「微臣父子仇家甚多，一時之間，實難確定。」韋小寶道：「你要我在皇上面前剖白，總得找個仇家出來認頭，皇上才能信啊。」吳應熊道：「是，是！家嚴為大清打天下，剿滅的叛逆著實不少，這些叛逆的餘黨都十分痛恨家嚴。好比李闖的餘逆啦，前明唐王、桂王的餘黨啦，雲南沐家的餘黨啦，他們心中懷恨，甚麼作亂犯上的事都做得出來。」

韋小寶點頭道：「甚麼李闖餘逆啦，雲南沐家的餘黨啦，這些人武功家數是怎樣的？你教我幾招，我去演給皇上看，說道我昨晚親眼見到，刺客使的是這種招數，貨真價實，決計錯不了。」

吳應熊大喜，忙道：「公公此計大妙。卑職於武功一道，所懂的實在有限，要去問一問手下人。公公，你請坐一會兒，卑職立刻就來。」說著請了個安，匆匆入內。

過得片刻，他帶了一人進來，正是手下隨從的首領楊溢之，昨晚韋小寶曾幫他贏過七百兩銀子的。楊溢之上前向韋小寶請安，臉上深有憂色，吳應熊自己對他說了原由。

韋小寶道：「楊大哥，你不用就心，昨晚你在康親王府裏練武，大出風頭，不少文武大臣都親眼見到，決不能說你入宮行刺。我也可以給你作證。」楊溢之道：「是，是！多謝公公。就只怕奸人陷害，反說世子帶我們去康王爺府中，好教眾位大臣作個見證，

494

暗中卻另行差人，做那大逆不道之事。」韋小寶點頭道：「這話倒也不可不防。」楊溢之道：「世子說道，公公肯主持公道，在皇上跟前替我們剖白，真是我們的大恩人。平西王仇家極多，各人的武功家數甚雜，只沐王府的武功自成一家，很容易認出來。」

韋小寶道：「嗯，可惜一時找不到沐王府的人，否則就可讓他演它幾個招式來瞧。」楊溢之道：「沐家拳、沐家劍在雲南流傳已久，小人倒也記得一些，我演幾套請公公指點。刺客入宮，攜有刀劍，小人演一套沐家『迴風劍』如何？」韋小寶喜道：「你會沐家武功，那再好也沒有了。劍法我是一竅不通，一時也學不會，還是跟你學幾招『沐家拳』罷。」

楊溢之道：「不敢，公公力擒鰲拜，四海揚名，拳腳功夫定是極高的。小人使得不到之處，請公公點撥。」說著站到廳中，拉開架式，慢慢的一招一式使將出來。

這路沐家拳自沐英手上傳下來，到這時已逾三百年，歷代均有高手傳人，說得上是千錘百鍊之作，在雲南知者甚眾。楊溢之雖於這套拳法並不擅長，但他武功甚高，見聞廣博，一招招演將出來，氣度凝重，招式精妙。

韋小寶看到那招「橫掃千軍」時，讚道：「這一招極好！」後來又見到使「高山流水」，又讚：「這招也了不起！」待他將一套沐家拳使完，說道：「很好，很好！楊大哥，你武功當真了得，康親王府中那些武師，便十個打你一個，也不是你對手。一時之間，我也學不了許多，只能學得一兩招，去皇上面前演一下。皇上傳了宮中武功好手來認，你想認不認得出這武功的來歷？」說著指手劃腳，將「橫掃千軍」與「高山流水」

兩招依樣使出。

楊溢之喜道：「公公使這『橫掃千軍』與『高山流水』兩招，深得精要，會家子一見，便知是沐家拳法。公公聰敏過人，一見便會，我們吳家可有救了。」

吳應熊連連作揖，道：「吳家滿門百口，全仗公公援手救命。」

韋小寶心想：「大家是好朋友。小王爺，你再說甚麼恩德、甚麼救命的話，可太也見外了。再說，我是盡力而為，也不知管不管用。」吳應熊連稱：「是，是！」韋小寶將包袱包起，夾在脅下，心想：「這包東西可不忙給他。」忽然想起一事，說道：「小王爺，皇上叫我問你一件事，你們雲南有個來京的官兒，叫作甚麼盧一峯的，可有這一號人物？」

吳應熊一怔，心想：「盧一峯只是個綠豆芝麻般的小官，來京陛見，還沒見著皇上，皇上怎麼已知道了？」說道：「盧一峯是新委的雲南曲靖縣知縣，現下是在京中，等候陛見聖上。」韋小寶道：「皇上叫我問你，那盧一峯前幾天在酒樓上欺壓良民，縱容惡僕打人，不知這脾氣近來改好了此沒有？」

那盧一峯所以能得吳三桂委為曲靖縣知縣，是使了四萬多兩銀子賄賂得來的，吳應熊曾從中抽了三千多兩，此刻聽韋小寶這麼說，大吃一驚，忙道：「卑職定當好好教訓他。」轉頭向楊溢之道：「即刻去叫那盧一峯來，先打他五十大板再說。」

了個安，道：「公公，請你啟奏皇上，說道：微臣吳三桂知人不明，薦人不當，請皇上

降罪。這盧一峯立即革職，永不敘用，請吏部大人另委賢能。」

韋小寶道：「也不用罰得這麼重罷？」吳應熊道：「盧一峯這廝膽大妄為，上達天聽，當真罪不容誅。溢之，你給我狠狠的揍他。」楊溢之應道：「是！」

韋小寶心想：「這姓盧的官兒只怕性命不保。」說道：「兄弟這就回宮見皇上去，這兩招『橫掃千軍』和『高山流水』，可須使得似模似樣才好。」說著告辭出門。

吳應熊從衣袖中取出一個大封袋來，雙手呈上，說道：「桂公公，你的大恩大德，不是輕易報答得了的。不過多總管、索大人，以及眾位御前侍衛面前，總得稍表敬意。這裏一點小小意思，相煩桂公公代卑職分派轉交。皇上問起來，大夥兒都幫幾句口，微臣父子的冤枉就得洗雪了。」

韋小寶接了過來，笑道：「要我代你做人情嗎？這樁差事可不難辦啊！」他在宮中一年有餘，已將太監們的說話腔調學了個十足。貧嘴貧舌的京片子中，已沒半分揚州口音，倘若此時起充小桂子，瞎了眼的海老公恐怕也不易發覺了。

吳應熊和楊溢之恭恭敬敬的送出府門。韋小寶在轎中拆開封袋一看，竟是十萬兩銀票，心想：「他奶奶的，老子先來個二一添作五。」將其中五萬兩銀票揣入懷裏，餘下五萬兩仍放入大封袋中。

韋小寶先去上書房見康熙，回稟已然辦妥，說吳應熊得悉皇上聖明，辨明了他父子的冤枉，感激得難以形容。

康熙笑道：「這也可嚇了他一大跳。」韋小寶笑道：「只嚇得他屁滾尿流。奴才好好的叮囑了他一番，說道這種事情，多半以後還會有的，叫他轉告吳三桂，務須忠心耿耿，報效皇上。」康熙不住點頭。韋小寶道：「我等嚇得他也夠了，這才跟他說，皇上明見萬里，一查刺客的武功，便料到是雲南沐家的反賊所為。那吳應熊又驚又喜，打從屁股眼裏都笑了出來，不住口的頌讚皇上聖明。」康熙微微一笑。

韋小寶從懷中摸出封袋，說道：「他感激得不得了，拿了許多銀票出來，一共五萬兩，說送我一萬兩，另外四萬兩，要我分給宮中昨晚出力的眾位侍衛。皇上，你瞧，咱們這可發了大財哪。」那些銀票都是五百兩一張，一百張已是厚厚的一疊。

康熙道：「你小小孩子，一萬兩銀子一輩子也使不完了。餘下的銀子，你就分了給眾侍衛罷。」韋小寶心想：「皇上雖然聖明，卻料不到我韋小寶已有數十萬兩銀子的身家。」說道：「皇上，我跟著你，甚麼東西沒有？要這銀子有甚麼用？奴才一輩子忠心侍候你，你自會照管我。這五萬兩銀子，都賞給侍衛們好了。我只說是皇上的賞賜，何必讓吳應熊收買人心。」康熙本來不想冒名發賞，但聽到「收買人心」四字，不禁心中一動。

韋小寶見康熙沉吟不語，又道：「皇上，吳三桂派他兒子來京，帶來的金子銀子可真不少，見人就送錢，未必安著甚麼好心。天下的地方百姓、金銀珠寶，本來一古腦兒都是你皇上的，可是吳三桂這老小子橫得很，倒像雲南是他吳家的。」

康熙點頭道：「你說的很是。這些銀子，就說是我賞的好了。」

韋小寶來到上書房外的侍衛房，向御前侍衛總管多隆說道：「多總管，皇上吩咐，昨晚眾侍衛護駕有功，欽賜白銀五萬兩。」多隆大喜，忙跪下謝賞。韋小寶笑道：「皇上現下很高興，你自己進去謝賞罷。」說著將那五萬兩銀票交了給他。

多隆隨著韋小寶走進書房，向康熙跪下磕頭，說道：「皇上賞賜銀子，奴才多隆和眾侍衛謝賞。」康熙笑著點了點頭。韋小寶道：「皇上吩咐：這五萬兩銀子嘛，你瞧著分派，殺賊有功的、奮勇受傷的就多分一些。」多隆道：「是，是。奴才遵旨。」

康熙心想：「小桂子又忠心，又不貪財，很是難得，他竟將這五萬兩銀子，真的盡數賞了侍衛，自己一個錢也不拿。」

韋小寶和多隆一齊退出。多隆點出一疊一萬兩銀票，笑道：「桂公公，這算是我們眾侍衛的一番孝心，請公公賞收，去賞給小公公們。」韋小寶道：「啊哈，多總管，你這麼說，可不夠朋友了。我小桂子平生最敬重的，就是武藝高強的朋友。這五萬兩銀子，皇上倘若賞給了文官嘛，我小桂子不分他一萬，也得分上八千。是賞給你多總管的，你便分一兩銀子給我，我也不能收。我當你好朋友，你也得當我好朋友才是啊！」

多隆笑道：「侍衛兄弟們都說，宮裏這許多有職司的公公們，桂公公年紀最小，卻最夠朋友，果然名不虛傳。」

韋小寶道：「多總管，請你給查查，昨晚擒來的反賊之中，可有一個叫作劉一舟的？倘若有這樣一個人，咱們便可著落在他身上，查明反賊的來龍去脈。」

多隆應道：「是，是！反賊報的自然都是假名，我去仔細查一查。」

韋小寶回到下處，將到門口，見御膳房的一名小太監在路旁等候。那小太監迎將上來，低聲道：「桂公公，那錢老闆又送了一口豬來，這次叫作甚麼『燕窩人參豬』，說是孝敬公公的，正在御膳房中候公公示下。」

韋小寶眉頭一皺，心想：「那口『茯苓花雕豬』還沒搞妥當，又送一口『燕窩人參豬』來，你當我們這裏皇宮是豬欄嗎？」但這人既已來了，不得不想法子打發。

當下來到御廚房中，見錢老闆滿臉堆歡，說道：「桂公公，小人那口『茯苓花雕豬』當真是大補非凡，桂公公吃了之後，你瞧神清氣爽，滿臉紅光。小人感激公公照顧，又送了一口『燕窩人參豬』來。」說著向身旁一指。

這口豬卻是活豬，全身白毛，模樣甚是漂亮，在竹籠之中不住打圈子。韋小寶不知他鬧甚麼玄虛，點了點頭。那錢老闆挨近身來，拉著韋小寶的手，道：「嘖，嘖，嘖！這口『茯苓花雕豬』的豬肉，脈搏旺盛，果然大不相同。」韋小寶覺得手中多了一張紙條，御廚房中耳目眾多，也不便多問。錢老闆道：「這口『燕窩人參豬』吃法另有不同，請公公吩咐下屬，在這裏用上好酒糟餵上十天。十天之後，小人再來親手整治，請公公享用。」

韋小寶皺眉道：「那口『茯苓花雕豬』已搞得我虛火上升，麻煩不堪，甚麼人參豬、燕窩豬，錢老闆你自己觸祭罷，我可吃不消了。」錢老闆哈哈一笑，說道：「這是小人一點孝心，以後可再也不敢麻煩公公了。」說著請了幾個安，退了出去。

韋小寶心想這紙條上一定寫得有字，自己西瓜大的字認不上一擔，當下吩咐廚房中執事雜役好好飼養那口豬，自行回屋，尋思：「錢老闆這人當真聰明，第一次在一口死豬中藏了個活人進宮，第二次若再送死豬進宮，不免引人懷疑，索性送一口活豬進來，讓牠在御膳房中餵著，甚麼花樣也沒有。就算本來有人懷疑，那也疑心盡去了。對，要使乖騙人，不但事先要想得周到，事後一有機會，再得設法補補漏洞。」又想：「這字條只好請小郡主瞧瞧，他媽的，有話不好明講嗎？寫他媽的甚麼字條？」

進得屋來，沐劍屏道：「桂大哥，有人來到門外，好像是送飯菜來的，定是見到門上上了鎖，沒打門就走了。」韋小寶道：「你怎知是送飯菜來的？嘿，你們聞到飯菜的香氣，可餓得很了，是不是？怎麼不吃糕餅點心？」沐劍屏吃吃而笑，說道：「老實不客氣，早吃過啦。」

方怡道：「桂……桂大哥，你可……」說到這裏，有些結結巴巴。

韋小寶道：「你劉師哥的事，我還沒查到。宮裏侍衛們說，沒抓到姓劉的人。」方怡低聲道：「多謝你啦。卻不知是不是給韃子殺了。再說，劉師哥即使給捉到了，也不會說是姓劉。大夥兒說好的，他冒充姓夏。吳三桂的女婿姓夏。劉師哥會招供說，那個姓夏的是他叔父。」韋小寶笑道：「那你豈不是成了吳三桂的親戚？」小郡主忙道：「那是假的。」韋小寶嘆道：「不過方姑娘想做吳三桂的姪孫媳婦甚麼的，可也做不成啦。你那劉師哥就算逃出了宮去，他在外面想你，你在宮裏想他，一輩子你想我、我想你的。一對情哥情姊兒見不了面，豈不難熬得很？」方怡臉上又是一紅，道：「我怎會

在宮裏待一輩子？」

韋小寶道：「姑娘們一進了皇宮，怎麼還有出去的日子？像你這樣羞花閉月的姐兒，我小桂子一見就想娶了做老婆。倘若給皇帝瞧見了，非封你為皇后娘娘不可。方姑娘，我勸你還是做了皇后娘娘罷！」

方怡急道：「我不跟你多說。你每一句話總是嘔我生氣，逗我著急。」

韋小寶一笑，將手中字條交給沐劍屏，道：「小郡主，你唸一唸這字條。」

沐劍屏接了過來，唸道：「『高陞茶館說英烈傳』，那是甚麼？」韋小寶已明其中道理：「天地會的人有事要見我，請我去茶館相會。」笑道：「枉為你是沐家後人，連《英烈傳》也不知道。」沐劍屏道：「《英烈傳》我自然知道，那是太祖皇帝龍興開國的故事。」

韋小寶道：「有一回書，叫做『沐王爺三箭定雲南，桂公公雙手抱佳人』，你聽過沒有？」沐劍屏啐道：「我們黔寧王爺爺平定雲南，《英烈傳》中自然有的。可那有甚麼桂公公雙手……雙手的？」

韋小寶正色道：「你說桂公公雙手抱佳人，沒這回事？」沐劍屏道：「自然沒有，是你杜撰出來的。」韋小寶道：「咱們打一個賭，如果有怎樣？沒有又怎樣？」沐劍屏道：「《英烈傳》的故事我可聽得熟了，自然沒有，賭甚麼都可以。方師姊，沒有他說的事，是不是？」

方怡還沒回答，韋小寶已一躍上床，連鞋鑽入被窩，睡在兩人之間，左手摟住了方

502

怡頭頸，右手抱住了沐劍屏的腰，說道：「我說有，就是有！」

方怡和沐劍屏同時「啊」的一聲驚呼，不及閃避，已給他牢牢抱住。沐劍屏伸出右手，將他用力一推，韋小寶乘勢側過頭去，伸嘴在方怡嘴上吻了一下，讚道：「好香！」

方怡待要掙扎，身子微微一動，胸口肋骨斷絕處劇痛，左手翻了過來，啪的一聲，打了他一記耳光。韋小寶笑道：「謀殺親夫哪，謀殺親夫哪！」一骨碌從被窩裏跳出來，抱住沐劍屏也親了個嘴，讚道：「一般的香！桂公公雙手抱佳人，有沒有呢？」嘻而笑，隨手取了衣包，奔出屋子，反鎖了門。

503

柱子上綁著三條漢子，光著上身，已給打得血肉模糊。一個是虯髯大漢，另外兩個年輕人，一個皮肉甚白，另一個身上刺滿了花，胸口刺著個猙獰的虎頭。

第十三回

翻覆兩家天假手　興衰一劫局更新

韋小寶住處是在乾清門西、南庫之南的御膳房側，往北繞過養心殿，折而向西，過西三所、養華門、壽安門，往北過壽安宮、英華殿之側，轉東過西鐵門，向北出神武門。神武門是紫禁城的後門，一出神武門，便是出了皇宮，當下逕往高陞茶館來。

一坐定，茶博士泡上茶來，便見高彥超慢慢走近，向他使個眼色。韋小寶點了點頭，見高彥超出了茶館，於是喝了幾口茶，在桌上拋下一錢銀子，說道：「今兒這回書，沒甚麼聽頭。」慢慢踱出去，果見高彥超等在街角，走得幾步，便是兩頂轎子。

高彥超讓韋小寶坐了一頂，自己跟了另一頂，四下打量見沒人跟隨，坐上了另一頂。轎夫健步如飛，行了一頓飯時分，停了下來。韋小寶見轎子所停處是座小小的四合院，跟著高彥超入內。一進大門，便見天地會的眾兄弟迎了上來，躬身行禮。這時李力世、關安基、祁彪清等人也都已從天津、保定等地趕到，此外樊綱、風際中、玄貞道人以及那錢老闆都在其內。

韋小寶笑問：「錢老闆，你到底尊姓大名哪？」錢老闆道：「不敢，屬下真的是姓錢，名字叫作老本。本來的本，不是老闆的闆。意思是做生意蝕了老本。」韋小寶哈哈大笑，說道：「你精明得很，倘若當真做生意，人家的老本可都給你賺了過來啦。」錢老本微笑道：「韋香主，您誇獎啦！」

眾人將韋小寶讓到上房中坐定。關安基心急，說道：「韋香主，你請看。」說著遞過一張大紅泥金帖子來，上面濃濃的黑墨寫著幾行字。韋小寶不接，說道：「這些字嘛，它們認得我，我可跟它們沒甚麼交情，哥兒倆這是初次相會，不認識。」

506

錢老本道：「韋香主，是張請帖，請咱們吃飯去的。」韋小寶道：「那好得很哪，誰這麼賞臉？」錢老本道：「帖子上寫的名字是沐劍聲。」

韋小寶一怔，道：「沐劍聲？」錢老本道：「正是！」韋小寶問道：「他請咱們大夥兒都去？」錢老本道：「他帖子上寫得倒很客氣，請天地會青木堂韋香主，率同天地會頭道：『茯苓花雕豬』的哥哥？」錢老本道：「那便是沐王府的小公爺。」韋小寶點

眾位英雄同去赴宴，就是今晚，是在朝陽門內南豆芽胡同。」韋小寶道：「這次不在楊柳胡同了？」錢老本道：「是啊，在京城裏幹事，落腳的地方得時時掉換才是。」

韋小寶道：「你想他是甚麼意思？在酒飯裏下他媽的蒙汗藥？」李力世道：「按理說，雲南沐王府在江湖上這麼大的名頭，沐劍聲又是小公爺身分，是跟咱們總舵主平起平坐的大人物，決不能使這等下三濫的勾當。不過會無好會，宴無好宴，韋香主所慮，卻也不可不防。」韋小寶道：「咱們去不去吃這頓飯哪？哼哼，宣威火腿、過橋米線、雲南汽鍋雞，那是有得觸祭的了。」

眾人面面相覷，都不作聲。過了好一會，關安基道：「大夥兒要請韋香主示下。」

韋小寶笑道：「一頓好酒好飯，今晚大夥兒總是有得下肚的。要太太平平呢，就讓我作東道，咱們吃館子去，吃過飯後，再來推牌九賭錢，叫花姑娘也可以，都是兄弟會鈔。你們如想給我省錢呢，大夥兒就去擾那姓沐的。」這番話說得慷慨大方，其實卻十分滑頭，去不去赴宴，自己不拿主意。

關安基道：「韋香主請眾兄弟吃喝玩樂，那是最開心不過的。不過這姓沐的邀請咱

們，要是不去，不免墮了天地會的威風。」韋小寶道：「你說該去？」眼光轉到李力世、樊綱、祁彪清、玄貞、風際中、錢老本、高彥超等人臉上，見各人都緩緩點了點頭。

韋小寶道：「大夥兒都說去，咱們就去吃他的、喝他的。兵來將擋，水來土掩，茶來伸手，飯來張口。毒藥來呢？咱們咕嚕一聲，也他媽的吞入了肚裏。這叫做英雄不怕死，怕死不英雄。」

李力世道：「大家小心在意，總瞧得出一些端倪。大夥兒商量好了，有的喝茶，有的不喝，有的飲酒，有的不飲，有的不吃肉，有的不吃魚。就算他們下毒，也不能讓他們一網打盡。但如大家甚麼都不吃，可又惹他們笑話了。」

眾人商量定當，閒談一會。挨到申牌時分，韋小寶除下太監服色，又打扮成個公子哥兒的模樣。他仍坐了轎子，在眾人簇擁之下，往南豆芽胡同而去。韋小寶心想：「在宮裏日日夜夜提心吊膽，只怕老婊子來殺我，那有這般做青木堂香主的逍遙快樂？只是師父吩咐過，要我在宮裏打探消息，倘若自行出來，只怕香主固然做不成，這條小命能不能保，咱們也得騎驢看唱本，走著瞧！」

南豆芽胡同約在兩里之外，轎子剛停下，便聽得鼓樂絲竹之聲。韋小寶從轎中出來，耳邊聽得一陣嗩吶吹奏，心道：「娶媳婦兒嗎？這般熱鬧。」

只見一座大宅院大門中開，十餘人衣冠齊楚，站在門外迎接。當先一人是個二十五六歲的青年，身材高瘦，英氣勃勃，說道：「在下沐劍聲，恭迎韋香主大駕。」

韋小寶這些日子來結交親貴官宦，對方這等執禮甚恭的局面見得慣了。常言道：

508

「居移氣，養移體」，他每日裏和皇帝相伴，甚麼親王、貝勒、尚書、將軍，時時見面，也不當怎麼一會子事，因此年紀雖小，已自然而然有股威嚴氣象。沐劍聲名氣雖大，卻也大不過康親王、吳應熊這些人，當下拱了拱手，說道：「小公爺多禮，在下可不敢當。」打量他相貌，見他面容微黑，眉目之間，和小郡主沐劍屏依稀有些相似。

沐劍聲早知天地會在北京的首領韋香主是個小孩，又聽白寒楓說這小孩武藝低微，色厲內荏，是個小潑皮，料想他不過倚仗師父陳近南的靠山，才做到香主，此刻見他神色鎮定，一副漫不在乎的模樣，心想：「這孩子只怕也有點兒門道。」當下讓進門去。

廳中椅子套上了紅緞套子，放著錦墊，各人分賓主就座。「聖手居士」蘇岡、白寒楓和其餘十多人，都垂手站在沐劍聲之後。

沐劍聲與李力世、關安基等人一一通問姓名，說了許多久仰大名等等客套話。李力世等均想：「這位沐家小公爺倒沒架子，說話依足了江湖上的規矩。」

僕役送上香茶，廳口的鼓樂手又吹奏起來，乃是歡迎貴賓的隆重禮數。鼓樂聲中，沐劍聲吩咐：「開席！」引著眾人走進內廳。手下人關上了廳門。

廳上居中一張八仙桌，披著繡花桌圍，下首左右各有一桌，桌上器皿陳設雖無康親王府的豪闊，卻也頗為精致。沐劍聲微微躬身，說道：「請韋香主上座。」韋小寶看這局面，這首席當是自己坐了，說道：「這個，咱們只好不客氣啦。」沐劍聲在下首主位相陪。

各人坐定後，沐劍聲道：「有請師父。」

蘇岡和白寒楓走進內室，陪了一個老人出來。沐劍聲站著相迎，說道：「師父，天地會青木堂韋香主今日大駕光臨，可給足了我們面子。」轉頭向韋小寶道：「韋香主，這位柳老師傅，是在下的授業恩師。」

韋小寶站起身來，拱手道：「久仰。」見這老人身材高大，滿臉紅光，白鬚稀稀落落，足有七十來歲年紀，精神飽滿，雙目炯炯有神。

那老人目光在韋小寶臉上一轉，笑道：「天地會近來好大的名頭……」他話聲極響，這幾句話隨口說來，卻如常人放大了嗓子叫嚷一般，接著道：「……果然是英才輩出，韋香主如此少年，真是武林中少見的奇才。」

韋小寶笑道：「是少年，倒也不錯，只不過既不是英才，更不是奇才，其實是個蠢才。那日我給白師傅扭住了手，動彈不得，險些兒連『我的媽啊』也叫了出來。在下的武功當真稀鬆平常之至。哈哈，可笑！可笑，哈哈！」

眾人一聽，都愕然失色。白寒楓的臉色更十分古怪。

那老人哈哈哈哈的笑了一陣，說道：「韋香主性子爽直，果然是英雄本色。老夫可有三分佩服了。」韋小寶笑道：「三分佩服，未免太多，有他媽的一分半分，不將在下當作沒出息的小叫化、小把戲、小猴兒，也就是了。」那老人又哈哈大笑，道：「韋香主說笑了。」

玄貞道人問道：「老前輩可是威震天南、武林中人稱『鐵背蒼龍』的柳老英雄嗎？」

那老人笑道：「不錯，玄貞道長倒還知道老夫賤名。」玄貞心中一凜：「我還沒通名，

他已知道我名字，沐家這次可打聽得十分周到。『鐵背蒼龍』柳大洪成名已久，聽說當年沐天波對他也好生敬重。清軍打平雲南，柳大洪出全力救護沐氏遺孤，沐劍聲便是他的親傳弟子，乃沐王府中除沐劍聲之外的第一號人物。」躬身道：「柳老英雄當年怒江誅三霸，騰衝殺清兵，俠名播於天下。江湖上後生小子說起老英雄來，無不敬仰。」

柳大洪道：「嘿嘿，那是許多年前的事了，還說它作甚？」臉色顯得十分歡喜。

沐劍聲道：「師父，你老人家陪韋香主坐。」柳大洪道：「好！」便在韋小寶身旁坐下。這張八仙桌向外一邊空著，上首是韋小寶、柳大洪，左首是李力世、關安基，右首下座是沐劍聲，上座虛位以待。天地會羣豪均想：「你沐王府又要請一個甚麼厲害人物出來？」只聽沐劍聲道：「扶徐師傅出來坐坐，讓眾位好朋友見了，也好放心。」

蘇岡道：「是！」入內扶了一個人出來。

李力世等人一見，都又驚又喜，齊叫：「徐三哥！」這人弓腰曲背，正是「八臂猿猴」徐天川。他臉色蠟黃，傷勢未愈，但性命顯然已經無礙。天地會羣豪一齊圍了上去，紛紛問好，不勝之喜。

沐劍聲指著自己上首的坐位，說道：「徐師傅請這邊坐。」

徐天川走上一步，向韋小寶躬身行禮道：「韋香主，你好。」韋小寶抱拳還禮道：「徐三哥，你好。」徐天川嘆道：「簡直沒生意。屬下給吳三桂手下的走狗擄了去，險此送了老命，幸蒙沐家小公爺和柳老英雄相救脫險。」

「徐三哥你好，近來膏藥生意不大發財罷？」

天地會羣豪都是一怔。樊綱道：「徐三哥，原來那日是吳三桂手下那批漢奸做的手

511

腳。」徐天川道：「正是。這批漢奸闖進回春堂來，捉了我去，那盧……盧一峯這狗賊

臭罵了我一頓，將一張膏藥貼在我嘴上，說要餓死我這隻老猴兒。」

眾人聽得盧一峯在內，那是決計不會錯的了。樊綱、玄貞等齊向蘇岡、白寒楓道：

「那日多有冒犯。眾位英雄義氣深重，我天地會感激不盡。」蘇岡道：「不敢。我們只是

奉小公爺之命辦事，不敢居功。」白寒楓哼了一聲，顯然搭救徐天川之事大違他意願。

關安基道：「徐三哥給人擄去後，我們到處查察，尋不到線索，心中這份焦急，那也不

用說了。貴府居然救出了徐三哥，令人好生佩服。」蘇岡道：「吳三桂手下的雲南狗

官，都是沐家死對頭，我們自然盯得他們很緊。這狗官冒犯徐三哥，給我們發覺了，也

沒甚麼希奇。」

韋小寶心想：「這小公爺倒精明得很，他先去救了徐老兒出來，

好求我放他妹子。我且裝作不知，卻聽他有何話說。」向徐天川道：「徐三哥，你給白

白寒楓向韋小寶怒目而視。韋小寶卻笑吟吟地，似乎全沒瞧見。

徐天川道：「白二俠當日手下容情，屬下將養了這幾日，已好得多啦。」

二俠打得重傷，他手上的勁道，可厲害得很哪，你活得了嗎？不會就此歸天罷？」

眾僕斟酒上菜，菜餚甚是豐盛。天地會羣豪一來見徐天川是他們所救，二來又有

「鐵背蒼龍」柳大洪這等大名鼎鼎的老英雄在座，料想決計不致放毒，盡皆去了疑慮之

心，酒到杯乾，放懷吃喝。

柳大洪喝了三杯酒，一捋鬍子，說道：「眾位老弟，貴會在京城直隸，以那一位老

弟為首？」李力世道：「在京城直隸一帶，敝會之中，職位最尊的是韋香主。」柳大洪點頭道：「很好，很好！」喝了一杯酒，問道：「但不知這位小老弟，於貴我雙方的糾葛，能有所擔當麼？」

韋小寶道：「老爺子，你有甚麼吩咐，請不妨說出來聽聽。我韋小寶人小肩膀窄，小事還能擔當這麼一分半分，大事可就把我壓垮了。」

天地會與沐王府羣豪都不由微微皺眉，均想：「這孩子說話流氓氣十足，一開口就要無賴，不是英雄好漢的氣概。」

柳大洪道：「你不能擔當，這件事可也不能罷休。那只好請小老弟傳話去給尊師，請陳總舵主趕來處理了。」韋小寶道：「老爺子有甚麼事要跟我師父說，你寫一封信，我們給你送去便是。」柳大洪嘿嘿一笑，道：「這件事嗎，是白寒松白兄弟死在徐三爺手下，不知如何了結？要請陳總舵主拿句話出來。」

徐天川霍地站起，昂然說道：「沐小公爺、柳老英雄，你們把我從漢奸手下救了出來，免遭惡徒折辱，在下感激不盡。白大俠是在下失手所傷，在下一命抵一命，這條老命賠了他便是，又何必讓陳總舵主和韋香主為難？樊兄弟，借你佩刀一用。」說著伸出右手，向著樊綱，意思非常明白，他是要當場自刎，了結這場公案。

韋小寶道：「慢來，慢來！徐三哥，你且坐下，不用這麼性急。你年紀一大把，怎地火氣這麼大？我是天地會青木堂的香主不是？你不聽我吩咐，可太也不給我面子了。」

天地會中「不遵號令」的罪名十分重大，徐天川忙躬身道：「徐天川知罪，敬奉韋香主

513

號令。」

韋小寶點點頭，說道：「這才像話。白大俠人也故世了，就算要徐三哥抵命，人也活不轉啦，做來做去總是賠本生意，可不是生意經。」

眾人的目光都瞪視在他臉上，不知他接下去要胡說八道甚麼。天地會羣豪尤其就心，均想：「本會在武林中的聲名，可別給這甚麼也不懂的小香主敗壞了。倘若他說出一番不三不四的言語來，傳到江湖之上，我們日後可沒臉見人。」

只聽韋小寶接著道：「小公爺，你這次從雲南來到北京，身邊就只帶了這幾位朋友麼？好像少了一點罷？」

沐劍聲哼了一聲，問道：「韋香主這話是甚麼用意？」韋小寶道：「那也沒甚麼用意。小公爺這樣尊貴，跟我韋小寶大不相同，來到京城，不多帶一些人保駕，一個不小心，給韃子走狗拿了去，豈不是大大的犯不著？」沐劍聲長眉一軒，道：「韃子走狗想要拿我，可也沒這麼容易。」韋小寶笑道：「小公爺武藝驚人，打遍天下……嘿嘿……似小公爺這般了得，倘若給韃子順手牽羊，反手牽牛，這麼希哩呼嚕的請去了幾位，似乎也不怎麼有趣了。」

這個對手很少，韃子自然捉你不去。不過……不過沐王府中其他的朋友，未必個個都刺在下麼？」說到這句話時，臉上神色更加難看。

沐劍聲一直沉著臉聽他嘻皮笑臉的說話，等他說完，說道：「韋香主此言，可是譏韋小寶道：「不是，不是。我這一生一世，只有給人家欺侮，決不會去欺侮人家

的。人家抓住了我的手，你瞧，烏青也還沒退，這位白二俠，嘿嘿，手勁真不含糊。那兩招『橫掃千軍』、『高山流水』，可了不起，去搭救你們給韃子拿了去的朋友，必定管用，說甚麼也是旗開得勝，馬到成功。」

白寒楓臉色鐵青，待要說話，終於強行忍住。柳大洪向沐劍聲望了一眼，說道：

「小兄弟，你的話有些高深莫測，我們不大明白。」韋小寶笑道：「老爺子太客氣了，我的話低淺莫測是有的，『高深莫測』四字，那可不敢當了。低淺之至，低淺之至。」

柳大洪道：「小兄弟說道，我們沐王府中有人給韃子拿了去，不知這話是甚麼意思？」韋小寶道：「一點意思也沒有。小王爺、柳老爺子，我酒量也是低淺莫測，多半是我喝醉了酒，胡說八道，他媽的作不得數。」

沐劍聲哼了一聲，強抑怒氣，說道：「原來韋香主是消遣人來著。」韋小寶道：「小公爺，你想消遣嗎？你在北京城裏逛過沒有？」沐劍聲氣勢洶洶的道：「怎麼樣？」沐劍聲愈益惱怒，大聲道：「那怎麼樣？」

「北京城可大得很哪，你們雲南的昆明，那是沒北京城大的了。」沐劍聲愈

關安基聽韋小寶東拉西扯，越來越不成話，插口道：「北京城花花世界，就可惜給韃子佔了去，咱們稍有血性之人，無不惱恨。」

韋小寶不去理他，繼續說道：「小公爺，你今天請我喝酒，在下沒甚麼報答，幾時你有空，我帶你到北京城各處逛逛。有個熟人帶路，就不會走錯了。否則的話，倘若亂闖亂走，一不小心，走進了韃子的皇宮，小公爺武功雖高，可也不大方便。」

柳大洪道：「小兄弟言外有意，你如當我是朋友，可不可以請你說得更明白些？」

韋小寶道：「我的話再明白沒有了。沐王府的朋友們，武功都是極高的，甚麼『橫掃千軍』、『高山流水』，使得再厲害也沒有了，可惜在北京城裏人生路不熟，在街上逛逛，三更半夜裏又瞧不大清楚，胡裏胡塗的，說不定就逛進了紫禁城去。」

柳大洪又向沐劍聲望了一眼，問韋小寶道：「那又怎樣？」

韋小寶道：「聽說紫禁城中一道道門戶很多，一間間宮殿很多，胡亂走了進去，如果沒皇帝、皇太后帶路，很容易迷路，一輩子走不出來，也是有的。在下沒見過世面，不知皇帝、皇太后有沒有空，白天黑夜給人帶路。或許沐王府小公爺面子大，你們手下眾位朋友抬了小公爺的字號出來，把小皇帝、皇太后這老婊子嚇倒了，那也難說。」

眾人聽他管皇太后叫「老婊子」，都覺頗為新鮮。皇太后是韃子皇族的首腦，竟有人大聲叫她老婊子，各人聽了都感痛快。關安基、祁彪清等忍不住笑了出來。韋小寶在肚裏常罵太后為「老婊子」，此刻竟能在大庭廣眾之間大聲罵出口，心中的痛快，當真難以形容。

柳大洪道：「小公爺的手下行事小心謹慎，決不會闖進皇宮去的。聽說吳三桂那大漢奸的兒子吳應熊也在北京，他派人去皇宮幹些勾當，也未可知。」

韋小寶點頭道：「柳老爺子說得不錯。在下有個賭骰子的小朋友，是在皇宮裏服侍御前侍衛的。他說昨晚宮裏捉到了幾名刺客，招認出來是沐王府小公爺的手下……」

沐劍聲失驚道：「甚麼？」右手一顫，手裏的酒杯掉了下來，噹的一聲，碎成幾片。

516

韋小寶道：「我本來倒也相信，心想沐家是大明的大大忠臣，派人去行刺韃子皇帝，那是……那是個大大的英雄好漢。此刻聽柳老爺子說了，才知原來是漢奸吳三桂的手下，那可饒他們不得了。我馬上去跟那朋友說，叫他想法子好好整治一下這些刺客。他媽的，大漢奸手下，有甚麼好東西了？非叫他們多吃些苦頭不可。」

柳大洪道：「小兄弟，你那位朋友尊姓大名？在韃子宮裏擔任甚麼職司？」

韋小寶搖頭道：「他是給御前侍衛掃地、沖茶、倒便壺的小廝，說出來丟臉得很，人家叫他癩痢頭小三子，有甚麼尊姓大名了？那些刺客給綁著，我本來叫癩痢頭小三子偷偷拿些好東西給他們吃。柳老爺子既說他們是大漢奸的手下，我可要叫他拿刀子在他們大腿上戳上幾刀，免得給那些烏龜王八蛋逃了。」

柳大洪道：「我也只是揣測，作不得準。他們既膽敢到宮中行刺，那也是了不起的好漢子。韋香主如能託貴友照看一二，也是出於江湖上的義氣。」

韋小寶道：「這癩痢頭小三子，跟我最好不過，他賭錢輸了，我總十兩八兩的給他，從來不要他還。小公爺和柳老爺子有甚麼吩咐，我叫小三子去幹，他可不敢推託。」

柳大洪吁了一口氣，說道：「如此甚好。不知宮裏擒到的刺客共有幾人？叫甚麼名字？這些刺客，我們是很佩服的，眼下不知是否很吃了苦頭？貴友如能代為打聽，在下很承韋香主的情。」

韋小寶一拍胸脯，說道：「這個容易。可惜刺客不是小公爺手下的兄弟，否則的話，我設法去救他一個出來，交了給小公爺，一命換一命，那麼徐三哥失手傷了白大俠

之事，也就算一筆勾銷了。」

柳大洪向著沐劍聲瞧去，兩人緩緩點頭。沐劍聲道：「我們不知這些刺客是誰，但既去行刺韃子皇帝，總是仁人義士，是咱們反清復明的同道。韋香主，你如能設法相救，不論成與不成，沐劍聲永感大德。徐三爺和白大哥的事，自然再也休提。」

韋小寶轉頭向白寒楓瞧去，說道：「小公爺不提，就怕白二俠不肯罷休，下次見面又來抓住我的手，捏得我大哭大叫，這味道可差勁得很。」

白寒楓霍地站起，朗聲說道：「韋香主如能救得我們……我們……能救得那些失陷了的俠客義士，姓白的這隻手手得罪了韋香主，自當斷此一手，向韋香主陪罪。」

韋小寶笑道：「不用，不用，你割一隻手給我，我要來幹甚麼？再說，我那癩痢頭兄弟有沒本事在皇宮救人，那也難說得很。這些人行刺皇帝，那是多大的罪名，身上不知上了幾道腳鐐手銬，又不知有多少人看守。我說去救人，也不過吹吹牛，大家說著消遣罷了。」

沐劍聲道：「在皇宮中救人，自然千難萬難，我們也不敢指望成功。但只要韋香主肯從中盡力，不管救得出、救不出，大夥兒一般的同感大德。」頓了一頓，又道：「還有一件事，舍妹日前忽然失蹤，在下著急得很。天地會眾位朋友在京城交遊廣闊，眼線眾多，如能代為打聽，設法相救，在下感激不盡。」

韋小寶道：「這件事容易辦，小公爺放一百二十個心。好，咱們酒也喝夠了，我這就去找那癩痢頭小三子商量商量。他媽的玩他兩手，倒也快活。」一伸手，從懷中摸了

些物事出來，往八仙桌上一摔，赫然是四粒骰子，滾了幾滾，四粒盡是紅色的四點朝天，韋小寶拍手道：「滿堂紅，滿堂紅，上上大吉！唉，可不要人人殺頭，殺個滿堂紅才好。」眾人相顧失色。

韋小寶收起骰子，拱手道：「叨擾了，這就告辭。徐三哥跟我們回去，成不成？」

沐劍聲道：「韋香主太客氣了。在下恭送韋香主、徐三爺和天地會眾位朋友的大駕。」

當下韋小寶和徐天川、李力世、關安基等人離席出門。沐劍聲、柳大洪等直送至大門之外，眼看韋小寶上了轎，這才回進屋去。

羣豪回到那四合院中。關安基最是性急，問道：「韋香主，宮裏昨晚鬧刺客麼？瞧他們神情，多半是沐王府派去的。」韋小寶笑道：「正是。宮裏昨晚來了刺客，這事誰也不敢洩漏，外間沒一人得知，他們卻絲毫不覺奇怪，自然是他們幹的。」玄貞道：「他們膽敢去行刺韃子皇帝，算得膽大包天，倒也令人好生欽佩。韋香主，他們給擒住了的人，你說能救得出麼？只怕這件事極難。」

韋小寶在席上與沐劍聲、柳大洪對答之時，早已打好了主意，要搭救被擒的刺客，那是決無可能，但自己屋裏床上，卻好端端的躺著一個小郡主、一個方怡。小郡主是天地會捉去的，放了也算不得數，那方怡卻是闖進宮去的刺客，想法子讓她混出宮來，卻非難事。他聽玄貞這麼問，微笑道：「多了不行，救個把人出來，多半還辦得到。徐三哥只殺了白寒松一個，咱們弄一個人出來還他們，一命抵一命，他們也不吃虧了。何況他們連本帶利，還有利錢，連錢老闆弄來的那個小姑娘，一併也還了他們，還有甚麼說

的？錢老闆，明天一早，你再抬兩口死豬到御膳房去，再到我屋裏裝了人，我在廚房裏大發脾氣，罵得你狗血淋頭，說這兩口豬不好，逼你立刻抬出宮去。」

錢老本拍掌笑道：「韋香主此計大妙。裝小姑娘的那口死豬，倒也罷了，另一口可得挑選特大號的。」

韋小寶向徐天川慰問了幾句，說道：「徐三哥，你別煩惱。盧一峯這狗賊得罪了你，我叫吳應熊打斷他的狗腿。」徐天川應道：「是，是。多謝韋香主。」心中半點不信：「小孩子家胡言亂語，吳應熊是平西王世子，多大的氣燄，怎會來聽你的話？」韋小寶答允爲他解開誤殺白寒松的死結，雖然好生感激，卻也不信他眞能辦成這件一命換一命的大事。

韋小寶剛回皇宮，一進神武門，便見兩名太監迎了上來，齊聲道：「桂公公，快去，快去，皇上傳你。」韋小寶道：「有甚麼緊事了？」一名太監道：「皇上已催了幾次，像是有急事。皇上在上書房。」

韋小寶快步趕到上書房。康熙正在房中踱來踱去，見他進來，臉有喜色，罵道：「他媽的，你死到那裏去啦？」

韋小寶道：「回皇上：奴才心想刺客膽大妄爲，如不一網打盡，恐怕不大妙，說不定還會鬧事，須得找到暗中主持的那個正主兒才好。因此剛才換了便服，到各處大街小巷走走，想探聽一下，到底刺客的頭兒是誰，是不是在京城之中。」

康熙道：「很好，可探到了甚麼消息？」韋小寶心想：「若說一探便探到消息，未免太巧。」說道：「走了半天，沒見到甚麼惹眼之人，明天想再去查察。」

康熙道：「你亂走瞎闖，未必有用。我倒有個主意。」

韋小寶喜道：「皇上的主意必是好的。」康熙道：「適才多隆稟告，擒到的三個刺客口風很緊，不論怎麼拷打誘騙，始終咬實是吳三桂所遣，看來便再拷問，也問不出一句真話。我想不如放了他們。」韋小寶道：「放了？這……這太便宜他們了。」康熙道：「這些刺客是奉命差遣，雖然叛逆犯上，殺不殺無關大局，最要緊的是找到主謀，一網打盡，方無後患。」說到這裏，微笑道：「放了小狼，小狼該去找母狼罷？」

韋小寶大喜，拍掌笑道：「妙極，妙極！咱們放了刺客，卻暗中撮著，他們自會去跟反賊的頭子會面。皇上神機妙算，當真勝過三個諸葛亮。」

康熙笑道：「甚麼勝過三個諸葛亮？你這馬屁未免拍得太過。只是如何撮著刺客，不讓他們發覺，倒不大易辦。小桂子，我給你一件差使，你假裝好人，將他們救出宮去，那些刺客當你是同道，自然帶你去了。」韋小寶沉吟道：「這個……」康熙道：「這件事自然頗為危險，若給他們察覺了，非立時要了你的小命不可。只可惜我是皇帝，否則的話，我真想自己去幹一下子，這滋味可妙得很哪。」

韋小寶道：「皇上叫我去幹，自然遵命，再危險的事也不怕。」康熙大喜，拍拍他肩膀，笑道：「我早知你又聰明，又勇敢，很肯替我辦事。你是小孩子，刺客不會起疑。我本想派兩名武功好的侍衛去幹，但刺客不是笨人，未必會上當。一次試了不靈，

第二次就不能再試了。小桂子，你去辦這件事，就好像我親身去辦一樣。」

康熙學了武功之後，躍躍欲試，一直想幹幾件危險之事，但身為皇帝，畢竟不便涉險，派韋小寶去幹。他想小桂子年紀和我相若，武功不及我，聰明不及我，他辦得成，我自然也辦得成，差他去辦，和自己親手去幹，已差不了多少，雖不能親歷其境，也可想像得之。

康熙又道：「你要裝得越像越好，最好能當著刺客之面，殺死一兩名看守的侍衛，讓這些刺客對你毫不懷疑。我再吩咐多隆，叫他放鬆盤查，讓你帶著他們出宮。」

韋小寶應道：「是！不過侍衛的武功好，只怕我殺他們不了。」康熙道：「你隨機應變好了，但可得小心，別讓侍衛先將你殺了。」韋小寶伸了伸舌頭，道：「倘若給侍衛殺了，那可死得不明不白，小桂子反成為反賊的同黨。」

康熙雙手連搓，很是興奮，說道：「小桂子，你幹成了這件事，要我賞你些甚麼？」

韋小寶道：「這事倘若辦成功，皇上一定開心。只要皇上開心，那可比甚麼賞賜都強。」

皇上下次再想到甚麼既有趣、又危險的玩意兒，仍派我去辦，那就好得很了。」康熙大喜，道：「一定，一定！唉，小桂子，可惜你是太監，否則我一定賞你個大官做做。」

韋小寶心念一動，道：「多謝皇上。」心想：「總有一天，你會發覺我是冒牌太監，那時候可不知要如何生氣了。」說道：「皇上，我求你一個恩典。」康熙微笑道：「想做大官麼？」韋小寶道：「不是！我為皇上赤膽忠心辦事，倘若闖出了禍，惹皇上生氣，你可得饒我性命，別殺我頭。」

康熙道：「你只要真的對我忠心，你這顆腦袋瓜子，在脖子上就擺得穩穩的。」說著哈哈大笑。

韋小寶從上書房出來，尋思：「我本想放了小郡主和方姑娘給沐王府，但憑著皇上剛才那番話，變成了奉旨放刺客，那兩個小姑娘倒不忙就放。刺客的真正頭兒，剛才老子就同他們一塊兒喝酒，要不要奏知皇上，將沐劍聲小烏龜和柳大洪老傢伙抓了起來？可是師父如知道我幹這件事，定然不饒。他媽的，我到底還做不做天地會的香主哪？」

他在宮裏人人奉承，康熙又對他十分寵信，一時之間，真想在宮裏就當他一輩子的太監，但一想到太后，不由得心中塞了：「老婊子說甚麼也要尋我晦氣，老子在宮裏可躭不長久。」

當下來到乾清宮之西的侍衛房。當班的頭兒正是趙齊賢。他昨晚既分得了銀子，今日又從侍衛總管多隆處得了賞賜，知是韋小寶在皇上面前說了好話，一見他到來，歡喜得甚麼似的，一躍而起，迎了上來，笑道：「桂公公，甚麼好風兒吹得你大駕光臨？」

韋小寶笑道：「我來瞧瞧那幾個大膽的反賊。」湊在他耳邊低聲道：「皇上差我來幫著套套口供，要查到主使他們的正主兒到底是誰。」趙齊賢點頭道：「是。」低聲道：「三個反賊嘴緊得很，已抽斷了兩根皮鞭子，總一口咬定是吳三桂派他們來的。」

韋小寶道：「讓我去問問。」

走進西廳，見木柱上綁著三條漢子，光著上身，已給打得血肉模糊。一個是虬髯大

漢，另外兩個是二十來歲的年輕人，一個皮色甚白，另一個身上刺滿了花，胸口刺著個猙獰的虎頭。韋小寶尋思：「不知這二人之中，有沒那劉一舟在內？」轉頭向趙齊賢道：「趙大哥，恐怕你們捉錯了人，請你且出去一會。」趙齊賢道：「是。」轉身出去，帶上了門。

韋小寶道：「三位尊姓大名？」那虬髯漢子怒目圓睜，罵道：「狗太監，憑你也配來問老子的名字。」韋小寶低聲道：「我受人之託，來救一個名叫劉一舟的朋友……」

他此話一出，三個人臉上都顯驚異之色，互望了一眼。那虬髯漢子問道：「你受誰的託？」韋小寶道：「你們中間有沒劉一舟這個人？有呢，我有話說，沒有呢，那就算了。」三人又你瞧瞧我，我瞧瞧你，都有遲疑之色，生怕上當。那虬髯漢子又問：「你是誰？」韋小寶道：「託我那兩位朋友，一位姓沐，一位姓柳。『鐵背蒼龍』你們認不認識？」

那虬髯漢子大聲道：「『鐵背蒼龍』柳大洪在雲貴四川一帶，誰人不知，那個不曉？」

沐劍聲是沐天波的兒子，流落江湖，此刻也不知是死是活。一面說，一面連連搖頭。

韋小寶點頭道：「三位既然不認得沐小公爺和柳老爺子，那便不是他們的朋友了，想來這些招式也不識得。」說著拉開架子，使了兩招沐家拳，自然是「橫掃千軍」與「高山流水」。

「沒甚麼。」

那胸口刺有虎頭的年輕人「咦」了一聲。韋小寶停手問道：「怎麼？」那人道：「這些招式是誰教的？」韋小寶笑道：「我老婆教的。」虬

髯漢子呸了一聲，道：「太監有甚麼老婆？」說著不住搖頭。他本來罵韋小寶爲「狗太監」，後來聽他言語有異，行動奇特，免去了這個「狗」字。

韋小寶道：「太監爲甚麼不能有老婆？人家願嫁，你管得著嗎？我老婆姓方，單名一個怡字……」

那皮肉白淨的年輕人突然大吼一聲，喝道：「胡說！」

韋小寶見他額頭青筋暴起，眼中如要噴出火來，只是暴怒之下，情急之狀已達極點，料想這人便是劉一舟，見他一張長方臉，相貌頗爲英俊，神情未免有些可怖，便笑道：「甚麼胡說？我老婆是沐王府中劉白方蘇四大家將姓方的後人。跟我做媒人的姓蘇，名叫蘇岡，有個外號叫作『聖手居士』。還有個媒人姓白，他兄長白寒松最近給人打死了，那白寒楓窮極無聊，就給人做媒人騙錢，收殮他死了的兄長……」

那年輕人越聽越怒，大吼：「你……你……你……」

那虯髯漢子搖頭道：「兄弟，且別作聲。」向韋小寶道：「沐王府的事兒，你倒知道得挺多。」

韋小寶道：「我是沐王府的女婿，丈人老頭家裏的事，怎麼不知道？那方怡方姑娘本來不肯嫁我的，說跟她師哥哥劉一舟已有婚姻之約。但聽說這姓劉的不長進，投到了大漢奸吳三桂的部下，進皇宮來行刺。你想……吳三桂這大漢奸……」說到這裏，壓低了嗓子道：「勾結韃子，將我大明天子的花花江山，雙手奉送給了滿清狗賊。吳三桂這傢伙，凡是我漢人，沒一個不想剝他的皮，吃他的肉。劉一舟這小子，甚麼主子不好投

靠，幹麼去投了吳三桂？方姑娘自然面目無光，再也不肯嫁他了。」

那年輕人急道：「我……我……我……」

那虯髯漢子搖頭道：「我……當然沒甚麼光彩。我老婆記掛著舊情人，定要我查問清楚，那劉一舟到底死了沒有？如真死了，她嫁給我便心安理得，從此沒了牽掛。不過要給她的劉師哥安個靈位，燒些紙錢。三位朋友，你們這裏沒劉一舟這人，是不是？那我去回覆方姑娘，今晚就同我拜堂成親了。」說著轉身出外。

那年輕人道：「我就是……」

韋小寶道：「對，對！當然沒甚麼光彩。人各有志，閣下在清宮裏當太監，也沒甚麼光彩。」

那年輕人道：「他……他……」突然一口唾沫向韋小寶吐了過來。

韋小寶閃身避開，見這三人的手腳都用粗牛筋給牢牢綁在柱上，決難掙脫，心想：「這人明明是劉一舟，他本就要認了，卻給這大鬍子阻住。」一沉吟間，已有了計較，說道：「你們在這裏等著，我再去問問我老婆。」

回到外間，向趙齊賢道：「我已問到了些端倪，別再拷打了，待會我再來。」

其時天已昏暗，韋小寶心想方怡和沐劍屏已餓得很了，不即回房，先去吩咐御膳房中手下太監，開一桌豐盛筵席來到屋中，說道昨晚眾侍衛擒賊有功，今日要設宴慶賀，席上商談擒拿刺客的機密大事，不必由小太監服侍。

他開鎖入房，輕輕推開內室房門。沐劍屏低呼一聲，坐了起來，輕聲道：「你怎麼

526

到這時候才來？」韋小寶道：「等得你心焦死了，是不是？我可打聽到了好消息。」

方怡從枕上抬起頭來，問道：「甚麼好消息？」

韋小寶點亮桌上蠟燭，見方怡雙眼紅紅的，顯是哭泣過來，嘆了口氣，說道：「這消息在你是大好，對我卻是糟透糟透，一個剛到手的好老婆憑空飛了。唉，劉一舟這傢伙居然沒死。」

方怡「啊」的一聲叫，聲音中掩飾不住喜悅之情。

沐劍屏喜道：「我們劉師哥平安沒事？」

韋小寶道：「死是還沒死，要活恐怕也不大容易。他給宮裏侍衛擒住了，咬定說是大漢奸吳三桂派到宮裏來行刺的。死罪固然難逃，傳了出去，江湖上英雄好漢都說他給吳三桂做走狗，殺頭之後，這名聲也就臭得很了。」

方怡上身抬起，說道：「我們來到皇宮之前，早就已想到此節，但求扳倒了吳三桂這奸賊，為先帝與沐公爺報得深仇大恨，自己性命和死後名聲，早已置之度外。」

韋小寶大拇指一翹，道：「好，有骨氣！吾老公佩服得很。方姑娘，咱們有件大事，得商量商量。如我能救得你的劉師哥活命，那你就怎樣？」

方怡眼中精光閃動，雙頰微紅，說道：「你當真救得我劉師哥，你不論差我去幹甚麼艱難危險之事，方怡決不能皺一皺眉頭。」這幾句話說得斬釘截鐵，十分乾脆。

韋小寶道：「咱們訂一個約，好不好？小郡主作個見證。如我將你劉師哥救了出去，交了給小公爺沐劍聲和『鐵背蒼龍』柳大洪柳老爺子……」沐劍屏接口道：「你知

527

道我哥哥和我師父？」韋小寶道：「沐家小公爺和『鐵背蒼龍』大名鼎鼎，誰人不知，那個不曉。」沐劍屏道：「你是好人，如救得劉師哥，大夥兒都感激你的恩情。」

韋小寶搖頭道：「我不是好人，我只做買賣。劉一舟這人非同小可，是行刺皇帝的欽犯。我要救他，那是冒了自己性命大險，是不是？官府一查到，不但我人頭落地，連我家裏爺爺、奶奶、爸爸、媽媽、三個哥哥、四個妹子，還有姨丈、姨母、姑丈、姑母、舅舅、舅母、外公、外婆、表哥、表弟、表姊、表妹，一古腦兒都得砍頭，是不是？這叫做滿門抄斬。我家裏的金子、銀子、屋子、鍋子、褲子、鞋子，一古腦兒都得給沒入官府，是不是？」

他問一句「是不是」，沐劍屏點了點頭。

方怡道：「正是，這件事牽連太大，可不能請你辦。反正我……我……師哥死了，我也不能活著，大家認命罷啦。」說著淚珠撲簌簌的流下。

韋小寶道：「不忙傷心，不忙哭。你這樣羞花閉月的美人兒，淚珠兒一流下來，我心腸就軟了。方姑娘，為了你，我甚麼事都幹。我定須將你的劉師哥救出來。咱們一言為定，救不出你劉師哥，我一輩子給你做牛做馬做奴才。救出了你劉師哥，你一輩子做我老婆。大丈夫一言既出，甚麼馬難追，就是這一句話。」

方怡怔怔的瞧著他，臉上紅暈漸漸退了，現出一片蒼白，說道：「桂大哥，為了救劉師哥性命，甚麼事……甚麼我都肯，倘若你真能救得他平安周全，要我一輩子……一輩子服侍你，也無不可。只不過……只不過……」

剛說到這裏，屋外腳步聲響，有人說道：「桂公公，送酒菜來啦。」方怡立即住口。

韋小寶道：「好！」走出房去，帶上了房門，打開屋門。四名太監挑了飯菜碗盞，走進屋來，在堂上擺了起來，十二大碗菜餚，另有一鍋雲南汽鍋雞。四名太監安了八副杯筷，恭恭敬敬的道：「桂公公，還短了甚麼沒有？」韋小寶道：「行了，你們回去罷。」每人賞了一兩銀子，四名太監歡天喜地的去了。

韋小寶將房門上了門，把菜餚端到房中，將桌子推到床前，斟了三杯酒，盛了三碗飯，問道：「方姑娘，你剛才說『只不過，只不過』，到底只不過甚麼？」

這時方怡已由沐劍屏扶著坐起身來，臉上一紅，低下頭去，隔了半晌，低聲道：「我本來想說，你是宮中的執事，怎能娶妻？但不管怎樣，只要你能救得我劉師哥性命，我一輩子陪著你就是了。」

她容色晶瑩如玉，映照於紅紅燭光之下，嬌艷不可方物。韋小寶年紀雖小，卻也瞧得有點兒魂不守舍，笑道：「原來你說我是太監，娶不得老婆。娶得娶不得老婆，是我的事，你不用躭心。我只問你，肯不肯做我老婆？」

方怡秀眉微蹙，臉上薄含怒色，隔了半晌，心意已決，道：「別說做你妻子，就算你將我賣入窯子，我也所甘願。」

這句話倘若別的男子聽到，定然大大生氣，但韋小寶本就是妓院出身，也不覺得有甚麼了不起，笑吟吟的道：「好，就是這麼辦。好老婆、好妹子，咱三個來喝一杯。」

方怡本來沒將眼前這小太監當作一回事，待見他手刃御前侍衛副總管瑞棟，以奇藥

化去他屍體，而宮中衆侍衛和旁的太監又都對他十分恭敬，才信他確非尋常之輩。劉一舟是她傾心相戀的意中人，雖無正式婚姻之約，二人早已心心相印，一個非卿不娶，一個非卿不嫁。昨晚二人同入清宮幹此大事，方怡眼見劉一舟失手為侍衛所擒，苦於自己受傷，相救不得，料想情郎必然殉難，豈知這小太監竟說他非但未死，還能設法相救，心想：「但教劉郎得能脫險，我縱然一生受苦，也感謝上蒼待我不薄。這小太監又怎能娶我為妻？他只不過愛油嘴滑舌，討些口頭上便宜，我且就著他此便了。」想明白了這節，便即微微一笑，端起酒杯，說道：「這杯酒就跟你喝了，可是你如救不得我劉師哥，難免做我劍下之鬼。」

韋小寶見她笑靨如花，心中大樂，也端起酒杯，說道：「咱們說話可得敲釘轉腳，不得抵賴。倘若我救了你劉師哥，你卻反悔，又要去嫁他，那便如何？你們兩個夾手夾腳，我可不是對手，他一刀橫砍，你一劍直劈，我桂公公登時分為四塊，這種事不可不防。」

方怡收起笑容，蕭然道：「皇天在上，后土在下，桂公公若能相救劉一舟平安脫險，小女子方怡便嫁桂公公為妻，一生對丈夫忠貞不貳。就算桂公公不能當眞娶我，我也死心塌地的服侍他一輩子。若有二心，教我萬劫不得超生。」說著將一杯酒潑在地下，又道：「小郡主便是見證。」

韋小寶大喜，問沐劍屏道：「好妹子，你可有甚麼心上人，要我去救沒有？」沐劍屏道：「沒有！我怎會有甚麼心上人了？」韋小寶道：「可惜，可惜！」沐劍屏道：

「可惜甚麼？」韋小寶道：「如果你也有個心上人，我也去救了他出來，你不是也就嫁了我做好老婆麼？」沐劍屏道：「呸！有了一個老婆還不夠，得隴望蜀！」

韋小寶笑道：「癩蝦蟆想吃天鵝肉！喂，好妹子，跟你劉師哥一塊兒被擒的，還有兩個人，一個是絡腮鬍子……」沐劍屏道：「那是吳師叔。」韋小寶道：「還有一個身上刺滿了花，胸口有個老虎頭的。」沐劍屏道：「那是青毛虎敖彪，是吳師叔的徒弟。」

韋小寶問道：「那吳師叔叫甚麼名字？」沐劍屏道：「吳師叔名叫吳立身，外號叫『搖頭獅子』。」

韋小寶笑道：「這外號取得好，人家不論說甚麼，他總是搖頭。」

沐劍屏道：「桂大哥，你既去救劉師哥，不妨順便將吳師叔和敖師哥也救了出來。」

韋小寶道：「那吳師叔和敖彪，有沒有羞花閉月的女相好？」沐劍屏道：「不知道，你問來幹麼？」韋小寶道：「我得先去問問他們的女相好，肯不肯讓我佔此便宜？否則我拚命去救人，豈不是白辛苦一場？」

驀地裏眼前黑影一晃，一樣物事劈面飛來，韋小寶急忙低頭，已然不及，啪的一聲，正中額角。那物事撞得粉碎，卻是一隻酒杯。韋小寶和沐劍屏同聲驚呼：「啊喲！」

韋小寶躍開三步，連椅子也帶倒了，額上鮮血淋淋而下，眼中酒水模糊，瞧出來白茫茫一片。

只聽方怡喝道：「你立即去把劉一舟殺了，姑娘也不想活啦，免得整日受你這等沒來由的欺侮！」原來這隻酒杯正是方怡所擲，幸好她重傷後手上勁力已失。韋小寶額頭給酒杯擊中，只劃損了些皮肉。

沐劍屏道：「桂大哥，你過來，我給你瞧瞧傷口，別讓碎瓷片留在肉裏。」韋小寶道：「我不過來，我老婆要謀殺親夫。」沐劍屏道：「誰叫你瞎說，又要去佔別的女人便宜？連我聽了也生氣。」

韋小寶哈哈大笑，說道：「啊，我明白啦，原來你們兩個是喝醋，聽說我要去佔別的女人便宜，我的大老婆、小老婆便大大喝醋了。」

沐劍屏拿起酒杯，道：「你叫我甚麼？瞧我不也用酒杯投你！」

韋小寶伸袖子抹眼睛，見沐劍屏佯詐惱怒，眉梢眼角間卻微微含笑，又見方怡神色間頗有歉意，自己額頭雖然疼痛，心中卻是甚樂，說道：「大老婆投了我一隻酒杯，小老婆如果不投，太不公平。」走上一步，說道：「小老婆也投罷！」

沐劍屏道：「好！」手一揚，酒杯中的半杯酒向他臉上潑到。韋小寶竟不閃避，半杯酒都潑在臉上。他伸出舌頭，將臉上的鮮血和酒水舐入口中，嘖嘖稱賞，說道：「好吃，好吃！大老婆打出的血，再加小老婆潑過來的酒，啊喲，鮮死我了，鮮死我了！」

沐劍屏先笑了出來，方怡嘆哧一聲，忍不住也笑了，罵道：「無賴！」從懷中取出一塊手帕，交給沐劍屏，道：「你給他抹抹。」沐劍屏笑道：「你打傷了人家，幹麼要我抹？」方怡掩口道：「你不是他小老婆麼？」沐劍屏啐道：「呸！你剛才親口許了他的，我可沒許過。」方怡笑道：「誰說沒許過？他說：『小老婆也投罷！』你就把酒潑他，那不是答允做他小老婆了？」

韋小寶笑道：「對，對！我大老婆也疼，小老婆也疼。你兩個放心，我再也不去佔

別的女人便宜了。」

方怡叫韋小寶過來，檢視他額頭傷口中並無碎瓷，給他抹乾了血。

三人不會喝酒，肚中卻都餓了，吃了不少菜餚。說說笑笑，一室皆春。

飯罷，韋小寶打了個呵欠，道：「今晚我跟大老婆睡呢，還是跟小老婆睡？」方怡臉一沉，正色道：「你說笑可得有個譜，你再鑽上床來，我……我一劍殺了你。」

韋小寶道：「終有一天，我這條老命要送在你手裏。」將飯菜搬到外堂，取過一張蓆子鋪在地下，和衣而睡。這時實在疲倦已極，片刻間便即睡熟。

次日一早醒來，覺得身上暖烘烘地，睜眼見身上已蓋了一條棉被，又覺腦袋下有個枕頭，坐起身來，見床上紗帳低垂。隔著帳子，隱隱約約見到方怡和沐劍屏共枕而睡。

他悄悄站起，揭開帳子，但見方怡嬌艷，沐劍屏秀雅，兩個小美人的俏臉相互輝映，如明珠，如美玉，說不出的明麗動人。韋小寶忍不住便想每個人都去親一個嘴，卻怕驚醒了她們，心道：「他媽的，這兩個小娘倘若當真做了我大老婆、小老婆，老子可快活得緊。麗春院中，那裏有這等俊俏的小娘。」

他輕手輕腳去開門。門樞嘰的一響，方怡便即醒了，微笑道：「桂……桂……你早。」韋小寶道：「好老公也不叫一聲。」方怡道：「你又還沒將人救出來。」韋小寶道：「你放心，我這就去救人。」

沐劍屏也醒了過來，問道：「大清早你兩個在說甚麼？」韋小寶道：「我們一直沒睡，兩個兒說了一夜情話。」打個呵欠，拍嘴說道：「好睏，好睏！我這可要睡了。」

533

又伸了個懶腰。

方怡臉上一紅，道：「跟你有甚麼話好說？怎說得上一夜？」

韋小寶一笑，道：「好老婆，咱們說正經的。你寫一封信，我拿去給你的劉師哥，他才肯信我，跟我混出宮去。否則他咬定是吳三桂女婿的姪兒。」

韋小寶道：「方姑娘做了我大老婆，劉一舟只好去做吳三桂的女婿了。」方怡道：「你別胡扯！不過要寫封信，倒也不錯。可是……可是寫甚麼好呢？」

韋小寶道：「寫甚麼都好，就說我是你老公，天下第一大好人，最有義氣，受了你的囑託，前來相救，貨真價實，十足真金！」找齊了海大富的筆硯紙張，磨起了墨，將一張白紙放在小桌上，推到床前。

方怡坐起身來，接過了筆，忽然眼淚撲簌簌的流下，哽咽道：「我寫甚麼好？」

韋小寶見她楚楚可憐的模樣，心腸忽然軟了，說道：「你寫甚麼都好，反正我不識字。你別說嫁了我做老婆，否則你劉師哥一生氣，就不要我救了。」方怡道：「你不識字？你騙我。」韋小寶道：「我如識字，我是烏龜王八蛋，不是你老公，是你兒子，是你灰孫子。」

方怡提筆沉吟，只感難以落筆，抽抽噎噎的又哭了起來。

韋小寶滿腔豪氣，難以抑制，大聲道：「好啦，好啦！我救了劉一舟出來之後，你還是要和他軋姘頭，與其將來戴綠帽、做烏龜，還是讓你快快活活的，去嫁給他媽的這劉一舟。你愛寫甚麼便寫甚麼，他嫁給他便是，我不跟他爭了。反正你跟了我之後，

534

媽的，老子甚麼都不放在心上了。」

方怡一對含著淚水的大眼向他瞧了一眼，低下頭來，眼光中既有歡喜之意，亦有感激之情，在紙上寫了幾行字，將紙摺成一個方勝，說道：「請……請你交給他。」

韋小寶心中暗罵：「他媽的，你啊你的，大哥也不叫一聲，過河拆橋，放完了餿口不要和尚。」但他既已逗了英雄好漢，裝出一股豪氣干雲的模樣，便不能再逼方怡做老婆，接過方勝，往懷中一揣，頭也不回的出門，心想：「要做英雄，就得自己吃虧。好好一個老婆，又雙手送了給人。」

乾清宮側侍衛房值班的頭兒這時已換了張康年。他早一晚已得多隆囑咐，要相助桂公公將刺客救出宮去，卻不可露出絲毫形跡，讓刺客起疑，見韋小寶到來，忙迎將上來，使個眼色，和他一同走到假山之側，低聲問道：「桂公公，你要怎生救人？」

韋小寶見他神態親熱，心想：「皇上命我殺個把侍衛救人，好讓劉一舟他們不起疑心。這張老哥對我甚好，倒不忍殺他。好在有臭小娘一封書信，這姓劉的殺胚是千信萬信的了。」沉吟道：「我再去審審這三個龜兒子，隨機應變便了。」

張康年請了個安，道：「多謝桂公公。」韋小寶道：「又謝甚麼了？」張康年道：「小人跟著桂公公辦事，以後公公一定不斷提拔。小人升官發財，那是走也走不掉的了。」韋小寶微笑道：「你赤膽忠心給皇上當差，將來只怕一件事。」張康年一驚，問道：「怕甚麼？」韋小寶道：「就只怕你家裏的庫房太小，裝不下這許多銀子。」張

康年哈哈大笑，跟著收起笑聲，低聲道：「公公，我們十幾個侍衛暗中都商量好了，大家盡力給公公辦事，說甚麼要保公公做到宮裏的太監總首領。」

韋小寶微笑道：「那可妙得很了，等我大得幾歲再說罷。」跟著想起錢老本送活豬補漏洞的事來，問道：「瑞副總管那裏去了？多總管跟你們大家忙得不可開交，怎地一直不見瑞副總管？」張康年道：「多半是太后差他出宮辦事去了。」韋小寶點點頭，道：「你見到瑞副總管時，請他到我屋裏來一趟。皇上吩咐了，有幾句話要問他。」張康年答應了。

韋小寶走進侍衛房，來到綁縛劉一舟等三人的廳中。一晚不見，三人的精神又委頓了許多，雖未再受拷打，但兩日兩晚沒進飲食，便鐵打的漢子也頂不住了。廳中看守的七八名侍衛齊向韋小寶請安，神態十分恭敬。

韋小寶大聲道：「皇上有旨，這三個反賊大逆不道，立即斬首示眾。快去拿些酒肉飯菜來，讓他們吃得飽飽地，免得死了做餓鬼。」眾侍衛齊聲答應。

那虬髯漢子吳立身大聲道：「我們為平西王盡忠而死，流芳百世，勝於你們這些給韃子做奴才的畜生萬倍。」

一名侍衛提起鞭子，唰的一鞭打去，罵道：「吳三桂這反賊，叫他轉眼就滿門抄斬。」劉一舟神情激動，雙眼向天，口唇輕輕顫動，不知在說些甚麼。

韋小寶道：「這三個反賊聽得要殺頭，嚇得全身發抖，只怕酒也喝不下，飯也吃不落啦。三位兄弟辛苦些，餵他們每人喝兩口酒，嚇得

眾侍衛拿了三大碗飯、三大碗酒進來。韋小寶道：「這三個反賊聽得要殺頭，嚇得全身發抖，只怕酒也喝不下，飯也吃不落啦。三位兄弟辛苦些，餵他們每人喝兩口酒，嚇得

可不能多喝嘛，就餵他們吃了。要是喝得醉了，殺起頭來不知道頸子痛，可太便宜了他們。去到陰世，閻羅王見到三個酒鬼，大大生氣，每個酒鬼先打三百軍棍，那可又害苦了他們。」眾侍衛都笑了起來，餵三人喝酒吃飯。

吳立身大口喝酒，大口吃飯，神色自若。敖彪吃一口飯，罵一句：「狗奴才！」劉一舟臉色慘白，食不下咽，吃不到小半碗，就搖頭不吃了。

韋小寶道：「好啦，大夥兒出去。皇上叫我問他們幾句話，問了之後再殺頭。」張康年躬身道：「是！」領著眾侍衛出去，咳嗽一聲，帶上了門。

韋小寶聽眾人腳步聲走遠，側頭向吳立身等三人打量，臉上露出詭秘的笑容。吳立身罵道：「狗太監，有甚麼好笑？」韋小寶笑道：「我自笑我的，關你甚麼事？」

劉一舟突然說道：「公公，我⋯⋯我就是劉一舟！」

韋小寶一怔，還沒答話，吳立身和敖彪已同聲呼喝：「你胡說甚麼？」劉一舟道：「公公，求求你救我一救，救⋯⋯救我們一救。」吳立身喝道：「貪生怕死，算甚麼英雄好漢，何必開口求人？」劉一舟道：「他⋯⋯他說小公爺和我師父，託他來救⋯⋯救我們的。」吳立身搖頭道：「他這等騙人的言語，也信得的？」

韋小寶笑道：「『搖頭獅子』吳老爺子，你就瞧在我臉上，少搖幾次頭罷。」吳立身一驚，道：「你⋯⋯你⋯⋯」韋小寶笑道：「這一位青毛虎敖彪敖大哥，是你的得意弟子，名師必出高徒，佩服，佩服。」吳立身和敖彪臉上變色，驚疑不定。

韋小寶從懷中取出方怡所摺的那個方勝，打了開來，放在劉一舟面前，笑道：「你瞧是誰寫的？」

劉一舟一看，大喜過望，顫聲道：「這真是方師妹的筆跡。吳師叔，方師妹說這……」

……這位公公是來救我們的，叫我一切都聽他的話。」

吳立身道：「給我瞧瞧。」韋小寶將那張紙拿到吳立身眼前，心想：「這上面不知寫了些甚麼情話。我這大老婆不要臉，一心想偷漢子，甚麼肉麻的話都寫得出。」只聽吳立身讀道：「『劉師哥：桂公公是自己人，義薄雲天，干冒奇險，前來相救，務須聽桂公公指示，求脫虎口。妹怡手啓。』嗯，這上面畫了我們沐王府的記認花押，倒是不假。」

韋小寶聽方怡在信中稱讚自己「義薄雲天」，不明白「義薄雲天」是甚麼意思，心想義氣總是越厚越好，「薄」得飛上了天，還有甚麼膽下的？但以前曾好幾次聽人說過，知道確是一句大大的好話，又聽她信中並沒對劉一舟說甚麼肉麻情話，更加歡喜，說道：「那還有假的？」

劉一舟問道：「公公，我那方師妹在那裏？」韋小寶心道：「在我床上。」口中說道：「她此刻躲在一個安穩的所在，我救了你們出去之後，再設法救她，和你相會。」

劉一舟眼淚奪眶而出，哽咽道：「公公的大恩大德，真不知何以為報。」他適才聽韋小寶說，吃過酒飯後便提出去殺頭，他本來膽大，可是突然間面臨生命關頭，恐懼之情再也難以克制，忍不住聲稱自己便是劉一舟，只盼在千鈞一髮之際留得性命，待見到方怡的書信，得知活命有望，這一番歡喜，當真難以形容。

吳立身卻臨危不懼，仍要查究清楚，問道：「請問閣下尊姓大名？何以肯加援手？」

韋小寶道：「索性對你們說明白了。我有個好朋友，是天地會青木堂的香主，名叫韋小寶。他說天地會中有個老頭兒，叫作八臂猿猴徐天川，為了爭執擁唐、擁桂甚麼的，打死了你們沐王府的白寒松。沐家小公爺和白寒楓不肯干休，但人死了活不轉來，沒法子，那韋小寶就來託我救你們三位出去，賠還給沐王府，以便顧全雙方義氣。」

跟天地會的糾葛，吳立身知道得很明白，當下更無懷疑，不住的又搖頭，又點頭，說道：「這就是了。在下適才言語冒犯，多有得罪。」

韋小寶笑道：「好說，好說！只不過如何逃出宮去，可得想個妙法。」

劉一舟道：「桂公公想的法子，必是妙的，我們都聽從你的吩咐便了。」韋小寶心道：「我可還沒想出甚麼主意呢。」問吳立身道：「吳老爺子可有甚麼計策？」吳立身道：「皇宮裏狗侍衛極多，白天是闖不出去的。等到晚間，你來設法割斷我們手腳上的牛筋，讓我們乘黑衝殺出去便是。」

韋小寶道：「此計極妙，就怕不是十拿九穩。」在廳上走來走去，籌思計策。

敖彪道：「衝得出去最好，衝不出去，至不濟也不過是個死。」劉一舟道：「敖師哥，別打斷桂公公的思路。」敖彪怒目向他瞪視。

韋小寶心想：「最好是有甚麼迷藥，將侍衛們迷倒，便可不傷人命。」走到外室，向張康年道：「張大哥，我要用些迷藥，你能不能立刻給我弄些來。」張康年笑道：

「行，行。趙二哥那裏蒙汗藥現成有的是，我馬上去拿。」韋小寶笑問：「趙二哥身邊有蒙汗藥？做甚麼用的？」張康年低聲道：「不瞞公公說，前日瑞副總管差我們去拿一個人，吩咐了要悄悄的幹，不能張揚。這人武功了得，我們只怕明刀明槍的動手多傷人命，而且不能活捉。趙二哥就去弄了一批蒙汗藥來，做了手腳。」韋小寶心道：「你們打不過人家，就攪鬼計。」問道：「結果大功告成？」張康年笑道：「手到擒來。」

韋小寶聽說是瑞棟要他們去辦的事，怕和自己有關，就得多問幾句：「捉的是甚麼人？犯了甚麼事？」張康年道：「是宗人府的鑲紅旗統領和察博，聽說是得罪了太后。」

瑞副總管把他捉來後，逼他繳了一部經書出來，後來在他嘴上、鼻上貼了桑皮紙，就這麼活生生的悶死了他。」

韋小寶聽得暗暗心驚：「原來老婊子爲的又是那部《四十二章經》。瑞棟取到經書後，幹麼不立即去交給老婊子，卻藏在自己身上？還不是想自行吞沒嗎？」隨即想到瑞棟決不敢吞沒經書：「嗯，是了，老婊子見到瑞棟，來不及問經書的事，立即便派他來殺我。瑞棟是想先殺老子，再繳經書，卻變成了戲文《長阪坡》中那個夏侯甚麼的小花臉，先送性命，再送寶劍。老子這可不成了七進七出的常山趙子龍嗎？」隨口問道：

「那是甚麼經書？這樣要緊。」張康年道：「那可不知道了。我這就取蒙汗藥去。」

韋小寶道：「煩你再帶個訊，叫膳房送兩桌上等酒席來，是我相請眾位哥兒的。」

張康年喜道：「公公又賞酒喝。只要跟著公公，吃的喝的，一輩子不用愁了。」

過不多時，張康年取了蒙汗藥來，好大的一包，怕不有半斤多重，低聲笑道：「這

不必多禮。」吳立身道：「救命之恩，不敢望報。此後天地會如有驅策，吳某敖某師徒赴湯蹈火，在所不辭。」韋小寶道：「不敢當。」只見劉一舟大步走在前面，回頭相望，自是怪吳立身為何不快走，此處離宮門不遠，尚未脫險。

韋小寶微微一笑，回神武門來，向守門的侍衛道：「那公公是太后的親信，說道奉了太后慈旨，命我親自送這幾人出宮。他媽的，可不知是甚麼路道？」守門的侍衛道：「就算是親王貝勒，也不能要桂公公親自相送啊。」韋小寶搖頭道：「太后的差使，可教人莫名其妙。我心裏可著實犯疑，但那太監拿了太后的親筆慈旨來，咱們做奴才的可不敢不辦，是不是？」幾名侍衛道：「是，是！那又有甚麼法子？」

「好大的架子！怎能勞動桂公公的大駕？莫非是親王貝勒不成？」另一名侍衛道：「那公公是太后的親信，說道奉

韋小寶回到侍衛房中，見眾人昏迷在地，兀自未醒，當下舀了兩盆冷水，一盆先沖去地上的黃水，一盆潑在張康年頭上。張康年悠悠醒轉，微笑道：「桂公公，我怎地就這麼容易的醉了？」老大不好意思的坐起，見到廳上情景，大吃一驚，顫聲道：「怎……那些刺客……已經走了？」

韋小寶道：「太后派那姓董的太監來，使蒙汗藥迷倒了咱們，將三名刺客救去了。」那蒙汗藥分明是張康年親自拿來交給韋小寶的，聽他這麼說，心下全然不信，但藥力初退，腦子兀自胡塗的，不知如何置答。

韋小寶道：「張大哥，多總管命你暗中放了刺客，是不是？」張康年點頭道：「多

總管說，這是皇上的密旨，放了刺客，好追查主使的反賊頭兒是誰。」韋小寶笑道：

「是？可是宮裏走脫了刺客，負責看守的人有罪沒有？」

張康年一驚，道：「那……那自然有罪，不過……不過這是多總管吩咐過的，我們做下屬的，不過奉命行事罷了。」韋小寶道：「多總管有手令給你沒有？」張康年更加驚了，道：「沒……沒有。他親口說了，用……用不著甚麼手令。多總管說道，這是奉了皇上的旨意辦事。」韋小寶道：「多總管拿了皇上親筆的聖旨給你看了？」張康年顫聲道：「沒……沒有。難道……難道多總管的話是假的？」全身發抖，牙齒上下相擊，格格作聲。

韋小寶道：「假是不假。我就怕多總管不認帳，事到臨頭，往你身上一推，可有些不大妙。張大哥，皇上為甚麼要放刺客出去？」張康年道：「多總管說，要從這三名刺客身上，引出背後主使的人來。」韋小寶道：「事情倒確是這樣。只不過宮中放走刺客，若不追究，連刺客也不會相信。這背後主使之人，就未必查得出。說不定皇上會殺幾個人，張揚一下，好讓刺客不起疑心。」

這幾句話韋小寶倒沒冤枉了皇帝，康熙確曾命他殺幾名侍衛，以堅被釋刺客之信。

張康年驚惶之下，雙膝跪倒，叫道：「公公救命！」說著連連磕頭。

韋小寶道：「張大哥何必多禮。」伸手扶起，笑道：「眼前有現成的朋友頂缸，咱們往這四名太監頭上一推，說他們下蒙汗藥迷倒了眾人，放走刺客，可不跟你沒干係了？皇上聽說這四名太監是太后派來的，自然不會追究。皇上也不是真的要殺你，只要

有人頂缸，將放走刺客之事遮掩了過去，皇上多半還有賞賜給你呢。」

張康年大喜，叫道：「妙計，妙計！多謝公公救命之恩。」

韋小寶心道：「這件事我雖沒救你性命，但適才你昏迷不醒之時，沒一劍將你殺了，卻也是手下留情。皇上金口吩咐，叫我殺幾名侍衛的。」說道：「咱們快救醒眾兄弟，咬定是這四名太監來放了刺客。」

張康年應道：「是，是！」但想不知是否真能脫卻干係，兀自心慌意亂，手足發軟，當下舀了冷水，將眾侍衛一一救醒。

眾人聽說是太監董金魁將自己迷倒，殺了三名太監，救了三名刺客，無不破口大罵。大家心中起疑：「太后為甚麼要放走刺客？莫非這些刺客是太后招來的？」但既牽涉到太后，人人都只在心中想想，誰也不敢宣之於口。這時董金魁的屍身衣衫均已化盡，都道他已帶領刺客逃出宮了。

韋小寶回到自己住處，走進內房。沐劍屏忙問：「桂大哥，有甚麼消息？」韋小寶道：「桂大哥沒消息，好哥哥倒有一些。」

沐劍屏微笑道：「這消息我不著急，自有著急的人來叫你好哥哥。」方怡臉上一陣暈紅，低聲道：「好兄弟！你年紀比我小，我叫你好兄弟，那可行了罷？」韋小寶嘆了口氣，說道：「好老婆變成了好姊姊，眼睛一霎，老母雞變鴨。行了，救出去啦！」

方怡猛地坐起，顫聲問道：「你……你說我劉師哥已救出去了？」韋小寶道：「大丈夫一言既出，甚麼馬難追。我答允你去救，自然救了。」方怡道：「怎……怎麼救

的？」韋小寶笑道：「山人自有妙計。下次你見到你師哥，他自會說給你聽。」

方怡吁了口長氣，抬頭望著屋頂，道：「謝天謝地，當真是菩薩保祐。」

韋小寶見到方怡這般歡喜到心坎裏去的神情，心下著惱，輕哼一聲，也不說話。

沐劍屏道：「師姊，你謝天謝地謝菩薩，怎不謝謝你這個好兄弟？」方怡道：「好兄弟的大恩大德，不是說一聲『謝謝』，就能報答得了的。」

韋小寶聽她這麼說，又高興起來，說道：「那也不用怎麼報答。」

方怡道：「好兄弟，劉師哥說了此甚麼話？」韋小寶道：「也沒說甚麼，他只求我救他出去。」方怡「嗯」了一聲，又問：「他問到我們沒有？」韋小寶側頭想了想，說道：「沒有。我跟他說，你是在一個安穩所在，不用就心，不久我就會送你去和他相會。」

方怡點頭道：「是！」突然之間，兩行眼淚從面頰上流了下來。

沐劍屏問道：「師姊，你怎麼哭了？」方怡喉頭哽咽，道：「我⋯⋯我心中歡喜。」

韋小寶心道：「他媽的，你為了劉一舟這小白臉，歡喜得這個樣子。這浪勁兒老子可不愛多瞧。小玄子叫我查究主使刺客的頭兒，我得出去鬼混一番，然後回報。」

當下出得宮去，信步來到天橋一帶閒逛。

那書生飛身躍起，

猛覺左腳足踝上陡緊，已給人抓住。

他右足疾踢陳近南面門，

陳近南提起身畔茶几一擋，

啪的一聲，一張紅木茶几登時給他踢得粉碎。

韋小寶在廳壁後應道：「是！」轉身出來，向眾人抱拳行禮。

沐劍聲、敖彪、柳大洪、吳立身等一齊站起，大為驚訝。沐劍聲等沒想到韋香主就是小太監；吳立身、敖彪、柳大洪、吳立身、劉一舟三人沒想到救他們性命的小太監，竟然便是天地會的韋香主。

韋小寶笑嘻嘻的向吳立身道：「吳老爺子，剛才在皇宮之中，晚輩跟你說的是假名字，你老可別見怪。」吳立身道：「身處險地，自當如此。我先前便曾跟敖彪說，這位小英雄辦事乾淨利落，有擔當、有氣概，實是一位了不起的人物。轎子宮中，怎會有如此人才？我們都感奇怪。原來是天地會的香主，那⋯⋯嘿嘿，怪不得，怪不得！」說著翹起了大拇指，不住搖頭，滿臉讚嘆欽佩之色。

「搖頭獅子」吳立身是柳大洪的師弟，在江湖上也頗有名聲。陳近南聽他這等稱讚自己徒弟，心中大喜，笑道：「吳兄可別太誇獎了，寵壞了小孩子。」

柳大洪仰起頭來，哈哈大笑，說道：「陳總舵主，你一人可佔盡了武林中的便宜。武功這等了得，聲名如此響亮，手創的天地會這般興旺，連收的徒兒，也這麼給你增光。」陳近南拱手道：「柳老爺子這話，可連我也寵壞了。」柳大洪道：「陳總舵主，姓柳的生平佩服之人沒幾個，你的丰采為人，教我打從心底裏佩服出來。日後趕跑了韃子，咱們朱五太子登了龍庭，這宰相嘛，非請你來當不可。」

陳近南微微一笑，道：「在下無德無能，怎敢居此高位？」

祁彪清插口道：「柳老爺子，將來趕跑了韃子，朱三太子登極為帝，中興大明，這天下兵馬大元帥的職位，大夥兒一定請你老人家來承當。」柳大洪圓睜雙眼，道：「你

……你說甚麼？甚麼朱三太子？」祁彪清道：「隆武天子殉國，留下的朱三太子，行宮眼下設在臺灣。他日還我河山，朱三太子自當正位爲君。」

柳大洪霍地挺身，厲聲道：「天地會這次救了我師弟和徒弟，我們很承你們的情。可是大明天子的正統，卻半點也錯忽不得。祁老弟，眞命天子明明是朱五太子。永曆天子乃大明正統，天下皆知，你可不得胡說。」

陳近南道：「柳老爺子請勿動怒，咱們眼前大事，乃是聯絡江湖豪傑，共反滿清，至於將來是朱三太子還是朱五太子登基繼統，說來還早得很，不用先傷了自己人和氣。大明帝系的正統誰屬，自然是大事，可也不是咱們做臣子的一時三刻所能爭得明白的。來來來，擺上酒來，大夥兒先喝個痛快。只要大家齊心協力，將韃子殺光了，甚麼事不能慢慢商量？」

沐劍聲搖頭道：「陳總舵主這話可不對了！名不正則言不順，言不順則事不成。我們保朱五太子，決不是貪圖甚麼榮華富貴。陳總舵主只要明白天命所歸，向朱五太子盡忠，我們沐王府上下，盡歸陳總舵主驅策，不敢有違。」

陳近南微笑搖頭，說道：「天無二日，民無二主。朱三太子好端端在臺灣。臺灣數十萬軍民，天地會十數萬弟兄，早已向朱三太子效忠。」

柳大洪雙眼一瞪，大聲道：「陳總舵主說甚麼數十萬軍民、十數萬弟兄，難道想倚多爲勝嗎？可是天下千千萬萬百姓，都知永曆天子在緬甸殉國，是大明最後一位皇帝。咱們不立永曆天子的子孫，又怎對得起這位受盡了千辛萬苦、最終死於非命的大明天

558

子？」他本來聲若洪鐘，這一大聲說話，更加震耳欲聾，但說到後來，心頭酸楚，話聲竟嘶啞了。

陳近南這次來到北京，原是得悉徐天川爲了唐王、桂王正統誰屬之事，與沐王府白氏兄弟起了爭執，以致失手打死白寒松。他一心以反清復明大業爲重，倘若清兵尚未打跑，自己夥裏先爭鬥個不亦樂乎，反清大事必定障礙重重。他得訊之後，星夜從河南趕到京城，只盼能以極度忍讓，取得沐王府的原宥。到北京後一問，局面遠比所預料的爲佳，天地會在京人衆由韋小寶率領，已和沐王府的首腦會過面，雙方並未破臉，頗有轉圜餘地，待知韋小寶又救了吳立身等三人，則徐天川誤殺白寒松之事，定可揭過無疑。

不料祁彪清和柳大洪提到唐桂之爭，情勢又趨劍拔弩張。眼見柳大洪說到永曆帝殉國之事，老淚潸潸而下，不由得心中一酸，說道：「永曆陛下殉國，天人共憤。古人言道：『楚雖三戶，亡秦必楚。』何況我漢人多過韃子百倍？韃子勢力雖大，我大漢子孫只須萬衆一心，何愁不能驅除胡虜，還我河山。沐小公爺、柳老爺子，咱們大仇未報，豈可自己先起爭執？今日之計，咱們須當同心合力，殺了吳三桂那廝，爲永曆陛下報仇，爲沐老公爺報仇。」

沐劍聲、柳大洪、吳立身等齊聲道：「對極，對極！」有的人淚流滿面，有的人全身發抖，都激動無比。

陳近南道：「到底正統在隆武，還是在永曆，此刻也不忙細辯。沐小公爺、柳老爺子，天下英雄，只要是誰殺了吳三桂，大家就都奉他號令！」

559

沐劍聲之父沐天波為吳三桂所殺，他日日夜夜所想，就是如何殺了吳三桂，聽陳近南這麼說，首先叫了出來：「正是，那一個殺了吳三桂，天下英雄都奉他號令。」

陳近南道：「沐小公爺，敝會就跟貴府立這麼一個誓約，如是貴府的英雄殺了吳三桂，天地會上下都奉沐王府號令……」沐劍聲接著道：「是天地會的英雄殺了吳三桂，雲南沐家自沐劍聲以次，個個都奉天地會陳總舵主號令！」兩人伸出手來，啪的一聲，擊了一掌。

江湖之上，若三擊掌立誓，那就決計不可再有反悔。

二人又待互擊第二掌，忽聽得屋頂上有人一聲長笑，道：「要是我殺了吳三桂呢？」東西屋角上都有人喝問：「甚麼人？」天地會守在屋上的人搶近查問。接著啪的一聲輕響，一人從屋面躍入天井，聽上長窗無風自開，一個青影迅捷無倫的閃了進來。那人輕輕一縱，從東邊關安基、徐天川，西邊柳大洪、吳立身同時出掌張臂相攔。那人輕輕一縱，從四人頭頂躍過，已站在陳近南和沐劍聲身前。

關安基吳四人合力，居然沒能攔住此人。此人一足剛落地，四人的手指都已抓在他身上，關安基抓住他右肩，徐天川抓住他右脅，柳大洪捏住了他左臂，吳立身則是雙手齊施，抓住了他後腰。四人所使的全是上乘擒拿手法。

那人並不反抗，笑道：「天地會和沐王府是這樣對付好朋友麼？」

眾人見這人一身青布長袍，約莫二十五六歲，身形高瘦，瞧模樣是個文弱書生。

陳近南抱拳道：「足下尊姓大名？是好朋友麼？」

那書生笑道：「不是好朋友，也不來了。」突然間身子急縮，似乎成了一個肉團。

關安基等四人手中陡然鬆了，都抓了個空。嗤嗤裂帛聲中，一團青影向上拔起。

陳近南一聲長笑，右手疾抓。那書生脫卻四人掌握，猛覺左腳足踝上陡緊，猶如鐵箍一般箍住。他右足疾出，逕踢陳近南面門。這一腳勁力奇大，陳近南順手提起身畔茶几一擋，咔的一聲，一張紅木茶几登時給他踢得粉碎。陳近南右手甩出，將他往地下擲去。那書生臀部著地，身子卻如在水面滑行，在青磚上直溜出去，溜出數丈，腰一挺，靠牆站起。

關安基、徐天川、柳大洪、吳立身四人手中，各自抓住了一塊布片，卻是將那書生身上青布長袍各自拉下了一片。這幾下兔起鶻落，迅捷無比。六人出手乾淨利落，旁觀眾人看得清楚，都忍不住大聲喝采。這中間喝采聲最響的，還是那「鐵背蒼龍」柳大洪。吳立身卻是又慚愧、又佩服的神情。

陳近南笑道：「閣下何必太謙？請上坐！」

那書生拱手道：「這杯茶原是要叨擾的。」踱著方步走近，向眾人團團一揖，在最末的一張椅子上坐下。各人若不是親眼見他顯示身手，真難相信這樣一個文質彬彬的書生，竟會身負如此上乘武功。

陳近南微笑道：「閣下既是好朋友，何不請坐喝茶？」那書生拱手道：「這杯茶原

陳近南笑道：「閣下何必太謙？請上坐！」

那書生搖手道：「不敢，不敢！在下得與眾位英雄並坐，已是生平最大幸事，又怎敢上坐？陳總舵主，你剛才問我姓名，未及即答，好生失敬。在下姓李，草字西華。」

陳近南、柳大洪等聽他自報姓名，均想：「武林之中，沒聽到有李西華這一號人物，那多半是假名了。但少年英雄之中，也沒聽說有那一位身具如此武功。」陳近南道：「在下孤陋寡聞，竟未得知江湖上出了閣下這樣一位英雄，好生慚愧。」

李西華哈哈一笑，道：「人道天地會陳總舵主待人誠懇，果然名不虛傳。你聽了賤名，倘若說道『久仰』，在下心中不免有三分瞧你不起。在下初出茅廬，江湖上沒半點名頭，連我自己也不久仰自己，何況別人？哈哈，哈哈！」

陳近南微笑道：「今日一會，李兄大名播於江湖，此後任誰見到李兄，都要說一聲『久仰』了！」這句話實是極高的稱譽，人人都聽得出來。天地會、沐王府的四大高手居然攔他不住、抓他不牢，陳近南和他對了兩招，也不過略佔上風，如此身手，不數日間自然遐邇知聞。

李西華搖手道：「不然，在下適才所使的，都不過是小巧功夫，不免有些旁門左道。這位老爺子使招『雲中現爪』，抓得我手臂險此斷折。這位愛搖頭的大鬍子朋友雙手抓住我後腰，想必是一招『搏兔手』，抓得我哭又不是，笑又不是。這位白鬍子老公公這招『白猿取桃』，真把我脅下這塊肉當作蟠桃兒一般，牢牢拿住，再不肯放。這位長鬍子朋友使的這一手……嗯，嗯，招數巧妙，是不是『城隍扳小鬼』啊？」關安基左手大拇指一翹，承認他說得不錯。其實這一招本名「小鬼扳城隍」，他倒轉來說，乃是自謙之詞。

關安基等四人同時出手，抓住他身子，到他躍起掙脫，不過片刻之間，他竟能將四

人所使招數說得絲毫無誤，這份見識，似乎又在武功之上。

柳大洪道：「李兄，你身手了得，眼光更是了得。」

李西華搖手道：「老爺子誇獎了。四位剛才使在兄弟身上的，不論那一招，都能取

人性命。但四位點到即止，沒傷到在下半分，四位前輩手底留情，在下甚是感激。」

柳大洪等心下大悅，這「雲中現爪」、「搏兔手」、「白猿取桃」、「小鬼扻城隍」四

招，每一招確然都能化成極厲害的殺手，只須加上一把勁便是。李西華指出這節，大增

他四人臉上光彩。

陳近南道：「李兄光降，不知有何見教？」李西華道：「這裏先得告一個罪。在下

對陳總舵主向來仰慕，這次無意之中，得悉陳總舵主來到北京，說甚麼也要來瞻仰丰

采。只是沒人引見，只好冒昧做個不速之客，在屋頂之上，偷聽到了幾位的說話。在下

恨吳三桂這奸賊入骨，恨不得將他碎屍萬段，忍不住多口，眾位恕罪。」說著站起身

來，躬身行禮。

眾人一齊站起還禮。天地會和沐王府幾位首腦自行通了姓名。韋小寶雖是天地會首

腦，此刻在北京名位僅次於陳近南，但見李西華的眼光始終不轉到自己臉上，便不說話。

沐劍聲道：「閣下既是吳賊的仇人，咱們敵愾同仇，乃是同道，不妨結盟攜手，共謀

誅此大奸。」李西華道：「正是。適才小公爺和陳總舵主正在三擊掌立誓，卻給在下冒

冒失失的打斷了。兩位三擊掌之後，在下也來拍上三掌可好？」柳大洪道：「閣下是說，

倘若閣下殺了吳三桂，天地會和沐王府羣豪，都得聽奉閣下號令？」李西華道：「那萬

萬不敢。在下是後生小子，得能追隨眾位英雄，便已心滿意足，那敢說號令羣雄？」

柳大洪點了點頭，道：「那麼閣下心目之中，認為永曆、隆武，那一位先帝才是大明的正統？」當年柳大洪跟隨永曆皇帝和沐天波轉戰西南，自滇入緬，經歷無盡艱險，結果永曆皇帝還是給吳三桂害死，他立下血誓，要扶助永曆後人重登皇位。陳近南顧全大體，不願為此事而生爭執，但這位熱血滿腔的老英雄卻念念不忘於斯。

李西華道：「在下有一句不入耳的言語，眾位莫怪。」柳大洪臉上微微變色，搶著問道：「閣下是魯王舊部？」當年明朝崇禎皇帝死後，在各地自立抗清的，先有福王，其後有唐王、魯王和桂王。柳大洪一言出口，馬上知道這話說錯了，瞧這李西華的年紀，說不定還是生於清兵入關之後，決不能是魯王舊部，又問：「閣下先人是魯王舊部？」

李西華不答他的詢問，說道：「將來驅除了韃子，崇禎、福王、唐王、魯王、桂王的子孫，誰都可做皇帝。其實只要是漢人，那一個不可做皇帝？沐小公爺、柳老爺子何嘗不可？臺灣的鄭王爺、陳總舵主自己，也不見得不可以啊。大明太祖皇帝趕走蒙古韃子，並沒去再請宋朝趙家的子孫來做皇帝，自己身登大寶，人人心悅誠服。」

他這番話人人聞所未聞，無不臉上變色。

柳大洪右手在茶几上一拍，厲聲道：「你這幾句話當真大逆不道。咱們都是大明遺民，孤臣孽子，只求興復明朝，豈可存這等狼子野心？」

李西華並不生氣，微微一笑，道：「柳老爺子，晚輩有一事不明，卻要請教。那便是適才提及過的。大宋末年，蒙古韃子佔了我漢人花花江山，我大明洪武帝龍興鳳陽，

趕走韃子，為甚麼不立趙氏子孫為帝？」柳大洪哼了一聲，道：「趙氏子孫氣數已盡，這江山是太祖皇帝血戰得來，自然不會拱手轉給趙氏。何況趙氏子孫於趕走元兵一事無尺寸之功，就算太祖皇帝肯送，天下百姓和諸將士卒也必不服。」

李西華道：「這就是了。將來朱氏子孫有沒有功勞，此刻誰也不知。倘若功勞大，人人推戴，這皇位旁人決計搶不去；如果也無尺寸之功，就算登上了龍廷，只怕也坐不穩。」

柳老爺子，反清大業千頭萬緒，有的當急，有的可緩。殺吳三桂為急，立新皇帝可緩。」

柳大洪張口結舌，答不出話來，喃喃道：「甚麼可急可緩？我看一切都急，恨不得一古腦兒全都辦妥了才好。」

李西華道：「殺吳三桂當急者，因吳賊年歲已高，若不早殺，給他壽終正寢，豈不成為天下仁人義士的終身大恨？至於奉立新君，那是趕走韃子之後的事，咱們只愁打不垮韃子，至於要奉立一位有道明君，總是找得到的。」

陳近南聽他侃侃說來，入情入理，甚是佩服，說道：「李兄之言有理，但不知如何誅殺吳三桂那奸賊？要聽李兄宏論。」李西華道：「不敢當，晚輩正要向各位領教。」

沐劍聲道：「陳總舵主有何高見？」陳近南道：「依在下之見，吳賊作孽太大，單是殺他一人，可萬萬抵不了罪，總須搞得他身敗名裂，滿門老幼，殺得寸草不存，連跟隨他為非作歹的兵將部屬，也都一網打盡，方消我大漢千萬百姓心頭之恨。」

柳大洪拍桌大叫：「對極，對極！陳總舵主的話，可說到了我心坎兒裏去。老弟，我聽了你這話，心癢難搔，你有甚麼妙計，能殺得吳賊合府滿門，雞犬不留？」一把抓

住陳近南手臂，不住搖動，道：「快說，快說！」

陳近南微笑道：「這是大夥兒的盼望，在下那有甚麼奇謀妙策，能對付得了吳三桂。」

柳大洪「哦」的一聲，放脫了陳近南的手臂，失望之情，見於顏色。

陳近南伸出手掌，向沐劍聲道：「小公爺，咱們還有兩記沒擊。」沐劍聲道：「正是！」伸手和他輕輕擊了兩掌。

陳近南轉頭向李西華道：「李兄，咱們也來擊三掌如何？」說著伸出了手掌。

李西華站起身來，恭恭敬敬的道：「陳總舵主如誅殺了吳賊，李某自當恭奉天地會號令，不敢有違。李某倘若僥倖，得能手刃這神奸巨惡，只求陳總舵主肯賞臉，與李某義結金蘭，讓在下奉你為兄，除此之外，不敢復有他求。」

陳近南笑道：「李賢弟，你可太也瞧得起我了。好，大丈夫一言既出，駟馬難追。」

韋小寶在一旁瞧著羣雄慷慨的神情，忍不住百脈賁張，恨不得自己年紀立刻大了，武功立刻高了，也如這位李西華一般，在眾位英雄之前大出風頭。聽得師父說到「大丈夫一言既出，駟馬難追」，不禁喃喃自語：「他媽的，駟馬難追，駟馬難追。」心想：「他媽的，駟馬是匹甚麼馬？跑得這樣快？」

陳近南吩咐屬下擺起筵席，和羣雄飲宴。席間李西華談笑風生，見聞甚博，但始終不露自己的門派家數、出身來歷。

李力世和蘇岡向他引見羣豪。李西華見韋小寶年紀幼小，居然是天地會青木堂的香主，不禁大是詫異，待知他是陳近南的徒弟，心道：「原來如此。」他喝了幾杯酒，先

566

行告辭。

陳近南送到門邊，在他身邊低聲道：「李賢弟，適才愚兄不知你是友是敵，多有得罪，抓住你足踝之時使了暗勁。這勁力兩個時辰之後便發作。你不可絲毫運勁化解，在泥地掘個洞穴，全身埋在其中，只露出口鼻呼吸，每日埋四個時辰，共須掩埋七天，便無後患。」

李西華一驚，大聲道：「我已中了你的『凝血神抓』？」陳近南道：「賢弟勿須驚恐，依此法化解，必無大患。愚兄魯莽得罪，賢弟勿怪。」

李西華臉上驚惶之色隨即隱去，笑道：「那是小弟自作自受。」嘆了口氣，道：「今日始知天外有天，人上有人！」躬身行禮，飄然而去。

柳大洪道：「陳總舵主，你在他身上施了『凝血神抓』？聽說中此神抓之人，三天後全身血液慢慢凝結，變成漿糊一般，無藥可治，到底是否如此？」陳近南道：「這功夫太過陰毒，小弟素來不敢輕施，只是見他武功厲害，又竊聽了我們的機密，不明他是何居心，才暗算了他。這可不是光明磊落的行徑，說來慚愧。」沐劍聲道：「此人若是韃子鷹犬，或是吳三桂的部屬，陳總舵主如不將他制住，咱們的機密洩漏出去，為禍不小。陳總舵主一舉手間便已制敵，令對方受損而不自知，這等神功，令人好生佩服。」

陳近南又為白寒松之死向白寒楓深致歉意。白寒楓道：「陳總舵主，此事休得再提。先兄人死不能復生，韋香主救了吳師叔他們三人，在下好生感激。」

沐劍聲心中掛念妹子下落，但聽天地會羣雄不提，也不便多問，以免顯得有懷疑對

方之意。又飲了幾巡酒，沐劍聲等起身告辭。韋小寶道：「小公爺，你們最好搬一搬家，早晚韃子便會派兵來跟你們搗亂。雖然你們不怕，但韃子兵越來越多，一時之間，恐怕也殺不了這許多。」柳大洪哈哈大笑，說道：「小兄弟說得好，多謝你關照，我們馬上搬家便是。」沐劍聲道：「陳總舵主、韋香主、眾位朋友，青山不改，綠水長流，後會有期。」

沐王府眾人辭出後，陳近南道：「小寶，跟我來，我瞧瞧你這幾個月來，功夫進境怎樣了。」韋小寶心中怦怦亂跳，臉上登時變色，應道：「是，是。」跟著師父走進東邊一間廂房，說道：「師父，皇帝派我查問宮中刺客的下落，弟子可得趕著回報。」

陳近南道：「甚麼刺客下落？」他昨晚剛到，於宮中有刺客之事，只約略聽說。

韋小寶便將沐王府羣豪入宮行刺、意圖嫁禍於吳三桂等情說了。

陳近南吁了口氣，道：「有這等事？」他雖多歷風浪，但得悉此事也頗為震動，說道：「沐家這些朋友膽氣粗豪，竟然大舉入宮。我還道他們三數人去行刺皇帝，因而被擒，原來是為了對付吳三桂這奸賊。你救了吳立身他們三人，再回宮去，不怕危險嗎？」

韋小寶要逞英雄，自然不說釋放刺客是奉了皇帝之命，回宮去絕無危險，吹牛道：「弟子已拉了幾個替死鬼，將事情推在他們頭上，看來一時三刻，未必會疑心到弟子身上。師父叫我在宮裏刺探消息，倘若為了救沐王府三人，從此不能回宮，豈非誤了師父大事？」

陳近南甚喜，說道：「對，咱們已跟沐劍聲三擊掌立誓，按理說，沐王府贍下來的人已經不多，決不能是天地會的對手。我跟他們立這個約，一來免得爭執唐一、桂正統，再傷兩家和氣，轆子未滅，我們漢人豪傑先行自相殘殺起來，大事如何可成？二來如能將沐王府收歸本會，大大增強我天地會的力量。原來他們竟敢入宮大鬧，足見為了搞倒吳賊，無所不用其極。咱們也須盡力以赴，否則給他們搶了先，天地會須奉沐王府的號令，大夥兒豈不臉上無光？」

韋小寶道：「是啊，沐小公爺有甚麼本事，只不過仗著有個好爸爸，如我投胎在他娘肚皮裏，一樣的是個沐小公爺。像師父這樣的大英雄、大豪傑，倘若不得不聽命於他，可把我氣也氣死了。」

陳近南一生之中，不知聽過了多少恭維諂諛的言語，但這幾句話出於一個十來歲的孩子之口，真誠可喜，不由得微微一笑。他可不知韋小寶本性機伶，而妓院與皇宮兩處，更是天下最虛偽、最奸詐的所在，韋小寶浸身於這兩地之中，其機巧狡獪，早已遠勝尋常大人。陳近南在天地會中，日常相處的均是肝膽相照的豪傑漢子，那想得到這個小弟子言不由衷，十句話中恐怕有五六句就靠不住。他拍拍韋小寶肩頭，微笑道：「小孩子懂得甚麼？你怎知沐家小公爺沒甚麼本事？」

韋小寶道：「他派人去皇宮行刺，徒然送了許多手下人的性命，對吳三桂卻絲毫無損，那便是沒本事，可說是大大的笨蛋。」陳近南道：「你怎知對吳三桂絲毫無損？」

韋小寶道：「這沐家小公爺用的計策是極笨的。他叫進宮行刺之人，所穿內衣上縫了

569

『平西王府』的字，所用兵刃上又刻了『平西王府』或『大明山海關總兵府』的字。韃子又不是笨蛋，自然會想到，如真是吳三桂的手下，怎會用刻上了字的兵器？」

陳近南點頭道：「這話倒也不錯。」

韋小寶又道：「吳三桂的兒子吳應熊正在北京，帶了大批珠寶財物向皇帝進貢。吳三桂真要行刺皇帝，不會在這時候。再說，他行刺皇帝幹甚麼？只不過是想起兵造反，自己做皇帝。他一起兵，韃子立刻抓住他兒子殺了，他為甚麼好端端的派兒子來北京送死？」

陳近南又點頭道：「不錯。」

其實韋小寶雖然機警，畢竟年紀尚幼，於軍國大事、人情世故所知極為有限，這幾條理由，他是半條也想不出的，恰好康熙曾經跟他說過，便在師父面前裝作是自己見到的事理。

陳近南一聽之下，覺得這徒兒見事明白，天地會中武功好手不少，頭腦如此清楚之人卻沒幾個。當初他讓這孩子任青木堂香主，只為了免得青木堂中兩派紛爭，先應了眾人誓言，慢慢再選立賢能，韋小寶既是自己弟子，屆時命他退位讓賢便是。這時聽了他這番話，暗想：「這孩子有膽有識，此刻已挺了不起，再磨練得幾年，便當真做青木堂香主，也未必便輸了給其餘九位香主。」問道：「韃子知道了沒有？」

韋小寶道：「此刻還不大明白，不過皇帝好像已起疑心。他今早召集了侍衛，叫他們演習刺客所使的武功家數。有個侍衛演了這幾招，大家在紛紛議論，弟子在旁瞧著，記得了兩招。」當下將「橫掃千軍」、「高山流水」這兩招使了出來。

陳近南嘆道：「沐王府果然沒人才。這明明是沐家拳，清宮侍衛中好手不少，那有認不出來的？」韋小寶道：「弟子曾見風際中風大哥與玄貞道長演過，料想韃子侍衛們會認得出，只怕韃子要搜查拿人。因此剛才勸沐家小公爺早些出城躲避。」

陳近南道：「很是，很是！你現下便回宮去打聽，明日再來，我再傳你武功。」

韋小寶聽得師父暫不查考自己武功，心中大喜，忙行禮告辭，心想：「今晚臨急抱佛腳，請小郡主將師父那本武功秘訣上的話讀來聽聽，好歹記得一些，明兒師父問起，多少有點兒東西交代。師父只能怪我練得不對，可不能怪我貪懶不用功。誰叫他沒時候教我呢？他要怪，只能怪自己。」

韋小寶回到宮裏上書房，康熙正在批閱奏章，一見到他，便放下了筆，問道：「探到了甚麼消息沒有？」韋小寶道：「皇上料事如神，半點兒不錯，造反的主兒，果然是雲南沐家的。」康熙喜道：「當真如此？那好極了。瞧多隆的臉色，他現下還不肯信呢。你探到了甚麼？」韋小寶道：「這三名被擒的刺客，本來一口咬定是吳三桂的部屬，多總管將他們打得死去活來，他們說甚麼也不肯改口。」康熙道：「多隆武功不錯，卻是個莽夫。」

韋小寶道：「奴才奉了皇上聖旨，用蒙汗藥將看守的侍衛迷倒，剛好皇太后派了四名太監，說要立時動手將刺客處死。奴才大膽，就依照皇上安排下的計策，當著刺客之面，將四名太監殺了，將刺客領出宮去。這三個反賊果然半點也沒起疑。」

康熙微笑道：「剛才多隆來報，說道太后手下的一名太監頭兒放走了刺客，我正奇怪，原來是你做的手腳。」

韋小寶道：「皇上可不能跟太后說，否則奴才小命不保。太后已罵過我一頓，說奴才只對皇上盡忠，不對太后盡忠。其實太后和皇上又分甚麼？再說，天無二日，民無二主，終究只有皇上的聖旨才算得數。太后沒問過皇上，就下旨將刺客殺了，於道理也不大合。」

康熙不去理他的挑撥離間，說道：「我自不會跟太后說。那三名刺客後來怎樣？」

韋小寶道：「我領他們出得宮去，他們三人自行告訴了我真姓名。原來那老的叫作『搖頭獅子』吳立身，兩名小的，一個叫敖彪，一個叫劉一舟。他們向我千恩萬謝，終於給奴才騙倒，帶我去見他們主人。果然不出皇上所料，暗中主持的是個年輕人，這些反賊叫他作小公爺，真姓名叫作沐劍聲，是沐天波的兒子。他手下有個武功極高的老頭兒，叫甚麼『鐵背蒼龍』柳大洪，還有『聖手居士』蘇岡哪，白氏雙俠中的白二俠白寒楓等等一千人。分別住在楊柳胡同和南豆芽胡同兩處。」

康熙道：「你都見到了？」韋小寶道：「都見到了。他們說，天下老百姓都道，皇上年紀雖然不大，卻聖明無比，是幾千年來少有的好皇帝，他們便有天大膽子，也不敢加害皇上。前晚所以進宮來胡鬧，完全是想陷害吳三桂，以報復他害死沐天波的大仇。」

這幾句馬屁拍得不免過份，康熙親政未久，天下百姓不會便已歌功頌德，但「千穿萬穿，馬屁不穿」，康熙聽說百姓頌揚自己是幾千年來少有的好皇帝，不由得大悅，微笑

道：「我也沒行過甚麼惠民的仁政，『聖明無比』云云，是你杜撰出來的罷？」

韋小寶道：「不，不！是他們親口說的。大家都說驚拜這大奸臣殘害良民，老百姓們恨他恨到了骨頭裏。皇上一上來就把他殺了，那是大大的好事。他們恭維你是甚麼烏生生，又是甚麼烏魚湯。奴才也不大懂，想來總是好話，聽著可開心得緊。」

康熙一怔，隨即明白，哈哈大笑，道：「原來是堯舜禹湯，他媽的，甚麼烏生魚湯！」他想堯舜禹湯的恭維太深奧，韋小寶決計捏造不出，自不會假。那知說書先生說《英烈傳》之時，曾說羣臣不斷頌揚朱元璋是堯舜禹湯，韋小寶聽得熟了，雖不明其意，卻知「烏生魚湯」乃專拍皇帝馬屁的好話，朱元璋每次聽了，都是「龍顏大悅」。

韋小寶這時將這句話用在小皇帝身上，果見康熙也是「龍顏大悅」，笑得極是歡暢，知這馬屁拍對了，問道：「皇上，『烏生魚湯』到底是甚麼東西？」康熙笑道：「還在烏生魚湯？你這傢伙可真沒半點學問。堯舜禹湯是古代的四位有道明君，大聖大智，有仁德於天下的好皇帝。」韋小寶道：「怪不得，怪不得！這些反賊倒也不是全然不明白事理。」

康熙道：「雖是如此，也不能讓他們就此逃走，快傳多隆來。」

韋小寶應了，出去將御前侍衛總管多隆傳進上書房。康熙吩咐多隆：「反賊果然是雲南沐家的人，你帶領侍衛，立刻便去擒拿。小桂子，反賊一夥有些甚麼腳色，你跟多總管說說。」韋小寶當下將沐劍聲、柳大洪等人的姓名說了。

多隆吃了一驚，說道：「原來是『鐵背蒼龍』在暗中主持，這批賊子來頭可不小。」

那『搖頭獅子』吳立身，奴才也聽過他名字，沒想到在宮裏關了他兩日兩夜，卻查不到他的底細。奴才倘若聰明一點兒，見到他老是搖頭，早就該想到了。如不是聖上明斷，我們侍衛房裏的人，都認定是吳三桂派的人。」康熙微微一笑，說道：「就怕他們這時早已走了，這一次未必拿得到。」頓了一頓，又道：「既知道了正主兒，就算這次拿不到，也沒甚麼大礙。就怕咱們蒙在鼓裏，上了人家的當還不知道。」多隆道：「是，是。奴才們胡塗，幸好主子英明，否則可不得了。」磕頭告退，立刻點人去拿。

康熙道：「小桂子，我去慈寧宮請安，你跟我來。」韋小寶應道：「是！」想到要見太后，不由得膽戰心驚。康熙道：「你愁眉苦臉幹甚麼？我帶你去見太后，正為的是要保住你頭上這顆腦袋。」韋小寶應道：「是，是！」

到了慈寧宮，康熙向太后請了安，稟明刺客來歷，說是自己派小桂子故意放走刺客，終於查明了真相。

太后微微一笑，說道：「小桂子，你可能幹得很哪！」

韋小寶跪下又再磕頭，說道：「那是皇上料事如神，一切早都算定了，奴才不過奉皇上差遣辦事而已。奴才所幹的事，從頭至尾全是皇上吩咐的，奴才自己可沒拿半點主意。」

太后向他望了一眼，哼了一聲，說道：「你頑皮胡鬧，可不是皇上吩咐的罷！小孩子家出得宮去，一定到處去玩耍了，可到天橋看把戲沒有？買了冰糖葫蘆吃沒有？」

韋小寶想到在天橋見到官差捉拿賣冰糖葫蘆的小販，料來定是太后所遣，她怕那人將消息傳去五台山告知瑞棟，便不分青紅皂白，將天橋一帶所有賣冰糖葫蘆的小販都抓

574

了，自然不分青紅皂白，盡數砍了，念及她手段的毒辣，忍不住打了個寒噤，說道：

「是，是！」

太后微笑道：「我問你哪，你買了冰糖葫蘆來吃沒有？」

韋小寶道：「回太后的話：奴才在街上聽人說道，這幾日天橋不大平靜，九門提督府派人將販賣冰糖葫蘆的小販都捉了去，說道裏面有不少歹人。因此本來賣冰糖葫蘆的，現下都改了行，有的賣涼糕兒，有的賣花生，還有改行賣酸棗、賣甜餅的，這些人奴才見得多了，有些臉孔很熟，他們都說不賣冰糖葫蘆啦。還有一個人真好笑，說要到甚麼五台山、六台山去，販些和尚們吃的素饅頭來賣。」

太后豎眉大怒，自然明白韋小寶這番話的用意，那是說這個傳訊之人沒給抓著，以後也別想抓他得到，隨即微微冷笑，說道：「很好，你很好，很能幹。皇帝，我想要他在我身邊辦事，你瞧怎麼樣？」

康熙這些日來差遣韋小寶辦事，甚是得力，倚同左右手一般，這次親來慈寧宮，便是要向太后解釋，韋小寶殺了太后所遣的四名太監，是奉自己之命，請太后不要怪責於他，突然聽得太后要人，不由得一怔。他事母甚孝，太后雖不是他親生母親，但他自幼由太后撫養長大，實和親母無異，自是不敢違拗，微笑道：「小桂子，太后抬舉你，還不趕快謝恩？」

韋小寶聽得太后向皇帝要人，已然嚇得魂飛天外，一時心下胡塗，只想拔腳飛奔，就此逃出皇宮，再也不回來了，聽得康熙這麼說，忙應道：「是，是！」連連磕頭，說

道：「多謝太后恩典，皇上恩典。」

太后冷笑道：「怎麼啦？你只願服侍皇上，不願服侍我，是不是？」韋小寶道：

「服侍太后和皇上都是一樣，奴才一樣的忠心耿耿，盡力辦事。」太后道：「那就好了。

御膳房的差使，你也不用當了，專門在慈寧宮便是。」韋小寶道：「是，多謝太后恩

典。」

太后道：「小桂子，你留著，讓旁人跟皇上回去。我有件事交給你辦。」韋小寶跟著出

去。太后道：「小桂子，你留著，讓旁人跟皇上回去。我有件事交給你辦。」韋小寶跟著出

康熙見太后要了韋小寶，快快不樂，說了幾句閒話，便辭了出來。韋小寶跟著出

去。太后道：「小桂子，你留著，讓旁人跟皇上回去。我有件事交給你辦。」韋小寶跟著出

韋小寶道：「是！」眼怔怔瞧著康熙的背影出了慈寧宮，心想：「你這一去，我可

就糟了，不知以後還見不見得著你。」忍不住便想大哭。

太后慢慢喝茶，目不轉睛的打量韋小寶，只看得他心中發毛，過了良久，問道：

「那到五台山去販賣素饅頭的，甚麼時候再回北京？」韋小寶道：「奴才不知。」太后

道：「你甚麼時候再去會他？」韋小寶隨口胡謅：「奴才跟他約好，一個月後相會，不

過不是在天橋了。」太后道：「在甚麼地方？」韋小寶道：「他說到那時候，他自會設

法通知奴才。」

太后點了點頭，道：「那你就在慈寧宮裏，等他的訊息好了。」雙掌輕輕一拍，內

室走了一名宮女出來。

這宮女已有三十五六歲年紀，體態極肥，腳步卻甚輕盈，臉如滿月，眼小嘴大，笑

嘻嘻的向太后彎腰請安。

太后道：「這個小太監名叫小桂子，又大膽又胡鬧，我倒很喜歡他。」那宮女微笑道：「是，這個小兄弟果然挺靈巧的。小兄，我名叫柳燕，你叫我姊姊好啦。」

韋小寶心道：「他媽的，你是頭肥豬！」笑道：「是，柳燕姊姊，你這名字眞好，腰身好似楊柳，這麼嫩嫩的，就像一隻小燕兒。」在太后跟前，旁的宮女太監那敢說半句這等輕佻言語，但韋小寶明知無倖，這種話說了是這樣，不說也是這樣，那麼不說也是白饒。

柳燕嘻嘻一笑，說道：「小兄弟，你這張嘴可也眞甜。」

太后道：「他嘴兒甜，腳下也快。柳燕，你說有甚麼法子，叫他不會東奔西跑，在宮裏亂走亂闖？」柳燕道：「這小猴兒滑溜得緊，你看他不住的。我派瑞棟去傳他，他卻花言巧語，將瑞棟這膽小鬼嚇跑了。我又派了四名太監去傳他，他串通侍衛，將這四人又殺了。我再派四人去，不知他做了甚麼手腳，竟將董金魁他們四人又都害死了。」

柳燕嘖嘖連聲，笑道：「啊喲，小兄，你這可也太頑皮啦！太后，看來只有將他一雙腿兒砍了，讓他乖乖的躺著，那不是安靜太平得多嗎？」

太后嘆了口氣，道：「我看也只有這法兒了。」

韋小寶縱身而起，往門外便奔。

他左腳剛跨出門口，驀覺頭皮一緊，辮子已給人拉住，跟著腦袋向後一仰，身不由

主的便一個觔斗，倒翻了過去，心口一痛，一隻腳已踏在胸膛之上。只見那隻腳肥肥大大，穿著一隻紅色繡金花的緞鞋，自是給柳燕踏住了。韋小寶情急之下，衝口罵道：

「臭婆娘，快鬆開你臭腳！」柳燕腳上微一使勁，韋小寶胸口十幾根肋骨格格亂響，連氣也喘不過來。只聽柳燕笑道：「小兄弟，你一雙腳倒香得很，我挺想砍下來聞聞。」

韋小寶心想太后恨自己入骨，大可將自己一雙腳砍了，再派人上五台山去，去見替瑞棟傳訊之人，還可暗中派遣高手，跟著那人上五台山去，將瑞棟殺了。但世上早已沒有瑞棟這一號人，西洋鏡終究要拆穿，眼前大事，是要保住這一雙腿，此刻恐嚇已然無用，只有出之於利誘，便冷冷的道：「太后，你砍了我的腿不打緊，就算砍了我腦袋，小桂子也不過矮了一截，沒有甚麼，可惜那《四十二章經》，嘿嘿，嘿嘿……」

太后一聽到「四十二章經」五字，立時站起，問道：「你說甚麼？」韋小寶道：「我說那幾部《四十二章經》，未免有點兒可惜。」

太后向柳燕道：「放他起來。」柳燕左足一提，離開韋小寶的胸膛，腳板抄入他身底，在他背心一挑，將他身子挑得彈了起來，左手伸出，已抓住他後領，提在半空，再往地下重重一頓。韋小寶給她放倒提起，毫無抗拒之能，本已到了口邊的一句「臭婆娘」，嚇得又吞入了肚裏。

太后問道：「《四十二章經》的話，你是聽誰說的？」韋小寶道：「反正我兩條腿就要給你砍了，我甚麼也不說，大夥兒一拍兩散，我沒腿沒腦袋，你也沒《四十二章經》。」

柳燕道：「我勸你還是乖乖的回答太后的好。」韋小寶道：「回答了是死，不回答

也是死，為甚麼要回答？最多上此刑罰，我才不怕呢。」柳燕拿起他左手，笑道：「小

兄弟，你的手指又尖又長，長得挺好看啊。」韋小寶道：「最多你把我的手指都斬斷

了，又有甚麼希罕……」一句話未畢，手指上劇痛連心，「啊」的一聲大叫了出來，卻

原來柳燕兩根手指拿住他左手食指重重一夾，險些將他指骨也捏碎了。這肥女人笑臉迎

人，和藹可親，下手卻如此狠辣，而指上的力道更十分驚人，一夾之下，有如鐵鉗。

韋小寶這一下苦頭可吃得大了，眼淚長流，叫道：「太后，你快快將我殺了，那幾

部《四十二章經》，那叫做老貓聞鹹魚，嗅鰲啊嗅鰲（休想）！」太后道：「你將《四十

二章經》的事老實說出來，我就饒你性命。」韋小寶道：「我不用你饒命，經書的事，

我也決計不說。」

太后眉頭微蹙，對這倔強小孩，一時倒感無法可施，隔了半晌，緩緩道：「柳燕，

如他不說，你便將他的兩隻眼珠挖了出來。」

柳燕笑道：「很好，我先挖他一隻眼珠。小兄弟，你的眼珠子生得可真靈，又黑又

圓，骨碌碌的轉動，挖了出來，可不大漂亮啊。」說著右手大拇指放上他右眼皮，微微

使勁。

韋小寶只覺眼珠奇痛，只好屈服，叫道：「投降，投降！你別挖我眼珠子，我說就

是了。」柳燕放開了手，微笑道：「那才是乖孩子，你好好的說，太后疼你。」

韋小寶伸手揉了揉眼珠，將那隻痛眼眨了幾眨，閉起另一隻眼睛，側過了頭向柳燕

瞧了一會，搖頭道：「不對，不對！」柳燕道：「甚麼不對？別裝模作樣了，太后問你

的話，快老實回答。」韋小寶道：「我這隻眼珠子給你撥壞了，瞧出來的東西變了樣，我見到你不是人的身子，脖子上卻生了個大肥豬的腦袋。」

柳燕也不生氣，笑嘻嘻的道：「那倒挺好玩，我把你左邊那顆眼珠子也撥壞了罷。」

韋小寶退後一步，道：「免了罷，謝謝你啦。」閉起左眼向太后瞧去，搖了搖頭。

太后大怒，心想：「這小鬼用獨眼去瞧柳燕，說見到她脖子上安著個豬腦袋，現下又這般瞧我，他口中不說，心裏不知在如何罵我，定是說見到我脖子上安著個甚麼畜生腦袋。」冷冷的道：「柳燕，你把他這顆眼珠子挖了出來，免得他東瞧西瞧。」

韋小寶忙道：「沒了眼珠，怎麼去拿《四十二章經》給你？」太后問道：「你有《四十二章經》？那裏來的？」韋小寶道：「瑞棟交給我的，他叫我好好收著，放在一個最隱秘的所在。他說：『小桂子兄弟啊，皇宮裏面，想害你的人很多，倘若將來你有甚麼三長兩短，短了兩隻眼珠子或兩條腿子，這部經書就從此讓它不見天日好啦。害你的人，眼珠子雖然不瞎，看不到這部寶貝經書，也跟瞎了眼珠子的人沒甚麼分別，這叫做自作自受！』太后，那部經書是紅綢子封皮，鑲白邊兒的，不知道是不是？」

太后不信瑞棟說過這種話，但她差遣瑞棟去處死宗人府的鑲紅旗旗主和察博，取了他府中所藏的《四十二章經》，卻確是事實。當日瑞棟回報之時，她正急於要殺韋小寶滅口，來不及詢問經書，此刻聽他這麼說，心下又怒又喜；怒的是瑞棟竟將經書交了給這小鬼，喜的是終於探得了下落，說道：「既是如此，柳燕，你就陪了這小鬼去取那經書來給我。倘若經書不假，咱們就饒了他性命，將他還給皇帝算啦。咱們永世不許他再進

慈寧宮來，免得我見了這小鬼就生氣。」

柳燕拉住韋小寶右手，笑道：「小兄弟，咱們去罷！」韋小寶將手一摔，道：「我是男人，你是女人，拉拉扯扯的成甚麼樣子？」柳燕只輕輕握住他手掌，那知她手指上竟似有極強的黏力，牢牢黏住了他手掌，這一摔沒能摔脫她手。柳燕笑道：「你是太監，算甚麼男人了？就算真是男子漢，你這小鬼頭給我做兒子也還嫌小。」

韋小寶道：「是嗎？你想做我娘，我覺得你跟我娘當真一模一樣。」

柳燕那知他是繞了彎子，在罵自己是婊子，呸了一聲，笑道：「姑娘是黃花閨女，你別胡說。」一扯他手，走出門外。

來到長廊，韋小寶心念亂轉，只盼能想個甚麼妙法來擺脫她的掌握，那柄鋒利之極的匕首插在右腳靴筒裏，如伸左手去拔，手一動便給她發覺了，這女人武功了得，就算自己雙手都有利器，也未必能跟她走上三招兩式，心下嘀咕：「他媽的，那裏忽然鑽了這樣一口大肥豬來？錢老闆定是這兩天才來宮裏的，否則前幾天老婊子就派她來殺我了，不用老烏龜動手之時，這頭母豬一定還不在慈寧宮，否則她只要出來幫上一幫，老烏龜立時就翹辮子。這頭母豬定是這兩天才來宮裏的，否則前幾天老婊子就派她來殺我了，不用老婊子親自動手。」想到這裏，突然心生一計，帶著她向東而行，逕往乾清宮側的上書房走去，眼前只有去求康熙救命，這肥豬進宮不久，未必識得宮中的宮殿道路。

他只向東跨得一步，第二步還沒跨出，後領一緊，已給柳燕一把抓住。她嘻嘻一笑，問道：「好兄弟，你上那裏去？」韋小寶道：「我到屋裏去取經啊。」柳燕道：

「那你怎麼去上書房？想要皇上救你嗎？」韋小寶忍不住破口而罵：「臭豬，你倒認得宮裏的道路。」

柳燕道：「別的地方不認得，乾清宮、慈寧宮，和你小兄弟的住處，倒還不會認錯。」手勁向右一扭，將他身子扭得朝西，笑道：「乖乖走路，別掉槍花。」她話聲柔和，這一扭勁力卻是極重。韋小寶頸骨格格聲響，痛得大叫，還道頭頸已給她扭斷。

前面兩名太監聽見聲音，轉過頭來。柳燕低聲道：「太后吩咐過的，你如想逃，又或是出聲呼叫，要我立刻殺了你。」韋小寶心想縱然大聲求救，驚動了皇帝，康熙也不會違背母后之命。皇帝對自己雖好，決不致為了一個小太監而惹母親生氣。最好能碰到幾名侍衛，挑撥他們殺了柳燕。突然腰裏一痛，聽她說道：「想使甚麼鬼計嗎？」

韋小寶無奈，只得向自己住處走去。心下盤算：「到得我房中，雖有兩個幫手，但方怡和小郡主身上有傷，我們三個對一個，還是打不過大肥豬。給她發見了兩人蹤跡，枉自多送兩人性命。」

到了門外，他取出鑰匙開鎖，故意將鑰匙和鎖相碰，弄得叮叮噹噹的直響，大聲說道：「臭婆娘，大肥豬，你這般折磨我，終有一日，我叫你不得好死！」柳燕笑道：「你且顧住自己會不會好死，卻來多管別人閒事。」韋小寶砰的一聲，將門推開，說道：「這經書給不給太后，你都會殺了我的。你當我是傻瓜，想僥倖活命嗎？」柳燕道：「太后既說過饒你，多半會饒了你性命，最多挖了你一對眼珠，斬了你一雙腿。」韋小寶罵

道：「你以為太后待你很好嗎？你害死我之後，太后也必殺了你滅口。」

這句話似乎說中柳燕的心事，她一呆，隨即在他背上力推。韋小寶立足不定，衝進屋去。他在門外說了這許多話，料想方怡和小郡主早已聽到，知道來了兇惡的敵人，自是縮在被窩之中，連大氣也不敢透。

柳燕笑道：「我沒空等你，快去拿出來。」又在他背上重重一推。韋小寶一個踉蹌，幾步衝入了內房。柳燕跟了進去。韋小寶一瞥眼，見床前並排放著兩對女鞋。其時天色已晚，房中並無燈燭，柳燕進房後沒立即發現。

韋小寶暗叫：「不好！」乘勢又向前一衝，將兩雙鞋子推進床下，跟著身子也鑽了進去，心想再來一次，以殺瑞棟之法宰了這頭肥豬，一鑽進床，右足便想縮轉，右手去摸靴筒中的匕首，不料右足踝一緊，已給柳燕抓住，聽她喝問：「幹甚麼？」

韋小寶道：「我拿經書，這部書放在床底下。」柳燕道：「好！」諒他在床底也逃不到那裏去，便放脫了他足踝。韋小寶身子一縮，蜷成一團，拔出匕首在手。柳燕喝道：「拿出來！」韋小寶道：「咦！好像有老鼠，啊喲，啊喲，可不得了，怎地把經書咬得稀爛啦？」

柳燕道：「你想弄鬼，半點用處也沒有！給我出來！」伸手去抓，卻抓了個空，原來韋小寶已縮在靠牆之處。柳燕向前爬了兩尺，上身已在床下，又伸指抓出。刀尖剛和她右手手背相觸，柳燕便即知覺，反應迅捷之極，手掌翻過探出，抓住了韋小寶的手腕，指力一緊，韋小寶手上已全

無勁力，只得鬆手放脫匕首。柳燕笑道：「你想殺我？先挖了你一顆眼珠子。」右手又住他咽喉，左手便去挖他眼睛。韋小寶大叫：「有條毒蛇！」柳燕驚叫：「甚麼？」突然「啊」的一聲大叫，又住韋小寶喉嚨的手漸漸鬆了，身子扭了幾下，伏倒在地。

韋小寶又驚又喜，忙從床底下爬出，只聽沐劍屏道：「你……你沒受傷嗎？」韋小寶掀開帳子，見方怡坐在床上，雙手扶住劍柄，不住喘氣，那口長劍從褲子上插向床底，直沒至柄。原來她聽得韋小寶情勢緊急，又見柳燕的背脊挺起床褲，便從床上挺劍插落，長劍穿過褲子和棕繃，直刺入柳燕的背心。韋小寶在柳燕屁股上踢了一腳，見她一動不動，欣喜之極，說道：「好……好姊姊，是你救了我性命。」

憑著柳燕的武功，方怡雖在黑暗中向她偷襲，也必難以得手，但她見韋小寶開鎖入房，絲毫沒想到房中伏得有人，這一劍又是隔著床褲刺下，事先沒半點朕兆，待得驚覺，長劍已然穿心而過。縱是武功再強十倍之人，也沒法避過。只不過真正的高手自重身分，決不會像她這般鑽入床底去捉人而已。

韋小寶怕她沒死透，拔出劍來，隔著床褲又刺了兩劍。沐劍屏道：「這惡女人是誰？她好兇，說要挖你眼珠子。」韋小寶道：「是老婊子太后的手下。」問方怡道：「你傷口痛嗎？」方怡皺著眉頭，道：「還好！」其實剛才這一劍使勁極大，牽動了傷口，痛得她幾欲暈去，額頭上汗水一滴滴的滲出。

韋小寶道：「過不多久，老婊子又會再派人來，咱們可得立即想法子逃走。嗯，你

584

們兩個女扮男裝，裝成太監模樣，咱們混出宮去。好姊姊，你能行走嗎？」方怡道：

「勉強可以罷。」韋小寶取出自己兩套衣衫，道：「你們換上穿了。」

將柳燕的屍身從床底下拖出，拾起匕首收好，在屍身上彈了些化屍粉。忙將銀票、金銀珠寶、兩部《四十二章經》，以及武功秘訣包了個包袱，那一大包蒙汗藥和化屍粉，自然也非帶不可。

沐劍屏換好衣衫，先下床來。韋小寶讚道：「好個俊俏的小太監，我來給你打辮子。」過了一會，方怡也下床來。她身材比韋小寶略高，穿了他衣衫繃得緊緊的，很不合身，一照鏡子，忍不住笑了出來。

沐劍屏笑道：「讓他給我打辮子，我給師姊打辮子。」韋小寶拿起沐劍屏長長的頭髮，胡亂打了個鬆鬆的大辮。沐劍屏照了照鏡子，說道：「啊喲，這樣難看，我來打過。」韋小寶道：「現下不忙便打過。此刻天已黑了，出不得宮。老婊子不見肥豬回報，又會派人來找我。咱們先找個地方躲一躲，明兒一早混出宮去。」

方怡問道：「老……太后不會派人在各處宮門嚴查麼？」

韋小寶道：「也只好走一步算一步了。」想起從前跟康熙比武摔跤的那間屋子十分清靜，從沒第三人到來，當下扶著二人出屋。

沐劍屏斷了腿，拿根門閂撐了當拐杖。方怡走一步，便胸口一痛。韋小寶右手攬住她腰間，半扶半抱，向前行去。好在天色已黑，他又盡揀僻靜的路走，撞到幾個不相干的太監，也沒人留意。到得屋內，三人都鬆了口氣。韋小寶轉身將門閂上，扶著方怡在椅

子上坐了，低聲道：「咱們在這裏別說話，外面便是走廊，可不像我住的屋子那麼僻靜。」

夜色漸濃，初時三人尚可互相見到五官，到後來只見到矇矓的身影。方怡拉過自己辮子在手中搓弄，忽然輕輕

寶給結的辮子不好看，自己解開了又再結過。沐劍屏嫌韋小

「啊」的一聲。韋小寶低聲問道：「怎麼？」方怡道：「沒甚麼，我掉了根銀釵子。」沐

劍屏道：「啊，是了，我解開你頭髮時，將你那根銀釵放在桌上，打好了辮子，卻忘記

給你插回頭上。真糟糕，那是劉師哥給你的，是不是？」方怡道：「一根釵子，又打甚

麼緊了？」

韋小寶聽她雖說並不打緊，語氣其實十分惋惜，心想：「好人做到底，我去悄悄給

她取回來。」當下也不說話，過了一會，說道：「肚裏餓得很了，挨到明天，只怕沒力

氣走路。我去找些吃的。」沐劍屏道：「快回來啊。」

韋小寶道：「是了。」走到門邊，傾聽外面無人，開門出去。

他快步回到自己住處，生怕太后已派人守候，繞到屋後聽了良久，確知屋子內外無

人，這才推開窗子，爬了進去。其時月光斜照，見桌上果然放著一根銀釵。這銀釵手工

甚粗，最多值得一二錢銀子，心想：「劉一舟這窮小子，送這等寒蠢的禮物給方姑娘。」

在銀釵上吐了口唾沫，又在鞋底擦上此泥污，放入衣袋，從錫罐、竹籃、抽屜、床上擱

板等處胡亂拿此糕餅點心，塞入紙盒，揣進懷中。

正要從窗口爬出，忽見床前赫然有一對紅色金線繡鞋，鞋中竟然各有一隻腳。

韋小寶嚇了一大跳，淡淡月光下，見一對斷腳上穿了一雙鮮艷的紅鞋，甚是可怖。

586

隨即明白：柳燕的屍身為化屍粉化去時，床前地面不平，屍身化成的黃水流向床底，留下兩隻腳沒化去。他轉過身來，待要將兩隻斷腳踢入黃水之中，但黃水已乾，化屍粉卻已包入包袱，留在方怡與沐劍屏身邊，心念一轉，童心忽起：「他媽的，老子這次出宮，再也見不到老婊子了，老子把這兩隻腳丟入她屋中，嚇她個半死。」取過一件長衫，裏住一雙連鞋的斷腳，牢牢包住，爬出窗外，悄悄向慈寧宮行去。

離慈寧宮將近，便不敢再走正路，閃身花木之後，走一步，聽一聽，心想：「倘若一個不小心，給老婊子捉到了，那可是自投羅網。」又覺有趣，又感害怕，一步步的走近太后寢宮。手心中汗水漸多，尋思：「我把這對豬蹄子放在門口的階石上，她明天定會瞧見。如投入天井，畢竟太過危險。」

輕輕的又走前兩步，忽聽得一個男人聲音說道：「阿燕怎麼搞的，怎地到這時候還沒回來？」韋小寶大奇：「屋中怎會有男人？這人說話的聲音又不是太監，莫非老婊子有了姘頭？哈哈，老子要捉姦！」他心中雖說要「捉姦」，可是再給他十倍膽子，卻也不敢，但好奇心大起，決不肯就此放下斷腳而走。

向著聲音來處躡手躡足的走了幾步，每一步都輕輕提起，極慢極慢的放下，以防踏到枯枝，發出聲響。只聽那男人哼了一聲，說道：「只怕事情有變。你既知這小鬼十分滑溜，怎地讓阿燕獨自帶他去？」韋小寶心道：「原來你是在說你老子。」

只聽太后道：「阿燕的武功高他十倍，人又機警，步步提防，那會出事？多半那部經

書放在遠處，阿燕押了小鬼去拿去了。」那男人道：「能拿到經書，自然很好，否則的話，哼哼！」這人語氣嚴峻，對太后如此說話，實是無禮已極。韋小寶越來越奇怪：「天下有誰能對她這般說話？難道老皇帝從五台山回來了？」想到順治皇帝回宮，大為興奮，心想定將有齣好戲上演。奇怪的是，附近竟沒一名宮女太監，敢情都給太后遣開了。

只聽得太后說道：「你已盡力而為。我這樣的身分，總不能親自押著個小太監，在宮裏走來走去。我踏出慈寧宮一步，宮女太監就跟了一大串，還能辦甚麼事？」

那男人道：「你不能等到天黑再押他去嗎？要不然就通知我，讓我押他去拿經書。」太后道：「我可不敢勞你的駕。你在這裏，甚麼形跡也不能露。」那男人冷笑道：「遇到了這等大事，還管甚麼？我知道，你不肯通知我，是怕我搶了你的功勞。」太后道：「有甚麼好搶的？有功勞是這樣，沒功勞也是這樣。只求太平無事的多挨上一年罷了。」

語氣中充滿怨懟。

韋小寶若不是清清楚楚認得太后的聲音，定會當作是個老宮女在埋怨自辯。那兩人的說話都壓低了嗓子，但相距既近，靜夜中別無其他聲息，決不致聽錯，聽他二人說甚麼「搶了功勞」，那麼這男子又不是順治皇帝了。

他好奇心再也無法抑制，慢慢爬到窗邊，找到了窗上一個小洞，向內張去。這般站在窗外偷看，他在麗春院自幼便練得熟了，心道：「從前我偷看瘟生嫖我媽媽，今晚偷看老婊子接客。」只見太后側身坐在椅上，一個宮女雙手負在身後，在房中踱步，此外更無旁人，心想：「那男人卻到那裏去了？」只見那宮女轉過身來，說道：「不等了，

588

我去瞧瞧。」

她一開口，韋小寶嚇了一跳，原來這宮女一口男嗓，剛才就是她在說話。韋小寶在窗孔中只瞧得到她胸口，瞧不見她臉。

太后道：「我和你同去。」那宮女冷笑道：「你就是不放心。」太后道：「那又有甚麼不放心了？我疑心阿燕有甚古怪，咱二人聯手，容易制她。」那宮女道：「嗯，那也不可不防，別在陰溝裏翻船。這就去罷！」

太后點點頭，走到床邊，掀開被褥，又揭起一塊木板，燭光下青光閃動，手中已多了一柄短劍，她將短劍插入劍鞘，放入懷中。韋小寶心想：「原來老婊子床上還有這麼個機關。她是防人行刺，短劍不插入劍鞘，那是伸手一抓，拿劍就可殺人，用不著先從鞘中拔出。萬分緊急的當兒，可差不起這麼縷一縷眼的時刻。」

只見太后和那宮女走出寢殿，虛掩殿門，出了慈寧宮，房中燭火也不吹熄，韋小寶心想：「我將這對豬蹄放在她床上那個機關之中，待會她放還短劍，忽然摸到這對豬蹄，管教嚇得她死去活來。」

只覺這主意妙不可言，當即閃身進屋，掀開被褥，見床板上有個小銅環，伸指一拉，一塊闊約一尺、長約二尺的木板應手而起，下面是個長方形的暗格，赫然放著三部經書，正是他曾見過的《四十二章經》。兩部是他在鰲拜府中所抄得，原來放經書的玉匣已不在了。另有一部封皮是白綢子鑲紅邊，那晚聽海老公與太后說話，說順治皇帝送給董鄂妃一部經書，太后殺了董鄂妃後據為己有，料想就是這部了。

韋小寶大喜，心想：「這些經書不知有甚麼屁用，人人都這等看重。老子這就來個順手牽羊，把老婊子氣個半死。」當即取出三部經書，塞入懷裏。將柳燕那雙腳從長袍中抖入暗格，蓋上木板，放好被褥，將長袍踢入床底，正要轉身出外，忽聽得外房門呀的一聲響，有人推門而進。

這一下當真嚇得魂飛天外，那料到太后和那宮女回來得這樣快，想也不及想，一低頭便鑽入床底，心中不住叫苦，只盼太后忘記了甚麼東西，回來拿了，又去找尋自己，又盼她所忘記的東西，並非放在被褥之下的暗格之中。

只聽得腳步聲輕快，一人竄了進來，果是個女子，腳上穿的是雙淡綠鞋子，褲子也是淡綠，瞧褲子形狀是個宮女，心想：「原來是服侍太后的宮女，她身有武功，不會是蕊初。她如不馬上出去，可得將她殺了。最好她走到床前來。」輕輕拔出匕首，只待那宮女走到床前，一刀自下而上，刺她小腹，包管她莫名其妙的就此送命。

只聽得那宮女開抽屜，開櫃門，搬翻東西，在找尋甚麼物事，卻始終不走到床前，跟著聽得嗤嗤幾聲響，她用甚麼利器劃破了兩口箱子。韋小寶一驚：「這人不是尋常宮女，是到太后房中偷盜來的，莫非是來盜《四十二章經》？她手中既有刀劍，看來武功也不會差過老子，我如出去，別說殺她，只怕先給她殺了。」聽得那女子在箱中一陣亂翻，又劃破了西首三口箱子找尋。韋小寶肚裏不住咒罵：「你再不走，老婊子可要回來了。你送命不打緊，累得我韋小寶陪你歸天，你的面子未免太大了。」

那女子找不到東西，似乎十分焦急，在箱中翻得更快。

章小寶就想投降：「不如將經書拋了出去給她，好讓她快快走路。」

便在此時，門外腳步聲響，只聽得太后低聲道：「我說定是柳燕這賤人拿到經書，自行走了。」那女子聽到人聲，已不及逃走，跨進衣櫃，關上了櫃門。那男子口音的宮女說道：「你當真差了柳燕拿經書？我怎知你說的不是假話？」太后怒道：「你說甚麼？我沒派柳燕去拿經書，那麼要她幹甚麼去？」那宮女道：「我怎知你在搗甚麼鬼？說不定你要除了柳燕這眼中之釘，將她害死了。」太后哼一聲，說道：「虧你做師兄的，竟說出這等沒腦子的話來。柳燕是我師妹，我有這樣大的膽子？」那宮女冷冷的道：「你素來膽大，心狠手辣，甚麼事做不出來？」

兩人話聲甚低，但靜夜中還是聽得清清楚楚。章小寶聽太后叫那宮女為「師兄」，而柳燕卻又是她「師妹」，越聽越奇。她二人說話之間，已走進內室，燭光下見房中箱子劃破，雜物散了一地，同時「啊」的一聲，驚叫出來。

太后叫道：「有人來盜經書！」奔到床邊，翻起被褥，拉開木板，見經書已然不在，叫了聲：「啊喲！」跟著便見到柳燕的那一對斷腳，驚道：「那是甚麼？」那宮女伸手拿起，說道：「是女人的腳。」太后驚道：「柳燕，她……她給人害死了。」那宮女冷笑道：「我的話沒錯罷？」太后又驚又怒，道：「甚麼話沒錯？」那宮女道：「這藏書的秘密所在，天下只你自己一人知道。柳師妹若不是你害死的，她的斷腳怎會放在這裏？」

太后怒道：「這會兒還在這裏說瞎話？盜經之人該當離去不遠，咱們快追。」

那宮女道：「不錯，說不定這人還在慈寧宮中。你……你可不是自己搞鬼罷？」

太后不答，轉過身來，望著衣櫃，一步步走過去，似乎對這櫃子已然起疑。

韋小寶一顆心幾乎要從胸腔中跳了出來，燭光晃動，映得劍光一閃一閃，在地下掠過，料知太后左右手拉開櫃門，右手便挺劍刺進櫃去，櫃中那宮女勢必無可躲閃。

眼見太后又跨了一步，離衣櫃已不過兩尺，突然間喀喇喇一聲響，那衣櫃直倒下來，壓向太后。太后出其不意，急向後躍，櫃中飛出好幾件花花綠綠的衣衫，纏在她頭上。太后忙伸手去抓，又有一團衣衫擲向她身前，只聽得她一聲慘叫，衣衫中一把血淋淋的短刀提了起來。原來那團衣衫之中竟裏得有人。櫃中宮女倒櫃擲衣，令太后手足無措，一擊成功。

那男嗓宮女起初似乎瞧得呆了，待得聽到太后慘呼，這才發掌向那團衣衫中擊落。

韋小寶見那團衣衫迅即滾開，那綠衣宮女從亂衣服中躍出，手提染血短刀，向那男嗓宮女撲去。那男嗓宮女發掌擊出，綠衣宮女斜身閃開，立即又向敵人撲上。

韋小寶身在床底，只見到兩人的四隻腳。男嗓宮女穿的是灰色褲子、黑緞鞋子。穿綠鞋的雙腳疾進疾退，穿黑鞋的雙腳只偶爾跨前一步，退後一步。兩人相鬥甚劇，卻不聞兵刃相交之聲，顯然那男嗓宮女手中沒兵刃。韋小寶斜眼向太后瞧去，只見她躺在地下，毫不動彈，顯已死了。

但聽得掌聲呼呼，鬥了一會，突然眼前一暗，三座燭台中已有一枝蠟燭給掌風撲熄。

韋小寶心道：「另外兩枝蠟燭也快快都熄了，我就可乘黑逃走。」

沐劍屏道：「他們似乎很怕你呢，剛才我還道要糟。」說著連拍胸口。

韋小寶想說句笑話，吹幾句牛，但掛念著太后被殺之事鬧了出來，不知將有何等後果，心慌意亂之下，甚麼笑話也說不出口。路上又遇到了一批侍衛，這才回到自己住處，好在方怡和沐劍屏早已換成太監裝束，眾侍衛輩相慌亂，誰也沒加留意。

韋小寶道：「你們便就在這裏，千萬別換裝束。」將包袱放入衣箱，出屋後，將門上了鎖，快步奔向乾清宮康熙的寢殿。

韋小寶在小茶館中與方沐二女話別，

三人都感戀戀不捨，

忽聽得徐天川大聲喝道：

「好朋友，到這時候還不露相嗎？」

伸手向右首一名車夫的肩頭拍了下去。

身筋骨俱斷、屍橫就地的慘狀，心中一酸，忍不住淚水奪眶而出。

康熙微笑道：「怎麼啦？」伸手拍拍他肩頭，道：「你願意跟我，是不是？那也容易，過幾天等太后大好了，我再跟太后說去。老實說，我也捨不得你。」

韋小寶心情激動，尋思：「陶宮娥說，我如吐露真情，皇帝不免要殺我滅口。英雄好漢甚麼都能做，就是不能不講義氣，大丈夫死就死好了。」將兩塊點心往桌上一放，握住了康熙的手，顫聲道：「小玄子，我再叫你一次小玄子，行嗎？」

康熙笑道：「當然可以。我早就說過了，沒人之處，咱們就跟從前一樣。你又想跟我比武，是不是？來來來，放馬過來。」說著雙手一翻，反握住了他雙手。

韋小寶道：「不忙比武。有一件機密大事，要跟我好朋友小玄子說，可是決不能跟我主子萬歲爺說。皇上聽了之後，就要砍我腦袋。小玄子當我是朋友，或者不要緊。」

康熙不知事關重大，少年心情，只覺十分有趣，忙拉了他肩坐在床沿上，說道：「現下你是小玄子，不是皇帝。一天到晚做皇帝，沒個知心朋友，也沒甚麼味道。」

韋小寶道：「好，我說給你聽。你真要砍我腦袋，也沒法子。」康熙微笑道：「我幹麼要殺你？好朋友怎能殺好朋友？」

韋小寶長長吸了口氣，說道：「我不是真的小桂子，我不是太監，真的小桂子已給我殺了。」康熙大吃一驚，問道：「甚麼？」

韋小寶便將自己出身來歷簡略說了，接著說到如何遭擄入宮、如何毒瞎海大富雙

眼、如何冒充小桂子、海大富如何教武等情，一一照實陳說。

康熙聽到這裏，笑道：「他媽的，你先解開褲子給我瞧瞧。」

韋小寶知皇帝精明，這等大事豈可不親眼驗明，當即褪下了褲子。

康熙見他果然並非淨了身的太監，哈哈大笑，說道：「原來你不是太監。殺了個小太監，也沒甚麼大不了。只不過你不能再在宮裏住了。要不然，我就派你做御前侍衛的總管。多隆這廝武功雖然不錯，辦事可胡塗得很。」

韋小寶繫上褲子，說道：「這可多謝你啦，不過只怕不成。我聽到了跟太后有關的幾件大秘密。」康熙道：「跟太后有關？那是甚麼？」問到這兩句話時，心中已隱隱覺得有些不對。

韋小寶咬了咬牙，便述說那晚在慈寧宮所聽到太后和海大富的對答。

康熙聽到父皇順治竟然並未崩駕，卻是在五台山清涼寺出家，這一驚固然非同小可，這一喜尤其是如顛如狂。他全身發抖，握住了韋小寶雙手，顫聲道：「這……這當真不假？我父皇……父皇還在人世？」韋小寶道：「我聽到太后和海大富二人確是這麼說的。」

康熙站起身來，大聲叫道：「那……那好極了！好極了！小桂子，天一亮，咱們立即便往五台山去朝見父皇，請他老人家回宮。」

康熙君臨天下，事事隨心所欲，生平唯一大憾便是父母早亡。有時午夜夢迴，想到父母之時，忍不住流淚哭泣。此刻聽得韋小寶這麼說，雖仍不免將信將疑，卻已然喜心

翻倒。

韋小寶道：「就怕太后不願意。她一直瞞著你，這中間是有重大緣故的。」康熙道：「不錯，那是甚麼緣故？」他一聽到父親未死，喜悅之情充塞胸臆，但稍一凝思，無數疑竇立即湧現。韋小寶道：「宮中大事，我甚麼都不明白，只能將太后和海大富的對答，全數說給你聽。」康熙道：「是，是！快說，快說！」

聽韋小寶說到端敬皇后和孝康皇后如何為人所害，康熙跳起身來，叫道：「你……你說孝康皇后，是……是給人害死的？」韋小寶見他神色大變，雙眼睜得大大的，臉上肌肉不住牽動，不禁害怕，顫聲道：「我……我不知道。只聽到海大富跟太后是這麼說的。」康熙道：「他們怎地說？你……你再說一遍。」

韋小寶記性甚好，重述那晚太后與海大富的對答，連二人的聲調語氣也都學得極像。

康熙呆了半晌，道：「我親娘……我親娘竟是給人害死的？」韋小寶道：「孝康皇后就是……是……是你的母親？」康熙點了點頭，道：「你說下去，一句也不可遺漏。」

韋小寶接著述說兇手以「化骨綿掌」先害死端敬皇后的兒子榮親王，再害死端敬皇后，順治出家後，太后又害死貞妃和孝康皇后，殮葬孝康皇后和貞妃的仵作如何奉海大富之命，赴五台山稟告順治，順治如何派遣海大富回宮徹查，直說到太后和海大富對掌。海大富眼睛瞎了之後，敵不過太后，以致對掌身亡。

康熙定了定神，詳細盤問當晚情景，追查他所聽到的說話，反覆細問，料定韋小寶

心中一酸，淚水涔涔而下。

605

決無可能捏造此事，抬起頭想了一會，問道：「你為甚麼直到今天才跟我說？」

韋小寶道：「這件事關涉太大，我那敢亂說？可是明天我要逃出宮去，再也不回來了，想到你孤身在宮中極是危險，可不能再瞞。」康熙道：「你為甚麼要出宮？怕太后害你？」韋小寶道：「我跟你說，今晚死在慈寧宮裏的那個宮女，是太后的師兄。」

太后宮中的宮女竟然是個男人，此事自然匪夷所思，但康熙這晚既聽到自己已死的父皇竟然未死，而母親又是為一向端莊慈愛的太后所暗殺，再聽到一個宮女是男人假扮，已絲毫不以為奇，何況眼前這個小太監也就是假扮的，是個真正的男人，問道：「你又怎麼知道？」

韋小寶道：「那晚我聽到了太后跟海大富的說話後，太后一直要殺我滅口。」當下將太后如何派遣瑞棟、柳燕，以及眾太監先後來加害自己等情一一說了，又說到在慈寧宮中聽到一個男子和太后對答，兩人爭鬧起來，那男子假扮的宮女為太后所殺，太后卻也受了傷。他這番說話當然不盡不實，既不提陶宮娥，也不說自己殺了瑞棟和柳燕，偷了幾部《四十二章經》等情。

康熙沉吟道：「這人是太后的師兄？聽他口氣，似乎太后尚受另一人的挾制，那會是甚麼人？難道……難道這人知道太后寢殿中有個假宮女，因此……」韋小寶聽他言語涉及太后的「姦情」，不敢接口，只搖了搖頭，過了一會，才道：「我也想不出。」

康熙道：「傳多隆來。」韋小寶答應了，心想：「皇帝要跟太后翻臉，叫多隆捉拿

606

老婊子來殺頭？我到底是快快逃走好呢？還是留著再幫他？」

多隆正自憂心如焚，宮裏接連出事，自己脖子上的腦袋就算不搬家，腦袋之上的帽子、帽子之上的頂子，總是大大的不穩，聽得皇帝傳呼，忙趕進乾清宮來。康熙吩咐道：「慈寧宮沒甚麼事，你立即撤去慈寧宮外所有侍衛。太后說聽到侍衛站在屋外，心裏就煩得很。」多隆見皇上臉色雖然頗為古怪，卻沒半句責備的言語，心中大喜，忙磕了頭出去傳令。

康熙又將心中諸般疑團，細細詢問韋小寶，過了良久，料知眾侍衛已撤，說道：「小桂子，我和你夜探慈寧宮。」

韋小寶道：「你親自去探？」康熙道：「正是！」一來事關重大，不能單是聽了一個假冒小太監的一面之辭，便對撫育自己長大的母后心存懷疑：二來「犯險夜探」，那是學武之人非做不可之事，有此機會，如何可以輕易放過？自己是皇帝，不能出宮一試身手，在宮裏做一下「夜行人」，卻也聊勝於無。只不過先下旨盡數撤走慈寧宮守衛，自己再去「夜探」，未免不合「武林好手」的身分而已。

韋小寶道：「太后已將她師兄殺了，這會兒正在安睡養傷，只怕探不到甚麼。」康熙道：「沒探過，怎知探不到甚麼？」當即換上便裝，腳下穿了薄底快靴，便是當日跟韋小寶比武的那一身裝束，從床頭取過一柄腰刀，懸在腰間，從乾清宮側門走了出去。

眾侍衛、太監正在乾清宮外層層守衛，一見忙跪下行禮。康熙喝令：「大家站住，誰也不許亂動。」這是皇帝聖旨，誰敢有違？二百餘名侍衛和太監就此直挺挺的站住，

毫不動彈。

康熙帶著韋小寶，來到慈寧宮花園，見靜悄悄的已無一人。

他掩到太后寢殿窗下，俯耳傾聽，只聽得太后不住咳嗽，霎時間心中思湧如潮，又悲苦，又煩躁，聽得太后的咳嗽聲音，既想衝進去摟著她痛哭一場，又想又住她脖子厲聲質問，到底父皇和自己親生母后是怎樣了？他一時盼望小桂子所說的全是假話，又盼望他所說的絲毫不假。他不住發抖，寒毛直豎，涼意直透骨髓。

太后房中燭火未熄，忽明忽暗映著窗紙。過了一會，聽得一個宮女的聲音道：「太后，縫好了。」太后「嗯」了一聲，說道：「把這宮女……宮女的死屍，裝……裝在被袋裏。」那宮女道：「是。那太監的死屍呢？」太后怒道：「我只叫你裝那宮女，你……你又管甚麼太監？」那宮女忙道：「是！」接著便聽到有物件在地下拖動之聲。

康熙忍耐不住，想探頭去窗縫中張望，可是太后寢殿窗房的所有縫隙均以油灰塞滿，連一條細縫也沒有。他往日曾聽韋小寶說過江湖上夜行人的行事訣竅和禁忌，那都是轉述茅十八從揚州來到北京之時一路上所說的。此時窗戶無縫，正中下懷，當下伸手沾了唾液，輕輕濕了窗紙，指上微微用力，窗上便破了個小孔，卻無半點聲息。

他就眼張去，見太后床上錦帳低垂，一名年輕宮女正在將地下一具屍首往一隻大布袋中塞去，屍首穿的是宮女裝束，可是頭頂光禿禿地一根頭髮也無。那宮女將屍首塞入袋中，拾起地下的一團假髮，微一遲疑，也塞進了布袋，低聲道：「太后，裝……裝好

啦！」

太后道：「外邊侍衛都撤完了？我好像聽到還有人聲。」那宮女走到門邊，向外一

張，說道：「沒人了。」太后道：「你把口袋拖到荷花塘邊，在袋裏放四塊大石頭，用

……用繩子……咳……咳……然後……咳咳……把袋子推落塘

裏。」那宮女道：「是。」聲音發抖，顯得很害怕。太后道：「袋子推下池塘之後，多扒

些泥土拋在上面，別讓人瞧見。」那宮女又應道：「是。」拖著袋子，出房走向花園。

康熙心想：「小桂子說這宮女是個男人，多半不假。這中間若不是有天大隱情，太

后何必要沉屍入塘，滅去痕跡？」見韋小寶便站在身邊，不自禁的伸出手去，握住了他

手。兩人均覺對方手掌又濕又冷。

過了一會，聽得撲通一聲，那裝屍首的布袋掉入了荷塘，跟著是扒土和投擲泥土入

塘的聲音，又過一會，那宮女回進寢殿。韋小寶早就認得她聲音，便是那小宮女蕊初。

太后問道：「都辦好了？」蕊初道：「是，都辦好了。」太后道：「這裏本來有兩

具屍首，怎麼另一具不見了？明天有人問起，你怎麼說？」蕊初道：「奴才甚

麼也不知道。」太后道：「你在這裏服侍我，怎會甚麼也不知道？」蕊初道：「是，

是！」太后怒道：「甚麼『是，是』？」

蕊初顫聲道：「奴才見到那死了的宮女站起身來，原來她只是受傷，並沒有死。她慢

慢的……慢慢的走出去。那時候……那時候太后正在安睡，奴才不敢驚動太后，見那宮女

走出了慈寧宮，不知……不知……不知到那裏去啦。」太后嘆了口氣，說道：「原來這樣，阿彌陀

佛，她沒死，自己走了，那倒好得很。」蕊初道：「正是，謝天謝地，原來她沒死。」

康熙和韋小寶又待了一會，聽太后沒再說話，似已入睡，於是悄悄一步步的離開，回到乾清宮。只見一眾侍衛太監仍直挺挺的站著不動。康熙笑道：「大家隨便走動罷！」

他雖笑著說話，笑聲和話聲卻甚為乾澀。

回入寢宮，他凝視韋小寶，良久不語，突然怔怔的掉下淚來，說道：「原來太后……太后……」韋小寶也不知說甚麼話好。

康熙想了一會，雙手一拍，兩名侍衛走到寢殿門口。康熙低聲道：「有一件機密事情，差你二人去辦，可不能洩漏出去。慈寧宮花園的荷塘底下，有一隻大口袋，你二人去抬了來。太后正在安睡，你二人倘若發出半點響聲，吵醒了太后，那就自己割了腦袋罷。」兩人躬身答應而去。康熙坐在床上，默不作聲，反覆思量。

隔了好半晌，終於兩名侍衛抬了一隻濕淋淋的大布袋，輕輕來到寢殿門外。

康熙道：「可驚醒了太后沒有？」兩名侍衛齊道：「奴才們不敢。」康熙點了點頭，道：「拿進來！」兩名侍衛將布袋拿進屋來。康熙道：「出去罷！」兩名侍衛退出寢殿，帶上了門，上了閂，便解開布袋上的繩索，將屍首拖了出來。

韋小寶待兩名侍衛退出寢殿，帶上了門，上了閂，便解開布袋上的繩索，將屍首拖了出來。見屍首臉上鬍子雖剃得極光，鬚根隱約可見，喉頭有結，胸口平坦，自是個男子無疑。這人身上肌肉虬結，手指節骨凸起，純是一副久練武功的模樣。看來此人假扮宮女、潛伏宮中只是最近之事，否則以他這副形相，連做男人也是太醜，如何能假扮宮

女而不給發覺？

康熙拔出腰刀，割破此人的褲子，看了一眼之後，惱怒之極，連揮數刀，將他腰胯之間斬得稀爛。

韋小寶道：「太后……」康熙怒道：「甚麼太后？這賤人逼走我父皇，害死我親娘，穢亂宮廷，多行不義。我……我要將她碎屍萬段，滿門抄斬。」韋小寶吁了口長氣，登時放心：「皇上不再認她是太后，這老婊子不論做甚麼壞事，給我知道了，他也不會殺我滅口。」

康熙提刀又在屍首上剁了一陣，一時氣憤難禁，便欲傳呼侍衛，將太后看押起來審問，轉念一想：「父皇未死，卻在五台山出家，這是何等大事？若有洩漏，天下軍民羣相聳動，我可萬萬鹵莽不得。」說道：「小桂子，明兒一早，我便跟你去五台山查明眞相。」

韋小寶應道：「是！」心中大喜，得和皇帝同行，到五台山去走一遭，比之悶在北京城裏自是好玩得多了。

但康熙可遠比韋小寶見識明白，思慮周詳，隨即想到皇帝出巡十分隆重，至少也得籌備布置好幾個月，沿途百官預備接駕保護，大費周章，決不能說走便走；又想自己年幼，親政未久，朝中王公大臣未附，倘若太后乘著自己出京的機會奪政篡權，廢了自己，另立新君，卻是可慮；又如父皇其實已死，或者雖尚在人世，卻不在五台山上，自己大張旗鼓的上山朝見，如未能見到，不但爲天下所笑，抑且貽譏後世。

他想了一會，搖頭道：「不行，我不能隨便出京。小桂子，你給我走一遭罷。」韋小寶頗感失望，道：「我一個人去？」康熙道：「你一個人去，待得探查明白，父皇確是在五台山上，我在京裏又布置好了對付那老賤人的法子，咱二人再一同上山，以策萬全。」

韋小寶心想皇帝既決定對付太后，自己去五台山探訪，自是義不容辭，說道：

「好，我就去五台山。」

康熙道：「我大清的規矩，太監不能出京，除非是隨我同去。好在你本來不是太監。小桂子，你以後不做太監了，還是做侍衛罷。不過宮裏朝裏的人都已認得你，忽然不做太監，大家會十分奇怪。嗯，我可對人宣稱，為了擒拿鰲拜，你奉我之命，假扮太監，現下元兇已除，自然不能老是假扮下去。小桂子，將來你讀點書，我封你做個大官兒。」

韋小寶道：「好啊！只不過我一見書本子就頭痛。我少讀點書，你封我的官兒，也就小些兒好了。」

康熙坐在桌前，提起筆來，給父皇寫信，稟明自己不孝，直至此刻方知父皇尚在人世，心中歡喜逾恆，即日便上山來，恭迎聖駕回宮，重理萬民，而兒子亦得重接親顏。寫得幾行字，忽想：「這封信要是落入了旁人手中，那可大大不安。小桂子倘若給人擒獲或者殺死，這信就給人搜去了。」

他拿起了那頁寫了半張的信紙，在燭火上燒了，又提筆寫道：

「敕令御前侍衛副總管欽賜穿黃馬褂韋小寶前赴五台山一帶公幹，各省文武官員受命調遣，欽此。」

寫畢，蓋了御寶，交給韋小寶，笑道：「我封了你一個官兒，你瞧瞧是甚麼。」

韋小寶睜大了眼，只識得自己的名字，和「五、一、文」三個字，一共六個字，而「韋」字和「寶」字也是跟「小」字上下相湊才識得的，要是分開，就認不準了，搖頭道：「不識得是甚麼官。是皇上親封的，總不會是小官罷？」

康熙笑著將那道敕令讀了一遍。韋小寶伸了伸舌頭，道：「是御前侍衛副總管，厲害，厲害，還賞穿黃馬褂呢。」康熙微笑道：「多隆雖是總管，可沒黃馬褂穿。你這事如能辦得安當，回宮後再升你的官。只不過你年紀太小，官兒太大了不像樣，咱們慢慢的來。」韋小寶道：「官大官小，我也不在乎，只要常常能跟你見面，那就很好了。」

康熙又喜又悲，說道：「你此去一切小心，行事務須機密。這道敕令，如不是萬不得已，不可取出來讓人見到。這就去罷！」

他差出韋小寶後，傳進多隆，將韋小寶這任命告知了他。多隆暗暗稱奇，嘴裏只得稱讚韋小寶能幹，大讚皇上英明，知人善任。

韋小寶回到屋裏，輕輕開門進去。方怡並沒睡著，喜道：「你回來了。」韋小寶道：「萬事大吉，咱們這就出宮去罷。」沐劍屏迷迷糊糊的醒轉，道：「師姊很心，怕你遇到危險。」韋小寶笑問：「你呢？」沐劍屏道：「我自然也躭心。你沒事罷？」

韋小寶道：「沒事，沒事。」

這時東方已現出魚肚白，只聽得鐘聲響動，宮門開啟，文武百官便將陸續進宮候

613

朝。韋小寶點燃桌上蠟燭，察看二人裝束並無破綻，笑道：「你二人生得太美，在臉上擦些泥沙灰塵罷。」沐劍屏有些不願意，但見方怡伸手在地下抹了塵土往臉上搽去，也就依樣而為。韋小寶將從太后床中夾層盜來的三部經書也包入包袱，摸出那枝銀釵遞給方怡，說道：「是這根釵兒罷？」

方怡臉上一紅，慢慢伸手接過，說道：「你干冒大險，原來……原來是去為我取這根釵兒。」心中一酸，眼眶兒紅了，將頭轉了過去。

韋小寶笑道：「也沒甚麼危險。」心想：「這叫做好心有好報，不去取這根釵兒，撈不到一件黃馬褂穿。」

他帶領二人，從紫禁城後門神武門出宮。其時天色尚未大亮，守門的侍衛見是桂公公帶同兩名小小太監出宮，除了巴結討好，誰來多問一句？

方怡出得宮來，走出十餘丈後，回頭向宮門望了一眼，百感交集，真似隔世為人。

韋小寶在街邊僱了三頂小轎，吩咐抬往西長安街，下轎另僱小轎，到天地會落腳處銀杏胡同外下轎，說道：「你們沐王府的朋友，昨天都出城去了。我得跟朋友商議商議，且看送你們去那裏。」他做了欽賜穿黃馬褂的御前侍衛副總管，自覺已成大人，加之有欽命在身，去查一件天大的大事，突然收起了油腔滑調，再者師父相距不遠，可也不敢放肆。

方怡問道：「你今後要去那裏？」韋小寶道：「我不敢再在北京城多躭，走得越遠越好，要等到太后死了，事平之後，才敢回來。」方怡道：「我們在河北石家莊

有個好朋友，你……你如不嫌棄，便同……同去暫避一時可好？」沐劍屏道：「好啊，你是我們的救命恩人，大家是自己人。三個人一起趕路也熱鬧些。」兩人凝望著他，均有企盼之意，沐劍屏顯得天真熱切，方怡則微含羞澀。

韋小寶若非身負要務，和這兩個俏佳人結伴同行，長途遨遊，原是快活逍遙之極，此刻卻不得不設法推託，說道：「我還答允了朋友去辦一件要緊事，這時候不能就去石家莊。你們身上有傷，兩個姑娘兒家趕路不便，我得拜託一兩個靠得住的朋友，護送你們前去。咱們且歇一歇，吃飽了慢慢商量。」

當下來到天地會的住處。守在胡同外的弟兄見到是他，忙引了進去。高彥超迎了出來，見他帶著兩名小太監，甚是詫異。韋小寶在他耳邊低聲道：「是沐家小公爺的妹子，還有一個是她師姊，我從宮裏救出來的。」

高彥超請二女在廳上就坐，奉上茶來，將韋小寶拉在一邊，說道：「總舵主昨晚出京去了。」韋小寶大喜，他一來實在怕師父查問武功進境，二來又不知是否該將康熙所命告知，聽說已然離京，心頭登時如放下一塊大石，臉上卻裝作失望之極，頓足道：

「這……這……這……唉，師父怎地這麼快就走了？」

高彥超道：「總舵主吩咐屬下轉告韋香主，說他老人家突然接到臺灣來的急報，非趕回去處理不可。總舵主要韋香主一切小心，相機行事，宮中如不便再住，可離京暫避，又說要韋香主勤練武功。韋香主身上的傷毒不知已全清了沒有？如身子不妥，務須急報總舵主知道。」

韋小寶道：「是。師父惦記記我的傷勢武功，好教人心中感激。」他這句話倒是不假，聽得師父在匆忙之際仍記掛著自己身子，確是感念，又問：「臺灣出了甚麼事？」

高彥超道：「聽說是鄭氏母子不和，殺了大臣，好像生了內變。總舵主威望極重，有甚麼變亂，他老人家一到必能平息，韋香主不必憂慮。李大哥、關夫子、樊大哥、風大哥、玄貞道長他們都跟著總舵主去了。徐三哥和屬下留在京裏，聽由韋香主差遣。」

韋小寶點點頭，說道：「你叫人去請徐三哥來。」心想「八臂猿猴」徐天川武功既高，人又機警，且是個老翁，護送二女去石家莊最好不過。又想：「臺灣也是母子不和，殺人生事，倒跟北京的太后、皇帝一樣。」

他回到廳上，和方沐二人同吃麵點。沐劍屏吃得小半碗麵，便忍不住問道：「你當眞不能和我們同去石家莊嗎？」韋小寶向方怡瞧去，見她停箸不食，凝眸相睇，目光中殊有殷切之意，不由得胸口一熱，便想要二女跟著自己去五台山，但隨即心想：「我去辦的是何等大事？帶著這兩個受傷的姑娘上道，礙手礙腳，受人注目，那是萬萬不可。」嘆了口氣，道：「我事了之後，便到石家莊來探望。你們的朋友住在那裏？叫甚麼名字？」

方怡慢慢低下頭去，用筷子夾了一根麵條，卻不放入口裏，低聲道：「那位朋友在石家莊西市開一家驃馬行，他叫『快馬』宋三。」

韋小寶道：「『快馬』宋三，是了，我一定來探望你們。」臉上現出頑皮神色，輕聲道：「我又怎能不來？怎捨得這一對羞花閉月的大老婆、小老婆？」

沐劍屏笑道：「乖不了半天，又來貧嘴貧舌了。」方怡正色道：「你如真當我們是好朋友，我……我們天天盼望你來。要是心存輕薄，不尊重人，那……那也不用來了。」韋小寶碰了個釘子，微覺無趣，道：「好啦，你不愛說笑，以後我不說就是。」

方怡有些歉然，柔聲道：「就是說笑，也有個分寸，也得瞧時候、瞧地方。你……你生氣了嗎？」

韋小寶又高興起來，忙道：「沒有，沒有。只要你不生氣就好。」方怡笑了笑，輕輕的道：「對你啊，誰也不會真的生氣。」

方怡這麼嫣然一笑，縱然臉上塵土未除，卻也是俏麗難掩，韋小寶登時覺得身上一陣溫暖。他一口一口喝著麵湯，一時想不出話來說。

忽聽得天井中腳步聲響，一個老頭兒走了進來，卻是徐天川到了。他走到韋小寶身前，躬身行禮，滿臉堆歡，恭恭敬敬的說道：「您老好。」他為人謹細，見有外人在座，便不稱呼「韋香主」。

韋小寶抱拳還禮，笑道：「徐三哥，我給你引見兩位朋友。這兩位都是『鐵背蒼龍』柳老爺子的高足，這一位方姑娘，這一位沐姑娘，是沐王府的小郡主。」向方沐二女道：「這位徐三哥，跟柳老爺子、你家小公爺都相識。」他生怕方沐二女懷恨記仇，加上一句：「本來有一點兒小小過節，現下這樣子都已揭開了。」待三人見過禮後，說道：「徐三哥，我想拜託你一件事。」

徐天川聽得這兩個女扮男裝的小太監竟是沐王府的重要人物，心想沐劍聲等都已知

617

道韋小寶來歷，這兩位姑娘自然也早得悉，便道：「韋香主有所差遣，屬下自當奉命。」

方怡和沐劍屏其實不知韋小寶的身分，聽徐天川叫他「韋香主」，都大爲奇怪。

韋小寶微微一笑，說道：「兩位姑娘跟吳立身吳老爺子、劉一舟劉大哥他們一般，都失陷在皇宮之中，此刻方才出來。沐家小公爺、劉一舟師兄他們都已離京了罷？」

徐天川道：「沐王府眾位英雄昨天都已平安離京。沐小公爺還託我打探小郡主的下落，我請他放心，包在天地會身上，必定找到小郡主。」說著臉露微笑。

沐劍屏道：「劉師哥跟我哥哥在一起？」她這話是代方怡問的。徐天川道：「在下送他們分批出城，劉師哥是跟柳老爺子在一起，向南去的。」方怡臉上一紅，低下頭來。

韋小寶心想：「你聽得心上人平安脫險，我便得嫁他爲妻，終身不渝。但他是個太監，又怎生嫁得？他小小年紀，花樣百出，卻又是甚麼『韋香主』了？」

韋小寶道：「這兩位姑娘力抗清宮侍衛，身上受了傷，現下要到石家莊一位朋友家去養傷。我想請徐三哥護送前去。」徐天川歡然道：「理當效勞。韋香主派了一件好差使給我。屬下對不起沐王府的朋友，反蒙沐小公爺相救，心中既感且愧。得能陪伴兩位姑娘平安到達，也可稍稍補報於萬一。」

沐劍屏向徐天川瞧了一眼，見他身形瘦小，弓腰曲背，是個隨時隨刻便能一命嗚呼的糟老頭子，說甚麼護送自己和師姊，只怕一路之上還要照料他呢，何況韋小寶不去，早已好生失望，不悅之意忍不住便在臉上流露了出來。

方怡卻道：「煩勞徐老爺子大駕，可真不敢當，只須勞駕給僱一輛大車，我們自己上路好了。我們的傷也沒甚麼大不了，實在不用費神。」

徐天川笑道：「方姑娘不用客氣。韋香主既有命令，我說甚麼要奉陪到底。兩位姑娘武藝高強，原不用老頭兒在旁惹厭，『護送』兩字，老頭兒其實沒這個本領。但跑腿打雜，侍候兩位姑娘住店、打尖、僱車、買物，那倒是拿手好戲，免得兩位姑娘一路之上多費口舌，應付驛夫、車夫、店小二這些人物。」

方怡見難再推辭，說道：「徐老爺子這番盛意，不知如何報答才好。」

徐天川哈哈大笑，道：「報甚麼答？不瞞兩位姑娘說，我對咱們這位韋香主，當真佩服得不得了，別瞧他年紀輕輕，實在是神通廣大。他既救了我老命，昨天又給老頭子出了口胸中惡氣，我心中正在嘀咕，怎生想法子好好給他多辦幾件事才好，那想他今天就交給了我這樁差使。兩位姑娘就算不許我陪著，老頭兒也只好不識相，一路之上做個先行官，逢山開路，遇水搭橋，侍候兩位平安到達石家莊。別說從北京到石家莊只幾天路程，韋香主倘若吩咐老頭兒跟隨兩位上雲南去，那也是說去便去，送到為止。」

沐劍屏見他模樣雖然猥瑣，說話倒很風趣，問道：「他昨天給你出了甚麼氣？昨天，他……他不是在皇宮裏麼？」

徐天川笑道：「吳三桂那奸賊手下有個狗官，叫作盧一峯。他將老頭兒拿了去，拷打辱罵，還拿張膏藥封住我的嘴巴，幸得令兄派人救了我出來。韋香主答允我說，他定當叫人打斷這狗官的雙腿。我想吳三桂的狗兒子這次來京，手下帶的能人極多。盧一峯

這廝上次吃過我的苦頭，學了乖，再也不敢獨自出來，咱們要報仇，可不這麼容易。那知昨天我在西城種德堂藥材鋪，見到一個做跌打醫生的朋友，說起平西王狗窩裏派人抬了一個狗官，到處找跌打醫生。事情可也真怪，跌打醫生找了一個又一個，一共找了二三十人，卻又不讓醫治，只跟他們說，這狗官名叫盧一峯，胡塗混蛋，平西王的狗兒子親自拿棍子打斷了他一雙狗腿，要他痛上七日七夜，不許醫治。」

方怡和沐劍屏都十分奇怪，問韋小寶：「那是甚麼道理？」韋小寶道：「這狗官得罪了徐三哥，自然要叫他多吃點兒苦頭。」沐劍屏道：「平西王狗窩裏的人，卻幹麼又將他抬來抬去，好讓眾人得知？」韋小寶道：「吳應熊這小子是要人傳給我聽，我叫他打斷這狗官的腿，他已辦妥了。」沐劍屏更是奇怪，問道：「他又爲甚麼要聽你的話？」

韋小寶微笑道：「我胡說八道，騙了他一番，他就信啦。」

徐天川道：「我本想趕去將他斃了，但想這狗官給人抬著遊街示眾，斷了兩條腿又不許治，如去殺了他，反倒便宜了這廝。昨天下午我親眼見到了他，一條狗命十成中倒已去了九成，褲管捲了起來，露出兩條斷腿，又腫又紫，痛得只叫媽。兩位姑娘，你說老頭兒心中可有多痛快？」

這時高彥超已僱了三輛大車，在門外等候。他也是天地會中的得力人物，但會中規矩，大家幹的是殺頭犯禁之事，如非必要，越少露相越好，是以沒給方沐二人引見。

韋小寶尋思：「我包袱之中一共已有五部《四十二章經》，這些書有甚麼用，我是一點也不知道，但這許多人拚了性命偷盜搶奪，其中一定大有緣故，帶在身上趕路，可別

620

不等他說完，忙問：「他們說此甚麼？」韋小寶道：「皇上派我跟索額圖大人到鰲拜府裏查抄，叮囑我一定要抄到兩部四甚麼經，好像有個『二』字，又有個『十』字的。」

陶宮娥臉上露出興奮之情，道：「對，對！是《四十二章經》，五十三章經？你抄到了沒有？」

韋小寶道：「我瞎字不識，知道他甚麼四十二章經，五十三章經？後來索大人找到了，我拿去交給太后。她歡喜得很，賞了我許多糖果糕餅。早知她這樣壞，那兩部經書我早丟在御給金子銀子，當我小孩子哄，只給我糖果糕餅。早知她這樣壞，那兩部經書我早丟在御膳房灶裏，當柴燒了……」

陶宮娥忙道：「燒不得，燒不得！」韋小寶笑道：「我也知燒不得，皇上一問索大人，西洋鏡就拆穿了。」陶宮娥沉吟道：「這樣說來，太后手裏至少有兩部《四十二章經》？」韋小寶道：「有四部？你……你怎麼知道？」韋小寶道：「恐怕有四部。」陶宮娥沉吟道：「前天晚上我躲在她床底下，聽她跟那個男扮女裝的宮女說起，她本來就有一部，從鰲拜家裏抄去了兩部，她又差御前侍衛副總管瑞棟，在一個甚麼旗主府中又去取了一部來。」

陶宮娥道：「正是，聽說是從鑲紅旗旗主和察博統領府裏取來的。那麼她手裏共有四部了，說不定有五部、六部。」站起來走了幾步，說道：「這些經書十分要緊，小兄弟，我真盼你能助我，將太后那幾部《四十二章經》都盜了出來。」韋小寶沉吟道：

「老娼子如果傷重，終於活不成，這幾部經書，恐怕會帶進棺材裏去。」陶宮娥道：「不會的，決計不會。我卻躭心神龍教教主棋高一著，捷足先得，這就糟了。」

「神龍教教主」這五字，韋小寶卻是第一次聽見，問道：「那是甚麼人？」

陶宮娥不答他的問話，在房中踱步兜了幾個圈子，見窗紙漸明，天色快亮，轉過身來，道：「這裏說話不便，唯恐隔牆有耳，咱們走罷！」將三具屍首提到客店門外，放入大車。這三人都是給她以重手震死，並沒流血，倒十分乾淨，說道：「店主人和你的車夫都給他們綁著，讓他們自行掙扎罷。」和韋小寶並坐在車夫位上，趕車向西。

行得七八里，天已大明，陶宮娥將三具屍首丟在一個亂墳堆裏，拿幾塊大石蓋住了，回到車上，說道：「咱們在車上一面趕路，一面說話，不怕給誰聽了。」

韋小寶笑道：「也不知道車子底下有沒有人？」陶宮娥一驚，說道：「對，你比我想得周到。」一揮鞭子，馬鞭繞個彎兒，唰的一聲，擊到車底。她連擊三記，確知無人，笑道：「這些江湖上防人的行徑，我可一竅不通了。」韋小寶道：「那我更是半竅不通了。你總比我行些，否則昨兒晚便救不了我。」

這時大車行在一條大路之上，四野寂寂。陶宮娥緩緩的道：「你救過我性命，我也救過你性命，咱們算得是生死患難之交。小兄弟，按年紀說，我做得了你娘，承你不棄，叫我一聲姑姑，你肯不肯真的拜我為姑母，算是我的姪兒？」

韋小寶心想：「做姪兒又不蝕本，反正姑姑早已叫了。」忙道：「那好極了。本來我叫你作娘也挺好，不過有一件事說來十分倒霉，你知道之後，恐怕不要我這個姪兒了。」陶宮娥問道：「甚麼事？」韋小寶道：「我沒爹爹，我娘是在窰子裏做婊子的。」

陶宮娥一怔，隨即滿臉堆歡，喜道：「好姪兒，英雄不怕出身低。咱們太祖皇帝做

過和尚，做過無賴流氓，也沒甚麼相干。你連這等事也不瞞我，足見你對姑姑一片真心，我自然也是甚麼都不瞞你。」

韋小寶心想：「我娘做婊子，茅十八茅大哥是知道的，終究瞞不了人。要騙出人家心裏的話，總得把自己最見不得人的事先抖了出來。」當即叫停了大車，躍下地來，跪倒磕頭，說道：「姪兒韋小寶，拜見我的親姑姑。」

陶宮娥數十年寂居深宮，從無親人，連稍帶情誼的言語也沒聽過半句，忽聽韋小寶叫得如此親熱，不由得心頭一酸，忙下車扶起，笑道：「好姪兒，從此之後，我在這世上多了個親人……」說到這裏，忍不住流下淚來，一面笑，一面拭淚，道：「你瞧，這是大喜事，你姑姑卻流起眼淚來。」

兩人回到車上，陶宮娥右手握韁，左手拉住韋小寶的右手，讓騾子慢慢一步步走著，說道：「好姪兒，我姓陶，那是真姓，我閨名叫做紅英，打從十二歲上入宮，第二年就服侍公主。」韋小寶道：「公主？」陶紅英道：「是，公主，我大明崇禎皇帝陛下的長公主。」韋小寶道：「啊，原來姑姑還是大明崇禎皇帝時候進宮的。」

陶紅英道：「正是，崇禎皇帝出宮之時，揮劍斬斷了公主的臂膀。我聽到公主遭難的訊息，奔出去想救她，心慌意亂，重重摔了一交，額頭撞在階石上，暈了過去。等到醒轉，陛下和公主都已不見了，宮中亂成一團，誰也沒來理我。不久闖賊進了宮，後來滿清韃子趕跑了闖賊，又佔了皇宮。唉，那是許多年前的事了。」

韋小寶問道：「公主不是崇禎皇爺親生親生的女兒麼？爲甚麼要砍她手臂？」陶紅英又嘆了口氣，道：「公主是崇禎皇爺的親生女兒，她是最得皇上寵愛的。這時京城已破，賊兵已經進城，皇上決心殉難，他生怕公主爲賊所辱，因此要先殺了公主。」

韋小寶道：「原來這樣。要殺死自己親生女兒，可還眞不容易。聽說崇禎皇爺後來是在煤山吊死的，是不是？」

陶紅英道：「我也是後來聽人說的。吳三桂引韃子兵進關，打走了闖賊，霸佔了我大明江山。宮裏的太監宮女，十之八九都放了出去，說是怕靠不住。那時我年紀還小，那一揮受傷又重，躺在黑房裏，也沒人來管。直到三年多之後，才遇到我師父。」

韋小寶道：「姑姑，你武功這樣高，你師父他老人家的武功自然更加了不起啦。」

陶紅英道：「我師父說，天下能人甚多，咱們的武功也算不了甚麼。我師父是奉了我太師父之命，進宮來當宮女的。」揮鞭在空中虛擊了一鞭，噼啪作響，續道：「我師父進宮來的用意，便是爲了那八部《四十二章經》。」

韋小寶問道：「一共八部？」陶紅英道：「一共八部。滿洲八旗，黃紅白藍，正四旗、鑲四旗，每一旗的旗主各有一部，共有八部。」

韋小寶道：「這就是了。我見到鰲拜家裏抄出來的那兩部經書，書套子的顏色不同，一部是黃套子鑲了紅邊兒，另一部是白套子的。」

陶紅英道：「原來八部經書的套子，跟八旗的顏色相同，我可從來沒見過。」

韋小寶尋思：「我從康親王府裏偷來一部正紅旗的，從太后那裏拿來了三部，加上

634

瑞棟那部，我手裏共有了五部，還缺三部。這八部經書到底有甚麼古怪，姑姑一定知道，得想法子套問出來。」他假作痴呆，說道：「原來你太師父他老人家也誠心拜菩薩。宮裏的佛經，那自然特別貴重，有人說是用金子水來寫的。」

陶紅英道：「那倒不是。好姪兒，我今天給你說了，你可說甚麼也不能洩漏出去。你發個誓來。」

發誓賭咒，於韋小寶原是稀鬆平常之極，上午說過，下午就忘了，下午說過，沒等睡覺就忘了，何況八部經書他已得其五，怎肯將其中秘密輕易告人？忙道：「皇天后土，韋小寶如將《四十二章經》中的秘密洩漏了出去，日後糟糕之極，死得跟老婊子那個男扮女裝的王八蛋師兄一模一樣。」心想：「要我男扮女裝，跟老婊子去睡覺，這種事萬萬不會做。那就決不能跟這王八蛋師兄死得一模一樣。」發了誓日後要應，他倒是信的，因此賭咒發誓之時，總得留下事後地步。

陶紅英一笑，說道：「這個誓倒挺新鮮古怪。我跟你說，滿清韃子進關之時，並沒想到竟能得到大明江山。滿洲人很少，兵也不多，他們只盼能長遠佔住關外之地，便已心滿意足了，因此進關之後，八旗兵一見金銀珠寶，放手便搶。這些財寶，他們都運到了關外，收藏起來。當時執掌大權的是順治皇帝的叔父攝政王，但是滿洲八旗，每一旗都各有勢力。當時八旗旗主會議，將收藏財物的秘密所在，繪成地圖，由八旗旗主各執一幅……」

韋小寶站起身來，大聲道：「啊，我明白了！」喜不自勝。大車一動，他又坐倒，

說道：「這八幅地圖，便藏在那八部《四十二章經》中。」

陶紅英道：「好像也並非就是這樣。到底真相如何，只有當時這八旗旗主才明白，別說我們漢人中沒人知曉，連滿洲的王公大臣，恐怕也極少知道。我師父說，滿洲人藏寶的那座山，是他們龍脈的所在。滿洲人所以能佔我大明江山，登基為皇，全靠那座山的龍脈。」韋小寶問道：「甚麼龍脈？」

陶紅英道：「那是一處風水極好的地方，滿洲人的祖先葬在那山裏，子孫大發，來到中國做了皇帝。我師父說，咱們如能找到那座寶山，將龍脈截斷，再挖了墳，那麼滿洲人非但做不成皇帝，還得盡數死在關內。這座寶山如此要緊，因此我太師父和師父花盡心血，要找到山脈的所在。這個大秘密，便藏在那八部《四十二章經》之中。」

韋小寶道：「他們滿洲人的事，姑姑，你太師父又怎會知道？」

陶紅英道：「這件事說來話長。我太師父原是錦州的漢人女子，給韃子擄了去。那韃子是鑲藍旗的旗主。我太師父說，韃子進關之後，見到我們中國地方這樣大，人這樣多，又歡喜，又害怕。八旗旗主接連會議多日，在會中口角爭吵，拿不定主意。」

韋小寶問道：「爭吵甚麼？」陶紅英道：「有的旗主想佔了整個中國。有的旗主卻說，漢人這樣多，倘若造起反來，一百個漢人打一個旗人，旗人那裏還有性命？不如大大的搶掠一番，退回關外，穩妥得多。最後還是攝政王拿了主意，他說，一面搶掠，將金銀珠寶運到關外收藏，一面在中國做皇帝，如漢人起來造反，形勢危急，旗人便退出山海關。」

她有些心神不定，指著右前方一株大樹，道：「我們去歇一歇再走，讓騾子吃些草。」

陶紅英又出了一會神，忽然問道：「他有沒有說話？他有沒有說話？」韋小寶不知她問的是誰，仰起了頭瞧著她，難以回答。兩人互相瞪視，一個待對方回答，一個不知對方其意何指。

過了片刻，陶紅英又問：「你有沒有聽到他說話？有沒有見到他嘴唇在動？」韋小寶見了她這副神氣，隱隱有此害怕：「姑姑是中了邪，還是見了鬼？」問道：「姑姑，你見到誰了？」陶紅英道：「誰？那個……那個男扮女裝的假宮女。」韋小寶更加怕了，顫聲問道：「你見到了那個假宮女，在……在那裏？」

陶紅英恍如從夢中醒覺，說道：「那晚在太后房中，當我跟那假宮女打鬥之時，你有沒有聽到他開口說話？」

韋小寶吁了一口氣，說道：「嗯，你問的是那晚的事。他說了話嗎？我沒聽見。」

陶紅英又沉思片刻，搖頭道：「我跟他武功相差太遠，他也用不到唸咒。」韋小寶全然摸不著頭腦，勸道：「姑姑，不用想他了，這人早給咱們殺了，活不轉啦。」

陶紅英道：「這人給咱們殺了，活不轉啦。」這句話原是自行寬慰之言，但她說話的神情卻顯得內心十分驚懼。韋小寶心想：「你武功雖好，卻是怕鬼。只殺了一個人，便這樣心神不定，何況那假宮女是我殺的，不是你殺的。你去殺老婊子，卻又殺了個半吊子，殺得她死一半，活一半，終究還是活了轉來，當真差勁。」陶紅英道：「他已死

了，自然不要緊了，是不是？」韋小寶道：「是啊，就算變了鬼，也不用怕他。」

陶紅英道：「甚麼鬼不鬼的？我躭心他是神龍教教主座下的弟子，那……那就……

嗯，太后叫他作師兄，不會的，決計不會。瞧他武功，也全然不像，是不是？你真的沒

見到他出手時嘴唇在動，是嗎？」自言自語，聲音發顫，似乎企盼韋小寶能證實她猜測

無誤。

韋小寶又怎分辨得出那假宮女的武功家數，卻大聲道：「不用躭心，你說得對，那假

宮女的武功不像。他出手時緊閉著嘴，一句話也沒說。姑姑，神龍教教主是甚麼傢伙？」

陶紅英忙道：「神龍教洪教主神通廣大，武功深不可測，你怎麼稱他甚麼傢伙？孩

子，神龍教除了洪教主，還有許許多多厲害人物，可千萬不能小覷了。」一面說話，一

面東張西望，似乎唯恐身邊便有神龍教教主的部屬。

韋小寶道：「難道神龍教比我們天地會還要人多勢眾？」陶紅英搖頭道：「不同

的，不同的。你們天地會反清復明，行事光明正大，江湖上好漢人人敬重，神龍教卻大

不相同。」韋小寶道：「你是說，江湖上好漢，人人對神龍教甚為害怕？」陶紅英想了

一會，道：「江湖上的事情，我懂得很少，只曾聽師父說起過一些。我太師父如此武

功，卻死在神龍教弟子手下。」

韋小寶破口罵道：「他媽的，這麼說來，神龍教是咱們的大仇人，那何必怕他？」

陶紅英搖搖頭，緩緩的道：「我師父說，神龍教所傳的武功千變萬化，固然厲害之

極，更加難當的，是他們教裏有許多咒語，臨敵之時唸將起來，能令對手心驚膽戰，他

642

們自己卻越戰越勇。太師父在鑲藍旗旗主府中盜經，和幾個神龍教弟子激戰，明明已佔上風，其中一人口中唸唸有辭，太師父擊出去的拳風掌力便越來越弱，終於小腹中掌，身受重傷。我師父當時在旁，親眼得見。她說她正奮勇要上前相助，但聽了咒語之後，全身酸軟，只想跪下來投降，竟然全無鬥志。太師父受傷後，那人不再唸咒，我師父立即勇氣大增，衝過去搶了太師父逃走。她事後想起，又羞慚，又害怕，因此一再叮囑我，天下最最兇險的事，莫過於跟神龍教教下之人動手。」

韋小寶心想：「你師父是女流之輩，膽子小，眼見對方了得，便嚇得只想投降。」

說道：「姑姑，那人唸些甚麼咒，你聽見過麼？」

陶紅英道：「我……我沒聽見過。我就心那假宮女是神龍教的弟子，因此一直問你，有沒有聽到他動手時說話？有沒有見到他嘴唇在動？」韋小寶道：「啊，原來如此！」回想當時在床底的所見所聞，說道：「完全沒有，你可有聽見？」

陶紅英道：「那假宮女武功比我高出很多，我全力應戰，對周遭一切全無所聞。只是我跟他鬥了一會，忽然害怕起來，只想逃走，事後想起，很覺奇怪。」

韋小寶問道：「姑姑，你學武以來，跟幾個人動過手？殺過多少人？」陶紅英搖頭道：「在那之前，從來沒跟人動過手，一個人也沒殺過。」韋小寶道：「這就是了。以後你多殺得幾個，再跟人動手就不會害怕了。」

陶紅英道：「或許你說得是。不過我不想跟人動手，更加不想殺人，只要能太太平平的找到那八部《四十二章經》，破了滿清韃子的龍脈，那就心滿意足了。唉，不過鑲藍

旗旗主的那部《四十二章經》，十之八九已落入了神龍教手中，再要從神龍教手中奪回，可難得很了。」她臉上已加化裝，見不到她臉色如何，但從眼神之中，仍可見到她內心的恐懼。

韋小寶道：「姑姑，你入了我們的天地會可好？」心想：「你怕得這麼厲害！我天地會人多勢眾，可不怕神龍教。」陶紅英一怔，問道：「你為甚麼要我入天地會？」韋小寶道：「天地會的宗旨是反清復明，跟你太師父、師父是一般心思。」

陶紅英道：「那本來也很好，這件事將來再說罷。我現下要回皇宮，你去那裏？」

韋小寶奇道：「你又回到皇宮去，不怕老婊子了嗎？」陶紅英嘆了口氣，道：「我從小在宮裏長大，想來想去，只有在宮裏過日子才不害怕。外面世界上的事，我甚麼也不懂。我本來怕心中這個大秘密隨著我帶進棺材，現下既已跟你說了，就算給太后殺了，也沒甚麼。再說，皇宮地方很大，我找個地方躲了起來，太后找不到我的。」

韋小寶道：「好，你回宮去，日後我一定來看你。眼下師父有事差我去辦。」

陶紅英於天地會的事不便多問，問道：「將來你回宮之後，怎地和我相見？」韋小寶道：「我回到皇宮，在火場上堆一堆亂石，在石堆上插一根木條，木條上畫隻雀兒，你便知道我回來了。當天晚上，我們便在火場上會面。」陶紅英點頭道：「很好，就是這麼辦。好孩子，江湖上風波險惡，你可得了一切小心。」韋小寶點頭道：「是，姑姑，你自己也得小心，太后這老婊子心地狠毒，你千萬別上她當。」

兩人驅車來到鎮上，韋小寶另僱一車，兩人分向東西而別。韋小寶見陶紅英趕車向

東，不住回頭相望，心想：「她雖不是我真姑姑，待我可倒真好。」

大雨淅瀝當中，

東邊屋中忽然傳來幾下女子啼哭，聲音甚是淒切。

靜夜之中，眾人聽了都毛骨悚然，

不由得人人臉色大變。

過了片刻，西邊屋中又傳出女子悲泣之聲。

第十六回

粉麝餘香唧語燕　珮環新鬼泣啼烏

韋小寶在馬車中合眼睡了一覺。傍晚時分，忽聽得馬蹄聲響，一騎馬自後疾馳而來，奔到近處，聽得一個男人大聲喝問：「趕車的，車裏坐的可是個小孩？」

韋小寶認得是劉一舟的聲音，不待車夫回答，便從車中探頭出來，笑道：「劉大哥，你是找我嗎？」只見劉一舟滿頭大汗，臉上都是塵土。他一見韋小寶，叫道：「好，我終於趕到你啦！」縱馬繞到車前，喝道：「滾來！」韋小寶見他神色不善，吃了一驚，問道：「劉大哥，我甚麼事得罪了你，惹你生氣？」

劉一舟手中馬鞭揮出，向大車前的騾子頭上用力抽去。騾子吃痛大叫，人立起來，大車後仰，車夫險此摔跌落地。那車夫喝道：「青天白日的，見了鬼麼？幹麼發橫？」劉一舟喝道：「老子就是要發橫！」馬鞭再揮，捲住了那車夫的鞭子，一拉之下，將他摔在地下，跟著揮鞭抽擊，抽一鞭，罵一聲：「老子就是要發橫！老子就是要發橫！」那車夫掙扎著爬不起身，不住口爺爺奶奶的亂叫亂罵。劉一舟的鞭子越打越重，一鞭下去，鮮血就濺了開來。

韋小寶驚得呆了，心想：「這車夫跟他無冤無仇，他這般狠打，自是衝著我來了。老子不是他對手，待他打完了車夫，多半也會這樣打我，那可大事不妙。」從靴筒中拔出匕首，在騾子屁股上輕輕戳了一下。

騾子吃痛受驚，發足狂奔，拉著大車沿大路急奔。劉一舟捨了車夫，拍馬趕來，叫道：「好小子，有種的就別走！」韋小寶從車中探頭出來，叫道：「好小子，有種的就別追！」

劉一舟出力鞭馬，急馳趕來。騾子奔得雖快，畢竟拖了一輛大車，奔得一陣，劉一舟越追越近。韋小寶想將匕首向劉一舟擲去，但想多半擲不中，反失了防身利器。他亂叫吆喝，急催騾子快奔，突然間耳邊勁風過去，右臉上熱辣辣的一痛，已給打了一鞭。他忙縮頭入車，從車帳縫裏見劉一舟的馬頭已挨到車旁，只消再奔得幾步，劉一舟便能躍上車來，情急智生，探手入懷，摸出一錠銀子，用力擲出，正中那馬左眼。

那馬左眼鮮血迸流，眼珠碎裂，登時瞎了，斜刺裏向山坡上奔去。劉一舟急忙勒韁，那馬痛得厲害，幾個虎跳，將劉一舟顛下馬背。他一個打滾，隨即站起，那馬已奔入林中，嘶叫連聲，奔得遠了。韋小寶哈哈大笑，叫道：「劉大哥，你不會騎馬，我勸你去捉隻烏龜來騎騎罷！」劉一舟大怒，向大車急奔追來。

韋小寶嚇了一跳，急催騾子快奔，回頭瞧劉一舟時，見他雖與大車相距已有二三十丈，但邁開大步，不停追來，要拋脫他倒也不易，當下匕首探出，在騾子臀上又輕輕一戳。豈知這次卻不靈了，騾子跳了幾下，忽然轉過頭來，向劉一舟奔去。韋小寶大叫：「不對，不對！你這畜生吃裏扒外，要老子的好看！」用力拉韁，但騾子發了性，卻那裏拉得住？韋小寶見情勢不妙，忙從車中躍出，奔入道旁林中。

劉一舟一個箭步竄上，左手前探，已抓住他後領。韋小寶右手匕首向後刺出。劉一舟右手順著他手臂向下一勒，一招「行雲流水」，已抓住了他手腕，隨即拗轉他手臂，匕首劍頭對住他咽喉，喝道：「小賊，你還敢倔強？」左手啪啪兩下，打了他兩個耳光。

韋小寶手腕奇痛，喉頭涼颼颼地，知道自己這柄匕首削鐵如泥，割喉嚨如切豆腐，

忙嘻皮笑臉的道：「劉大哥，有話好說，大家是自己人，為甚麼動粗？」

劉一舟一口唾沫吐在他臉上，說道：「呸，誰認你是自己人？你……你……你這小賊，竟敢在皇宮裏花言巧語，騙我方師妹，又……又跟她睡在一床，我……我……非殺了你不可……」額頭青筋凸起，眼中如要噴出火來，左手握拳，對準韋小寶面門。

韋小寶這才明白，他如此發火，原來是為了方怡，只不知他怎生得知？眼前局面千鈞一髮，他火氣甚大，手上多使半分勁，自己咽喉上便多個窟窿，笑道：「方姑娘是你心上人，我怎敢對她無禮？方姑娘心中，就只你一個。她從早到晚，只是想你。」

劉一舟火氣立降，問道：「你怎知道？」將匕首縮後數寸。韋小寶道：「只因她求我救你，我才送你出宮，她得知你脫險，可不知有多歡喜。」

劉一舟忽又發怒，咬牙道：「你這小狗蛋，老子可不領你的情！你救我也好，不救我也好，為甚麼騙我方師妹答允嫁……嫁你做老婆？」匕首前挺數寸。

韋小寶道：「咦！那有這事？你聽誰說的？方姑娘這般羞花閉月的美人兒，只有嫁你這等又英俊、又了得的英雄，這才相配哪！」

劉一舟火氣又降了三分，將匕首又縮了數寸，說道：「你還想賴？方師妹答允嫁你做老婆，是不是？」韋小寶哈哈大笑。劉一舟道：「有甚麼好笑？」韋小寶笑道：

「劉大哥，我問你，做太監的人能不能娶老婆？」

劉一舟憑著一股怒氣，急趕而來，一直沒想到韋小寶是個太監，而太監決不能娶妻，這一下經韋小寶一言提醒，登時心花怒放，忍不住也笑了出來，卻不放開他手腕，

問道：「那你爲甚麼騙我方師妹，要她嫁你做老婆？」

韋小寶道：「這句話你從那兒聽來的？」劉一舟道：「我親耳聽到方師妹跟小郡主說的，難道有假？」韋小寶問道：「是她們二人自己說的呢，還是跟你說？」劉一舟微一遲疑，道：「是她們二人說的。」

原來徐天川同方怡、沐劍屏二人前赴石家莊，行出不遠，便和吳立身、敖彪、劉一舟三人相遇。吳立身等三人在清宮中身受酷刑，雖未傷到筋骨，全身卻給打得皮破肉綻，坐了大車，也要到石家莊養傷，道上相逢，自有一番歡喜。

但方怡對待劉一舟的神情卻和往日大不相同，除了見面時叫一聲「劉師哥」，此後便十分冷淡，對他不睬不瞅。劉一舟幾次三番要拉她到一旁，說幾句知心話兒，方怡總是陪著沐劍屏不肯離開。劉一舟又急又惱，逼得緊了，方怡道：「劉師哥，從今以後，咱二人只是師兄妹的情份，除此之外，甚麼也不用提，也不用想。」劉一舟一驚，問道：「那……那爲甚麼？」方怡冷冷的道：「不爲甚麼。」劉一舟拉住她手，急道：「師妹，你……」方怡用力一甩，掙脫了他手，喝道：「請尊重些！」

劉一舟討了個老大沒趣，這一晚在客店之中，翻來覆去的難以安枕，心情激盪，悄悄爬起，來到方怡和沐劍屏所住店房的窗下，果然聽得二人在低聲說話：

沐劍屏道：「你這樣對待劉師哥，豈不令他好生傷心？」方怡道：「那有甚麼法子？他早些傷心，早些忘了我，就早些不傷心了。」沐劍屏道：「你眞的決意要嫁……

651

嫁給韋小寶這小孩子？他這麼小，你能做他老婆嗎？」方怡道：「你自己想嫁給這小猴兒，因此勸我對師哥好，是不是？」沐劍屏急道：「不，不是的！那你快去嫁給韋大哥好了。」方怡嘆了口氣，道：「我發過誓，賭過咒的，難道你忘記了？那天我說道：『皇天在上，后土在下，桂公公若能相救劉一舟平安脫險，小女子方怡便嫁給桂公公為妻，一生對丈夫忠貞不貳，若有二心，教我萬劫不得超生。』我又說過：『小郡主便是見證。』我不會忘記，你也不會忘記。」

沐劍屏道：「這話當然說過的，不過我看……看他只是鬧著玩，並不當真。」方怡道：「他當真也好，當假也好，可是咱們做女子的，既已親口將終身許了給他，那便決無反悔，自須從一而終。何況……何況……」沐劍屏道：「何況甚麼？」方怡道：「我仔仔細細想過了，就算說過的話可以抵賴，可是他……他曾跟我們二人同床而臥，同被而眠……」沐劍屏咭的一聲笑，說道：「韋大哥當真頑皮得緊，他還說《英烈傳》上有這麼一回書的，叫甚麼『沐王爺三箭定雲南，桂公公雙手抱佳人』。師姊，他可真的抱了你哪，還香了你的臉呢！」方怡嘆了口氣，不再說話。

劉一舟在窗外只聽得五內如焚，天旋地轉，不足不定。

只聽方怡又道：「其實，他年紀雖小，說話油腔滑調，待咱們二人也當真不壞。這次分手之後，不知甚麼時候能再相會。」沐劍屏又咭的一聲笑，低聲道：「師姊，你在想念他啦！」方怡道：「想他便想他，又怎麼了？」沐劍屏道：「是啊，我也想他。我幾次要他跟咱們同去石家莊，他總說身有要事。師姊，你說這是真的，還是假的？」方

怡道：「在飯館打尖之時，我曾聽得他跟車夫閒談，問起到山西的路程。看來他真要去山西。」沐劍屏道：「他年紀這樣小，一個人去山西，路上要是遇到歹人，可怎麼辦？」

方怡嘆了口氣，道：「我本想跟徐老爺子說，不用護送我們，還是護送他的好，可是徐老爺子一定不會肯的。」沐劍屏道：「師姊，我……我想……」方怡道：「甚麼？」沐劍屏嘆了口氣，道：「沒甚麼。」方怡道：「可惜咱二人身上都有傷，否則的話，便陪他一起去山西。現下跟吳師叔、劉師哥他們遇上了，咱們便不能去找他了。」

劉一舟聽到這裏，頭腦中一陣暈眩，砰的一聲，額頭撞上了窗格。

方怡和沐劍屏齊聲驚問：「誰啊？」

劉一舟妒火中燒，便如發了狂，只想：「我去殺了這小子，我去殺了這小子！」搶到前院，牽了一匹馬，打開客店大門，上馬疾奔。他想韋小寶既去山西，便向西行。奔到天明，問明了去山西的路程，沿大道追將下來，每見到有單行的大車，便問：「車裏坐的可是個小孩？」

韋小寶聽劉一舟說，此中情由是聽得小郡主跟方怡說話而知，料想必是偷聽得來，所知有限，笑道：「劉大哥，你可上了你師妹的大當啦。」劉一舟道：「上了甚麼當？」

韋小寶道：「方姑娘跟我說，她要好好的氣你一氣。她盡心竭力的救你，可是你半點也不將她放在心上。」劉一舟急道：「那……那有此事？我怎不將她放在心上？」

韋小寶道：「你送過她一根銀釵，是嗎？銀釵頭上有朵梅花的。」劉一舟道：「是

啊！你怎知道？」韋小寶道：「她在宮中混戰之時將銀釵掉了，急得甚麼似的，說道這

是她心上人給的東西，說甚麼也不能掉了，就是拚了性命不要，也要去找回來。」劉一

舟一呆，沉吟道：「她……她待我這麼好？」韋小寶道：「當然啦，那難道還有假的？」劉一

劉一舟問：「後來怎樣？」

韋小寶道：「你這樣扭住了，我痛得要命，怎能說話？」

劉一舟道：「好罷！」他聽得方怡對待自己如此情深，怒火已消了大半，又想反正

這孩子逃不出自己掌心，鬆開了手，又問：「後來怎樣？」

韋小寶給他握得一條胳臂又痛又麻，慢慢將匕首插入靴筒，見手腕上紅紅的腫起了

一圈手指印，說道：「沐王府的人就愛抓人手腕，你這樣，白寒楓也這樣。沐家拳中這

一招『龜抓手』，倒也了得。」他將「龜抓手」這個「龜」字說得甚是含糊，劉一舟沒聽

明白，也不加理會，又問：「方師妹失了我給她的那根銀釵，後來怎樣？」

韋小寶道：「我給你的烏龜爪子抓得氣也喘不過來，須得歇一歇再能說話。總而言

之，你娶不娶得到方姑娘做老婆，這可有老大干係。」

這次劉一舟聽明白了「烏龜爪子」四字。但他惱怒的，只是韋小寶騙得方怡答允嫁

他，至於口頭上給他佔些便宜，卻也並不在乎，又聽他說「你娶不娶得到方姑娘做老

婆，這可有老大干係」，自是十分關心，忙道：「快說！別拖拖拉拉的了。」韋小寶道：

「總得坐了下來，慢慢歇一會，才有力氣說話。」劉一舟沒法，只得跟著他來到林邊的一

株大樹下，見他在樹根上坐了，當即並肩坐在他身畔。

韋小寶嘆了口氣，道：「可惜，可惜。」劉一舟甚是耽心，忙問：「可惜甚麼？」

韋小寶道：「可惜你師妹不在這裏，否則她如能和你並肩坐在這裏，跟你談情說愛，她才真的歡喜了。」劉一舟大樂，忍不住笑了出來，問道：「你怎知道？」

韋小寶道：「我聽她親口說過的。那天她掉了銀釵，冒著性命危險，衝過了清宮侍衛把守的三道關口，雖然身受重傷，還是殺了三名清宮侍衛，將銀釵找了回來。我說：『方姑娘啊，你忒也笨了，一口氣去打造它三四千枝，還都是新釵子。』方姑娘說：『你小孩子家懂得甚麼？這是我那親親劉師哥送給我的，你送給我一千枝一萬枝，就算是黃金釵兒、珍珠釵兒，又那及得上我親親劉師哥給我的一枝銀釵、銅釵、鐵釵？』劉大哥，你說這方姑娘可不挺胡塗麼？」

劉一舟聽了這番話，歡喜得口也合不攏來，問道：「怎麼……她怎麼半夜裏跟小郡主說的又是另一套？」

韋小寶道：「你半夜三更的，在她們房外偷聽說話，是不是？」劉一舟臉上微微一紅，道：「也不是偷聽，我夜裏起身小便，剛好聽見。」韋小寶道：「劉大哥，這可是你的不是了。你甚麼地方不好小便，怎地到方姑娘窗下去小便，那可不臭氣沖天，薰壞了兩位羞花閉月的姑娘？」劉一舟道：「是，是！後來我方師妹怎麼說？」

韋小寶道：「我肚子餓得很，沒力氣說話，你快去買些東西給我吃。我吃得飽飽地，你方師妹那些教人聽了肉麻之極的話，我才說得出口。」他只盼把劉一舟騙到市鎮

655

之上，就可在人叢中溜走脫身。

劉一舟道：「甚麼教人聽了肉麻之極？方師妹正經得很，從來不說肉麻的話。」韋

小寶道：「好罷，她正經得很，從來不說肉麻的話。她說：『我那親親劉師哥！』」又

說：『我那又體貼、又漂亮的劉師哥！』他媽的，你聽了不肉麻，我可越聽越難為情。

哼，也不害臊，說這種話！」劉一舟心花怒放，卻道：「不會罷？方師妹怎會說這等

話？」韋小寶道：「好，好！算是我錯了。劉大哥，我要去找東西吃，失陪了。」說著

站起身來。

劉一舟正聽得心癢難搔，如何肯讓他走，忙在他肩頭輕輕一按，道：「韋兄弟別忙

走！我在路上買了幾張作乾糧的薄餅，你先吃了，說完話後，到前面鎮上，我再好好請

你喝酒吃麵，跟你賠不是。」說著打開背上包裹，取了幾張薄餅出來。

劉一舟道：「這餅硬了，味道自然不大好，咱們對付著充充飢再說。」說著將餅撕

下一片來吃了。

韋小寶接了一張薄餅，撕了一片，在口中嚼了幾下，說道：「這餅鹹不鹹，酸不酸

的，算甚麼玩意兒？你倒吃給我看看。」將那缺了一角的薄餅還給他。

韋小寶道：「這幾張不知怎樣？」將幾張薄餅翻來翻去的挑選，翻了幾翻，說道：

「他媽的尿急，小便了再來吃。」走到一棵大樹邊，轉過了身子，拉開褲子撒尿。

劉一舟目不轉睛的瞧著他，怕他突然拔足逃走。

韋小寶小便後，回過來坐在劉一舟身畔，又將幾張薄餅翻來翻去，終於挑了一張，

656

撕開來吃。劉一舟追趕了大半天，肚子早已餓了，拿了一張薄餅也吃，一面吃，一面說道：「難道方師妹跟小郡主這麼說，是故意嘔我來著？」

韋小寶道：「我又不是你方師妹肚裏的蛔蟲，怎知道她的心思？你是她的親親好師哥，怎麼你不知道，反來問我？」劉一舟道：「好啦！剛才是我魯莽，得罪了你，你可別賣關子啦！」韋小寶道：「既這麼說，我跟你說真心話罷。你方師妹十分美貌，我倘若不是太監，原想娶她做老婆的。不過就算我不娶她，只怕也輪不到你。」劉一舟急問：「為甚麼？」韋小寶道：「他媽的，你說話總是吞吞吐吐，吊人胃口……」劉一舟道：「不用性急，再吃一張薄餅，我慢慢跟你說。」

韋小寶道：「怎麼？不舒服麼？這餅子只怕不大乾淨。」說到這裏，忽然身子晃了一晃。韋小寶道：「站起身來，搖搖擺擺的轉了個圈子，突然摔倒在地。

韋小寶哈哈大笑，在他屁股上踢了一腳，說道：「咦！你的薄餅裏怎會有蒙汗藥？定是你想迷倒你師妹，卻自己胡裏胡塗的吃了。」劉一舟唔了一聲，已然人事不知。

韋小寶又踢了兩腳，見他全然不動，於是解下他腰帶褲帶，將他雙足牢牢綁住，又把他雙手反綁了。見大樹旁有塊石頭，用力翻開，露出一洞，下面是一堆亂石，將亂石一塊塊搬出，挖了個五尺來深的土洞，笑道：「老子今日活埋了你。」將他拖到洞中，豎直站著，將石塊泥土扒入洞中，使勁踏實，泥土直埋到他上臂，只露出了頭和肩膀。

韋小寶甚是得意，走到溪水旁，解下長袍浸濕了，回到劉一舟身前，扭絞長袍，將溪水淋在他頭上。

劉一舟給冷水一激，慢慢醒轉，一時不明所以，欲待掙扎，卻絲毫動彈不得。只見韋小寶抱膝坐在一旁，笑吟吟的瞧著自己，過了一陣，才明白著了他道兒，又掙了幾下，直是紋風不動，說道：「好兄弟，別開玩笑啦！」

韋小寶罵道：「直娘賊，老子有多少大事在身，跟你這臭賊開玩笑！」重重一腳踢去，踢得他右腮登時鮮血淋漓，又罵道：「方姑娘是我老婆，憑你也配想她？你這臭賊扭得老子好痛，又打我耳光，又用鞭子抽我，老子先割下你耳朵，再割你鼻子，一刀刀的炮製你。」說罷拔出匕首，俯下身子，用刀鋒在他臉上撇了兩撇。

劉一舟嚇得魂飛天外，叫道：「好兄……韋……韋兄弟，韋香主，請你瞧著沐王府的情分，高……高抬貴手。」韋小寶道：「我拚了性命，從皇宮裏救了你出來，你卻恩將仇報，居然想殺我，哼哼，憑你這點兒道行，也想來太歲頭上動土？你叫我瞧著沐王府的情分，剛才你拿住我時，怎地又不瞧著天地會的情分了？」劉一舟道：「確實是我不是，是在下錯了！請……請……請你大人大量。」

韋小寶道：「我要在你頭上割你媽的三百六十刀，方消我心頭之恨！」提起他辮子，一刀割去。那匕首鋒利無比，嗤的一聲，便將辮子切斷，再在他頭頂來回推動，片刻之間，頭髮紛落，已剃成個禿頭。韋小寶罵道：「死賊禿，老子一見和尚便生氣，非殺不可！」

劉一舟陪笑道：「韋香主，在下不是和尚。」劉一舟心道：「明明是你剃光了我頭髮，怎麼怪幹麼剃光了頭皮，前來蒙騙老爺？」劉一舟道：「你他媽的不是和尚，怎麼

我？」但性命在他掌握之中，不敢跟他爭論，只得陪笑道：「千錯萬錯，都是小人不

是，韋香主大人大量，別放在心上。」韋小寶道：「好，那麼我問你，方怡方姑娘是誰

的老婆？」劉一舟道：「這個……這個……」

韋小寶大聲道：「甚麼這個那個？快說！」提起匕首，在他臉上揮來揮去。劉一舟

心想好漢不吃眼前虧，這小鬼是個太監，讓他佔些口頭上便宜便了，否則他真的一劍揮

來，自己少了個鼻子或是耳朵，那可糟糕之極，忙道：「她……她自然是韋香主……是

韋香主你的夫人。」韋小寶哈哈一笑，說道：「她，她是誰？你說得明白些。老子可聽

不得和尚們含含糊糊的說話。」劉一舟道：「方怡方師妹，是你韋香主的夫人。」

韋小寶道：「好！咱們可得把話說明白了。你是不是我的朋友？」劉一舟聽他口氣

鬆動，心中大喜，忙道：「小人本來不敢高攀。韋香主倘若肯將在下當作朋友，在下…

…在下自然是求之不得。」韋小寶道：「我把你當作朋友。江湖上朋友講義氣，在下是不

是？」劉一舟忙道：「是，是。好朋友該當講義氣。」韋小寶道：「朋友妻，不可戲。

以後你如再向我老婆賊頭賊腦，不三不四，那算甚麼？你發下一個誓來！」

劉一舟暗暗叫苦，心想又上了他當。韋小寶道：「你不說也不打緊，我早知你鬼鬼

祟祟，不懷好意，一心想去勾搭我老婆。」劉一舟見他又舞動匕首，眼前白光閃閃，忙

道：「沒有，沒有。對韋香主的夫人，在下決不敢心存歹意。」韋小寶道：「以後你如

向方姑娘多瞧上一眼，多說一句話，那便怎樣？」劉一舟道：「那……那便天誅地滅。」

韋小寶道：「那你便是烏龜王八蛋！」劉一舟苦著臉道：「對，對！」韋小寶道：「甚

659

麼對？對你甚麼個屁？」將匕首尖直指上他右眼皮。劉一舟道：「以後我如再向方師妹

多瞧上一眼，多說一句話，我……我便是烏龜王八蛋！」

韋小寶哈哈一笑，道：「既是這樣，便饒了你。先在你頭上淋一泡尿，這才放你。」

說著將匕首插入靴筒，雙手去解褲帶。

突然之間，樹林中一個女子聲音喝道：「你……你怎可欺人太甚！」

韋小寶聽得是方怡的聲音，又驚又喜，轉過頭去，只見林中走出三個人來，當先一

人正是方怡，其後是沐劍屏和徐天川。隔了一會，又走出二人，卻是吳立身和敖彪。

他五人躲在林中已久，早將韋劉二人的對答聽得清清楚楚，眼見韋小寶要在劉一舟

頭頂撒尿，結下永不可解的深怨，方怡忍不住出聲喝止。

韋小寶笑道：「原來你們早在這裏了，瞧在吳老爺子面上，這泡尿免了罷。」

徐天川急忙過去，雙手扒開劉一舟身畔的石塊泥土，將他抱起，解開綁在他手腳上

的腰帶褲帶。劉一舟羞愧難當，低下了頭，不敢和眾人目光相接。

吳立身鐵青了臉，說道：「劉賢姪，咱們的性命是韋香主救的，怎地你恩將仇報，

以大欺小，對他又打又罵，又扭他手臂？你師父知道了，會怎麼說？」一面說，一面搖

頭，語氣甚是不悅，又道：「咱們在江湖上混，最講究的便是『義氣』兩字，怎麼可以

爭風吃醋，對好朋友動武？忘恩負義，那是連豬狗也不如！」說著「呸」的一聲，在地

下吐了口唾沫。他越說越氣，又道：「昨晚你半夜裏這麼火爆霹靂的衝了出來，大夥兒

就知道不對，一路上尋來，你將韋香主打得臉頰紅腫，又扭住他手臂，用劍尖指著他咽

660

喉，倘若一個失手，竟然傷了他性命，那怎麼辦？」

劉一舟氣憤憤的道：「一命抵一命，我賠還他一條性命便是。」

吳立身怒道：「嘿，你倒說得輕鬆自在，你是甚麼英雄好漢？憑你一條命，抵得過人家天地會十大香主之一的韋香主？再說，你這條命是那來的？還不是韋香主救的？你不感恩圖報，人家已經要瞧你不起，居然膽敢向韋香主動手？」

劉一舟給韋小寶逼得發誓賭咒，當時命懸人手，不得不然，此刻身得自由，想到這些言語都已給方怡聽了去，委實羞憤難當，吳立身雖是師叔，但聽他嘮嘮叨叨的教訓個不休，不由得老羞成怒，把心一橫，惡狠狠的道：「吳師叔，事情是做下來了，人家姓韋的可沒傷到一根寒毛。你老人家瞧著要怎麼辦，就怎麼辦罷！」

吳立身跳了起來，指著他臉，叫道：「劉一舟，你對師叔也這般沒上沒下。你要跟我動手，是不是？」劉一舟道：「我沒說，也不是你的對手。」吳立身更加惱怒，厲聲道：「倘若你武功勝得過我，那就要動手了，是不是？你在清宮中貪生怕死，一聽到要殺頭，忙不迭的大聲求饒，趕著自報姓名。我顧著柳師哥的臉面，這件事才絕口不提。

哼，哼！你不是我弟子，算你運氣。」那顯然是說，你如是我弟子，早就一刀殺了。

劉一舟聽他揭破自己在清宮中膽怯求饒的醜態，低下了頭，臉色蒼白，默不作聲。

韋小寶見自己佔足了上風，笑道：「好啦，好啦，吳老爺子，劉大哥跟我大家鬧著玩，當不得真，我向你討個情，過去的事，別跟柳老爺子說。」

吳立身道：「韋香主這麼吩咐，自當照辦。」轉頭向劉一舟道：「你瞧，人家韋香

主畢竟是做大事的，度量何等寬大。」

韋小寶向方怡和沐劍屏笑道：「你們怎麼也到這裏來啦？」方怡道：「你過來，我有句話跟你說。」韋小寶笑嘻嘻的走近。劉一舟見方怡當著眾人之前，對韋小寶如此親熱，手按刀柄，忍不住要拔刀上前拚命。忽聽得啪的一聲響，韋小寶已吃了記熱辣辣的耳光。

韋小寶吃了一驚，跳開數步，手按面頰，怒道：「你……你幹麼打人？」

方怡柳眉豎起，脹紅了臉，怒道：「你拿我當甚麼人？你跟劉師哥說甚麼了？背著人家，拿我這麼蹧蹋輕賤？」韋小寶道：「我可沒說甚麼……不好的話。」方怡道：「還說沒有呢，我一句句都聽見了。你……你……你們兩個都不是好人。」又氣又急，流下淚來。

徐天川心想這些小兒女們胡鬧，算不得甚麼大事，可別又傷了天地會和沐王府的和氣，當下哈哈大笑，說道：「韋香主和劉師兄都吃了點小虧，就算扯了個直。徐老頭可餓得狠了，咱們快找飯店，吃喝個痛快。」

突然間一陣東北風吹過，半空中飄下一陣黃豆般的雨點來。徐天川抬頭看天，道：「這時候平白無端的下這陣頭雨，可真作怪。」眼見一團團烏雲從東北角湧將過來，又道：「這雨只怕不小，咱們得找個地方躲雨。」

七人沿著大道向西行去。方怡、沐劍屏傷勢未愈，行走不快。那雨越下越大，偏生一路上連一間農舍、一座涼亭也無，過不多時，七人都已全身濕透。韋小寶笑道：「大

夥兒慢慢走罷，走得快是落湯雞，走得慢是落湯鴨，反正都差不多。」

七人又行了一會，聽得水聲，來到一條河邊，見那小屋是座東歪西倒的破廟，但總是個避雨之處，雖然破敗，卻也聊勝於無。廟門早已爛了，到得廟中，觸鼻盡是霉氣。

喜，加快了腳步，行到近處，見那小屋是座東歪西倒的破廟，但總是個避雨之處，雖然

方怡行了這一會，胸口傷處早已十分疼痛，不由得眉頭緊蹙，咬住了牙關。徐天川拆了些破桌破椅，生起火來，讓各人烤乾衣衫。天上黑雲越聚越濃，雨下得越發大了。

徐天川從包裹中取出乾糧麵餅，分給眾人。

劉一舟將辮根塞在帽子之中，勉強拖著一條辮子。

沐劍屏笑問韋小寶：「剛才你在劉師哥的薄餅之中，做了甚麼手腳？」韋小寶瞪眼道：「沒有啊，我做甚麼手腳？」沐劍屏道：「哼，還不認呢？怎地劉師哥會中蒙汗藥暈倒？」韋小寶道：「他中了蒙汗藥麼？甚麼時候？我怎麼不知道？我瞧不會罷，他可不是好端端的坐著烤火？」沐劍屏吓了一聲，佯嗔道：「就會假痴假呆，不跟你說了。」

方怡在一旁坐著，也滿心疑惑。先前劉一舟抓住韋小寶等情狀，她們只遠遠望見，看不真切，後來劉韋二人並排坐在樹下說話，她們已躡手躡腳的走近，躲在樹林裏，眼見一張薄餅都是劉一舟從包裹中取出，他又一直目不轉睛的盯著韋小寶，防他逃走，怎麼一轉眼間就會昏迷暈倒？

劉一舟大怒，霍地站起，指著他喝道：「你……你這小……」

韋小寶笑道：「說不定劉師兄有羊吊病，突然發作，人事不知。」

663

方怡瞪了韋小寶一眼，道：「你又要打人，我才不過來

呢。」方怡道：「你不可再說損劉師哥的話，小孩子家，也不修些口德。」韋小寶伸了

伸舌頭，便不說話了。劉一舟見方怡兩次幫著自己，心下甚是受用，尋思：「這小鬼又

陰又壞，方師妹畢竟還是對我好。」

天色漸漸黑了下來。七人圍著一團火坐地，破廟中到處漏水，極少乾地。突然間韋

小寶頭頂漏水，水點一滴滴落向他肩頭。他向左讓了讓，但左邊也有漏水。方怡道：

「你過來，這邊不漏水。」頓了一頓，又道：「不用怕，我不打你。」韋小寶一笑，坐到

她身側。

方怡湊嘴到沐劍屏耳邊，低聲說了幾句話，沐劍屏咭的一笑，點點頭，湊嘴到韋小

寶耳邊，低聲道：「方師姊說，她跟你是自己人，這才打你管你，叫你別得罪了劉師

哥，問你懂不懂她的意思？」韋小寶在她耳邊低聲道：「甚麼自己人？我可不懂。」沐

劍屏將話傳了過去。方怡白了他一眼，向沐劍屏道：「我發過的誓，賭過的咒，永遠作

數，叫他放心。」沐劍屏又將話傳過。

韋小寶湊嘴到沐劍屏耳邊，低聲說了幾句話，沐劍屏道：「方姑娘跟我是自己人，那麼你呢？」沐劍屏紅暈上臉，

吓的一聲，伸手打他。韋小寶笑著側身避過，向方怡連連點頭。方怡似笑非笑，似嗔非

嗔，火光照映之下，說不盡的嬌美。韋小寶聞到二女身上淡淡香氣，心下大樂。

劉一舟所坐處和他三人相距頗遠，伸長了脖子，隱隱約約的似乎聽到甚麼「劉師

哥」，甚麼「自己人」，此外再也聽不到了。瞧他三人嘻嘻哈哈，神態親密，顯是將自己

當做了外人，忍不住又妒恨交作。

方怡又在沐劍屏耳邊低聲道：「你問他，到底使了甚麼法兒，才將劉師哥迷倒。」

韋小寶見方怡一臉好奇之色，終於悄悄對沐劍屏說了：「我小便之時，背轉了身子，左手中抓了一把蒙汗藥，回頭去翻揀薄餅，餅上自然塗了藥粉。我吃的那張餅，只用右手拿，左手全然不碰。這可懂了嗎？」沐劍屏道：「原來如此。」傳話之後，方怡又問：「你那裏來的蒙汗藥？」韋小寶道：「宮裏侍衛給的，救你劉師哥，用的就是這些藥粉。」

韋小寶小便之時，方怡、沐劍屏都不便瞧他，他手抓蒙汗藥、以蒙汗藥沾上薄餅，她們自沒發覺。這時大雨傾盆，在屋面上打得嘩啦啦急響，韋小寶的嘴唇直碰到沐劍屏耳朵，所說的話才能聽到。

劉一舟心下焦躁，霍地站起，背脊重重在柱子上一靠，突然喀喇喇幾聲響，頭頂掉下幾片瓦來。這座破廟早已朽爛，給大雨一浸、北風一吹，已然支撐不住，跟著一根根椽子和瓦片磚泥紛紛跌落。徐天川叫道：「不好，這廟要倒，大家快出去。」

七人奔出廟去，沒走得幾步，便聽得轟隆隆一聲巨響，廟頂塌了一大片，跟著又有半堵牆倒下。

便在此時，只聽得馬蹄聲響，十餘騎馬自東南方疾馳而來，片刻間奔到近處，黑暗中影影綽綽，馬上都騎得有人。

一個蒼老的聲音說道：「啊喲，這裏本來有座小廟可以躲雨，偏偏又倒了。」另一

665

人大聲問道：「喂，老鄉，你們在這裏幹甚麼？」徐天川道：「我們在廟裏躲雨，這廟塌了下來，險些兒都給壓死了。」馬上一人罵道：「他媽的，落這樣大雨，老天爺可不是瘋了。」另一人道：「趙老三，除了這小廟，附近一間屋都沒有？有沒有山洞甚麼的？」那蒼老的聲音道：「有……有是有的，不過也同沒有差不多。」一名漢子罵道：「你奶奶的，到底有是沒有？」那老頭道：「這裏向西北，山坳中有一座鬼屋，是有惡鬼的，誰也不敢去，那不是跟沒有差不多？」

馬上眾人大聲笑罵起來：「老子才不怕鬼屋哩！有惡鬼最好，揪了出來當點心。」

又有人喝道：「快領路！又不是洗澡，在這大雨裏泡著，你道滋味好得很麼？」趙老三道：「各位爺們，老兒沒嫌命長，可不敢去了。我勸各位也別去罷。這裏向北，再行三十里，便有市鎮。」馬上眾人都道：「這般大雨，怎再挨得三十來里？咱們這許多人，還怕甚麼鬼？」趙老三道：「好罷，大夥兒向西北，拐個彎兒，沿山路進坳，就只一條路，不會錯的……」眾人不等他說完，已縱馬向西北方馳去。趙老三騎的是頭驢子，微一遲疑，拉過驢頭，回頭向東南方來路而去。

徐天川道：「吳二哥、韋香主，咱們怎麼辦？」吳立身道：「我看……」但隨即想起，該當由韋小寶出主意才是，跟著道：「請韋香主吩咐，該當如何？」韋小寶怕鬼，只說不出口，道：「吳老爺子說罷，我可沒甚麼主意。」吳立身道：「惡鬼甚麼，都是鄉下人胡說八道。就算真的有鬼，咱們也跟他拚上一拚。」韋小寶道：「有些鬼是瞧不見的，等到瞧見，已經來不及啦。」言下顯然是怕鬼。

劉一舟大聲道：「怕甚麼妖魔鬼怪？在雨中再淋得半個時辰，人人都非生病不可。」

韋小寶見沐劍屏忍不住發顫，確是難以支持，又不願在方怡面前示弱，輸給了劉一舟，便道：「好，大夥兒這就去罷！倘若見到惡鬼，可須小心！」

七人依著那趙老三所說，向西北走進了山坳，黑暗中卻尋不到道路，但見樹林中白茫茫地，有一條小瀑布衝下來。韋小寶道：「尋不到路，叫做『鬼打牆』，這是惡鬼在迷人。」徐天川道：「這片水就是路了，山水沿著小路流下來。」吳立身道：「正是！」

踏著瀑布走上坡去。餘人跟隨而上，爬上山坡。

忽聽得左首樹林中有馬嘶聲，知道那十幾個騎馬漢子便在那邊。徐天川心想：「這批人不知是甚麼來頭。」但想自己和吳立身聯手，尋常武師便有幾十人也不放在心上，當下踏水尋路，高一腳低一腳的向林中走去。

一到林中，更加黑了，只聽得前面嘭嘭嘭嘭敲門，果然有屋。韋小寶又驚又喜，忽覺有人伸手過來，拉住了他手。那手掌軟綿綿地，跟著耳邊有人柔聲道：「別怕！」正是方怡。

但聽敲門之聲不絕，始終沒人開門。七人走到近處，只見黑沉沉的一大片屋子。

一眾騎馬人大聲叫嚷：「開門，開門！避雨來的！」叫了好一會，屋內半點動靜也無。一人道：「沒人住的！」另一人道：「趙老三說是鬼屋，誰敢來住？跳進牆去罷！」

白光閃動，兩人拔出兵刃，跳進牆去，開了大門。眾人一擁而進。

徐天川心想：「這些人果是武林中的，看來武功也不甚高。」七人跟著進去。

大門裏面是個好大的天井，再進去是座大廳。有人從身邊取出油包，解開來取出火刀火石，打著了火，見廳中桌上有蠟燭，便去點燃了。眾人眼前突現光亮，都一陣喜慰，見廳上陳設著紫檀木的桌椅茶几，竟是大戶人家的氣派。

徐天川心下嘀咕：「桌椅上全無灰塵，地下打掃得這等清潔，屋裏有人住的。」另一人大聲嚷道：

只聽一名漢子說道：「這廳上乾乾淨淨的，屋裏怎會沒人？」

「喂，喂，屋裏有人嗎？屋裏有人嗎？」大廳又高又大，他大聲叫嚷，隱隱竟有回聲。

回聲一止，四下除了大雨之聲，竟無其他聲息。眾人面面相覷，都覺頗為古怪。

一名白髮老者問徐天川：「你們幾位都是江湖上朋友麼？」徐天川道：「在下姓許，這幾個有的是家人，有的是親戚，要去山西探親，不想遇上了這場大雨。達官爺貴姓？」那老者點了點頭，見他們七人中有老頭，有小孩，又有女子，也不起疑心，卻不答他問話，說道：「這屋子可有點兒古怪。」

又有一名漢子叫道：「屋裏有人沒有？都死光了嗎？」停了片刻，仍無人回答。

那老者坐在椅上，指著六個人道：「你們六個到後面瞧瞧去！」六名漢子拔兵刃在手，向後進走去。六人微微弓腰，走得甚慢，神情頗為戒懼。耳聽得踢門聲、喝問聲不斷傳來，並無異狀，聲音越去越遠，顯然屋子極大，一時走不到盡頭。那老者指著另外四人道：「找些木柴來點幾個火把，跟著去瞧瞧。」那四人奉命而去。

韋小寶等七人坐在大廳長窗的門檻上，誰也不開口說話。徐天川見那羣人中有十人走向後進，廳上尚有八人，穿的都是布袍，瞧模樣似是甚麼幫會的幫眾，又似是鏢局的

668

鏢客，卻沒押鏢，一時摸不清他們路子。

韋小寶忍不住道：「姊姊，你說這屋裏有沒有鬼？」方怡還沒回答，劉一舟搶著說道：「當然有鬼！甚麼地方沒死過人？死過人就有鬼。」韋小寶打了個寒噤，身子一縮。

劉一舟道：「天下惡鬼都欺善怕惡，專迷小孩子。大人陽氣盛，吊死鬼啦，大頭鬼啦，就不敢招惹大人。」

方怡從衣襟底下伸手過去，握住了韋小寶左手，說道：「人怕鬼，鬼更怕人呢。」一有火光，鬼就逃走了。」

只聽得腳步聲響，先到後面察看的六名漢子回到廳上，臉上神氣透著十分古怪，七嘴八舌的說道：「一個人也沒有，可是到處打掃得乾乾淨淨的。」「床上鋪著被褥，床底下有鞋子，都是娘兒們的。」「衣櫃裏放的都是女人衣衫，男人衣服卻一件也沒有！」

劉一舟大聲叫道：「女鬼！一屋子都是女鬼！」眾人一齊轉頭瞧著他，一時之間，誰都沒作聲。

突然聽得後面四人怪聲大叫，那老者一躍而起，正要搶去後面接應，那四人已奔入大廳，手中火把都已熄滅，叫道：「死人，死人真多！」臉上盡是驚惶之色。

那老者沉著臉道：「大驚小怪的，我還道是遇上了敵人呢。」一名漢子道：「不是可怕，是……是希奇古怪。」那老者道：「甚麼希奇古怪？」另一名漢子道：「東邊一間屋子裏，都……都是死人靈堂，也不知共有多少。」那老者沉吟道：「有沒死人和棺材？」兩名漢子對望了一眼，齊道：「沒……沒瞧清楚，好像沒有。」

那老者道：「多點幾根火把，大夥兒瞧瞧去。說不定是座祠堂，那也平常得緊。」

他雖說得輕描淡寫，但語氣中也顯得大為猶豫，似乎明知祠堂並非如此。

他手下眾漢子便在大廳上拆桌拆椅，點成火把，擁向後院。

徐天川道：「我去瞧瞧，各位在這裏待著。」跟在眾人之後走了進去。

敖彪問道：「師父，這些人是甚麼路道？」吳立身搖頭道：「瞧不出，聽口音似乎是魯東、關東一帶的人，不像是六扇門的鷹爪。莫非是私梟？可又沒見帶貨。」

劉一舟道：「那一夥人也沒甚麼大不了，倒是這屋中的大批女鬼，可厲害著呢！」

說著向韋小寶伸了伸舌頭。韋小寶打了個寒噤，緊緊握住了方怡的手，自己掌心中盡是冷汗。沐劍屏顫聲道：「劉……劉師哥，你別嚇人，好不好？」劉一舟道：「小郡主，你不用躭心，你是金枝玉葉，甚麼惡鬼見了你都遠遠避開，不敢侵犯。惡鬼最憎的，就是不男不女的太監。」方怡柳眉一軒，臉有怒色，待要說話，卻又忍住了。

過了好一會，才聽得腳步聲響，眾人回到大廳。韋小寶吁了口長氣，心下略寬。徐天川低聲道：「七八間屋子裏，共有三十來座靈堂，每座靈堂上都供了五六個、七八個牌位，看來每座靈堂上供的是一家死人。」劉一舟道：「嘿嘿，這屋裏豈不是有幾百個惡鬼？」徐天川搖了搖頭，他見多識廣，可從未聽見過這等怪事，過了一會，緩緩的道：「最奇怪的是，靈堂前都點了蠟燭。」韋小寶、方怡、沐劍屏三人同時驚叫出來。

一名漢子道：「我們先前進去時，蠟燭明明沒點著。」那老者道：「不是有鬼，咱們遇上錯？」四名漢子你瞧瞧我，我瞧瞧你，都搖了搖頭。那老者問道：「你們沒記錯？」

670

了高人。頃刻之間，將三十幾座靈堂中的蠟燭都點燃了，這身手可也真敏捷得很。許老爺子，你說是不是呢？」最後這句話是向著徐天川而說。徐天川假作痴呆，說道：「咱們恐怕衝撞了屋主，不……不妨到靈堂前磕……磕幾個頭。」

雨聲之中，東邊屋中忽然傳來幾下女子啼哭，聲音甚是淒切。靜夜之中，雖然大雨淅瀝，這幾下哭聲仍聽得清清楚楚。

韋小寶只嚇得張口結舌，臉色大變。

眾人面面相覷，都不禁毛骨悚然。過了片刻，西邊屋中又傳出女子悲泣之聲。劉一舟、敖彪，以及兩名漢子齊聲叫道：「鬼哭！」

那老者哼的一聲，突然大聲道：「我們路經貴處，到此避雨，擅闖寶宅，特此謝過。賢主人可肯賜見麼？」這番話中氣充沛，遠遠送了出去。過了良久，後面沒絲毫動靜。

那老者搖了搖頭，大聲道：「這裏主人既不願接見俗客，咱們可不能擅自騷擾。便在廳上避一避雨，一等天明雨停，大夥兒儘快動身。」說著連打手勢，命眾人不可說話，側耳傾聽，過了良久，不再聽到啼哭之聲。

一名漢子低聲道：「章三爺，管他是人是鬼，一等天明，一把火，把這鬼屋燒成他媽的一片白地。」那老者搖手道：「咱們要緊事情還沒辦，不可另生枝節。坐下來歇歇罷！」眾人衣衫盡濕，便在廳上生起火來。有人取出個酒葫蘆，拔開塞子，遞給那老者喝酒。

那老者喝了幾口酒，斜眼向徐天川瞧了半晌，說道：「許老爺子，你們幾個是一家

人嗎？怎地口音不同？你是京城裏的，這幾位卻是雲南人？」

徐天川笑道：「老爺子好耳音，果然是老江湖了。我大妹子嫁在雲南，這位是我妹夫。」說著向吳立身一指，又道：「我妹夫、外甥他們都是雲南人。我二妹子可又嫁在山西。天南地北的，十幾年也難得見一次面。我們這次是上山西探我二妹子去。」他說吳立身是他的妹夫，那是客氣話，當時北方習俗，叫人大舅子、小舅子便是罵人。

那老者點了點頭，喝了口酒，斜著眼睛道：「幾位從北京來？」徐天川道：「正是。」那老者道：「在道上可見到一個十三四歲的小太監嗎？」

此言一出，徐天川等心中都是一凜，幸好那老者只注視著他，而徐天川臉上神色不露，敖彪、沐劍屏臉上變色，旁人卻未曾留意。徐天川道：「你說太監？北京城裏，老的小的，太監可多得很啊，一出門總撞到幾個。」那老者道：「我問你在道上可曾看到，不是說北京城裏。」徐天川笑道：「老爺子，你這話可不在行啦。大清的規矩，太監一出京城，就犯死罪。太監們可不像明朝那樣威風了。現下有那個太監敢出京城一步？」

那老者「哦」了一聲，道：「說不定他改了裝呢？」

徐天川連連搖頭，說道：「沒這個膽子，沒這個膽子！」頓了一頓，問道：「老爺子，你找的是怎麼個小太監？等我從山西探了親，回到京城，也可幫你打聽打聽。」

那老者道：「哼哼，多謝你啦，就不知有沒那麼長的命。」說著閉目不語。

徐天川心想：「他打聽一個十三四歲的小太監，那不是衝著韋香主嗎？這批人既不是天地會，又不是沐王府的，十之八九，沒安著善意，可得查問明白。他不惹過來，我

672

們倒要惹他一惹。」說道：「老爺子，北京城裏的小太監，只有一位大大出名。他大名兒傳遍了天下，想來你也聽到過，那便是殺了奸臣鰲拜、立了大功的那一位。」那老者睜開眼來，道：「嗯，你說的是小桂子桂公公？」徐天川道：「不是他還有誰呢？這人有膽有勇，武藝高強，實在了不起！」那老者道：「這人相貌怎樣？你見過他沒有？」

徐天川道：「哈，這桂公公天天在北京城裏蹓躂，北京人沒見過他的，只怕沒幾個。這桂公公又黑又胖，是個胖小子，少說也有十七八啦，說甚麼也不信他只十四歲。」

方怡握著韋小寶的手掌緊了一緊，沐劍屏的手肘在他背心輕輕一撞，都暗暗好笑。

韋小寶本來一直在怕鬼，聽那老者問起了自己，心下盤算，將怕鬼的念頭便都忘了。

那老者道：「是麼？我卻聽人說，這桂公公只是個十三四歲的小小孩童，就是狡猾機伶，只怕跟你那個外甥倒有三分相像，哈哈，哈哈！」說著向韋小寶瞧去。

劉一舟忽道：「聽說那小桂子卑鄙無恥，最會使蒙汗藥。他殺死鰲拜，便是先用藥迷倒的，否則這小賊又膽小，又怕鬼，怎殺得了鰲拜？」向韋小寶笑吟吟的道：「表弟，你說是不是呢？」

吳立身大怒，反手一掌，向他臉上打去。劉一舟低頭避開，左足一彈，已站了起來。吳立身這反手一掌，乃是一招「碧雞展翅」，劉一舟閃避彈身，使的是招「金馬嘶風」，都是「沐家拳」招式。一個打得急，一個避得快，不知不覺間都使出了本門拳法。

那姓章老者霍地站起，笑道：「好啊，眾位喬裝改扮得好！」他這一站，手下十幾人跟著都跳起身來。那老者喝道：「都拿下了！一個都不能放走。」

673

吳立身從懷中抽出短刀，大頭向左一搖，砍翻了一名漢子，向右一搖，又一名漢子咽喉中刀倒地。

那老者雙手在腰間摸出一對判官筆，雙筆互擦，發出滋滋之聲，雙筆左點吳立身咽喉，右取徐天川胸口，以一攻二，身手快捷。徐天川向右一衝，左手向一名大漢眼中抓去。那大漢後仰急避，手中單刀已給奪去，腰間一痛，自己的刀已斬入了自己肚子。那邊敖彪也已跟人動上了手。劉一舟微一遲疑，解下軟鞭，上前廝殺。對方雖然人多，但只那老者和吳立身鬥了個旗鼓相當，餘下眾人都武功平平。

韋小寶看出便宜，心想：「只要不碰那老甲魚，其餘那些我也可對付對付。」握七首在手，便欲衝上。方怡一把拉住，說道：「咱們贏定了，不用你幫手。」韋小寶心道：「我知道贏定了，這才上前哪。倘若輸定，還不快逃？」

忽聽得滋滋連聲，那老者已跳在一旁，兩枝判官筆相互磨擦，他手下眾人齊往他身後擠去，迅速之極的排成一個方陣。這些人只幾個箭步，便各自站定了方位，十餘人既不推擁，亦無碰撞，足見平日習練有素，在這件事上著實花過了不少功夫。

徐天川和吳立身都吃了一驚，退開幾步。敖彪奮勇上前，突然間方陣中四刀齊出，二斬其肩，二砍其足，配合得甚是巧妙，中間二桿槍則架開了他砍去的一刀。敖彪「啊」的一聲叫，肩頭中刀。

吳立身急叫：「彪兒後退！」敖彪向後躍開。頃刻之間，戰局勝負之勢突然逆轉。

徐天川站在韋小寶和二女身前相護，察看對方這陣法如何運用。只見那老者右手舉

起判官筆，高聲叫道：「洪教主萬年不老，永享仙福！壽與天齊，壽與天齊！」那十餘

名漢子一齊舉起兵刃，大呼：「洪教主壽與天齊，壽與天齊！」聲震屋瓦，狀若顛狂。

徐天川心下駭然，不知他們在搞甚麼鬼。韋小寶聽了「洪教主」三字，驀地裏記起

陶紅英懼怕已極的神色與言語，脫口而出：「神龍教！他們是神龍教的！」

那老者臉上變色，說道：「你知道神龍教的名頭！」高舉右手，又呼：「洪教主神通

廣大。我教戰無不勝，攻無不克，無堅不摧，無敵不破。敵人望風披靡，逃之夭夭！」

徐天川等聽得他們每唸一句，心中就是一凜，但覺這些人的行為希奇古怪，從所未

有，臨敵之際，居然大聲唸起書來，都相顧駭然，不明所以。

韋小寶叫道：「這些人會唸咒，別上了他們當！大夥兒上前殺啊！」

卻聽那老者和眾人越唸越快，已不再是那老者唸一句，眾人跟一句，而是十餘人齊

聲唸誦：「洪教主神通護祐，眾弟子勇氣百倍，以一當百，以百當萬。洪教主神目如

電，燭照四方。我弟子殺敵護教，洪教主親加提拔，升任聖職。我教弟子護教而死，同

升天堂！」突然間縱聲呼叫，那方陣疾衝過來。

吳立身、徐天川等挺兵刃相迎，可是那陣法實在太過怪異，陣中每人的兵刃都是從

匪夷所思的方位砍殺出來。不數合間，敖彪和劉一舟已遭砍倒，跟著韋小寶、方怡、沐

劍屏也都給一一打倒。方怡傷腿，沐劍屏傷臂。韋小寶背心上給戳了一槍，幸好有寶衣

護身，這一槍沒戳入體內，但來勢太沉，立足不定，俯身跌倒。過不多時，吳立身和徐

675

天川也先後受傷。那老者接連出指，點了各人身上要穴。

眾漢子齊聲呼叫：「洪教主神通廣大，壽與天齊，壽與天齊！」呼喊聲畢，突然一齊坐倒，各人額頭汗水有如泉湧，呼呼喘氣，顯得疲累不堪。這一戰不到一盞茶時分便分勝敗，但這些人一陣大呼，卻如激鬥了好幾個時辰一般。

韋小寶心中連珠價叫苦，尋思：「這些人原來都會妖法，無怪陶姑姑一提到神龍教，便嚇得甚麼似的，果然神通廣大。」

那老者坐在椅上閉目養神，過了好一會起身來，抹去了額頭汗水，在大廳上走來走去，又過了好一會，他手下眾人紛紛站起。

那老者向著徐天川等道：「你們一起跟著我唸！聽好了，我唸一句，你們跟一句：

洪教主神通廣大，壽與天齊！」

徐天川罵道：「邪魔歪道，裝神弄鬼，要老子跟著搗鬼，做你娘的清秋大夢！」那老者提起判官筆，在他額頭一擊，鮮血長流。徐天川罵道：「狗賊，妖人！」

那老者問吳立身：「你唸不唸？」吳立身未答先搖頭。那老者提起判官筆，也在他額頭一擊，再問敖彪時，敖彪罵道：「你奶奶的壽與狗齊！」那老者大怒，判官筆擊下時用力甚重，敖彪立時暈去。吳立身喝道：「彪兒好漢子！你們這些只會搞妖法的傢伙，他媽的，有種就把我們都殺了。」

那老者道：「你說：洪教主神通廣大，壽與天齊！」劉一舟道：「洪教主……我……洪教

那老者舉起判官筆，向劉一舟道：「你唸不唸？」劉一舟道：「我……我……我……
…」

676

主……」那老者將判官筆的尖端在他額頭輕輕一戳，喝道：「快唸！」劉一舟道：

「是，是，洪教主……洪教主壽與天齊！」

那老者哈哈大笑，說道：「畢竟識時務的便宜，你這小子少受了皮肉之苦。」走到韋小寶面前，喝道：「小鬼頭，你跟著我唸。」韋小寶道：「用不著你唸。」那老者怒道：「甚麼？」舉起了判官筆。

韋小寶大聲唸道：「韋教主神通廣大，壽與天齊，永享仙福。韋教主戰無不勝，勝無不戰，韋教主攻無不克，克無不攻。韋教主提拔你們大家，大家同升天堂……」他把韋教主這個「韋」字說得含含糊糊，只是鼻孔中這麼一哼，那老者卻那知他弄鬼，只道他說的是「洪教主」，聽他這麼一連串的唸了出來，哈哈大笑，讚道：「這小孩兒倒挺乖巧。」

他走到方怡身前，摸了摸她下巴，道：「唔，小妞兒相貌不錯，乖乖跟我唸罷。」

方怡將頭一扭，道：「不唸！」那老者舉起判官筆欲待擊下，燭光下見到她嬌美的面龐，心有不忍，將筆尖對準她面頰，大聲道：「你唸不唸？你再說一句『不唸』，我便在你臉蛋上連劃三筆。」方怡倔強不唸，但「不唸」二字，卻也不敢出口。那老者道：「到底唸不唸？」

韋小寶道：「我代她唸罷，包管比她自己唸的還要好聽。」那老者道：「誰要你代？」提起判官筆，在方怡肩頭一擊。方怡痛得「啊」的一聲，叫了出來。

忽有一人笑道：「章三爺，這妞兒倘若不唸，咱們便剝她衣衫。」餘人齊叫：「妙極，妙極！這主意不錯。」

677

劉一舟忽道：「你們幹麼欺侮這姑娘？你們要找的那小太監，我就知道在那裏。」

那老者忙問：「你知道？在那裏？快說，快說！」劉一舟道：「你答允不再難為這姑娘，我便跟你說，否則你就殺了我，我也不說。」方怡尖聲道：「師哥，不用你管我。」

那老者笑道：「好，我答允你不難為這姑娘。」劉一舟道：「你說話可要算數。」那老者道：「我姓章的說過了話，自然算數。那小太監，就是擒殺鰲拜、皇帝十分寵幸的小桂子，你當真知道他在那裏？」

劉一舟道：「遠在天邊，近在眼前！」

那老者跳起身來，指著韋小寶，道：「就……就是他？」臉上一副驚喜交集之色。

方怡道：「憑他這樣個孩子，怎殺得了鰲拜，你莫聽他胡說八道。」劉一舟道：「是啊，若不是使蒙汗藥，怎殺得了滿洲第一勇士鰲拜？」

那老者將信將疑，問韋小寶道：「鰲拜是不是你殺的？」韋小寶道：「是我殺的，便怎樣？不是我殺的，又怎樣？」那老者罵道：「你奶奶的，我瞧你這小鬼頭就是有點兒邪門。身上搜一搜再說。」當下便有兩名漢子過來，解開韋小寶背上的包袱，將其中物事一件件放在桌上。

那老者見到珠翠金玉諸種寶物，說道：「這當然是皇宮裏的物事，咦……這是甚麼？」拿起一疊厚厚的銀票，見每張不是五百兩，便是一千兩，總共不下數十萬兩，不由得呆了，道：「果然不錯，果然不錯，你……你便是小桂子。帶他到那邊廂房去細細查問。」

方怡急道：「你們……你們別難為他。」沐劍屏「哇」的一聲，哭了出來。

一名漢子抓住韋小寶後領，兩人捧起了桌上諸種物事，另一人持燭台前導，走進後院東邊廂房。那老者揮手道：「你們都出去！」四名漢子出房，帶上了房門。

那老者喜形於色，不住搓手，在房中走來走去，笑道：「踏破鐵鞋無覓處，得來全不費功夫。小桂子公公，今日跟你在這裏相會，當真三生有幸。」

韋小寶笑道：「在下跟你老爺子在這裏相會，那是六生有幸，九生有幸。」他想東西都給他搜了出來，抵賴再也無用，只得隨機應變，且看混不混得過去。

那老者一怔，說道：「甚麼六生有幸、九生有幸？桂公公，你大駕這是去五台山清涼寺罷？」

韋小寶不由得一驚：「老王八甚麼都知道了，那可不容易對付。」笑吟吟的道：「尊駕武功既高，唸咒的本事又勝過了茅山道士。你們神龍教名揚天下，果然有些道理。在下聞名已久，今日親眼目睹，佩服之至。」隨口把話頭岔開，不去理會他的問話。

那老者問道：「神龍教的名頭，你從那裏聽來的？」

韋小寶信口開河：「我是從平西王吳三桂的兒子吳應熊那裏聽來的。他奉了父親之命，到北京朝貢，他手下有個好漢，名叫楊溢之，又有許多遼東金頂門的高手。他們商量著要去剿滅神龍教，說道神龍教有位洪教主，神通廣大，手下能人極多。他教下有人在鑲藍旗旗主那裏辦事，得了一部《四十二章經》，那可厲害得很了。」他精通說謊的訣

679

窺，知道不用句句都假，九句真話中夾一句假話，騙人就容易得多。

那老者越聽越奇，吳應熊、楊溢之這兩人的名頭，他是聽見過的。他教中一位重要人物在鑲藍旗旗主手下任職，那是教中的機密大事，他自己也是直到一個多月之前，才在無意之間得知，隱隱約約又曾聽到過《四十二章經》這麼一部經書，但其中底細，卻全然不曉，忙問：「平西王府跟我們神龍教無怨無仇，幹麼要來惹事生非？說到『剿滅』，當真是不知死活了。」

韋小寶道：「吳應熊他們說，平西王府跟神龍教自然無怨無仇，說到洪教主的本事，大家還是很佩服的。不過神龍教既然得了《四十二章經》，這是至寶奇書，卻非奪不可。貴教不是還有個胖胖的女子，叫作柳燕柳大姊的，到了皇宮中嗎？」

那老者奇道：「咦，你怎麼又知道了？」

韋小寶口中胡說八道，只要跟神龍教拉得上半點關係的，就都說了出來，心中飛快轉著念頭，說道：「這位柳大姊，跟我交情可挺不錯。有一次她得罪了太后，太后要殺她，幸虧我出力相救，將她藏在床底下。太后在宮裏到處找她，太后在宮裏到處找她不到。這位胖大姊感激我的救命之恩，勸我加入神龍教，說道洪教主喜歡我這種小孩子，將來一定有大大的好處給我。」

那老者「嗯」了一聲，益發信了，又問：「太后為甚麼要殺柳燕？她們……她們不是很好的麼？」

韋小寶道：「是啊，她們倆本來是師姊師妹。太后為甚麼要殺柳大姊呢？柳大姊說，

遠流出版公司

遠流金庸作品集25週年書展

遠流
25
週年書展
金庸

【遠流金庸作品集25週年書展】抽獎活動

即日起於活動期間內購買遠流版金庸作品集,填妥抽獎活動回函卡寄回本公司(2011/9/30前,以郵戳為憑),就有機會抽中遠流金庸機、金庸紀念書包等多項好禮!買得越多,中獎機會越高喔!

活動獎項

頭獎:遠流金庸機 乙台 ·············· 3名(價值$14,800)
二獎:【細說金庸系列】乙套(全4冊)·············· 5名(價值$840)
三獎:金庸紀念書包 乙個·············· 10名(價值$500)
四獎:《金庸散文》乙本·············· 20名(價值$300)

抽獎與公告時間

抽獎日期:所有獎項於2011/10/7(五)假遠流出版公司會議室公開抽出
公告日期:得獎名單於2011/10/14(五)前公佈於遠流博識網

【遠流金庸作品集25週年書展】抽獎回函卡

姓名:_____ 性別:□ 男 □ 女

聯絡電話:(手機)_____ (日)_____ (夜)_____

e-mail:_____

聯絡地址:_____

購買書店:

□ 誠品書店 □ 金石堂書店 □ 博客來網路書店 □ 遠流博識網

□ 其他書店 _____

□ 其他網路書店 _____

簡要說明:

1. 請將本回函卡對折黏貼後,直接投郵,於2011年9月30日前(依郵戳為憑),寄回本公司活動小組。

2. 本活動一率採取郵寄方式收件,恕不接受傳真或e-mail。本公司保留接受與否之權力。

3. 活動小組將依照您所填寫的資料聯絡相關事宜,請務必詳細填寫,以免影響得獎權益。

4. 本抽獎活動以及獎品寄送地點僅限台、澎、金、馬,其他地區恕不適用。

5. 本活動相關辦法以遠流博識網(http://www.ylib.com)刊載為準,如有未盡事宜,主辦單位得隨時修正之。

遠流出版公司感謝您的支持,並祝您幸運中獎!

這是一個天大的祕密，她跟我說了，我答允過她決不洩漏的，所以這件事不能跟你說。總而言之，太后的慈寧宮中，最近來了一個男扮女裝的假宮女，這人頭頂是禿的……

那老者脫口而出：「鄧炳春？鄧大哥入宮之事，你也知道了？」

韋小寶原不知那假宮女叫作鄧炳春，但臉上神色，卻滿是一副無所不知的模樣，微微一笑，說道：「章三爺，這件事可機密得很，你千萬不能在人前洩漏了，否則大禍臨頭。你跟我說倒不打緊，如有第三人在此，就算是你最親信的手下人，你也萬萬說不得。要是機關敗露，洪教主一生氣，只怕連你也要擔個大大的不是。」

他在皇宮中住得久了，知道洩漏機密乃是朝廷和宮中的大忌，重則抄家殺頭，輕則永無進身之機，因此人人都神神秘秘、鬼鬼祟祟，顯得高深莫測，表面上卻又裝得本人甚麼都知道，不過不便跟你說而已。他將這番伎倆用在那姓章老者身上，果然立竿見影，當場見效。江湖上幫會教派之中，上級統御部屬，所用方法與朝廷亦無二致，所分別者，只不過在精粗隱顯而已。

這幾句話只聽得那老者暗暗驚懼，心想：「我怎地如此粗心，竟將這種事也對這小孩說了？這小孩可留他不得，大事一了，非殺了滅口不可。」不由得神色尷尬，勉強笑了笑，問道：「你跟我們鄧師兄說了些甚麼？」

韋小寶道：「我跟鄧師兄的說話，還有他要我去稟告洪教主的話，日後見到教主之時，我自然詳細稟明。」

那老者道：「是，是！」給他這麼裝腔作勢的一嚇，可真不知眼前這小孩是甚麼來

頭，當下和顏悅色的道：「小兄弟，你去五台山，自然是去跟瑞棟瑞副總管相會了？」

韋小寶心想：「他知道我去五台山，又知道瑞棟的事，這個訊息，定是從老婊子那裏傳出的。老婊子叫那禿頭假宮女作師兄，這禿頭是神龍教的重要人物，原來老婊子跟神龍教勾勾搭搭。老子落在他們手中，當真是九死一生，十八死半生。」臉上假作驚異，道：「咦，章三爺，你消息倒真靈通，連瑞副總管的事也知道。」

那老者微笑道：「比瑞副總管來頭大上萬倍之人，我也知道。」韋小寶心下暗暗叫苦：「糟糕，糟糕！老婊子甚麼事都說了出來，除了順治皇帝，還有那一個比瑞棟的來頭大上萬倍？」那老者道：「小兄弟，你甚麼也不用瞞我。你上五台山去，是奉命差遣呢，還是自己去的？」

韋小寶道：「我在宮裏當太監，若不是奉差遣，怎敢擅自離京？難道嫌命長麼？」

那老者道：「如此說來，是皇上差你去的了？」韋小寶神色大為驚奇，道：「皇上？你說是皇上？哈哈，這一下你消息可不靈了。皇上怎會知道五台山的事？」那老者道：「不是皇上，又是誰派你去的？」韋小寶道：「你倒猜猜看。」那老者道：「莫非是太后？」

韋小寶笑道：「章三爺果然了得，一猜便著。宮中知道五台山這件事的，只有兩個人，一個鬼。」那老者道：「兩個人，一個鬼？」韋小寶道：「正是。兩個人，一個是太后，一個是在下。那個鬼，便是海大富海老公了。他是給太后以『化骨綿掌』殺死的。」

那老者臉上肌肉跳了幾跳，道：「化骨綿掌，化骨綿掌。原來是太后差你去的，太后差你去幹甚麼？」韋小寶微微一笑，道：「太后跟你是自己人，你不妨問問她老人家去。」

682

後，心下驚疑不定，自言自語：「嗯，太后差你上五台山去。」

韋小寶道：「太后說道，這件事情，已經派人稟告了洪教主，洪教主讚她辦事妥當。太后吩咐我好好的辦，事成之後，太后固有重賞，洪教主也會給我極大的好處。」他不住將「洪教主」三字搬出來，心想眼前這老頭對洪教主害怕之極，只消說洪教主對自己十分看重，他便不敢加害。

他這麼虛張聲勢，那老者雖將信將疑，卻也寧可信其是，不敢信其非，問道：「外面那六個人，都是你的部屬隨從了？」韋小寶道：「他們都是宮裏的，兩個姑娘是太后身邊的宮女，四個男的是御前侍衛，太后差他們出來跟我辦事。他們可不知道神龍教的名頭。這等機密大事，太后也不會跟他們說……」他說到這裏，見那老者臉露冷笑，心知不妙，問道：「怎麼啦？你不信麼？」那老者冷笑道：「雲南沐家的人忠於前明，怎會到宮裏去做御前侍衛？你扯謊可也得有個譜兒。」

韋小寶哈哈大笑。那老者愕然道：「你笑甚麼？」他那知韋小寶說謊給人抓住，難以自圓其說之時，往往大笑一場，令對方覺得定是自己的說話大錯特錯，十分幼稚可笑，心下先自虛了，那麼繼續圓謊之時，對方便不敢過份追逼。韋小寶又笑了幾聲，說道：「沐王府的人最恨的，可不是太后和皇上。只怕你不知道了。」那老者道：「我怎不知道？沐王府最恨的自然是吳三桂。」

韋小寶假作驚異，說道：「了不起，章三爺，有你的，我跟你說，沐王府的人所以

跟太后當差，爲的是要搞得吳三桂滿門抄斬，平西王府雞犬不留。別說皇宮裏有沐王府的人，連平西王府中，又何嘗沒有？只不過這件事十分機密，我跟你是自己人，說了不打緊，你可不能洩漏出去。」

那老者點了點頭，道：「原來如此。」但他心中畢竟還只信了三成，尋思：「我去問問外面幾人，且看他們的口供合不合。問小姑娘最好，小孩子易說眞話。」當下轉過身來，推門出外。

韋小寶大驚，叫道：「喂，喂，你去那裏？這是鬼屋哪，你……你怎麼留著我一個人在這裏？」那老者道：「我馬上回來。」反手關上了門，快步走向大廳。

韋小寶滿手都是冷汗。燭火一閃一晃，白牆上的影子不住顫動，似乎每一個影子都是個鬼怪，四下裏更無半點聲息。突然之間，外面傳來一人大聲呼叫：「你們都到那裏去了？」正是那老者的聲音。韋小寶聽他呼聲中充滿了驚惶，自己本已害怕之極，這一下嚇得幾欲暈去，叫道：「他……他們……都不見了麼？」

只聽那老者又大聲叫道：「你們在那裏？你們去了那裏？」兩聲呼過，便寂然無聲。過了一會，聽得一人自前向後急速奔去，跟著是踢開一扇扇門的聲音，又聽得那人奔將過來，衝進房中。韋小寶尖聲呼叫，只見那老者臉無人色，雙目睜得大大地，喘息道：「他……他們……都不見了。」

韋小寶驚道：「給……給惡鬼捉去了。咱們……咱們快逃！」那老者道：「那有此事？」左手扶桌，那桌子格格顫動，可見他心中也頗爲驚惶。

684

他轉身走到門口，張口又呼：「你們在那裏？你們在那裏？」呼罷側耳傾聽，靜夜之中，又聽到幾下女子哭泣之聲。他一時沒了主意，在門口站立片刻，退了幾步，將門關了，隨手提起門閂，閂上了門，但見韋小寶一對圓圓的眼睛中，流露出恐懼之極的神情。

韋小寶目不轉睛的瞧著他，見他咬緊牙齒，臉上一陣青、一陣白。

大雨本已停了片刻，突然之間，又是一陣急雨洒到屋頂，唰唰作響。

那老者「啊」的一聲，跳了起來，過了片刻，才道：「是……下……下雨。」

忽然大廳中傳來一個女子細微的聲音：「章老三，你出來！」這女子聲音並不嬌嫩，決不是方怡或沐劍屏，聲音中還帶著三分悽厲。

韋小寶低聲道：「女鬼！」那老者大聲道：「誰在叫我？」外面無人回答，除了淅瀝雨聲之外，更無其他聲息。那老者和韋小寶面面相覷，兩人都周身寒毛直豎。

過了好一會，那女人聲音又叫了起來：「章老三，你出來！」

那老者鼓起勇氣，左足踢出，砰的一聲，踢得房門向外飛開，一根門閂兀自橫在門框之上。他右掌劈出，喀的一聲，門閂從中斷截，身子跟著竄出。韋小寶急道：「別出去！」那老者已奔向大廳。

那老者一奔出，就此無聲無息，既不聞叱罵打鬥之聲，連腳步聲也聽不到了。一陣冷風從門外捲進，帶著不少急雨，都打在韋小寶身上。他打個冷戰，想張口呼叫，卻又不敢。突然間「砰」的一聲，房門給風吹得關了攏來，隨即又向外彈出。

685

這座鬼屋之中，就只賸下韋小寶一人，當然還有不少惡鬼，似乎隨時隨刻都能進來，又死害他。幸好等了許久，惡鬼始終沒進來。韋小寶自我安慰：「對了！惡鬼只害大人，決不害小孩。或許他們吃了許多人，已經飽了。一等天亮，那就好了！」

突然又一陣冷風吹進，燭火一暗而滅。韋小寶大叫一聲，覺得房中已多了一鬼。

他知那鬼便站在自己面前，雖然暗中瞧不見，可是清清楚楚的覺得那鬼便在那裏。

韋小寶結結巴巴的道：「喂，喂，你不用害我，我……我也是鬼，咱們是自己人！

不，不……咱們大家都是鬼，都是自己鬼，你……你害我也沒用。」

那鬼冷冷的道：「你不必害怕，我不會害你。」是個女鬼的聲音。

韋小寶聽了這幾個字，精神一振，道：「你說過不害我，就不能害我。大丈夫言出如山，再害我就不了。」那鬼冷冷的道：「我不是鬼，也不是大丈夫。我問你，朝中做大官的那個鰲拜，眞是你殺的麼？」

韋小寶道：「你當眞不是鬼？你是鰲拜的仇人，還是朋友？」

他問了這句話後，對方一言不發。韋小寶一時拿不定主意，對方如是鰲拜的親人或「親鬼」，自己認了豈不糟糕之極？突然之間，賭徒性子發作，心想：「是大是小，總得押上一寶。押得對，她當我是大老爺。押得不對，連性命也輸光便了！」心想鰲拜作惡多端，陰間「仇鬼」必較「親鬼」

「仇鬼」，直認其事自然甚妙，但如是鰲拜的仇人或「親鬼」

爲多，大聲道：「他媽的，鰲拜是老子殺的，你要怎樣？老子一刀從他背心戳了進去，

他就一命見閻王去了。你要報仇，儘管動手，老子皺一皺眉頭，不算英雄好漢。」

那女子冷冷的問道：「你為甚麼要殺鼇拜？」

韋小寶心想：「你如是鼇拜的朋友，我就把事情推在皇帝身上，一般無用，你也決不會饒我。我這一寶既然押了，老子輸要輸得乾淨，贏也贏個十足。」大聲道：「鼇拜害死了天下無數好百姓，老子年紀雖小，卻也是氣在心裏。我跟你說，就算鼇拜這狗賊不得罪皇帝，我也要找機會暗中下手，給天下受苦受難的百姓報仇雪恨。」這句話是從天地會青木堂那些人嘴裏學來的。其實他殺鼇拜，只是奉了康熙之命，跟「為天下百姓報仇雪恨」云云，可沾不上半點邊兒。

他說了這番話後，面前那女人默然不語，韋小寶心中怦怦亂跳，可不知這一寶押對了還是錯了。過了好一會，只覺微微風響，那不知是女人還是女鬼已飄然出房。

韋小寶不住發抖，但穴道遭點，動彈不得，心道：「他媽的，骰子是搖了，卻不揭盅，可不是大大的吊人胃口？」

先前他一時衝動，心想大賭一場，輸贏都不在乎，但此刻靜了下來，越想越覺剛才跟自己說話的是鬼而不是人。她是女鬼，鼇拜是男鬼，兩個鬼多半有點兒不三不四，他們倆才是「自己鬼」，跟我韋小寶是「對頭鬼」，這可大大的不對頭了。

兩扇門給風吹得砰嘭作響，身上衣衫沒乾，冷風陣陣颼來，房中只賸自己一人，忍不住發抖。

韋小寶發放布施物品，

凝神注視每一名和尚，

可是五十多份施物發完，

連跟小皇帝相貌有一二分相似的和尚，

也沒見到一個。

第十七回

法門猛叩無方便　疑網重開有譬如

忽然遠處出現了一團亮光，緩緩移近，韋小寶大驚，心道：「鬼火，鬼火！」那團亮火越移越近，卻是一盞燈籠，提著燈籠的是個白衣女鬼。韋小寶只想拔步逃走，但給章老三點了穴道，連移動一根腳趾頭兒也難，只得閉住眼睛不看。只聽得腳步之聲細碎，走到自己面前停住。

他嚇得氣不敢透，全身直抖，卻聽得一個少女的聲音笑道：「你為甚麼閉著眼睛？」聲音嬌柔動聽。韋小寶道：「你別嚇我。我……我可不敢瞧你。」

那女鬼笑道：「你怕我七孔流血，舌頭伸出，是不是？你倒瞧一眼呢。」韋小寶顫聲道：「我才不上你當，你披頭散髮，七孔流血，有甚麼……甚麼好看？」那女鬼格格一笑，向他面上吹了口氣。

這口氣吹上臉來，卻微有暖氣，帶著一點淡淡幽香。韋小寶左眼微睜一線，依稀見到一張雪白的臉龐，眉彎嘴小，笑靨如花，當即雙目都睜大些，但見眼前是張清淨秀麗的少女臉孔，大約十三四歲年紀，頭挽雙鬟，笑嘻嘻的望著自己。韋小寶心中大定，問道：「你真的不是鬼？」那少女微笑道：「我自然是鬼，是吊死鬼！」

韋小寶吁了口氣，道：「我不怕人，只怕鬼！」那少女笑道：「你殺惡人時這麼大膽，怎地見了吊死鬼，卻又這麼膽小？」韋小寶道：「我知道就好那少女又格格一笑，問道：「你給人點中了甚麼穴道？」韋小寶道：「我知道就好啦！」那少女在他肩膀後推拿了幾下，又在他背上輕輕拍打三掌，韋小寶雙手登時能動。

他提起手臂，揮了兩下，笑道：「你會解穴，那可妙得很。你不是吊死鬼，是解穴鬼！」

690

那少女道：「我學會不久，今天才第一次在你身上試的。」又在他腋下、腰間推拿了幾下，韋小寶跳起身來，笑道：「不行，不行，我怕癢。」就是這樣，他雙腿遭封的穴道也已解了。他見這小女鬼神情可愛，忽然膽大起來，伸出雙手，笑道：「你呵我癢，我得呵還你。」說著走前一步。

那少女伸出舌頭，扮個鬼臉。但這鬼臉只見其可愛，殊無半點可怖之意。韋小寶伸手去捏她舌頭。那少女轉頭避開，格格嬌笑，道：「你不怕吊死鬼了麼？」韋小寶道：「你有影子，又有熱氣，是人，不是鬼。」那少女雙目一睜，正色道：「我是殭屍，不是鬼！」

韋小寶一怔，燈火下見她臉色又紅又白，笑道：「殭屍的腳不會彎的，也不會說話。」那少女又笑起來，道：「那我一定是狐狸精了。」韋小寶笑道：「我不怕狐狸精。」心中有些犯疑：「莫非她真是狐狸精？」轉到她身後瞧了瞧。那少女笑道：「我是千年狐狸精，道行很深，沒尾巴的。」韋小寶道：「像你這樣美麗的狐狸精，給你迷死了也挺好。」那少女臉上微微一紅，伸手指刮臉羞他，說道：「也不怕羞，剛才還怕鬼怕得甚麼似的，這會兒卻來說便宜話了。」

韋小寶第一怕殭屍，第二怕鬼，至於狐狸精倒不怎麼怕，眼見這少女和藹可親，說的又是一口江南口音，和自己的家鄉話相差不遠，比之方怡、沐劍屏，尚多了幾分令人親近之意，笑道：「姑娘，你叫甚麼名字？」那少女道：「我叫雙兒，一雙的雙。」韋小寶笑道：「那很好啊，就不知是一雙香鞋，還是一雙臭襪。」

雙兒笑道：「臭襪也好，香鞋也好，由你說罷。桂相公，你身上濕淋淋的，一定很不舒服，請到那邊去換乾衣服。就只一件事為難，你可別見怪。」韋小寶道：「甚麼事為難？」雙兒道：「我們這裏沒男人衣服。」韋小寶心中打一個突，登時臉上變色，心想：「這屋中都是女鬼。」

雙兒提起燈籠，道：「請這邊來。」韋小寶遲疑不定。雙兒已走到門口，回頭等他，微笑道：「穿女人衣服，你怕不吉利，是不是？這樣罷，你睡在床上，我趕著燙乾你衣服。」

韋小寶見她神色間溫柔體貼，難以拒絕，只得跟著她走出房門，問道：「我那些同伴們呢？都到那裏去了？」

雙兒落後兩步，和他並肩而行，低聲道：「三少奶吩咐了，甚麼都不能對你多說，待會你用過點心後，三少奶自己會跟你說的。」

韋小寶早餓得厲害，聽得有點心可吃，登時精神大振。

雙兒帶著韋小寶走過一條黑沉沉的走廊，來到一間房中，點亮了桌上蠟燭。那房中只一桌一床，陳設簡單，卻很乾淨，床上鋪著被褥。雙兒將棉被揭開一角，放下帳子，道：「桂相公，你在床上除下衣衫，拋出來給我。」韋小寶依言跳入床中，除下了衣褲，鑽入被窩，將衣褲拋到帳外。雙兒接住了，走向門口，說道：「我去拿點心來。你愛吃甜粽，還是鹹粽？」韋小寶笑道：「肚裏餓得咕咕叫，就是泥沙粽子，也吃它三隻。」雙兒一笑出去。

韋小寶見她一走，房裏靜悄悄地，瞧著燭火明滅，又害怕起來：「啊喲，不好，女鬼請人吃麵吃餛飩，其實吃的都是蚯蚓毛蟲，我可不能上當。」

過了一會，韋小寶聞到一陣肉香和糖香，心中大喜。雙兒雙手端了木盤，用手臂掠開帳子。韋小寶見碟子中放著四隻剝開了的粽子，老子也吃了再說，提起筷子便吃，入口甘美，無與倫比。他兩口吃了半隻，說道：

「雙兒，這倒像是湖州粽子，味道真好。」浙江湖州所產粽子，米軟餡美，天下無雙。揚州有湖州粽子店，麗春院中到了嫖客，常差韋小寶去買。粽子整隻以粽箬裹住，韋小寶要偷吃原亦甚難，但他總在粽角之中擠些米粒出來，嚐上一嚐。自到北方後，這湖州粽子便吃不到了。

雙兒微感驚異，道：「你真識貨，吃得出這是湖州粽子。」韋小寶口中咀嚼，一面含含糊糊的道：「這真是湖州粽子？這地方怎買得到湖州粽子？」雙兒笑道：「不是買的，是狐狸精……嘻嘻……狐狸精使法術變來的。」韋小寶讚道：「狐狸精神通廣大。」

忽然想到章老三他們一夥人，加上一句：「壽與天齊！」

雙兒笑道：「你慢慢吃。我去給你燙衣服。」走了一步，問道：「你怕不怕？」韋小寶心中恐懼早消去了大半，但畢竟還是有些怕，道：「你快點回來。」雙兒應道：

「是！」

過不多時，韋小寶聽得嗤嗤聲響，卻是雙兒拿了一隻放著紅炭的熨斗來，將他的衣褲攤在桌上，一面熨衫，一面相陪。

四隻粽子二鹹二甜，韋小寶吃了三隻，再也吃不下了，說道：「這粽子真好吃，是你裏的麼?」雙兒道：「是三少奶調味配料的，我幫著裏。」

韋小寶聽她說話是江南口音，心念一動，問道：「你們是湖州人嗎?」

雙兒遲疑不答，道：「衣服就快熨好了。桂相公見到三少奶時，自己問她，好不好?」這話軟語商量，說得甚是恭敬。

韋小寶道：「好，有甚麼不好?」揭起帳子，瞧著她熨衣。雙兒抬起頭來，見他裸著上身，向他微微一笑，道：「你沒穿衣服，小心著涼。」韋小寶忽然頑皮起來，身子一聳，叫道：「我跳出來啦，不穿衣服，也不會著涼。」雙兒吃了一驚，卻見他一溜之下，全身鑽入被底，連腦袋也不外露，不由得吃吃笑了出來。

過了一頓飯時分，雙兒將熨乾了的衣褲遞入帳中，韋小寶穿起了下床。雙兒幫著他扣衣鈕，又取出一隻小木梳，給他梳好頭髮，編結辮子。韋小寶聞到她身上淡淡幽香，心下大樂，說道：「原來狐狸精是這樣的好人。」雙兒抿嘴笑道：「甚麼狐狸精不狐狸精的，難聽死了，我不是狐狸精。」韋小寶道：「啊，我知道了，要說『大仙』，不能說狐狸精。」雙兒笑道：「我也不是大仙，我是小丫頭。」韋小寶道：「我是小太監，你是小丫頭，咱倆都是服侍人的，倒是一對兒。」雙兒道：「你是服侍皇帝的，我怎能跟你比?一個在天，一個在地。」說話之間，結好了辮子。

雙兒道：「我不會結爺們的辮子，不知結得對不對?」韋小寶將辮子拿到胸前一看，道：「好極了。我最不愛結辮子，你天天能幫我結辮子就好了。」雙兒道：「我可

694

沒這福氣。你是大英雄，我今天給你結一次辮子，已是前世修到了。」韋小寶道：「沒

喲，別客氣啦，你這樣一位俏佳人給我結辮子，我才是前世敲穿了十七八個大木魚呢！」

咚咚咚，咚咚咚，現下再敲！」

雙兒臉上一紅，低聲道：「我說的是真心話，你卻拿人家取笑。」韋小寶道：「三少奶說

有，沒有，我說的也是真心話。」雙兒微微一笑，說道：「三少奶，桂相公要是願

意，請你勞駕到後堂坐坐。」韋小寶道：「好，你三少爺不在家麼？」雙兒「嗯」了一

聲，輕輕的道：「故世啦！」

韋小寶想到了許多間屋中的靈堂，心中一寒，不敢再問，跟著她來到後堂一間小小

花廳之中，坐下來後，雙兒送上一蓋碗熱茶。韋小寶心中打鼓，不敢再跟她說笑。

過了一會，只聽得步聲輕緩，板壁後走出一個全身縞素的少婦，眉目清秀，端莊大

方，說道：「桂相公一路辛苦。」說著深深萬福，禮數恭謹。韋小寶急忙還禮，說道：

「不敢當。」那少婦道：「桂相公請上座。」

韋小寶見這少婦約莫二十六七歲年紀，不施脂粉，臉色蒼白，雙眼紅紅地，顯是剛

哭泣過來，燈下見她赫然有影，雖陰森森地，卻多半不是鬼魅，心下忐忑不安，應道：

「是，是！」側身在椅上坐下，說道：「三少奶，多謝你的湖州粽子，真正好吃得很。」

那少婦道：「亡夫姓莊，三少奶的稱呼可不敢當。桂相公在宮裏多年了？」韋小寶

心想：「剛才黑暗之中，有個女人來問殺鰲拜之事，我認了是我殺的，他們就派了個小

695

丫頭送粽子給我吃。看來這一寶是押對了。」說道：「也不過一年多些。」莊夫人道：

「桂相公手刀奸相鰲拜的經過，能跟小女子一說嗎？」

韋小寶聽她把鰲拜叫作「奸相」，更加放心：好比手中已拿了一對至尊寶，不論別的兩張是甚麼牌，翻出牌來，總之是有殺無賠，最多是和過。當下便將康熙皇帝如何下令擒拿，鰲拜如何反抗，眾小監如何一擁而上、卻給他殺死數人，自己如何用香爐灰迷了他眼睛這才擒住等情說了，只是康熙拔刀傷他，卻說作是自己冷不防在鰲拜背上狠狠刺了一刀。

莊夫人不發一言，默默傾聽，聽到鰲拜殺了不少小監、韋小寶給他打倒、康熙逃入桌底，神情大為緊張，待聽到韋小寶如何撒香爐灰迷住鰲拜眼睛、刀刺其背、搬銅香爐砸頭而將他擒住，不由得輕輕吁了口氣。韋小寶聽慣了說書先生說書，何處當頓，何處當揚，關竅拿捏得恰到好處，何況這事他親身經歷，種種細微曲折之處，說得甚是詳盡，再加上些油鹽醬醋，聽他說這故事，比他當時擒拿鰲拜的實況，只怕還多了好幾分驚心動魄。

莊夫人道：「原來是這樣的。外邊傳聞，那也不盡不實得很，說甚麼桂相公武功了得，跟鰲拜大戰三百回合，使了絕招將他制伏。想那鰲拜號稱『滿洲第一勇士』，桂相公武功再高，終究年紀還小。」韋小寶笑道：「當真打架，就有一百個小桂子，也不是這奸賊的對手。」

莊夫人道：「後來鰲拜卻又是怎樣死的？」

韋小寶心想：「這三少奶十之八九不是女鬼，那麼必是武林中人。不必扯謊之時就不可扯謊，以免辛辛苦苦贏來的錢，一鋪牌又輸了出去。」於是據實將如何康熙派他去察看鰲拜，如何碰到天地會來攻打康親王府，自己如何錯認來人是鰲拜部屬，如何奮身鑽入囚室、殺了鰲拜等情一一說了，最後道：「這些人原來是鰲拜的對頭，是天地會青木堂的英雄好漢。他們見我殺了鰲拜，居然對我十分客氣，說為他們報了大仇。」

莊夫人點頭道：「桂相公所以得蒙陳總舵主收為弟子，又當了天地會青木堂香主，原來都由於此。」

韋小寶心想：「你都知道了，還問我幹甚麼？」說道：「我卻是胡裏胡塗，甚麼也不懂的。做天地會青木堂香主，那也是有名無實得緊。」他不知莊夫人與天地會是友是敵，先來個模稜兩可再說。

莊夫人沉思半晌，說道：「桂相公當時在囚室中殺死鰲拜，用的是甚麼招數，可以使給我看看嗎？」

韋小寶見她眼神炯炯有光，心想：「這女子邪門得緊，我如胡說八道，大吹牛皮，多半要拆穿西洋鏡，還是老老實實的為妙。」當下站起身來，說道：「我又有甚麼屁招數了？」雙手比劃挺匕首戳鰲拜之背，說道：「我甚麼武功也不會，當時我嚇得魂不附體，亂七八糟，就是這麼幾下子。」

莊夫人點點頭，說道：「桂相公請寬坐。我叫雙兒去拿些桂花糖來請桂相公嚐嚐。」說著站起身來，向韋小寶萬福為禮，走進內堂。

韋小寶心想：「她請我吃糖，自然沒有歹意了。」但終究有些不放心：「這三少奶雖然看來不像女鬼，也說不定她道行高，鬼氣不露。」

只見雙兒捧了一隻青花高腳瓷碟出來，碟中裝了不少桂花糖、松子糖之類，微笑道：「桂相公，請吃糖。」將瓷碟放在桌上，回進內堂。

韋小寶坐在花廳，吃了不少桂花糖、松子糖，只盼快些天亮。

過了良久，忽聽得衣衫簌簌之聲，門後、窗邊、屏風畔多了好多雙眼睛，在偷偷向他窺看，似乎都是女子的眼睛，黑暗之中，難以分辨是人是鬼，只看得他心中發毛。

忽聽得一個蒼老的女子聲音在長窗外說道：「桂相公，你殺了奸賊鰲拜，為我們眾家報了血海深仇，大恩大德，不知何以報答。」長窗開處，窗外數十名衣女子羅拜於地。

韋小寶吃了一驚，忙跪下答禮。只聽得眾女子在地下鏊鏊磕頭，長窗忽地關了。那老婦說道：「恩公不必多禮，未亡人可不敢當。」但聽得長窗外眾女子嗚咽哭泣之聲大作。

韋小寶毛骨悚然，過了一會，哭泣之聲漸漸遠去，這些女子便都散了。他如夢如幻，尋思：「到底是人還是鬼？看來⋯⋯看來⋯⋯」

過了一會，莊夫人從內堂出來，說道：「桂相公，請勿驚疑。這裏所聚居的，都是為鰲拜所害忠臣義士的遺屬，大家得知桂相公手刃鰲拜，為我們報了大仇，無不感恩。」

韋小寶道：「那麼莊三爺也⋯⋯也是為鰲拜所害了？」莊夫人低頭道：「正是。這裏人人泣血痛心，日夜只盼復仇，想不到這奸賊惡貫滿盈如此之快，竟死在桂相公的手

698

下。」韋小寶道：「我又有甚麼功勞了？也不過是剛剛碰巧罷了。」

雙兒將他那個包袱捧了出來，放在桌上。莊夫人道：「桂相公，你的大恩大德實難報答，本當好好款待，才是道理。只是孀居之人，頗有不便，大家商議，想送些薄禮，聊表寸心，但桂相公行囊豐足，身攜巨款，我們鄉下地方，又有甚麼東西是桂相公看得上眼的？至於武功甚麼的，桂相公是天地會陳總舵主的及門弟子，遠勝於我們的一些淺薄功夫，這可教人為難了。」

韋小寶聽她說得文謅謅地，說道：「不用客氣了。只是我想請問，我那幾個同伴都到那裏去了？」莊夫人沉思半晌，道：「既承見問，本來不敢不答。但恩公知道之後，只怕有損無益。那幾位恩公的朋友，我們自當竭盡所能，不讓他們有所損傷。他們日後自可再和恩公相會。」

韋小寶料想再問也是無用，抬頭向窗子瞧了瞧，心想：「怎地天還不亮？」

莊夫人似乎明白他心意，問道：「恩公明日要去那裏？」韋小寶心想：「我和那個章老三的對答，她想必都聽到了，那也瞞她不過。」說道：「我要去山西五台山。」莊夫人道：「此去五台山，路程不近，只怕沿途尚有風波。我們想送恩公一件禮物，務請勿卻是幸。」韋小寶笑道：「人家好意送我東西，倒是從來沒有不收過。」

莊夫人道：「那好極了。」指著雙兒道：「這個小丫頭雙兒，跟隨我多年，做事也還安當，我們就送了給恩公，請你帶去，此後服侍恩公。」

韋小寶又驚又喜，沒想到她說送自己一件禮物，竟然是一個人。適才雙兒服侍自

己，熨衣結辮，省了不少力氣，如有這樣一個又美貌、又乖巧的小丫頭伴在身邊，確是快活得很，但此去五台山，未必太平無事，須得隨機應變，帶著個小丫頭，卻十分不便，說道：「莊夫人送我這件重禮，那真多謝之極。只不過……只不過……」要推卻不要罷，一來人家送禮，豈可不收？二來這樣一個好丫頭，也真捨不得不要。只見雙兒低了頭，正在偷看自己，他眼光一射過去，她忙轉過了頭，臉上一陣暈紅。

莊夫人道：「我去五台山，所辦的事多半很……很不容易，帶著這位姑娘，恐怕不大方便。」莊夫人道：「不知恩公有何難處？」韋小寶道：「那倒不用就心，雙兒年紀雖小，身手卻頗靈便，不會成為恩公的累贅，儘管放心便是。」

韋小寶又向雙兒看了一眼，見她一雙點漆般的眼中流露出熱切的神色，笑問：「雙兒，你願不願意跟我去？」雙兒低下了頭，細聲道：「三少奶叫我服侍相公，自然……自然要聽三少奶的吩咐。」韋小寶道：「那你自己願不願呢？只怕會遇到危險的。」雙兒道：「我不怕危險。」

韋小寶微笑道：「你答了我第二句話，沒答第一句。你不怕危險，只不過夫人將你送了給我，你心中卻是不願意了。」雙兒道：「夫人待我恩德深重，相公對我莊家又有大恩，夫人叫我服侍相公，我一定盡心。相公待我好，是我命好，待我不好，是我……」韋小寶哈哈一笑，道：「你命很好，不會命苦的。」雙兒嘴角邊露出一絲淺笑。

莊夫人道：「雙兒，你拜過相公，以後你就是桂相公的人了。」

是我命苦罷啦。」

雙兒抬起頭來，忽然眼圈兒紅了，先跪向莊夫人磕頭，道：「三少奶，我……我……」說了兩個「我」字，輕輕啜泣。莊夫人撫摸她頭髮，溫言道：「桂相公少年英雄，年紀輕輕便已名揚天下。你好好服侍相公，他答允了待你好的。」雙兒應道：「是。」

轉過身來，向韋小寶盈盈拜倒。

韋小寶道：「別客氣！」扶她起來，打開包袱，取出一串明珠，笑道：「這算是我的見面禮！」心想：「這串明珠，少說也值得三四千兩銀子，用來買丫鬟，幾十個都買到了。可是幾十個丫鬟加在一起，也及不上這雙兒可愛。」

雙兒雙手接過，道：「多謝相公。」掛在頸中，珠上寶光流動，映得她一張俏臉更增麗色。

莊夫人道：「雙兒的父母，也是給鰲拜那廝害死的。她家裏沒人了，她雖給我們做丫頭，其實是好人家出身。」韋小寶道：「是，她斯文有禮，一見便知道。」

莊夫人道：「恩公去五台山，不知是打算明查，還是暗訪？」韋小寶道：「那自然是暗訪的了。」莊夫人道：「五台山各叢林廟分青黃，盡有臥虎藏龍之士，恩公務請小心。」韋小寶道：「是，多謝吩咐。不過你叫我恩公，可不敢當了。你叫我小寶好啦。」

莊夫人道：「那可不敢當。」站起身來，說道：「一路珍重，未亡人恕不遠送了。」

向雙兒道：「雙兒，你出此門後，便不是莊家的人了。此後你說甚麼話，做甚麼事，一概和舊主無涉，你如在外面胡鬧，我莊家可不能庇護你。」說這句話，神色之間甚是鄭重。雙兒應了。莊夫人又向韋小寶行禮，走了進去。

眼見窗紙上透光，天漸漸亮了。雙兒進去拿了一個包袱出來，連韋小寶的包袱一起揹在背上。韋小寶道：「咱們走罷！」雙兒道：「是！」低下了頭，神色淒然，不住向後堂望去，顯是和莊夫人分別，頗為戀戀不捨。她兩眼紅紅的，適才定是哭過了。

韋小寶走出大門，雙兒跟在身後。其時大雨已止，但山間溪水湍急，到處都是水聲。韋小寶走出數十步，回首向那大屋望去，但見水氣瀰漫，籠罩在牆前屋角，再走出數十步，回頭白濛濛地，甚麼都看不到了。

他嘆了口氣，道：「昨晚的事，真像是做夢一般。雙兒，夫人最後跟你說那幾句話，是甚麼意思？」雙兒道：「三少奶說，我以後只服侍相公，不管說甚麼、做甚麼，都跟她莊家沒干係。」韋小寶道：「那麼，我那些同伴到底那裏去了，你可以跟我說啦！」

雙兒一怔，道：「相公那些同伴，本來都給我們救了出來，章老三跟他那些手下人也給我們逮住了，但後來神龍教中來了厲害人物，卻一古腦兒的都搶了去。三少奶說，咱們是女流之輩，不便跟那野男人打鬥動粗，再說，也未必鬥得過，暫且由得他們，另行託人去救你那幾位同伴。神龍教的人見我們退讓，也就走了，臨走時說了幾句客氣話。」

韋小寶點點頭，對方怡和沐劍屏的處境頗為躭心。雙兒道：「三少奶曾對神龍教的首領說，決不能傷害你那幾位同伴。那人親口答允了的。」韋小寶嘆道：「神龍教這些傢伙，只怕說話如同放屁，唉，可也沒法子。」又問：「三少奶會武功麼？」雙兒道：「三少奶曾對神龍教的

「會的，不但會，而且很了得。」

韋小寶搖了搖頭，道：「她這麼風也吹得倒的人，怎麼武功會很了得？她要是真的武功了得，三少爺又怎會給鰲拜殺死？」雙兒道：「老太爺、三少爺他們遇害之時，幾十家人沒一個會武功，那時男的都給鰲拜捉到北京去殺了，女的要充軍到寧古塔去，說甚麼給披甲人為奴，幸虧在路上遇到救星，殺死了解差，把我們幾十家的女子救了出來，安頓在這裏，又傳了三少奶她們本事。」韋小寶才漸漸明白。

其時天已大亮，東方朝暾初上，一晚大雨，將山林間樹木洗得青翠欲滴，韋小寶直到此刻，才半點不再疑心昨晚見到的是女鬼，問道：「你們屋子裏放了這許多靈堂，那都是給鰲拜害死的眾位老爺、少爺？」

雙兒道：「正是。我們隱居在深山之中，從不跟外邊人來往。附近鄉下人有好奇的過來探頭探腦，我們總是裝神扮鬼，嚇走了他們。所以大家說這是間鬼屋，近一年來，誰也不敢過來了。想不到相公昨晚會來。三少奶說，我們大仇未報，一切必須十分隱秘才好。靈堂牌位上寫得有遇難的老爺、少爺們的名字，要是外人見了，可大大不便，相公昨晚問起，我不敢說。不過三少奶說道，從今以後，我只服侍相公，跟莊家沒了干係，自然是甚麼都不能再瞞你了。」

韋小寶喜道：「是啊。我跟你說，我的真姓名叫作韋小寶，桂公公甚麼的，卻是假名。你是我韋家的人，不是桂家的人。」雙兒甚喜，道：「相公連真名也跟我說了，我決不會洩漏。」韋小寶笑道：「我這真名也不是甚麼大秘密，天地會中的兄弟，就有許

多人知道。」

雙兒道：「神龍教那些人跟你們一夥動手之時，三少奶她們在外邊看熱鬧。見到他們會唸咒，嘴裏嘰哩咕嚕的唸咒……」韋小寶笑道：「『洪教主神通廣大，壽與天齊。』這種咒語，我也會唸。」雙兒道：「三少奶說，他們嘴裏這麼唸咒，暗底裏一定還在使甚麼別的法術，否則不會突然一唸咒，手底下的功夫就會大增。後來那個章老三跟你說話，三少奶在窗外聽，別的人就弄熄了大廳上燈火，用漁網把一夥人都拿了。」

韋小寶一拍大腿，叫道：「妙極！用漁網來捉人麼？那好得很啊。」雙兒道：「三少奶說，那章老三的武功也沒甚麼了不起，就是妖法厲害，因此沒跟他正面動手，一引他出來，就熄了燈火，漁網這樣一罩……」韋小寶道：「捉到了一隻老王八。」

雙兒嘻嘻一笑，道：「山背後有個湖，我們夜間常去打魚。我們在湖州時，莊家大屋靠近太湖，那湖可就大了。那時候我們莊家漁船很多，租給漁人打魚。三少奶她們見過漁人撒網捉魚的法子。」

韋小寶道：「你們果然是湖州人，怪不得湖州粽子裏得這麼好吃。三少爺到底怎麼給鼇拜害死的？」

雙兒道：「三少奶說，那叫做『文字獄』。」韋小寶奇道：「蚊子肉？蚊子也有肉？」雙兒道：「不是蚊子，是文字，寫的字哪！我們大少爺是讀書人，學問好得很，他瞎了眼睛之後，作了一部書，書裏有罵滿洲人的話……」韋小寶道：「嘖嘖，了不起，瞎了眼睛還會作書寫文章。我眼睛不瞎，見了別人寫的字還是不識，我這可叫做『亮眼睛

子』了！」雙兒道：「老太太常說，世道不對，還是不識字的好。我們住在一起的這幾家人家，每一位遭難的老爺、少爺，個個都是學士才子，沒一個的文章不是天下聞名的。就因爲作文章，這才作出禍事來啦。不過三少奶說，滿洲人不許我們漢人讀書作文章，我們偏偏要讀，偏偏要作，才不讓韃子稱心如意呢。」

韋小寶道：「那你會不會作文章？」雙兒嘻的一笑，道：「相公員愛說笑話，小丫頭怎麼會作文章？三少奶教我讀書，也不過讀了七八本。」韋小寶「嗤」的一聲，說道：「你讀了七八本書！那比我行得多了，我只不過識得七八個字。」雙兒笑道：「相公不愛讀書，老太太一定喜歡你。她說一到清朝，敗家子才讀書。」

韋小寶道：「對！我瞧鰲拜那廝也不大識字，定是拍馬屁的傢伙說給他聽的。」雙兒道：「是啊。我們大少爺作的那部書，叫做甚麼《明史》，書裏頭有罵滿洲人的話。有個壞人名叫吳之榮，拿了書去向鰲拜告發。事情一鬧大，害死了好幾百人，連賣書的書店老闆、買書來看的人，都給捉去殺了頭。相公，你在北京城裏，可見過這個吳之榮麼？」

韋小寶道：「還沒見過，慢慢的找，總找得著。雙兒，我想拿你換一個人。」雙兒吃了一驚，顫聲道：「你……你要拿我去送給人？」韋小寶道：「不是送給別人，是換一個人。」雙兒眼圈兒早已紅了，急得要哭了出來，道：「甚麼……甚麼換一個人？」

韋小寶道：「你三少奶將你送給了我，這樣一份大禮，可不容易報答。我得想法子將吳之榮那廝捉了來，去送給你三少奶。那麼這份禮物也差不多了。」

雙兒破涕為笑，右手輕輕拍胸，說道：「你嚇了我一跳，我還道相公不要我啦。」

韋小寶大喜，道：「你怕我不要你，就急成這樣。你放心，人家就是把金山、銀山、珍珠山、寶石山堆在我面前，也換不了你去。」

說話之間，兩人已走到山腳下，但見晴空如洗，萬里無塵，韋小寶回想昨晚大雨之中，走向「鬼屋」避雨的狼狽情景，當真大不相同。只是徐天川、方怡、沐劍屏等失陷被擒，不知能否脫險，憑著自己的本事，無論如何救他們不得，多想既然無用，不如不想。

行出數里，來到一個市集，兩人找了家麵店，進去打尖。韋小寶坐下後，雙兒站在一旁侍候。

韋小寶笑道：「這可別客氣啦，坐下來一起吃罷。」雙兒道：「不成，我怎麼能跟相公一桌吃飯？太沒規矩啦。」韋小寶道：「管他媽的甚麼規矩不規矩。我說行，就行。等我吃完了你再吃，多躭擱時候。」雙兒道：「相公一吃完，咱們就走。我買些饅頭，一面走一面吃就行了，不會躭擱的。」韋小寶嘆道：「我有個怪脾氣，一個人吃東西，肚子一定作怪，只得拉張長櫈，斜斜的坐在桌子角邊。」

雙兒嫣然一笑，倘若沒人陪著一塊兒吃，待會兒肚子疼起來，那可有得受的了。」

兩人吃完了麵，韋小寶說道：「你穿女裝，路上很多人都瞧你，因為你生得太好看了。到得前面市鎮之上，你可得改裝，這串明珠也得收了起來。」雙兒道：「是。我改甚麼裝？」韋小寶微笑道：「你改了男裝罷。」

取出一塊碎銀子，叫麵店中一名店伴去雇一輛大車，車行三十餘里後，到了一座大

市鎮。韋小寶遣去車夫，赴客店投宿，取出銀子，命雙兒去購買衣衫改裝。雙兒買了衣衫回店，穿著起來，扮作了一個俊俏的小書僮。

不一日來到直晉兩省交界。自直隸省阜平縣往西，過長城嶺，入五台山後第一座寺院是湧泉寺。那龍泉關是五台山的東門，石徑崎嶇，峯巒峻峭，入五台山後第一座寺院是湧泉寺。

韋小寶問起清涼寺的所在，卻原來五台山極大，清涼寺在南台頂與中台頂之間，自湧泉寺前去，路程著實不近。

這晚韋小寶和雙兒在湧泉寺畔的盧家莊投宿，吃了一碗羊肉泡膜，再吃糖果，心想日間在湧泉寺問路，廟裏的和尚見自己年輕，神情冷冷的不大理睬，不答去清涼寺的路徑，反問：「道路又遠又不好走，你去清涼寺幹甚麼？」一副討厭模樣，倒有七分便似揚州禪智寺中那些勢利的賊禿，到清涼寺中去見順治皇帝，只怕挺不容易，須得想個法子才好。

他嘴裏吃糖，心中尋思：「有錢能使鬼推磨，叫和尚推磨，多半也行罷。曾聽說書先生說《水滸傳》，魯智深到五台山出家，一個甚麼員外在廟裏布施了不少銀兩，魯智深在廟裏亂鬧一通，又喝酒又吃狗肉，老和尚也不生氣。是了，我假裝要做法事，到廟裏大撒銀子，再借此因頭，賴著不走，慢慢的找尋老皇爺，老和尚總不能趕我走。」

但入山之後，除了寺廟之外便沒大市鎮，一張五百兩銀子的銀票也找兌不開，只得再出龍泉關，回到阜平，兌換銀兩，和雙兒倆打扮得煥然一新，心想：「我要做法事，

可是甚麼也不懂，只怕一下子便露出馬腳來，先得試演一番。」

當下來到阜平縣城內一座廟宇吉祥寺，向佛像磕了幾個頭。知客和尚取出緣簿筆硯。韋小寶揮手道：「布施便布施，寫甚麼字？」取出一錠五十兩的元寶，送了過去。

那和尚大驚，心想這位小施主樂善好施，世間少有，當下連聲稱謝，迎入齋房，奉上齋菜素麵。

韋小寶吃麵之時，方丈和尚坐在一旁相陪，大讚小檀越仁心虔敬，必蒙菩薩保祐，日後金榜題名，高中狀元，子孫滿堂，福澤無窮。韋小寶暗暗好笑，心想你拍我甚麼馬屁都好，我隻字不識，說我高中狀元，那不是當面罵人嗎？說道：「老和尚，我要上五台山做一場大法事，只是我甚麼也不懂，要請你指教。」

那方丈聽到「大法事」三字，登時站起身來，說道：「施主，天下廟宇，供奉的佛祖、菩薩都是一般的，你要做法事，就在小寺裏辦好了，包你一切周到妥貼，不用辛辛苦苦的上五台山去。」

韋小寶搖頭道：「不行，我這場法事，許下了心願，一定要上五台山做的。」說著又取出五十兩銀子，說道：「這樣罷，你給我僱一個人，陪我上五台山去做幫手。五十兩銀子是給他的。」老和尚大喜，道：「那容易，那容易！」他有個表弟，在廟裏經管廟產，收租買物全由他經手，卻不是和尚，當下去叫了他來，和韋小寶相見。

此人姓于，行八，一張嘴極是來得，有個外號叫作「少一劃」，原來「于」字下面加一劃，變成個「王」字，于八便成王八了。三言兩語之間，韋小寶便和他十分投機。這

708

等市井小人，韋小寶自幼便相處慣了的，這時忽然在阜平縣遇上一個，大有他鄉遇故知之感。

韋小寶再向方丈請教做法事的諸般規矩，那方丈倒也知無不言，言無不盡。韋小寶心想：「和尚們的規矩倒也真多！」又多布施了二十兩銀子。

韋小寶帶了于八回到客店，取出銀子，差他去購買一應物事。于八有銀子在手，辦事十分快捷，不多時諸般物品便已買齊，自己也穿得一身光鮮，說道：「韋相公，你是大財主，我做你親隨，穿著也該得有個譜兒，是不是？這套衣服鞋帽，不過花了三兩五錢銀子。」韋小寶心想不錯，又叫他去衣鋪替自己和雙兒多買幾套華貴衣衫。

三人興頭頭的過龍泉關，後面跟著八個挑夫，挑了八擔齋僧禮佛之物，沿大路往南。

一入五台山，行不數里便是一座座寺廟，過湧泉寺後，經台麓寺、石佛廟、普濟寺、古佛寺、金剛庫、白雲寺、金燈寺而至靈境寺。當晚在靈境寺借宿一宵，次晨折而向北，到金閣寺後向西數里，便是清涼寺了。

那清涼寺在清涼山之巔，和沿途所見寺廟相比，也不見得如何宏偉，山門破舊，顯已年久失修。韋小寶微覺失望：「皇帝出家，一定揀一座最大的寺廟，只怕海老烏龜瞎說八道，老皇帝並不在這裏做和尚。」

于八進入山門，向知客僧告知，北京城有一位韋大官人要來大做法事，齋僧供佛。知客僧見這一行人衣飾華貴，又帶著八挑物事，當即請進廂房奉茶，入內向方丈稟報。

方丈澄光老和尚來到廂房，和韋小寶相見，問道：「不知施主要做甚麼法事？」

709

韋小寶見這澄光方丈身材甚高，但骨瘦如柴，雙目微閉，一副沒精打采的模樣，更加失望，說道：「弟子要請大和尚做七日七夜法事，超渡弟子亡父，還有幾位亡故了的朋友。」

澄光道：「北京城裏大廟甚多，五台山上也是廟宇眾多，不知施主為甚麼路遠迢迢的，特地上五台山來，到小廟做法事？」

韋小寶早知有此一問，事先已和于八商量過，便道：「我母親上個月十五做了一夢，夢見我死去的爹爹，向她說道，他生前罪業甚大，必須到五台山清涼寺，請方丈大師拜七日七夜經懺，才消得他的血光之災，免得我爹爹在地獄中受無窮苦惱。」他不知自己父親是誰，更不知他是死是活，說這番話時，忍不住暗暗好笑，心想：「他媽的，你生下了老子，就此撒手不管，下地獄也是該的。老子給你碰巧做七日七夜法事，是你的天大大運氣。」

澄光方丈道：「原來如此。小施主，俗語說得好：日有所思，夜有所夢。這夢幻之事，實在是當不得真的。」

韋小寶道：「大和尚，俗語說得好：寧可信其有，不可信其無。就算我爹爹在夢裏的言語未必是真，我們給他做一場法事，超渡亡魂，那也是一件功德。如我爹爹真有此言，我們卻不照他說的做，他在陰世給牛頭馬面、無常小鬼欺負折磨，那……那……我總有點兒不大好意思罷？再說，這是奉了我母親之命。我母親說五台山清涼寺的老方丈跟她有緣份，這場法事嘛，定是要在寶剎做的。」心道：「你跟我媽媽有緣份，這倒奇

了，你到揚州麗春院去做過嫖客嗎？」

澄光方丈「嘿」的一聲，說道：「施主有所不知，敝寺乃是禪宗，這等經懺法事，是淨土宗的事，我們是不會做的。這五台山上，金閣寺、普濟寺、大佛寺、延慶寺等等，都是淨土宗，施主還是移步到那些寺廟去做法事的為是。」

韋小寶心想在阜平縣時，那方丈搶著要做法事，到了此處，這老和尚卻推三阻四，將送上門來的銀子雙手推將出去，其中必有古怪。他求之再三，澄光只是不允，跟著站起身來，向知客僧道：「你指點施主去金閣寺的道路，老衲少陪。」

韋小寶急了，忙道：「方丈既然執意不允，我帶來施捨寶剎的僧衣、僧帽，以及銀兩，總是要請寶剎諸位大和尚賞收。」

澄光合什道：「多謝了。」他眼見韋小寶帶來八挑豐盛禮物，居然毫不起勁。

韋小寶道：「我母親說道，每一份禮物，要我親手交給寶剎每一位大和尚，就算是火工道人、種菜的園子，也都有份。帶來共有三百份禮物，倘若不夠，我們再去採購。」

澄光道：「夠了，太多了。本寺只五十來人，請施主留下五十六份物品就是。」韋小寶道：「可否請方丈召集合寺僧眾，由我親手施捨？這是我母親的心願，無論如何是要辦到的。」

澄光抬起頭來，突然間目光如電，在韋小寶臉上一掃，說道：「好！我佛慈悲，就如施主所願。」轉身進內。

瞧著他竹竿一般的背影走了進去，韋小寶心頭說不出的別扭，訕訕的端起茶碗喝茶。

于八站在他背後，低聲道：「這等背時的老和尚，姓于的這一輩子可還真少見，怪不得偌大一座清涼寺，連菩薩金身也破破爛爛的。」

只聽得廟裏撞起鐘來，知客僧道：「請檀越到西殿布施。」韋小寶到得西殿，見僧眾絡繹進來，他將施物一份一份發放，凝神注視每一名和尚，心想：「順治皇帝我沒見過，但他是小皇帝的爸爸，相貌總有些相像。只要見到是個大號小皇帝的和尚，那便是了。」可是五十多份施物發完，別說「大號小皇帝」沒見到，連跟小皇帝相貌有一二分相似的和尚，也沒見到一個。

韋小寶好生失望，突然想起：「他是做過皇帝之人，那是何等的身分，怎會來領我一份施捨的衣帽！我這計策可笨得很。」問知客僧道：「寶刹所有的僧人全都來了？」知客僧道：「個個都領了，多謝檀越布施。」韋小寶道：「每一個都領了？恐怕不見得，只怕還有人不肯來取。」知客僧道：「檀越說笑話了，那裏會有此事？」韋小寶道：「出家人不打誑語，你如騙我，死後要下拔舌地獄。」知客僧一聽，登時變色。

韋小寶道：「既然尚有僧人未來領取，大和尚去請他來領罷！」知客僧搖頭道：「只有方丈大師未領，我看不必再要他老人家出來了。」

正在這時，一名僧人匆匆忙忙進來，說道：「師兄，外面有十幾名喇嘛要見方丈。」知客僧皺眉道：「五台山青廟黃廟，自來河水不犯井水，他們來幹甚麼？你去稟報方丈，我出去瞧瞧。」說跟著低聲道：「他們身上都帶著兵器，摩拳擦掌的，來意不善。」知客僧道：「五

著向韋小寶說道：「少陪。」快步出去。

忽聽得山門外傳來一陣喧嘩之聲，一羣人衝進大雄寶殿。韋小寶道：「瞧瞧熱鬧去。」拉著雙兒的手，一齊出去。

到得大殿，只見十幾名黃衣喇嘛圍住了知客僧，七嘴八舌的亂嚷：「非搜不可，有人親眼見到他來清涼寺的。」「這是你們不對，幹麼把人藏了起來？」「乖乖的把人交出來便罷，否則的話，哼哼！」

吵嚷聲中，澄光方丈走了出來，緩緩問道：「甚麼事？」知客僧道：「好教方丈得知，他們……」他「方丈」二字一出口，那些喇嘛便都圍到澄光身畔，叫道：「你是方丈？那好極了！」「快把人交出來！要是不交，連你這寺院也一把火燒個乾淨。」「豈有此理，真正豈有此理！」「難道做了和尚，便可不講理麼？」

澄光道：「請問衆位師兄是那座廟裏的？光臨敝寺，為了何事？」

一名黃衣上披著紅色袈裟的喇嘛道：「我們打從青海來，奉了活佛之命，到中原公幹，豈知有一名隨從的小喇嘛給一個賊和尚拐走了，在清涼寺中藏了起來。方丈和尚，你快把我們這小喇嘛交出來，否則決不能跟你干休。」

澄光道：「這倒奇了。我們這裏是禪宗青廟，跟西藏密宗素來沒瓜葛。貴處走失了小喇嘛，何不到各處黃廟去問問？」那喇嘛怒道：「有人親眼見到，那小喇嘛是在清涼寺中，這才前來相問，否則我們吃飽了飯沒事幹，來瞎鬧麼？你識趣的，快把小喇嘛交出來，我們也就不看僧面看佛面，不再追究了。」澄光搖頭道：「倘若真有小喇嘛來到

清涼寺，各位就算不問，老衲也不能讓他容身。」

幾名喇嘛齊聲叫道：「那麼讓我們搜一搜！」澄光仍是搖頭，說道：「這是佛門清淨之地，那能容人說搜便搜。」那為首的喇嘛道：「若不是做賊心虛，為甚麼不讓我們搜？可見這小喇嘛千真萬確，定是在清涼寺中。」

澄光剛搖了搖頭，便有兩名喇嘛同時伸手扯住他衣領，大聲喝道：「你讓不讓搜？」另一名喇嘛道：「大和尚，廟裏是不是窩藏了良家婦女，怕人知道？否則搜一搜打甚麼緊？」這時清涼寺中也有十餘名和尚出來，卻給眾喇嘛攔住了，走不到方丈身旁。

韋小寶心想：「這些喇嘛擺明了是無理取鬧，這廟裏怎會窩藏甚麼小喇嘛？莫非他們的用意和我相同，也是要見順治皇帝？」

只見白光一閃，兩名喇嘛已拔尖刀在手，分抵澄光的前胸後心，厲聲道：「不讓搜就先殺了你。」澄光臉上毫無懼色，說道：「阿彌陀佛，大家是佛門弟子，怎地就動起粗來？」兩名喇嘛將尖刀微微向前一送，喝道：「大和尚，我們這可要得罪了。」澄光身子略側，就勢一帶，兩名喇嘛的尖刀都向對方胸口刺去。兩人忙左手出掌相交，啪的一聲，各自退出數步。餘人叫了起來：「清涼寺方丈行兇打人哪！打死人了哪！」

叫喚聲中，大門口又搶進三四十人，有和尚、有喇嘛，還有幾名身穿長袍的俗家人。一名黃袍白鬚的老喇嘛大聲叫道：「清涼寺方丈行兇殺人嗎？」

澄光合什道：「出家人慈悲為本，豈敢妄開殺戒？眾位師兄、施主，從何而來？」

向一個五十來歲的和尚道：「原來佛光寺心溪方丈大駕光臨，有失遠迎，得罪，得罪。」

佛光寺是五台山上最古的大廟，建於元魏孝文帝之時，歷時悠久。當地人有言：

「先有佛光寺，後有五台山。」原來五台山原名清涼山，後來因發現五大高峯，才稱五台山，其時佛光寺已經建成。五台山的名稱，也至隋朝大業初才改。在佛教之中，佛光寺的地位遠比清涼寺爲高，方丈心溪隱然是五台山諸青廟的首腦。

心溪指著一個身穿青布衫、三十來歲的文人，說道：「這位是川西大名士，皇甫閣皇甫先生。」皇甫閣拱手道：「久仰澄光大和尚武學通神，今日得見，當眞三生有幸。」澄光合什道：「老僧年紀老了，小時候學過的一些微末功夫，早已忘得乾乾淨淨。」巴顏點了點頭，神氣甚是倨傲。

這和尚生得肥頭胖耳，滿臉油光，笑嘻嘻的道：「澄光師兄，我給你引見兩位朋友。」指著那老喇嘛道：「這位是剛從青海來的大喇嘛巴顏法師，是活佛座下最得寵信、最有勢力的大喇嘛。」澄光合什道：「有緣拜見大喇嘛。」

澄光合什道：「老僧年紀老了，小時候學過的一些微末功夫，早已忘得乾乾淨淨。」

皇甫居士文武兼資，可喜可賀。」

韋小寶聽這些人文謅謅的說客氣話，心想這場架多半是打不成了，既沒熱鬧瞧，又少了個混水摸魚、找尋老皇帝的機會，心下暗暗失望。

巴顏道：「大和尚，我從青海帶了個小徒兒出來，卻給你們廟裏扣住了。你衝著活佛的金面，放了他罷，大夥兒都承你的情。」澄光微微一笑，說道：「這幾位師兄在敝寺吵鬧，老衲也不跟他們一般見識。大師是通情達理之人，如何也聽信人言？清涼寺開建以來，只怕今日才有喇嘛爺光臨。說我們收了貴座弟子，那是從何說起？」巴顏雙眼

一翻，大聲喝道：「難道是冤枉你了？你不要……不要罰酒不吃……吃敬酒。」他漢語不大流暢，「敬酒不吃吃罰酒」這話，卻顛倒來說了。

心溪笑道：「兩位休得傷了和氣。依老衲之見，那小喇嘛是不是藏在清涼寺內，口說無憑，眼見為實。就由皇甫居士和貧僧做個見證，大夥兒在清涼寺各處隨喜一番，見佛拜佛，遇僧點頭，每一處地方、每一位和尚都見過了，倘若仍找不到那小喇嘛，不是甚麼事都沒有了？」說來說去，還是要在清涼寺中搜查。

澄光臉上閃過一陣不愉之色，說道：「這幾位喇嘛爺不明白我們漢人的規矩，那也怪不得。心溪大師德高望重，怎地也說這等話？這個小喇嘛倘若真是在五台山上走失的，一座座寺院搜查過去，只怕得從佛光寺開頭。」

心溪嘻嘻一笑，說道：「在清涼寺瞧過之後，我們才來查問，否則的話，到佛光寺瞧瞧，那也歡迎之至，歡迎之至。」

巴顏道：「有人親眼見到，這小傢伙確是在清涼寺中，倘若仍找不到人，這幾位大喇嘛願意到佛光寺瞧瞧，那也歡迎之至，歡迎之至。」

「不知是何人見到？」巴顏向皇甫閣一指，道：「是這位皇甫先生見到的，他是大大有名之人，決不會說謊。」

「不敢……也不敢如此……如此昧冒。」他將「冒昧」二字又顛倒著說了。澄光道：

韋小寶心想：「你們明明是一夥人，如何做得見證。」忍不住問道：「那個小喇嘛有多大年紀？」

巴顏、心溪、皇甫閣等眾人一直沒理會站在一旁的這兩個小孩，忽聽他相問，眼光

716

都向他望去，見他衣飾華貴，帽鑲美玉，襟釘明珠，是個富豪之家的公子，身畔那小小書僮也是穿綢著緞。心溪笑道：「那小喇嘛，跟公子是差不多年紀罷。」

韋小寶轉頭道：「那就是了，剛才我們可不是明明見到這小喇嘛麼？他走進了一座大廟。這廟前寫得有字，不錯，寫的是『佛光寺』三個大字。這小喇嘛是進了佛光寺啦。」

他這麼一說，巴顏等人登時臉上變色，澄光卻暗暗歡喜。巴顏大聲道：「胡說八道，胡說九道！」他以為多加上一道，那是更加荒謬了。韋小寶笑道：「胡說十道，胡說十一道，十二道，十三道！」

巴顏怒不可遏，伸手便往韋小寶胸口抓來。澄光右手微抬，大袖上一股勁風，向巴顏肘底撲去。巴顏左手探出，五指猶如雞爪，抓向他衣袖。澄光手臂回縮，衣袖倒捲，這一抓就沒抓到。巴顏叫道：「你窩藏了我們活佛座下小喇嘛，還想動手殺人嗎？反了，反了！」

皇甫閣朗聲道：「大家有話好說，不可動粗。」他這「粗」字方停，廟外忽有大羣人齊聲叫道：「皇甫先生有令：大家有話好說，不可動粗。」聽這聲音，當有數百人之眾，竟是將清涼寺團團圍住了。這羣人聽得皇甫閣這麼朗聲一說，就即齊聲呼應，顯是意示威懾。饒是澄光方丈養氣功夫甚深，乍聞這突如其來的一陣呼喝，方寸間也不由得大大一震。

皇甫閣笑吟吟的道：「澄光方丈，你是武林中的前輩高人，在這裏韜光養晦，大家都是很景仰的。這位巴顏大喇嘛要在寶剎各處隨喜，你就讓他瞧瞧罷。大和尚行得正，

坐得穩，光風霽月，清涼寺中又沒甚麼見不得人的事，大家何必失了武林中的和氣？」

澄光暗暗著急，他本人武功雖高，在清涼寺中卻只坐禪說法，並未傳授武功，清涼寺五十多名僧人，極少有人是會武功的。剛才和巴顏交手這一招，察覺到他左手這一抓的「雞爪功」著實厲害，再聽這皇甫閣適才朗聲說這一句話，內力深厚，也是非同小可，不用寺外數百人幫手，單是眼前這兩名高手，就已不易抵擋了。

皇甫閣見他沉吟不語，笑道：「就算清涼寺中真有幾位美貌娘子，讓大夥兒瞻仰瞻仰，那也眼福不淺哪。」這兩句話極是輕薄，對澄光已不留半點情面。

心溪笑道：「方丈師兄，既是如此，就讓這位大喇嘛到處瞧瞧罷。」說時嘴巴一努。巴顏當先大踏步向後殿走去。

澄光心想對方有備而來，就算阻得住巴顏和皇甫閣，也決阻不住他們帶來的那夥人，混戰一起，清涼寺要遭大劫，霎時間心亂如麻，長嘆一聲，眼睜睜的瞧著巴顏等數十人走向後殿，只得跟在後面。

巴顏和心溪、皇甫閣三人低聲商議，他們手下數十人已一間間殿堂、僧房搜了下去。清涼寺眾僧見方丈未有號令，一個個只怒目而視，並未阻攔。韋小寶和雙兒跟在澄光方丈之後，見他僧袍大袖不住顫動，顯是心中惱怒已極。

忽聽得西邊僧房中有人大聲叫道：「是他嗎？」

皇甫閣搶步過去，兩名漢子已揪了一個中年僧人出來。這和尚四十歲左右年紀，相貌清癯，說道：「你們抓住我幹甚麼？」皇甫閣搖了搖頭，那兩名漢子笑道：「得罪！」

放開了那和尚。韋小寶心下雪亮，這二人必定是來找順治皇帝的。

澄光冷笑道：「本寺這和尚，是活佛座下的小喇嘛麼？」皇甫閣不答，見手下人又揪了一個中年和尚出來，他細看此僧相貌，搖了搖頭。韋小寶心道：「原來你認得順治皇帝。」又想：「如此搜下去，定會將順治皇帝找出來，他是小皇帝的父親，我可得設法保護。」但對方人多勢眾，如何保護，卻一點法子也想不出來。

數十人搜到東北方一座小僧院前，見院門緊閉，叫道：「開門，開門！」

澄光道：「這是本寺一位高僧坐關之所，已歷七年，眾位不可壞了他的清修。」心溪笑道：「這是外人入內，並不是坐關的和尚熬不住而自行開關，打甚麼緊？」

一名身材高大的喇嘛叫道：「幹麼不開門？多半是在這裏了！」飛腳往門上踢去。

澄光身影微晃，已擋在他身前。那喇嘛收勢不及，右腳踢出，正中澄光小腹，喀喇一聲響，那喇嘛腿骨折斷，向後跌出。巴顏哇哇怪叫，左手上伸，右手反撈，都成雞爪之勢，向澄光抓來。澄光擋在門口，呼呼兩掌，將巴顏逼開。

皇甫閣叫道：「好『般若掌』！」左手食指點出，一股勁風向澄光面門刺來。澄光向左閃開，啪的一聲，勁風撞上木門。澄光使開般若掌，凝神接戰。

巴顏和皇甫閣分從左右進擊。澄光招數甚慢，一掌一掌的拍出，似乎無甚力量，但風聲隱隱，顯然勁道又頗凌厲。巴顏和皇甫閣手下數十人吶喊吆喝，為二人助威。巴顏搶攻數次，都給澄光的掌力逼回。

巴顏焦躁起來，快速搶攻，突然間悶哼一聲，左手一揚，數十莖白鬚飄落，卻是抓

719

下了澄光一把鬍子，但他右肩也受了一掌，初時還不覺怎樣，漸漸的右臂越來越重，右手難以提高。他猛地怒吼，向側閃開，四名喇嘛手提鋼刀，向澄光疾衝過去。

澄光飛腳踢翻二人，左掌拍出，印在第三名喇嘛手提鋼刀。那喇嘛「啊」的一聲大叫，向上跳起。便在這時，第四名喇嘛的鋼刀也已砍至。澄光衣袖拂起，捲向他手腕。只見巴顏雙手一上一下，撲將過來。澄光向右避讓，突覺勁風襲體，暗叫：「不好！」順手一掌拍出，但覺右頰奇痛，已讓皇甫閣戳中了一指。澄光這一掌雖擊中皇甫閣下臂，卻未能擊斷他臂骨。

雙兒見澄光滿頰鮮血，低聲道：「要不要幫他？」

韋小寶道：「等一等。」他旨在見到順治皇帝，何況對方人多勢眾，有刀有槍，雙兒一個小小女孩，又怎打得過這許多大漢？

清涼寺僧眾見方丈受困，紛紛拿起棍棒火叉，上前助戰。但這些和尚不會武功，一上來便給打得頭破血流。澄光叫道：「大家不可動手！」

巴顏怒吼：「大家放手殺人好了！」眾喇嘛下手更不容情，頃刻間有四名清涼寺的和尚遭砍，身首異處。餘下眾僧見敵人行兇殺人，都站得遠遠地叫喚，不敢過來。

澄光微一疏神，又中了皇甫閣一指，這一指戳在他右胸。皇甫閣笑道：「少林派的般若掌也不過如此。大和尚還不投降麼？」澄光道：「阿彌陀佛，施主罪業不小。」澄光提足踢出，胸口一陣劇痛，眼前發黑，這一腳踢到中途，便踢不出去，迷迷糊糊間左掌下抹，正好抹中在兩名喇嘛頭頂，蓦地裏兩名喇嘛揮刀著地滾來，斬他雙足。

兩人登時昏暈。巴顏罵道：「死禿驢！」雙手疾挺，十根手指都抓上了澄光左腿。澄光支持不住，倒下地來。皇甫閣接連數指，點了澄光的穴道。

巴顏哈哈大笑，右足踢向木門，喀喇一聲，那門直飛了進去。巴顏笑道：「快出來罷，讓大家瞧瞧是怎麼一副模樣。」

僧房中黑黝黝地，寂無聲息。

巴顏道：「把人給我揪出來。」兩名喇嘛齊聲答應，搶了進去。

　　注：本回回目一聯是佛家語。「方便」是「權宜方法」之意。釋迦牟尼說法，以聞者不解，多用「譬如」開導之。

胖頭陀抓著韋小寶的手臂，

拉他到石碣之前。

韋小寶信口胡說，

說道那八部經書分別藏在甚麼山甚麼府之中，

還說石碣上有神龍教教主的名字。

第十八回

金剛寶杵衛帝釋　彫篆石碣敲頭陀

突然間門口金光閃動，僧房中伸出一根黃金大杵，波波兩聲，擊在兩名喇嘛頭上。

黃金杵隨即縮進，兩名喇嘛一聲也不出，腦漿迸裂，死在門口。

這一下變故大出眾人意料之外。巴顏大聲斥罵，又有三名喇嘛向門中搶去。這次三人都已有備，舞動鋼刀，護住頭頂。第一名喇嘛剛踏進門，那黃金杵擊將下來，連刀打落，金杵和鋼刀同時打中那喇嘛頭頂。第二名喇嘛全力挺刀上迎，可是金杵落下時似有千斤之力，鋼刀竟未阻得金杵絲毫，波的一聲，又打得頭骨粉碎。第三名喇嘛嚇得臉如土色，鋼刀落地，逃了回去。巴顏破口大罵，卻也不敢親自攻門。

皇甫閣叫道：「上屋去，揭瓦片往下打。」當下便有四名漢子跳上屋頂，揭了瓦片，從空洞中向屋內投去。皇甫閣又叫：「將沙石拋進屋去。」他手下漢子依言拾起地下沙石，從木門中拋進僧房。

從門中投進的沙石，大部給屋內那人以金杵反激出來，從屋頂投落的瓦片，卻一片片的都掉了下去。這麼一來，屋內之人武功再高，也已沒法容身。

忽聽得一聲莽牛也似的怒吼，一個胖大和尚左手挽一個僧人，右手掄動金杵，大踏步走出門來。這莽和尚比之常人少說也高了一個半頭，威風凜凜，直似天神一般，金杵晃動，黃光閃閃，大聲喝道：「都活得不耐煩了？」只見他一張紫醬色的臉膛，一堆亂茅草也似的短鬚，僧衣破爛，破孔中露出虬結起伏的肌肉，膀闊腰粗，手大腳大。

皇甫閣、巴顏等見到他這般威勢，都不由自主的倒退幾步。巴顏叫道：「這賊禿只一個人，怕他甚麼？大夥兒齊上。」皇甫閣叫道：「大家小心，別傷了他身旁那和尚。」

724

眾人向那僧人瞧去，只見他三十來歲年紀，身高體瘦，丰神俊朗，雙目低垂，對周遭情勢竟不瞧半眼。

韋小寶心頭突地一跳，尋思：「這人定是小皇帝的爸爸了，只是相貌不大像，他可比小皇帝好看得多。原來他還這般年輕。」

便在此時，十餘名喇嘛齊向莽和尚攻去。那莽和尚揮動金杵，波波波響聲不絕，每一響便有一名喇嘛中杵倒地而死。皇甫閣左手向腰間一探，解下一條軟鞭，巴顏從手下喇嘛手中接過兵刃，乃是一對短柄鐵鎚。兩人分從左右夾攻而上。

皇甫閣軟鞭抖動，鞭梢橫捲，喇的一聲，在那莽和尚頸中抽了一記。那和尚哇哇大叫，揮杵向巴顏打去。巴顏舉起雙鎚硬擋，錚的一聲大響，手臂酸麻，雙鎚脫手，那和尚卻又給軟鞭擊中肩頭。眾人都看了出來，原來這和尚不過膂力奇大，武功卻是平平。

一名喇嘛欺近身去，抓住了那中年僧人的左臂。那僧人哼了一聲，並不掙扎。

韋小寶焦急道：「我們得保護這和尚，怎生想個法子……」不等韋小寶說完，雙兒應了聲：「是！」晃身而前，伸手便向那喇嘛腰間戳去，那喇嘛應指而倒。她轉身伸指向皇甫閣臉上虛點，皇甫閣向右閃開，她反手一指，點中了巴顏胸口。巴顏罵道：「媽──」仰天摔倒。雙兒東一轉、西一繞，纖手揚處，巴顏與皇甫閣帶來的十幾人紛紛摔倒。心溪叫道：「喂，小……小施主……」雙兒笑道：「喂，老和尚！」伸指點中他腰間。

韋小寶驚喜之極，跳起身來，叫道：「雙兒，好雙兒，原來你功夫這樣了得。」

皇甫閣舞動軟鞭，護住前後左右，鞭子呼呼風響，一丈多圓圈中，直似水潑不進。

雙兒在鞭圈外盤旋遊走。皇甫閣的軟鞭越使越快，幾次便要擊到雙兒身上，都給她迅捷避開，皇甫閣叫道：「好小子！」勁透鞭身，一條軟鞭宛似長槍，筆直的向雙兒胸口刺來。雙兒腳下一滑，向前摔出，伸指直點皇甫閣小腹。皇甫閣左掌豎立，擋住她點來的一指，跟著軟鞭的鞭梢突然回頭，逕點雙兒背心。雙兒著地滾開，情狀頗為狼狽。

韋小寶見雙兒勢將落敗，心下大急，伸手在地下去抓泥沙，要撒向皇甫閣眼中，偏生地下掃得乾乾淨淨，全無泥沙可抓。雙兒尚未站起，皇甫閣的軟鞭已向她身上擊落，

韋小寶大叫：「打不得！」

那莽和尚急揮金杵，上前相救。驀地裏雙兒右手抓住了軟鞭鞭梢，皇甫閣使勁上甩，將她全身帶了起來，甩向半空。韋小寶伸手入懷，也不管抓到甚麼東西，掏出來便向皇甫閣臉上摔去。只見白紙飛舞，數十張紙片擋在皇甫閣眼前。

皇甫閣忙伸手去抹開紙張，右手的勁力立時消了。此時莽和尚的金杵也已擊向頭頂。皇甫閣大駭，忙坐倒相避。雙兒身在半空，不等落地，左足便即踢出，正中皇甫閣的太陽穴。他「啊喲」一聲，向後摔倒。砰的一聲，火星四濺，黃金杵擊在地下，離他腦袋不過半尺。

雙兒右足落地，跟著奪過軟鞭。韋小寶大聲喝采：「好功夫！」拔出匕首，搶上去指住皇甫閣左眼，喝道：「你叫手下人都出去，誰都不許進來！」

皇甫閣身不能動，臉上感到匕首的森森寒氣，心下大駭，叫道：「你們都出去，叫

大夥兒誰都不許進來！」皇甫閣和巴顏手下數十人遲疑半晌，見韋小寶挺匕首作勢欲殺，當即奔出廟去。

那莽和尚睜環眼，向雙兒凝視半晌，「嘿」的一聲，讚道：「好娃兒！」左手倒提金杵，右手扶著那中年僧人，回進僧房。韋小寶搶上兩步，想跟那中年僧人說幾句話，竟已不及。

雙兒走到澄光身畔，解開了他穴道，說道：「這些壞蛋強兒霸道，冒犯了大和尚。」澄光站起身來，合什道：「小施主身懷絕技，解救本寺大難。老衲老眼昏花，不識高人，先前多有失敬。」雙兒道：「沒有啊，你一直對我們公子爺客氣得很。」

韋小寶定下神來，這才發覺，自己先前摔向皇甫閣臉面、蒙了他雙眼的，竟是一大疊銀票，哈哈大笑，說道：「見了銀票不投降的，天下可沒幾個。我用幾萬兩銀票打過來，你非大叫投降不可。」雙兒笑嘻嘻的拾起四下裏飛散的銀票，交回韋小寶。

澄光問韋小寶道：「韋公子，此間之事，如何是好？」韋小寶笑道：「這三位朋友，吩咐你們手下人都散去了罷！」

皇甫閣當即提氣高叫：「你們都到山下去等我。」只聽得外面數百人齊聲答應。腳步聲沙沙而響，頃刻間走得乾乾淨淨。

澄光心中略安，伸手去解心溪的穴道。韋小寶道：「方丈，且慢，我有話跟你商量。」澄光道：「是！這幾位師兄給封了穴道，時間久了，手腳麻木，我先給他們解開

了。」韋小寶道：「也不爭在這一時三刻，咱們到那邊廳上坐坐罷。」澄光點頭道：

「是。」向心溪道：「師兄且莫心急，回頭跟你解穴。」帶著韋小寶來到西側佛殿。

韋小寶道：「方丈，這一千人當真是來找小喇嘛麼？」澄光張口結舌，沒法回答。

韋小寶湊嘴到他耳邊，低聲道：「我倒知道，他們是為那位皇帝和尚而來。」

澄光身子一震，緩緩點頭，道：「原來小施主早知道了。」韋小寶低聲道：「我來

到寶剎，拜懺做法事是假，乃是奉……奉命保護皇帝和尚。」澄光點頭道：「原來如

此。老衲本就疑心，小施主巴巴的趕來清涼寺做法事，樣子不大像。」

韋小寶道：「皇甫閣、巴顏他們雖然拿住了，可是捉老虎容易，放老虎難。倘若放

了他們，過幾天又來糾纏不清，畢竟十分麻煩！」澄光道：「殺人是殺不得的。這寺裏

已傷了好幾條人命。唉，阿彌陀佛！」韋小寶道：「殺了他們也沒用。這樣罷，你叫人

把這十人都綁了起來，咱們再仔細問問，他們來尋皇帝和尚，到底是甚麼用意。」

澄光有些為難，道：「這佛門清淨之地，我們出家人私自綁人審問，似乎於理不

合。」韋小寶道：「他們要來殺光你廟裏的和尚，難道於理就合得很嗎？我們如不審問

明白，想法子對付，他們又來殺人，放火燒了你清涼寺，那怎麼辦？」澄光道：「原來

澄光想了一會，點頭道：「那也說得是，任憑施主吩咐。」拍拍手掌，召進一名和

尚，吩咐道：「請那位皇甫先生過來，我們有話請教。」韋小寶道：「這皇甫閣甚是狡

猾，只怕問不出甚麼，咱們還是先問那個大喇嘛。」澄光道：「對，我怎麼想不到？」

兩名和尚挾持著巴顏進殿，惱他殺害寺中僧人，將他重重往地下一摔。澄光道：

728

「唉，怎地對大喇嘛沒點禮貌？」兩名僧人應道：「是！」退了出去。

韋小寶左手提起一隻椅子，右手用匕首將椅子腳不住批削。那匕首鋒利無比，椅子腳一片片的削了下來，都不過一二分厚薄，便似削水果一般，不明他的用意。韋小寶放下椅子，走到巴顏面前，左手摸了摸他腦袋，右手將匕首比了比，手勢便和適才批削椅子腳時一模一樣。巴顏大叫：「不行！」澄光也叫：「使不得！」

韋小寶怒道：「甚麼行不行的？我知道青海的大喇嘛練有一門鐵頭功，刀槍不入。我在北京之時，曾親自用這把短劍削一個大喇嘛的腦袋，削了半天，也削他不動。大喇嘛，你是貨真價實，還是冒牌貨？不試你一試，又怎知道？」

巴顏忙道：「這鐵頭功我沒練過，你一削我就死。」韋小寶道：「不一定死的，削去兩三寸，也不見得就死。我只削去你一層頭蓋，看到你的腦漿為止。一個人說真話，腦漿就不動，如說謊騙人，腦漿就像煮開了的水一般滾個不休。我有話問你，不削開你的腦袋，怎知你說的是真話假話？」巴顏道：「別削，別削，我說真話就是。」韋小寶摸了摸他頭皮，道：「是真是假，我怎麼知道？」巴顏道：「我如說謊，你再削我頭皮不遲。」

韋小寶沉吟片刻，道：「好，那麼我問你，是誰叫你到清涼寺來的？」巴顏道：「阿彌陀佛，五台山青廟黃廟，從無仇怨，菩薩頂的大喇嘛怎會叫你來搗亂？」澄光道：「阿彌陀佛，五台山青廟黃廟，從無仇怨，菩薩頂的大喇嘛怎會叫你來搗亂？」巴顏道：「我也不是來搗亂。勝羅陀師兄命我來找一個三十來歲的和尚大人物，說他盜了我們青海活佛的寶經，到清涼寺中躲了起來，因此非揪他出來不可。」澄光道：「阿彌陀佛，那有此事？」

「是五台山菩薩頂真容院的大喇嘛勝羅陀派我來的。」

韋小寶提起匕首，喝道：「你說謊，我削開你的頭皮瞧瞧。」

巴顏叫道：「沒有，沒有說謊。你不信去問勝羅陀師兄好了。他說，我們要假裝走失了一個小小喇嘛，其實是在找那中年和尚大人物，又說那位皇甫先生認得這和尚，請他陪著來找人。勝羅陀師兄說，這和尚偷偷的是我們密宗的秘密藏經《大毘盧遮那佛神變加持經》，非同小可。如果我拿到了這和尚，那是一件大功，回到青海，活佛一定重重有賞。勝羅陀師兄說，這位和尚大人物，確是在五台山清涼寺中，最近得到消息，神……神龍教也要請他去，咱們可得先……先下手為強。」

韋小寶聽他連「神龍教」三字也說了出來，料想不假，問道：「你師兄還說些甚麼？」說著將匕首平面在他頭頂敲了一下。

巴顏道：「我師兄說，到清涼寺去請這位大人物，倒也不難，就怕神龍教得知訊息，也來搶奪，因此勝羅陀師兄請北京的達和爾師兄急速多派高手，前來相助。如果桑結大喇嘛已到了北京，他老人家當世無敵，親來主持，那就……那就萬失無一……」

韋小寶笑罵：「他媽的！萬無一失，甚麼『萬失無一』？」自己居然能糾正別人說成語的錯誤，那是千載難逢、萬中無一之事，甚覺得意。

巴顏道：「是，是萬……萬一無失……」韋小寶笑道：「你喇嘛奶奶的，還是說錯了。還有呢？」巴顏道：「沒有了，下面沒有了。」韋小寶罵道：「他媽的，甚麼下面沒有了？是我下面沒有了，還是你下面沒有了？」巴顏道：「大……大家下面沒有了。」韋小寶道：「甚麼大家下面沒有了？是我下面沒有了？」巴顏道：「下面沒有話了。」韋小寶哈哈了。

一笑，問道：「那皇甫閣是甚麼人？」巴顏道：「他是勝羅陀師兄請來的幫手，昨晚才到的。」

韋小寶點點頭，向澄光道：「方丈，我要審那個佛光寺的胖和尚了，你如不好意思，不妨在窗外聽著。」澄光忙道：「最好，最好。」命人將巴顏帶出，將心溪帶來，自己回去禪房，也不在窗外聽審。

心溪一進房就滿臉堆笑，說道：「兩位施主年紀輕輕，武功如此了得，老衲固然見所未見，且是聞所未聞，少年英雄，真了不起！」韋小寶罵道：「操你奶奶的，誰要你拍馬屁？」向他屁股上一腳踢去。心溪臀上雖痛，臉上笑容不減，說道：「是，是，凡真正的英雄好漢，是決不愛聽馬屁的。不過老和尚說的是真心話，算不得拍馬屁。」

韋小寶道：「我問你，你到清涼寺來發瘋，是誰派你來的？」心溪道：「施主問起，老僧不敢隱瞞。五台山菩薩頂真容院大喇嘛勝羅陀，奉了青海法諭，叫人送了二百兩銀子給我，請我陪他師弟巴顏，到清涼寺來找一⋯⋯找一個人。老僧無功不受祿，只得陪他走一遭。」韋小寶又一腳踢去，罵道：「胡說八道，你還想騙我？快說老實話。」

心溪道：「是，是，不瞞施主說，大喇嘛送了我三百兩銀子。」韋小寶道：「明明是一千兩。」心溪道：「是，實實在在是五百兩，再多一兩，老和尚不是人。」

韋小寶問道：「那皇甫閣又是甚麼東西？」心溪道：「這下流胚子不是好東西，是巴顏這鬼喇嘛帶來的。施主放了我之後，老僧立刻送他到五台縣去，請知縣大人好好治罪。清涼寺是佛門清淨之地，怎容他來胡作非為？小施主，那幾條人命，連同死了的幾

個喇嘛，咱們都推在他頭上。」韋小寶臉一沉，道：「明明都是你殺的，怎能推在旁人頭上？」心溪求道：「好少爺，你饒了我罷。」

韋小寶叫人將心溪帶出，帶了皇甫閣來詢問。這人卻十分硬朗，一句話也不回答，對韋小寶匕首的威嚇固然不加理睬，而雙兒點他「天谿穴」道，他疼痛難當，忍不住呻吟，對韋小寶的問話卻始終不答，只說：「你有種就將爺爺一刀殺了，折磨人的不是好漢。」韋小寶倒敬他是條漢子，道：「好，我們不折磨你。」命雙兒解了他「天谿穴」的穴道。

他命人將皇甫閣帶出後，又去請了澄光方丈來，道：「這件事如何了局，咱們得跟那位大人物商量商量。」澄光搖頭道：「他是決計不見外人的。」

韋小寶怫然道：「甚麼不見外人？剛才不是已經見過了？我們如拍手不管，他還不是給人捉了去？不出幾天，北京大喇嘛又派人來，有個甚麼天下無敵的大高手，又還有甚麼神龍教、烏龜教的，就算我們肯幫忙，也抵擋不了這許多人。」澄光道：「也說得是。」

韋小寶道：「你去跟他說，事情緊急，非商量個辦法出來不可。」澄光搖頭道：「老衲答允過，寺中連老衲在內，誰都不跟他說話。」韋小寶道：「好，我可不是你們寺裏的和尚，我去跟他說話。」澄光道：「不行，不行。小施主一進僧房，他師弟那個莽和尚行顛，就會一杵打死了你。」韋小寶道：「他打不死我的。」

澄光向雙兒望了一眼，說道：「你就算差尊价將行顛和尚點倒，行癲仍不會跟你說話。」韋小寶道：「行癲？他法名叫作行癲？」澄光道：「是。原來施主不知。」

韋小寶嘆了口氣，說道：「既然如此，我也沒法可施了。你既沒有『萬失無一』的好法子，可惜清涼寺好好一所古廟，卻在你方丈手裏教毀了。」

澄光愁眉苦臉，連連搓手，忽道：「我去問問玉林師兄，或者他有法子。」韋小寶道：「這位玉林大師是誰？」澄光道：「是行癡的傳法師父。」

韋小寶喜道：「好極，你帶我去見這位老和尚。」

當下澄光領著韋小寶和雙兒，從清涼寺後門出去，行了里許，來到一座小小舊廟，廟上也無匾額。澄光逕行入內，到了後面禪房，只見一位白鬚白眉的老僧坐在蒲團上，正自閉目入定，對三人進來，似乎全然不覺。

澄光打個手勢，輕輕在旁邊的蒲團上坐下，低目垂眉，雙手合什。韋小寶肚裏暗笑，跟著也在旁邊一個蒲團上坐下。雙兒站在他身後。四下裏萬籟無聲，這小廟中似乎就只這個老僧。

過了良久，那老僧始終紋絲不動，便如死了一般，澄光竟也不動。韋小寶手麻腳酸，老大不耐煩，站起了又坐倒，坐倒又站起，心中對那老僧的十八代祖宗早已罵了數十遍。

又過良久，那老僧吁了口氣，緩緩睜眼，見到面前有人，也不感驚奇，只微微點了點頭。澄光道：「師兄，行癡塵緣未斷，有人找上寺來，要請師兄佛法化解。」那老僧玉林道：「境由心生，化解在己。」澄光道：「外魔極重，清涼寺有難。」便將心溪、巴顏、皇甫閣等人意欲劫持行癡，幸蒙韋小寶主僕出手相救等情說了，又說雙方都死了

數人，看來對方不肯善罷干休。玉林默默聽畢，一言不發，閉上雙目，又入定去了。

韋小寶大怒，霍地站起，破口大罵：「操……」只罵得一個字，澄光連打手勢，求他不可生氣，又求他坐下來等候。

這一回玉林入定，又是小半個時辰。韋小寶心想：「天下強盜賊骨頭，潑婦大混蛋，也都沒這老和尚討厭。」好不容易玉林又睜開眼來，問道：「韋施主從北京來？」

韋小寶道：「是。」玉林又問：「韋施主在皇上身邊辦事？」韋小寶大吃一驚，跳起身來，道：「你……你……你怎知道？」玉林道：「老衲只是猜想。」韋小寶心想：「這老和尚邪門，只怕真有些法力。」心中可不敢再罵他了，規規矩矩的坐了下來。

玉林道：「皇上差韋施主來見行癡，有甚麼說話？」韋小寶心想：「這老和尚甚麼都知道，瞞他也是無用。」說道：「皇上得知老皇爺尚在人世，又喜又悲，派我來向老皇爺磕頭請安。如果……如果老皇爺肯返駕回宮，那再好不過了。」康熙本說查明真相之後，自己上五台山來朝見父皇，這話韋小寶卻瞞住了不說。玉林道：「皇上命施主帶來甚麼信物？」韋小寶從貼肉裏衣袋中，取出康熙親筆所寫御札，雙手呈上，道：「大師請看。」

御札上寫的是：「敕令御前侍衛副總管欽賜穿黃馬褂韋小寶前赴五台山一帶公幹，各省文武官員受命調遣，欽此。」下面還蓋了個硃紅大印。

玉林接過看了，還給韋小寶，道：「原來是御前侍衛副總管韋大人，多有失敬了。」

韋小寶心下得意：「你可不敢再小覷我了罷？」可是見玉林臉上神色，也沒甚麼恭

734

敬之意，心中的得意又淡了下來。

玉林道：「韋施主，以你之意，該當如何處置？」韋小寶道：「我要叫見老皇爺，聽老皇爺的吩咐。」玉林道：「他以前富有四海，可是出家之後，塵緣早已斬斷，『老皇爺』三字，再也休得提起，以免駭人聽聞，擾了他的清修。」韋小寶默然不答。

玉林又道：「請回去啓奏皇上，行癡不願見你，也不願再見外人。」韋小寶道：「皇上是他兒子，可不是外人。」玉林道：「甚麼叫出家？家已不是家，妻子兒女都是外人了。」

韋小寶心想：「看來都是你這老和尚在搗鬼，從中阻攔。老皇爺就算不肯回宮，也不至於連兒子也不見。」說道：「既然如此，我去調遣人馬，上五台山來保護守衛，不許閒雜人等進寺來囉嗦滋擾。」

玉林微微一笑，說道：「這麼一來，清涼寺變成了皇宮內院、官府衙門；韋大人這位御前侍衛副總管，變成在清涼寺當差了。那麼行癡還不如回北京皇宮去直截了當。」

韋小寶道：「原來大師另有保護老……他老人家的妙法，在下洗……洗耳恭聽。」

玉林微笑道：「韋施主小小年紀，果然是個厲害腳色，難怪十幾歲的少年，便已做到這樣的大官。」頓了一頓，續道：「妙法是沒有，出家人與世無爭，逆來順受。多謝韋施主一番美意，清涼寺倘然眞有禍殃，那也是在劫難逃。」說著合什行禮，閉上雙目，入定去了。

澄光站起身來，打個手勢，退了出去，走到門邊，向玉林躬身行禮。韋小寶向玉林

扮個鬼臉，伸伸舌頭，右手大拇指按住自己鼻子，四指向著玉林招了幾招，意思是說：

「好臭，好臭！」玉林閉著眼睛，也瞧不見。

三人來到廟外，澄光道：「玉林大師是得道高僧，已有明示。老衲去將心溪方丈他們都放了。韋施主，今日相見，也是有緣，這就別過。」說著雙手合什，鞠躬行禮，竟不讓他再進清涼寺去。

韋小寶心頭火起，說道：「很好，你們自有萬失無一的妙計，倒是我多事了。」命雙兒去叫了于八等一干人，逕自下山，又回到靈境寺去借宿。

他昨晚在靈境寺曾布施了七十兩銀子。住持見大施主又再光降，殷勤相待。

在客房之中，韋小寶一手支頤，尋思：「老皇爺是見到了，原來他一點也不老，卻是危險得緊，青海喇嘛要捉他，神龍教又要捉他。那玉林老賊禿裝模作樣，沒點屁本事，澄光方丈一個人又有甚麼用？只怕幾天之後，老皇爺便會給人捉了去。我又怎生向小玄子交代？」

一轉頭，見雙兒秀眉緊鎖，神色不快，問道：「雙兒，甚麼事不高興？」雙兒道：「沒甚麼。」韋小寶道：「你一定有心事，快跟我說。」雙兒道：「真的沒甚麼。」韋小寶一轉念，道：「啊，我知道啦。你怪我在朝廷裏做官，一直沒跟你說。」雙兒眼眶兒紅了，道：「韃子皇帝是大壞人，相公你……怎麼做他們的官？而且還做了大官。」說著淚水從雙頰上流下。

韋小寶一呆，道：「傻孩子，那又用得著哭的。」雙兒抽抽噎噎的道：「三少奶把我給了相公，吩咐我服侍你，聽你的話。可是你在朝裏做……做大官，我爸爸、媽媽，還有兩個哥哥，都是給惡官殺死的，你……你……」說著放聲哭了出來。

韋小寶一時手足無措，忙道：「好啦，好啦！現下甚麼都不瞞你。老實跟你說，我做官是假的，我是天地會青木堂的香主，『天父地母，反清復明』，你懂了嗎？我師父是天地會的總舵主，我早跟你三少奶說過了。我們天地會專跟朝廷作對。我師父派我混進皇宮裏去做官，為的是打探韃子的消息。這件事十分秘密，倘若給人知道了，我可性命不保。」

雙兒伸手按住韋小寶嘴唇，低聲道：「那你快別說了。都是我不好，逼你說出來。」

說著破涕為笑，又道：「相公是好人，當然不會去做壞事。我……我真是個笨丫頭。」

韋小寶笑道：「你是個乖丫頭。」拉著她手，讓她坐在炕沿上自己身邊，低聲將順治與康熙之間的情由說了，又道：「小皇帝還只十幾歲，只比我稍大一點兒，他爹爹出家做了和尚，不要他了，你想可憐不可憐？今天來捉老皇帝的那些傢伙，都是大壞人，虧得你救了他。」雙兒吁了口氣，道：「我總算做了一件好事。」韋小寶道：「不過送佛送上西天。那些人又給方丈放了，他們一定不甘心，回頭又要去捉那老皇帝，將他身上的肉一塊塊割下來，煮來吃了，豈不糟糕？」他知雙兒心好，要激她勇於救人，故意將順治的處境說得十分悲慘。

雙兒身子一顫，道：「他們要吃他的肉，那為甚麼？」韋小寶道：「唐僧和尚到西

天取經，這故事你聽過麼？」雙兒道：「聽過的，還有孫悟空、豬八戒。」韋小寶道：

「一路上有許多妖怪，都想吃唐僧的肉，說他是聖僧，吃了他的肉就成佛成仙。」雙兒道：「啊，我明白啦，這些壞人以為老皇帝和尚也是聖僧。」韋小寶道：「是啊，你真聰明。老皇帝和尚好比是唐僧，那些壞人是妖怪，我是孫猴兒孫行者，你就是……是……」說著雙掌放在自己耳旁，一招一晃，作搔風之狀。雙兒笑道：「你說我是豬八戒？」

韋小寶道：「你相貌像觀音菩薩，不過做的是豬八戒的事。」

雙兒連忙搖手，道：「別說冒犯菩薩的話。相公，你做觀音菩薩身邊的那個善才童子紅孩兒，我就是……」說到這裏，臉上一紅，下面的話咽住不說了。韋小寶道：「不錯！我做善才童子，你就是龍女。咱二人老是在一起，說甚麼也不分開。」雙兒臉頰更加紅了，低聲道：「我自然永遠服侍你，除非……除非你不要我了，把我趕走。」

韋小寶伸掌在自己頭頸裏一斬，道：「就是殺了我頭，也不趕你走。除非你不要我了，自己偷偷走了。」雙兒也伸掌在自己頸裏一斬，道：「殺了我頭，也不會走。」兩人同時哈哈大笑。雙兒自跟著韋小寶後，主僕之分守得甚嚴，極少跟他說笑，這時聽韋小寶吐露真相，並非真的做韃子的大官，心中甚是歡暢。兩人這麼一笑，情誼又親密了幾分。

韋小寶道：「好，我們自己的事情說過了。可怎麼想個法兒，去救唐僧？」

雙兒笑道：「救唐僧和尚，總是齊天大聖出主意，豬八戒只是個跟屁蟲。」韋小寶笑道：「豬八戒真有你這樣好看，唐僧也不出家做和尚了。」雙兒問道：「那為甚麼？」韋小寶

韋小寶道：「唐僧自然娶了豬八戒做老婆啦。」雙兒嘆咏一聲，笑了出來，說道：「豬八戒是豬玀精，肥頭搭耳的，誰討他做老婆啊？」

韋小寶聽她說到娶豬玀精做老婆，忽然想起那口「茯苓花雕豬」沐劍屏來，不知她和方怡此刻身在何處，是否平安。

雙兒見韋小寶呆呆出神，不敢打亂他思路。過了一會，韋小寶道：「得想個法子，別讓壞人捉了老皇帝去。雙兒，譬如有一樣寶貝，很多賊骨頭都想去偷，咱們使甚麼法兒，好教賊骨頭偷不到？」雙兒道：「見到賊骨頭來偷寶貝，便都捉了起來。」韋小寶搖頭道：「賊骨頭太多，捉不完的。我們自己去做賊骨頭。」雙兒道：「我們做賊骨頭？」韋小寶道：「對！我們先下手為強，將寶貝偷到了手，別的賊骨頭就偷不到了。」雙兒拍手笑道：「我懂啦，我們去把老皇帝和尚捉了來。」韋小寶道：「正是。事不宜遲，立刻就走。」

兩人來到清涼寺外，韋小寶道：「天還沒黑，偷東西偷和尚，都得等到天黑了才幹。」兩人躲在樹林之中，好容易等到滿山皆暗，萬籟無聲。韋小寶低聲道：「寺裏只方丈一人會武功，好在他日裏打鬥受了傷，一定在躺著休息。你去將那胖大和尚行顛點倒了，我們便可將老皇帝和尚偷出來。只是那行顛力氣極大，那根黃金杵打人可厲害得很，須當小心。」雙兒點頭稱是。

傾聽四下無人，兩人輕輕爬進圍牆，逕到順治坐禪的僧房之外，見板門已然關上，

但那門板日間給人踢壞了，一時未及修理，只這麼擱著擋風。

雙兒貼著牆壁走近，將門板向左一拉，只見黃光閃動，呼的一聲響，黃金杵從空隙中擊了出來。雙兒待金杵上提，疾躍入內，伸指在行顛胸口要穴連點兩指，低聲道：「真對不住！」提起雙手，抱住了他手中金杵。行顛穴道受制，身子慢慢軟倒。這金杵重達百餘斤，雙兒若不抱住，落將下來，非壓碎他腳趾不可。

韋小寶跟著閃進，拉上了門板。黑暗中隱約見到有人坐在蒲團之上，韋小寶料便是法名行顛的順治皇帝，當即跪倒磕頭，說道：「奴才韋小寶，便是日裏救駕的，請老皇爺不必驚慌。」

行顛默不作聲。韋小寶又道：「老皇爺在此清修，本來很好，不過外面有許多壞人，想捉了老皇爺去，要對你不利。奴才為了保護老皇爺，想請你去另一個安穩所在，免得給壞人捉到。」行顛仍然不答。韋小寶道：「那麼就請老皇爺和奴才一同出去。」

隔了半晌，見他始終盤膝而坐，一動不動。這時韋小寶在黑暗中已有好一會，看得清楚些了，見行顛坐禪的姿勢，便和日間所見的玉林一模一樣，也不知他是真的入定，還是對自己不加理睬，說道：「老皇爺的身分已經洩漏，清涼寺中沒人能夠保護。敵人去了一批，又來一批，老皇爺終究會給他們捉去。還是換一個清靜的地方修行罷。」行顛仍然不答。

行顛忽道：「你們兩個小孩是好人，日裏幸虧你們救我。我師兄坐禪，不跟人說話。你要他去那裏？」他嗓音本來極響，拚命壓低，變成十分沙啞。

韋小寶站起身來，說道：「隨便去那裏都好。你師兄愛去那裏，咱們便護送他去。只要那些壞傢伙找他不到，你們兩位就可安安靜靜的修行唸佛了。」行顛道：「我們是不唸佛的。」韋小寶道：「不唸佛就不唸佛。雙兒，你快將這位大師的穴道解了。」

雙兒伸手在行顛背上和脅下推拿幾下，解了穴道，說道：「真對不住！」行顛道：「師兄，這兩個小孩請我們出去暫且躲避。」

行癡向行顛恭恭敬敬的道：「師父可沒叫我們離去清涼寺。」說話聲音甚是清朗。韋小寶直到此刻，才聽到他的話聲。

行顛道：「敵人如再大舉來攻，這兩個小孩抵擋不住。」

行癡道：「境自心生。要說凶險，天下處處凶險；心中平安，世間事事平安。日裏你殺傷多人，大造惡業，此後無論如何不可妄動無明。」

行顛呆了半晌，道：「師兄指點得是。」回頭向韋小寶道：「師兄不肯出去，你們都聽到了。」韋小寶皺眉道：「倘若敵人來捉你師兄，一刀刀將他身上的肉割下來，那便如何是好？」行顛道：「世人莫有不死，多活幾年，少活幾年，也沒甚麼分別。」韋小寶道：「甚麼都沒分別，那麼死人活人沒分別，男人女人沒分別，和尚和烏龜豬玀也沒分別？」行顛道：「眾生平等，原是如此。」

韋小寶心想：「怪不得一個叫行癡，一個叫行顛，果然是痴的顛的。要勸他們走，那是不成功的了。如將老皇爺點倒，硬架了出去，實在太過不敬，也難免給人瞧見。」一時束手無策，心下惱怒，按捺不住，便道：「甚麼都沒分別，那麼皇后和端敬皇后也

沒分別，又爲甚麼要出家？」

行癡突然站起，顫聲道：「你……你說甚麼？」

韋小寶一言出口，便已後悔，當即跪倒，說道：「奴才胡說八道，老皇爺請勿動怒。」行癡道：「從前之事，我早忘了，你何以又如此稱呼？快請起來，我有話請問。」

韋小寶道：「是。」站起身來，心想：「你給我激得開口說話，總算有了點眉目。」

行癡問道：「兩位皇后之事，你從何處聽來？」韋小寶道：「是聽海大富跟皇太后說的。」行癡道：「你認得海大富？他怎麼了？」韋小寶道：「他給皇太后殺了。」行癡驚呼一聲，道：「他死了？」韋小寶道：「皇太后用『化骨綿掌』功夫殺死了他。」

行癡顫聲道：「皇太后怎麼……會武功？你怎知道？」韋小寶道：「海大富和皇太后在慈寧宮花園裏動手打鬥，我親眼瞧見的。」行癡道：「你是甚麼人？」

韋小寶道：「奴才是御前侍衛副總管韋小寶。」隨即又加上一句：「當今皇上親封的，有御札在此。」說著將康熙的御札取出來呈上。

行癡呆了片刻，並不伸手去接，行顫道：「這裏從來沒燈火。」行癡嘆了口氣，問道：「小皇帝身子好不好？他……他做皇帝快不快活？」

韋小寶道：「小皇帝得知老皇爺健在，恨不得插翅飛上五台山來。他在宮裏大哭大叫，又悲傷，又歡喜，說甚麼要上山來。後來……後來恐怕誤了朝廷大事，才派奴才先來向老皇爺請安。奴才回奏之後，小皇帝便親自來了。」

行癡顫聲道：「他……他不用來了。他是好皇帝，先想到朝廷大事，可不像我……」

說到這裏，聲音已然哽咽。黑暗之中，聽到他眼淚一滴滴落上衣襟的聲音。

雙兒聽他流露父子親情，胸口一酸，淚珠兒也撲簌簌的流了下來。

韋小寶心想良機莫失，老皇爺此刻心情激動，易下說辭，便道：「海大富一切都查得清清楚楚了，皇太后先害死榮親王，又害死端敬皇后，再害死端敬皇后的妹子貞妃，後來又害死了小皇帝的媽媽。皇太后知秘密都已經洩漏，便親手打死了海大富，又派了大批人手，要上五台山來謀害老皇爺。」

韋小寶道，「但行癡說甚麼也不信竟是皇后自己下手，嘆道：「皇后是不會武功的。」偵查兇手，但行癡說甚麼也不信竟是皇后自己下手，嘆道：「皇后是不會武功的。」

榮親王和端敬皇后係遭武功好手害死，海大富早已查明，稟告了行癡，由此而回宮

轉述那晚兩人對答的言語。他伶牙利齒，說得雖快，卻清清楚楚。

韋小寶道：「那晚皇太后跟海大富說的話，老皇爺聽了之後就知道了。」當下一一

行癡原是個至性至情之人，只因對董鄂妃一往情深，這才在她逝世之後，連皇帝也不願做了，甘棄萬乘之位，幽閉斗室之中。雖參禪數年，但董鄂妃的影子在他心中何等深刻，一聽韋小寶提起，甚麼禪理佛法，霎時間都拋於腦後。海大富和皇太后的對答一句句在心中流過，悲憤交集，胸口一股氣塞住了，便欲炸將開來。

韋小寶說罷，又道：「皇太后這老……一不做，二不休，害了你老皇爺之後，要去害死小皇帝。她還要去挖了端敬皇后的墳，又要下詔天下，燒毀《端敬后語錄》，說《語錄》中的話都是放屁，那個家裏藏一本，都要抄家殺頭。」

這幾句話卻是他捏造出來的，可正好觸到行癡心中的創傷。他勃然大怒，伸手在大

腿上用力一拍，喝道：「這賤人，我……我早就該將她廢了，一時因循，致成大禍！」

順治當年一心要廢了皇后，立董鄂妃為后，但為皇太后力阻，才擱了下來。董鄂妃倘若不死，這皇后之位早晚是她的了。

韋小寶道：「老皇爺，你看破世情，死不死都沒分別，小皇帝可死不得，端敬皇后的墳挖不得，《端敬后語錄》毀不得。」行癡道：「不錯，你說得很是。」韋小寶道：「所以咱們須得出去躲避，免得遭了皇太后的毒手。皇太后的手段是第一步殺你，第二步害小皇帝，第三步挖墳燒《語錄》。只要她第一步做不成功，第二步、第三步棋子便不能下了。」

順治七歲登基，二十四歲出家，此時還不過三十幾歲。他原本性子躁、火性大，說到頭腦清楚，康熙雖小小年紀，比父親已勝十倍。因此沐王府中人想嫁禍吳三桂，詭計立為康熙識破，韋小寶半真半假的捏造了許多言語，行癡卻盡數信以為真。不過皇太后所要行的這三步棋，雖是韋小寶所捏造，但他是市井之徒，想法和陰毒女人也差不多。

行癡大聲道：「幸虧得你點破，否則當真壞了大事。師弟，咱們快快出去。」行顛道：「是。」右手提起金杵，左手推開板門。

那人道：「你們要去那裏？」

板門開處，只見當門站著一人。黑暗中行顛看不見他面貌，喝道：「誰？」舉起金杵。

行顛吃了一驚，拋下金杵，躬身合什，叫道：「師父！」行癡也叫了一聲：「師父。」

原來這人正是玉林。他緩緩的道：「你們的說話，我都聽到了。」

744

韋小寶心中暗叫：「他媽的，事情要糟！」

玉林沉聲道：「世間冤業，須當化解，一味躲避，終是不了。既有此因，便有此果，業既隨身，終身是業。」行癡拜伏於地，道：「師父教訓得是，弟子明白了。」玉林道：「只怕未必便這麼明白了。你從前的妻子要找你，便讓她來找。我佛慈悲，普渡眾生，她怨你、恨你、要殺你而甘心。你反躬自省，總有令她怨，令她恨，使得她決意殺你的因。你避開她，業因仍在，倘若派人殺了她，惡業更加深重了。」行癡顫聲道：

「是。」

韋小寶肚裏大罵：「操你奶奶的老賊禿！我要罵你、打你、殺你，你給不給我打罵？給不給我割下你的老禿頭？」

只聽玉林續道：「至於那些喇嘛要捉你去，那是他們在造惡業，意欲以你為質，挾制當今皇帝，橫行不法，虐害百姓。咱們卻不能任由他們胡行。眼前這裏是不能住了，你們且隨我到後面的小廟去。」他轉身出外。行癡、行顛跟了出去。

韋小寶和雙兒兩人跟著到了玉林坐禪的小廟。玉林對他們兩人猶如沒瞧見一般，毫不理會，逕在蒲團上盤膝坐了。行癡在他身邊的蒲團上坐下，行顛東張西望了一會，也在行癡的下首坐倒。玉林和行癡合什閉目，一動也不動，行顛卻睜大了圓圓的環眼，向空瞪視，終於也閉上眼睛，兩手按膝，過了一會，伸手去摸蒲團旁的金杵，唯恐失卻。

韋小寶向雙兒扮個鬼臉，裝模作樣的也在蒲團上坐下，雙兒挨著他身子而坐。韋小寶雖非孫悟空，但性子之活潑好動，也真似猴兒一般，要他在蒲團上安安靜靜的坐上一

時三刻，可真要了他的命。但老皇爺便在身旁，要他就此出廟而去，那是說甚麼也不肯的。他東一扭，西一歪，拉過雙兒的手來，在她手心中搔癢。雙兒強忍笑容，左手向玉林和行癡指指。

這麼挨了半個時辰，韋小寶忽想：「老皇爺學做和尚，總不成連大小便也忍得住。待他去大小便之時，我便去花言巧語，騙他逃走。」想到了這計策，身子便定了一些。

一片寂靜之中，忽聽得遠處響起許多人的腳步聲，初時還聽不真切，後來腳步聲越響越近，一大羣人奔向清涼寺來。行癡臉上肌肉動了幾下，伸手抓起金杵，睜開眼來，見玉林和行癡坐著不動，遲疑了片刻，放下金杵，又閉上了眼。

只聽得這羣人衝進了清涼寺中，叫嚷喧嘩，良久不絕。韋小寶心道：「他們在寺裏找不到老皇爺，不會找上這裏來麼？且看你這老賊禿如何抵擋？」

果然又隔了約莫半個時辰，大羣人擁向後山，來到小廟外。有人叫道：「進去搜！」

行顛霍地站起，抓起了金杵，擋在禪房門口。

韋小寶走到窗邊，向外張去，月光下但見黑壓壓的都是人頭，回頭看玉林和行癡時，兩人仍坐著不動。雙兒悄聲道：「怎麼辦？」韋小寶低聲道：「待會這些人衝進來，咱們救了老皇爺，從後門出去。」頓了一頓，又道：「倘若途中失散，我們到靈境寺會齊。」雙兒點了點頭，道：「就怕我抱不起老……老皇爺。」韋小寶道：「只好拖著他逃走。」

驀地裏外面眾人紛紛呼喝：「甚麼人在這裏亂闖？」「抓起來！」「別讓他們進去！」

746

「媽巴羔子的，拿下來！」

人影一晃，門中進來兩人，在行顛身邊掠過，向玉林合什躬身，便盤膝坐在地下，竟是兩名身穿灰衣的和尚。禪房房門本窄，行顛身軀粗大，當門而立，身側已無空隙，但這兩名和尚輕輕巧巧的竄了進來，似乎連行顛的衣衫也沒碰到，實不知他們是怎生進房來的。

外面呼聲又起：「又有人來了！」「攔住他！」「抓了起來！」卻聽得砰蓬、砰蓬之聲大作，有人飛了出去，摔在地下，禪房中卻又進來兩名和尚，一言不發，坐在先前進來的兩僧下首。

如此一對對僧人不斷陸續進來。韋小寶大感有趣，心想不知還有多少和尚到來，再來幾對，禪房便沒隙地可坐了。但來到第九對後便再無人來。

第九對中的一人竟是清涼寺的方丈澄光。韋小寶又奇怪，又欣慰：「這十七個和尚如果武功都跟澄光差不多，敵人再多，那也不怕。」

外面敵人喧嘩叫嚷，卻誰也不敢衝門。過了一會，一個蒼老的聲音朗聲說道：「少林寺硬要為清涼寺出頭，將事情攬到自己頭上嗎？」禪房內眾人不答。隔了一會，外面那老者道：「好，今日就賣了少林寺十八羅漢的面子，咱們走！」外面呼嘯之聲此起彼伏，眾人都退了下去。

韋小寶打量那十八名僧人，年老的已六七十歲，年少的不過三十左右，或高或矮，或俊或醜，僧袍內有的突出一物，似是帶著兵刃，心想：「他們是少林寺十八羅漢，那

747

麼澄光方丈也是十八羅漢之一了。玉林老賊禿有恃無恐，原來早約下了厲害的幫手保駕。這些和尚在這裏坐禪入定，不知要搞到幾時，老子可不能跟他們耗下去，坐啊坐的，韋小寶別坐得變成了韋老寶！」站起身來，走到行癲身前跪下，說道：「大和尚，有少林寺十八羅漢保駕，您大和尚是篤定泰山了。我這就要回去了，您老人家有甚麼吩咐沒有？」

行癲睜開眼來，微微一笑，說道：「辛苦你啦。回去跟你主子說，不用上五台山來擾我清修。就算來了，我也必定不見。你跟他說，要天下太平，『永不加賦』四字，務須牢牢緊記。他能做到這四字，便是對我好，我便心中歡喜。」

韋小寶應道：「是！」

行癲探手入懷，取了一個小小包裹出來，說道：「這部經書，去交給你主子。跟他說：天下事須當順其自然，不可強求。能給中原蒼生造福，那是最好。倘若天下百姓都要咱們走，那麼咱們從那裏來，就回那裏去。」說著在小包上輕輕拍了一拍。

韋小寶記起陶紅英的話來，心道：「莫非這又是一部《四十二章經》？」見行癲將小包遞來，伸雙手接過。

隔了半晌，行癲道：「你去罷！」韋小寶道：「是。」爬下磕頭。行癲道：「不敢當，施主請起。」

韋小寶站起身來，走向房門，突然間童心忽起，轉頭向玉林道：「老和尚，你坐了這麼久，不小便麼？」玉林恍若不聞。韋小寶嘻嘻一笑，一步跨出門檻。

行癡道：「跟你主子說，他母親再有不是，總也是母親。不可失了禮數，也不可有怨恨之心。」韋小寶答應了，心道：「這句話我才不給你傳到呢。」行癡沉吟道：「要你主子一切小心。」韋小寶道：「是。」

韋小寶回到靈境寺，關上房門，打開包裹，果然是一部《四十二章經》，只不過書函是以黃綢所製。他琢磨行癡的言語，和陶紅英所說若合符節。行癡說：「倘若天下百姓都要咱們走，那麼咱們從那裏來，就回那裏去。」滿洲人從關外到中原，要回去的話，自是回關外了，行癡在這小包上拍了一拍，當是說滿洲人回去關外，可以靠了這小包而過日子。又想：「老皇爺命我將經書交給小玄子，我交是不交？我手中已有五部經書，再加上這一部，共有六部。八部中只差兩部了。倘若交給小玄子，只怕就有五部經書，也是無用。好在老皇爺說，就是小玄子上五台山來，他也不見，死無對證。這是送上門來的好東西，若不吞沒，對不起韋家祖宗。」但想小皇帝對自己十分信任，吞沒他的東西，未免愧對朋友，對朋友半吊子，就不是英雄好漢了，反正這經書自己也看不懂，還是去交給好朋友的為是。

次晨韋小寶帶同雙兒、于八等一千人下山。這番來五台山，見到了老皇爺，不負康熙所託，途中還得了雙兒這樣一個美貌溫柔、武功高強的小丫頭，心中甚是高興。

走出十餘里，山道上迎面走來一個頭陀。這頭陀身材奇高，與那莽和尚行顛難分上下，只是瘦得出奇。澄光方丈已經甚瘦，這頭陀少說也比他還瘦了一半，臉上皮包骨

頭，雙目深陷，當真便如殭屍一般，這頭陀只怕要四個併成一個，才跟行顛身材差不多。他長髮垂肩，頭頂一個銅箍束住了長髮，身上穿一件布袍，寬寬盪盪，便如是掛在衣架上一般。

韋小寶見了他這等模樣，心下有些害怕，不敢多看，轉過了頭，閃身道旁，讓他過去。

那頭陀走到他身前，卻停了步，問道：「你是從清涼寺來的麼？」韋小寶道：「不是。我們從靈境寺來。」那頭陀左手一伸，搭住他左肩，將他身子拗轉，跟他正面相對，問道：「你是皇宮裏的太監小桂子？」這隻大手在肩上一按，韋小寶登時全身皆軟，絲毫動彈不得，忙道：「胡說八道！你瞧我像太監麼？我是揚州韋公子。」

雙兒喝道：「快放手！怎地對我家相公無禮。」那頭陀伸出右手，按向雙兒肩頭，道：「聽你聲音，也是個小太監。」雙兒右肩一沉避開，食指伸出，疾點他「天谿穴」，喀的一聲，點個正著。可是手指觸處有如鐵板，只覺指尖奇痛，連手指也險些折斷，不禁「啊」的一聲呼叫，跟著肩頭一痛，已給那頭陀蒲扇般的大手抓住。

那頭陀嘿嘿嘿嘿的笑了三聲，道：「你這小太監武功很好，厲害，真正厲害。」雙兒飛起左腿，砰的一聲，踢在他胯上，這一下便如踢中了一塊大石頭，大叫一聲：「唉喲！」眼淚直流。

那頭陀道：「小太監武功了得，當真厲害。」雙兒叫道：「我不是小太監！你才是小太監！唉喲！」那頭陀笑道：「你瞧我像不像太監？」雙兒叫道：「快放手！你再不放，我可要罵人啦。」那頭陀道：「你點我穴道，踢我大腿，我都不怕，還怕你罵人？」

750

你武功這樣高強，定是皇宮裏派出來的，我得搜搜。」

韋小寶道：「你武功更高，那麼你更是皇宮裏派出來的了。」

那頭陀道：「你這小太監纏夾不清。」左手提了韋小寶，右手提了雙兒，向山上飛步便奔。兩個少年大叫大嚷，那頭陀毫不理會，提著二人直如無物，腳下迅速之極。于八等人只瞧得目瞪口呆，那敢作聲。

那頭陀沿山道走了數丈，突然向山坡上無路之處奔去，當真是上山如履平地。韋小寶只覺耳畔呼呼風響，心道：「這頭陀如此厲害，莫非是山神鬼怪？」

奔了一會，那頭陀將二人往地下一放，向上一指，道：「倘若不說實話，我提你們到這山峯上，擲了下來。」所指處是個極高的山峯，峯尖已沒入雲霧之中。

韋小寶道：「好，我說實話。」那頭陀問道：「那就算你識相。你到底是甚麼人？」

這小子是甚麼人？」韋小寶道：「大師父，她不是小子……她是我的……我的……」那頭陀道：「是你的甚麼人？」韋小寶道：「是我的……老婆！」

這「老婆」二字一出口，那頭陀和雙兒都大吃一驚。雙兒滿臉通紅。那頭陀奇道：「甚麼？甚麼老婆？」韋小寶道：「不瞞大師父說，我是北京城裏的富家公子，看中了隔壁鄰居的這位小姐，於是……我們私訂終身後花園，她爹爹不答允，我就帶了她逃出來。你瞧，她是個姑娘，怎麼會是小太監，真是冤哉枉也了。你如不信，除下她帽子瞧瞧。」

那頭陀摘下雙兒的帽子，露出一頭秀髮，其時天下除了僧、道、頭陀、尼姑等出家

人，都須剃去前半邊頭髮。雙兒長髮披將下來，直垂至肩，自是個女子無疑。

韋小寶道：「大師父，求求你，你如將我們送交官府，那我可沒命了。我給你一千兩銀子，你放了我們罷！」那頭陀道：「如此說來，你果然不是太監了。太監那有拐帶人家閨女私逃的？哼哼，你小小年紀，膽子倒不小。」說著放開了他，又問：「你們上五台山來幹甚麼？」韋小寶道：「我們上五台山來拜佛，求菩薩保祐，讓我落難公子中狀元，將來她……我這老婆，就能做一品夫人了。」甚麼「私訂終身後花園，落難公子中狀元」云云，都是他在揚州時聽說書先生說的。

那頭陀想了片刻，點頭道：「那麼是我認錯人了，你們去罷！」韋小寶大喜，道：「多謝大師。我們以後拜菩薩之時，求菩薩保祐，保祐你大師將來也……也做個大菩薩，跟文殊菩薩、觀音菩薩平起平坐。」攜著雙兒的手，向山下走去。

只走得幾步，那頭陀道：「不對，回來！小姑娘，你武功很了得，點我一指、踢我一腳。」說著摸了摸腰間「天谿穴」，問道：「你這武功是誰教的？是甚麼家數？」

雙兒可不會說謊，脹紅了臉，搖了搖頭。韋小寶道：「她這是家傳的武功，是她媽媽教的。」那頭陀道：「小姑娘姓甚麼？」韋小寶道：「這個，嘻嘻，說起來有些不大方便。」那頭陀道：「甚麼不方便？快說！」

雙兒道：「我們姓莊。」那頭陀搖頭道：「姓莊？不對，你騙人，天下姓莊的人中，沒有這樣的武功高手，能教了這樣的女兒出來。」韋小寶道：「天下武功好的人極多，你又怎能都知道？」那頭陀怒道：「我在問小姑娘，你別打岔。」說著輕輕在他肩

752

頭一推。

這一推使力極輕，生怕這小孩經受不起，手掌碰上韋小寶肩頭，只覺他順勢一帶一卸，雖無勁力，所用招式卻是一招「風行草偃」，移肩轉身，左掌護面，右掌伏擊，居然頗有點兒門道。那頭陀微覺訝異，抓住了他胸口。韋小寶右掌戳出，一招「靈蛇出洞」，也使得分毫不錯，嘆的一聲，戳在那頭陀頸下，手指如戳鐵板，「啊喲」一聲大叫。

雙兒雙掌飛舞，向頭陀攻去。那頭陀掌心發勁，已將韋小寶胸口穴道封住，回身相鬥。雙兒竄高伏低，身法輕盈，但那頭陀七八招後，兩手已抓住她雙臂，左肘彎過一撞，封住了她穴道，轉身問韋小寶：「你說是富家公子，怎地會使遼東神龍島的擒拿功夫？」

韋小寶道：「我是富家公子，為甚麼不能使遼東神龍島功夫？難道定要窮家小子才能使麼？」口中敷衍，拖延時刻，心念電轉：「遼東神龍島功夫，那是甚麼功夫？是了，海老烏龜說過，老婊子假冒武當派，其實是遼東蛇島的功夫。那神龍島，多半便是蛇島。不錯，老婊子跟神龍教的人勾搭搭，他們嫌『蛇』字不好聽，自稱為『神龍』。小玄子的功夫是老婊子教的，我時時和小玄子拆招比武，不知不覺學上了這幾下擒拿手法。」

那頭陀道：「胡說八道，你師父是誰？」

韋小寶心想：「如說這功夫是老婊子所教，等於招認自己是宮裏的小太監。」當即說道：「是我叔叔一個相好，一個胖姑娘柳燕姑姑教的。」那頭陀大奇，問道：「柳燕？柳姑娘是你叔叔的相好？你叔叔是甚麼人？」韋小寶道：「我叔叔韋大寶，是北京

城裏有名的風流公子，白花花的銀子一使便是一千兩，相貌像戲台上的小生一樣。那胖姑娘一見就迷上他了。胖姑娘常常三更半夜到我家裏來，花園圍牆跳進跳出。我纏住要她教武功，她就教了我幾手。」那頭陀將信將疑，問道：「你叔叔會不會武功？」

韋小寶哈哈大笑，道：「他會屁武功？他常常給柳燕姑娘抓住了頭頸，提來提去，半點動彈不得。我叔叔急了，罵道：『兒子提老子。』柳燕姑娘笑道：『就是兒子提老子！孫子提爺爺也不打緊。』」

他繞著彎子罵人，那頭陀可絲毫不覺，追述柳燕的形狀相貌，韋小寶竟說得分毫不錯，說道：「這個胖姑姑最愛穿紅繡鞋。大師父，我猜你愛上了她，是不是？幾時你見到她，就跟她一起睡覺，睡了永遠不起來好了。」

那頭陀怎知柳燕已死，這話似是風言風語，其實是毒語相咒，怒道：「小孩子家胡說八道！」但對他的話卻是信了，伸手在他小腹上輕輕一拍，解他穴道。不料這一記正拍在他懷中那部《四十二章經》上，啪的一聲，穴道並沒解開。

那頭陀道：「甚麼東西？」韋小寶道：「是我從家裏偷出來的一大疊銀票。」那頭陀道：「吹牛！銀票那有這麼多的？」探手到他懷裏一摸，拿了那包裹出來，解開看去，赫然是一部經書。他一怔之下，登時滿臉堆歡，叫道：《四十二章經》，《四十二章經》！」急忙包好了，放入自己懷裏，抓住韋小寶胸口，將他高高舉起，厲聲喝道：

「經書那裏來的？」

這一句話可不易答了，韋小寶笑道：「嘻嘻，你問這個麼？說來話長，一時之間，

754

那說得完。」他拖延時刻，想說一番言語騙過這頭陀。要說經書從何而來，胡亂捏造個原由，自是容易之極，但經書已入他手，要再騙得回來，可就難了。

那頭陀大聲問道：「是誰給你的？」

韋小寶身在半空，突然見到山坡上有七八名灰衣僧人向上走來，看模樣便是清涼寺後廟所見少林十八羅漢中的人物，轉頭一看，又見到了幾名，連同西首山坡上來的幾名，共是十七八名，心下大喜，暗道：「賊頭陀，你武功再強，也敵不過少林十八羅漢。」

那頭陀又道：「快說，快說！」眼見韋小寶東張西望，順著他目光瞧去，見山坡東、北、西三面緩緩上來十餘名和尚，卻也不放在心上，問道：「那些和尚來幹甚麼？」

韋小寶道：「他們聽說大師父武功高強，十分佩服，前來拜你為師。」

那頭陀搖頭道：「我從來不收徒弟。」大聲喝道：「喂，你們快快都給我滾蛋，別來囉唆！」這一聲呼喝，羣山四應，威勢驚人。

那十八名僧人恍若不聞，一齊上了山坡。一名長眉毛的老僧合什說道：「大師是遼東胖尊者麼？」

韋小寶身在半空，聽了這句話，忍不住哈哈大笑。這頭陀身材之瘦，世間罕有，這老和尚問他是不是胖尊者，那多半是譏刺於他了。

不料那頭陀大聲道：「我正是胖頭陀！你們想拜我為師嗎？我不收徒弟！你們跟誰學過武功？」

那老僧道：「老衲是少林寺澄心，忝掌達摩院，這裏十七位師弟，都是少

林寺達摩院的同侶。」

胖頭陀「啊」的一聲，緩緩將韋小寶放下，說道：「原來少林寺達摩院的十八羅漢通統到了。你們不是想拜我爲師的。我一個人可打你們不過。」澄心合什道：「大家無冤無仇，都是佛門一派，怎地說到個『打』字？『羅漢』是佛門中聖人，我輩凡夫俗子，如何敢當此稱呼？武林中朋友胡亂以此尊稱，殊不敢當。遼東胖瘦二尊者，神功無敵，我們素來仰慕，今日有緣拜見，實是大幸。」說到這裏，其餘十七名僧人一齊行禮。

胖頭陀躬身還禮，還沒挺直身子，便問：「你們到五台山來，有甚麼事？」

澄心指著韋小寶道：「這位小施主，跟我們少林寺頗有些淵源，求大師高抬貴手，放了他下山。」胖頭陀略一遲疑，眼見對方人多勢眾，又知少林十八羅漢個個武功驚人，單打獨鬥並不在乎，他十八人一齊上就對付不了，便道：「好，看在大師面上，就放了他。」說著俯身在韋小寶腹上揉了幾下，解開了他穴道。

韋小寶一站起，便伸出右掌，說道：「那部經書，是這十八羅漢的朋友交給我的，命我送去……送去少林寺，交給住持方丈，你還給我罷。」胖頭陀怒道：「甚麼？這經書跟少林寺有甚麼相干？」韋小寶大聲道：「你奪了我的經書，那是老和尚叫我去交給人的，非同小可，快快還來！」

胖頭陀道：「胡說八道！」轉身便向北邊山坡下縱去。三名少林僧飛身而起，伸手往他臂上抓去。胖頭陀不敢和眾僧相鬥，側身避開了三僧的抓掌，他身形奇高，行動卻輕巧無比。少林三僧這一抓都是少林武功的絕頂高招，竟沒碰到他衣衫。但胖頭陀這麼

慢得瞬息，已有四名少林僧攔在他身後，八掌交錯，擋住了他去路。

胖頭陀鼓氣大喝，雙掌一招「五丁開山」推出，乘著這股威猛之極的勢道，回頭向南，疾衝而前。四名少林僧同時出掌，分擊左右。胖頭陀雙掌掌力和四僧相接，只覺左方擊來掌力甚是剛硬，右方二僧掌力中卻含有綿綿柔勁，不由得心中一驚，雙掌運力，將對方掌力卸去，便在此時，背後又有三隻手掌抓來。

胖頭陀一瞥之間，見左側又有二僧揮掌擊到，當即雙足一點，向上躍起，但見背後三僧伸出的手掌各各不同，分具「龍爪」、「虎爪」、「鷹爪」三形，心下登時怯了，大袖急轉，捲起一股旋風，左足落地，右手已將韋小寶抓起，叫道：「要他死，還是要他活？」

十八少林僧或進或退，結成兩個圓圈，分兩層團團將胖頭陀圍住。澄心說道：「這位小施主那部經書，干係重大，請大師施還，結個善緣。我們感激不盡。」

胖頭陀右手將韋小寶高高提起，左掌按在他天靈蓋上，大踏步向南便走。

這情勢甚是分明，倘若少林僧出手阻攔，他左掌微一用力，韋小寶立時頭蓋破裂。

擋在南方的幾名少林僧略一遲疑，唸聲「阿彌陀佛」，只得讓開。

胖頭陀提著韋小寶向南疾行，越走越快。少林寺十八羅漢展開輕功，緊緊跟隨。這時雙兒被封閉的穴道已得少林僧解開，眼見韋小寶被擒，心下驚惶，提氣急追。

她拳腳功夫因得高人傳授，頗為了得，可是畢竟年幼，內力修為和十八少林僧相差極遠，加上身矮步短，只趕出一二里，已遠遠落後，她心中一急，便哭了出來，一面哭，

757

一面仍然急奔。

但見胖頭陀提了韋小寶，向正南的一座高峯疾馳而上。十八少林僧排成一線，自後緊追。雙兒奔到峯腳，已然氣喘吁吁，仰頭見山峯甚高，心想這惡頭陀將相公捉到山峯頂上，萬一失足，摔將下來，惡頭陀未必會摔死，相公那裏還有命？正惶急間，忽聽得隆隆聲響，一塊塊大石從山道上滾了下來，十八少林僧左縮右躍，不住閃避。原來胖頭陀上峯之時，不斷踢動路邊巖石，滾下阻敵。十八少林僧怎能讓巖石砸傷？可是跟他相距卻更加遠了。澄光方丈和皇甫閣動手時胸口受傷，內力有損，又落在十七僧之後。

雙兒提氣上峯，叫道：「方丈大師，方丈大師！」澄光回過頭來，站定了等她，見她奔得上氣不接下氣，神色驚惶，安慰她道：「別怕！他不會害你公子的。」怕她急奔受傷，拉住她手，緩緩上山。雙兒心中稍慰，問道：「方丈，他……他會不會傷害相公？」澄光道：「不會的。」他話是這麼說，可是眼見胖頭陀如此兇狠，又怎能斷定？

這山峯是五台山的南台，幸好山道曲折，轉了幾個彎，胖頭陀踢下的石塊便已砸不到人了。待得雙兒隨著澄光走上南台頂，只見十七名少林僧團團圍住了一座廟宇，胖頭陀和韋小寶自然是在廟內。

五台山共有五座高峯，峯頂各有一廟。五台山是佛教中文殊菩薩演教之場，峯頂每座廟中所供文殊名號不同，以文殊菩薩神通廣大，以不同世法現身。東台望海峯，建望海寺，供聰明文殊；北台葉斗峯，建靈應寺，供無垢文殊；中台翠巖峯，建演教寺，供儒童文殊；西台掛月峯，建法雷寺，供獅子文殊；南台錦繡峯，建普濟寺，供智慧文

758

殊。眾人所登的山峯便是錦繡峯，那座廟便是普濟寺。

雙兒叫了幾聲：「相公，相公！」不聞應聲，拔足便奔寺去。

雙兒直衝進殿，只見胖頭陀站在大雄寶殿滴水簷口，右手仍抓著韋小寶。雙兒撲將過去，叫道：「相公，惡頭陀沒傷了你嗎？」韋小寶道：「你別急，他不敢傷我的。」

胖頭陀怒道：「我為甚麼不敢傷你？」韋小寶笑道：「你如動了我一根寒毛，少林十八羅漢捉住了你，將你回復原狀，再變成又矮又胖，那你可糟了。」

胖頭陀臉色大變，顫聲道：「甚麼回復原狀？你……你……怎麼知道？」

其實韋小寶一無所知，只是見他身形奇高極瘦，名字卻叫作「胖頭陀」，隨口亂說，不料誤打誤撞，竟似說中了他的心病。韋小寶鑒貌辨色，聽他語音中含有驚懼之情，當即嘿嘿冷笑，道：「我自然知道。」胖頭陀道：「諒他們也沒這本事。」

突然之間，胖頭陀右足飛出，砰的一聲巨響，將階前一個石鼓踢了起來，直撞上照壁，石屑紛飛，問雙兒道：「你來做甚麼？活得不耐煩了？」雙兒道：「我跟相公同生共死，你如傷了他半分，我跟你拚命。」胖頭陀怒道：「他媽的，這小鬼頭有甚麼好？你這女娃娃倒對他有情有義。」雙兒臉上一紅，答不出來，只道：「相公是好人，你是壞人。」

只聽得外面十八名少林僧齊聲口宣佛號：「阿彌陀佛，阿彌陀佛！胖尊者，請你把小施主放了，將經書還了他罷！你是武林中赫赫有名的英雄好漢，為難一個小小孩子，豈不貽笑天下？」

759

胖頭陀怒吼：「你們再囉唆不停，老子可要不客氣了。大家一拍兩散，老子殺了這小孩兒，毀了經書，瞧你們有甚麼法子！」

澄心道：「胖尊者，你要怎樣才肯放人還經？」胖頭陀道：「放人倒也可以，經書卻無論如何不能交還。」寺外眾僧寂然無聲。

胖頭陀四顧殿中情狀，籌思脫身之計。突然間灰影閃動，十八名少林僧竄進殿來。五名少林僧貼著左壁繞到他身後，五名少林僧沿著右壁繞到他身後，頃刻之間，又成包圍之勢。

胖頭陀怒道：「有種的就單打獨鬥，一個個來試試老子手段，你們就是車輪大戰，老子也不放在心上。」澄光合什道：「請恕老衲無禮，我們可要一擁齊上了。」

胖頭陀提起左足，輕輕踏在韋小寶頭上，嘿嘿冷笑。

韋小寶聞到他鞋底的爛泥氣息，又驚又怒，他這隻臭腳在自己頭上一擱，腦子竟也似胡塗了，一時無計可施，眼珠亂轉，要在殿上找些甚麼惹眼之物，胡說八道一番，引開胖頭陀的目光，只消他稍一疏神，少林僧便有相救之機。可是他腦袋給踏在腳下，只看得到向外的一面，但見院子裏有隻大石龜，背上豎著一塊大石碣。

韋小寶道：「胖尊者，你爹爹老是爬在院子裏，背上壓著幾萬斤的大石頭，那不太辛苦嗎？你也不救他一救，也真不孝。」胖頭陀怒道：「甚麼我爹爹爬在院子裏？滿嘴胡說。」韋小寶道：「那《四十二章經》共有八部，你只拿得到一部，得不到其餘七部，單是一部經書，又有甚麼用？」胖頭陀急問：「另外七部在那裏？你知不知道？」

韋小寶道：「我自然知道。」胖頭陀道：「在那裏？快說，你如不說，我一腳踏碎了你腦袋。」韋小寶道：「我本來不知，剛才方知。」胖頭陀奇道：「剛才方知？那是甚麼意思？」

韋小寶伸長脖子，瞧著石碣。那石碣上刻滿彎彎曲曲的篆文，韋小寶自然不識，他卻假裝誦讀碑文，緩緩的道：「四十二章經，共分八部，第一部藏在河南省甚麼寺之中。那幾個字我不認識。」胖頭陀問道：「甚麼字？」見他目光凝視院子中的石碣，奇道：「這塊石頭上刻明白了？」

韋小寶不理，作凝神讀碑之狀，道：「第二部藏在山西省甚麼山的甚麼尼姑庵中，胖老兄，這幾個字我不認得，字又刻得模糊，你文武全才，自己去瞧個明白。」

胖頭陀信以為真，俯身提起韋小寶，走到殿門口，細看石碣，碣上所刻的篆文，是文字，自己可一字不識，但說不是文字，又刻在石碣上做甚？只聽韋小寶繼續唸道：「第三部在四川甚麼山？這字我又不識了。」胖頭陀早就聽人說過，《四十二章經》共有八部，必須八部齊得，方有莫大效用，至於藏在何處，他更一無所知，聽韋小寶這麼說，已無半分懷疑，問道：「第四部藏在那裏？」

韋小寶瞇著眼凝望石碣，腦袋先向左側，又向右側，搖了搖頭，道：「我看不清楚。」胖頭陀提起他身子，向石碣跨了三步，相距已近，滿臉詢問之色。韋小寶道：「我頭上癢得很。」胖頭陀道：「甚麼？」韋小寶道：「這廟裏有跳蚤，在我頭髮裏咬我，胖老兄，你給我捉了出來。頭皮癢得厲害，眼睛就瞧不清楚。」胖頭陀除下他帽

子，伸出一隻巨掌，五根棒槌般的大手指在他髮中搔了幾下，道：「好些了嗎？」韋小寶道：「不行，那跳蚤咬我左邊頭皮，你卻搔右邊，越搔越癢。」胖頭陀便去搔他左邊頭皮，韋小寶道：「啊喲，跳蚤跳到我頭頸裏了，你瞧見麼？」

胖頭陀明知他是在作怪，仍放鬆了他手腕，只左手輕輕按住他肩頭，防他逃脫，道：「你自己搔罷！」韋小寶道：「啊喲，這他奶奶的跳蚤好厲害，定是三年沒吃人血了，本來矮矮胖胖的，現在餓得又瘦又癟，拚命來給老子為難。」說著左手伸入衣領，用力搔癢。胖頭陀知他繞個彎兒，又來罵自己是跳蚤，只裝作不知，問道：「第四部經書藏在那裏？」韋小寶道：「嗯，第四部經書，藏在甚麼山少……少林寺的達……達甚麼院啊？」胖頭陀吃了一驚，道：「藏在嵩山少林寺的達摩院？」

韋小寶見他對少林十八僧十分忌憚，而這些少林僧又說是達摩院的，便故意出個難題，作弄他一下，料想他縱有天大的膽子，也不敢到少林寺達摩院去盜經。

韋小寶說道：「這是『摩』字麼？我可不識得。胖老兄，你連這個難字都認得，又何必叫我讀？啊，是了，你是考考我。說來慚愧，每一行中，我倒有幾個字不識。」

胖頭陀斜眼察看少林眾僧，臉色怔忡不定，問道：「第五部藏在那裏？」

少林寺是武林中的大門派，韋小寶曾聽海大富說過，又聽他說太后冒充武當派了，於是將第五部、第六部說成分藏武當、崆峒兩山之中。胖頭陀臉色越來越難看。韋小寶說第七部經書是雲南沐王府中的人得去了，第八部則是在「雲南甚麼西王的王府」之中。白寒楓曾給他吃過苦

后則說海大富是崆峒派，武當、崆峒，想來也是兩個大門派了，

762

頭，這麼說可以給沐王府找些麻煩；吳三桂平西王府中好手如雲，連師父也甚為忌憚，胖頭陀如敢去惹事生非，定會吃個大大的苦頭。

不料胖頭陀臉色大變，問道：「你說第八部經書是在平西王府中？」韋小寶道：「這個字我不識，不知是不是平西王。」胖頭陀大怒，猛喝：「胡說八道！這塊石碑沒一千年，也有五百年。吳三桂有多大年紀了？幾百年前的碑文，怎會寫上吳三桂的平西王？」

那石碣顏色烏黑，石龜和石碣上生滿了青苔，所刻的文字斑駁殘缺，一望而知是數百年前的古物。韋小寶不明此理，信口開河，扯到了吳三桂身上。他心中暗叫：「糟糕，糟糕！」嘴頭兀自強辯：「我說過不識得這個字，是你說平西王的，說不定古時候雲南有個狗西王、貓西王、烏龜西王呢。胖老兄，我跟你說，這些字彎彎曲曲，很是難認，你識得就識得，不識就不識，假裝識得，讀成了平西王吳三桂，這裏眾位大和尚個個學問高深，你亂讀白字，豈不笑歪了他們的嘴巴？」

這番話倒也極有道理，說得胖頭陀一張瘦臉登時滿面通紅。他倒並不生氣，點了點頭，說道：「這些蝌蚪字，我是一字不識，原來不是平西王。下面又寫著些甚麼字？」

韋小寶尋思：「好險！搶白了他一頓，才遮掩過去。可得說幾句好聽的話，教他開心開心。」他將『蛇島』說成是『神龍島』，又認得肥豬柳燕，多半是神龍教中的人物。」

側頭看了半晌，道：「下面好像是『壽與天……天……天……』天甚麼啊？」韋小寶道：「好像是一個……一色登時十分緊張，道：「你仔細看看，壽與天甚麼？」

個……嗯……一個『齊』字，對了，是『壽與天齊』！」胖頭陀大喜，雙手連搓，道：

「果然有這幾句話，還有甚麼字？」韋小寶指著石碣，說道：「這些字古裏古怪的，當真難認，是了，那是一個『洪』字，是『洪教主』三字，又有『神龍』二字！你瞧，那是『神通廣大』四字。」

胖頭陀「嗄」的一聲大叫，跳了起來，說道：「當真洪教主有如此福份，壽與天齊？這千年石碑上早已寫上了？」

韋小寶道：「上面寫得有，這是……這是唐太宗李世民立的碑，派了秦叔寶、程咬金立的，碑上寫得明明白白，唐朝有個上知千年、下知千年的軍師，叫作徐茂功，他算到千年之後，大清朝有個神龍教教主洪教主，神通廣大，壽與天齊。」

揚州茶館中說書先生說隋唐故事，他聽得多了，甚麼程咬金、徐茂功的名字，爛熟於胸。其實徐茂功是唐朝開國大將徐勣，即與李靖齊名的英國公李勣，絕非捏指一算、便知過去未來的牛鼻子軍師，韋小寶卻那裏知道？他只求說得活龍活現，騙得胖頭陀暈頭轉向，十八少林僧便可乘機救他出去。至於「洪教主神通廣大，壽與天齊」云云，那是在莊家大宅之中，聽得章老三等神龍教教眾說的。果然胖頭陀一聽之下，抓頭搔耳，喜悅無限，張大了口合不攏來。

韋小寶道：「這塊大石頭後面，不知還寫了些甚麼。」胖頭陀道：「是！」繞到石碣後去察看。韋小寶一個箭步，向後跳出。胖頭陀一驚，忙伸手去抓。兩邊四名少林僧同時揮掌拍出。胖頭陀只得揮拳抵擋。韋小寶已跳到少林僧身後。頃刻間又有四名少林僧挺上。

八名少林僧足下不停，繞著胖頭陀急奔，手上不斷發招，一擊便走，此上彼落，十六條手臂分從八個方位打到，正是一個習練有素的陣法。

胖頭陀守勢甚是嚴密，但以一敵八，立時便感不支。只聽得啪啪兩聲，一名少林僧和胖頭陀各中一掌。那少林僧跳出圈子，另有一名僧人補了進來。再鬥一會，胖頭陀腿上給踢了一腳，他雙臂伸直，轉了一圈，將八名少林僧逼得各自退開兩步，叫道：「且住！」八僧又各退兩步。胖頭陀道：「今日寡不敵眾，經書就讓給你們罷！」伸手入懷，摸出了經書。

澄心左手一揮，八名少林僧踏上兩步，和胖頭陀相距不過三尺，各人提掌蓄勢。胖頭陀並不理會，伸手將經書交過。澄心丹田中內息數轉，周身布滿了暗勁，左手三指捏訣，攻守俱備之後，這才伸出右手，慢慢接過經書。

不料胖頭陀全無異動，交還了經書，微微一笑，說道：「澄心大師，你們少林寺十八羅漢名滿天下，十八人打我一個，未免不大光采罷！」

澄心將經書放入懷中，合什躬身，說道：「得罪了。少林僧單打獨鬥，不是胖尊者的對手。」左手一揮，眾僧同時退開，唯恐他又來捉韋小寶，五六名僧人都擋在他身前。

胖頭陀道：「韋施主，我有一事誠心奉懇，請你答允。」韋小寶道：「甚麼事？」胖頭陀道：「我想請你上神龍島去，做幾天客人。」韋小寶吃了一驚，道：「甚麼？要我去神龍島？這種地方……」胖頭陀道：「小施主的經書已由澄心大師收去，轉呈少林方丈。小施主來到神龍島，我們合教上下，決以上賓之禮恭敬相待，見過洪教主後，定

然送小施主平安離島。」他見韋小寶扁了扁嘴，顯是決不相信自己的話，便道：「澄心大師，請你做個見證。胖頭陀說過的話，可有不作數的？」

澄心知胖頭陀行事邪妄，但胖瘦二頭陀言出必踐，倒是早有所聞，說道：「胖尊者言出有信，眾所周知。只不過韋施主身有要事，恐怕未必有空去神龍島。」韋小寶道：「是啊，我忙死了，將來有空，再去神龍島會見胖尊者和洪教主罷。」

胖頭陀忙道：「該說洪教主和他老人家屬下的胖頭陀。第一，天下沒人可以排名在他老人家之上，先說旁人名字，再提洪教主，那是大大不敬。」韋小寶問道：「那麼皇帝呢？」胖頭陀道：「自然是洪教主在前，皇帝在後。第二，在教主他老人家面前，不得提甚麼『尊者』、『眞人』的稱呼。普天之下，唯洪教主一人爲尊。」

韋小寶一伸舌頭，道：「洪教主這麼厲害，我更加不敢去見他了。」

胖頭陀道：「洪教主仁慈愛眾，像小施主這等聰明伶俐的少年英雄，他老人家見了一定十分喜歡。小施主神龍島之行，必定滿載而歸。教主他老人家大有恩賜，那是不必說了，說不定他老人家一高興，傳你一招半式，從此小施主縱橫天下，終身受用不盡。」

他這番話說得極是誠懇，熱切之意，見於顏色。本來他對韋小寶全不瞧在眼內，曾伸腳踏在他頭上，但這時滿口「小施主」，又說甚麼「聰明伶俐的少年英雄」，生怕韋小寶聽不清楚，將一條竹篙般的身子彎了下來，就著他說話。

韋小寶記起陶紅英的言語，在莊家看到章老三等一千人的舉止，又想起太后和柳燕、男扮女裝假宮女的模樣，對神龍教實是說不出的厭惡，相較之下，所識的神龍教人

766

物之中，倒是這個胖頭陀還有幾分英雄氣概，可是他恃強彊經，將自己提來提去，忽然間神態大變，邀自己去神龍島作客，定然不懷好意，莫瞧他這時說話客氣，那是因為打不過少林僧而已，只要少林僧一走，定然又是強兇霸道，又有誰能制得住他？當下搖頭道：「我不去！」

胖頭陀一張瘦臉上滿是懊喪之色，慢慢站直身子，向身周的十八名少林僧看了一眼，緩緩的道：「小施主，我的武功跟他們十八位大和尚相比，那是如何？」韋小寶道：「各有所長。」胖頭陀怒道：「甚麼各有所長？如果一對一的比拚，難道他們能勝得過我？」韋小寶道：「一對一，說不定是你贏。一對十八，那一定是你輸了，這才叫各有所長哪。倘若一對一也是你輸，那麼你還長個屁！你不過是身材長些而已。」

胖頭陀微微一笑，道：「像我這樣武功高強的人，你見過沒有？」韋小寶道：「當然見過！你的武功也不過馬虎虎，比你高強十倍之人，我也見過不少。」胖頭陀大怒，跳上一步，伸手向他抓去。四名少林僧同時伸掌擋住。胖頭陀道：「你說誰的武功比我更高？」

韋小寶一時爲之語塞，倒想不起曾見過有誰比他武功更高，師父的武功是極高的了，也未必勝得過他。胖頭陀得意起來，道：「你瞧，你說不出了，是不是？」

韋小寶道：「甚麼說不出，我是不想說，只怕嚇壞了你。武功高出你甚多之人，第一位，是天地會總舵主陳近南。我曾見他在北京城裏跟人打架，雙手抓住四名頭陀，每個頭陀都有二百來斤重，他雙足一點，便飛身跳過城牆，你跟他相比，可相差太遠了。」

胖頭陀哼了一聲，他也素聞陳近南之名，但決不信他能手提四人、飛身跳過城牆，說道：「吹牛！」

韋小寶道：「第二位武功高強之人，是江南一位嬌滴滴的小腳少奶奶。」他說到這裏，向雙兒瞧去。雙兒連連搖手，要他莫說。韋小寶續道：「這位少奶奶曾和三十六個武當派的道士打架，三十六個道士圍住了她，使出一種甚麼……甚麼陣法來……」胖頭陀問道：「武當派的陣法，空手還是使劍的？」韋小寶道：「使劍的。」胖頭陀道：「那是真武劍陣。」

韋小寶道：「是了，你胖大師見多識廣，知道是真武劍陣，那時候三十六把寶劍圍住了那位少奶奶，劍光閃閃，水也潑不進去。那位少奶奶左手抱著孩子，右手是空手……」胖頭陀大奇，問道：「她左手抱著孩子跟武當派比武？」韋小寶道：「那有甚麼希奇？她抱著的是一對雙生子，都是男孩兒，很胖的……」他有意誇張莊家少奶奶的武功，又將孩子的數目加上一倍，續道：「……她嘴裏哄著孩兒：『兩個乖寶寶，別哭，你們瞧媽媽變把戲。』一面將三十六名道士手裏的寶劍都奪了下來，又將這些道士都點中了穴道，一個個站在那裏，好似泥菩薩一般，動也不能動。那位少奶奶抱了孩子，讓他們去抓老道士的鬍子。老道士乾瞪眼生氣，兩個孩子卻笑得很開心。」

武當派跟少林派齊名，武功各有千秋，韋小寶是知道的。他見胖頭陀鬥不過十八名少林僧，便說那少奶奶打敗了三十六名道士，武功誰強誰弱，那也不用多說了。

胖頭陀聽得如痴如狂，嘆了口氣，道：「天下竟有這樣神奇的武功！」韋小寶見居

然騙信了他，甚是得意，道：「不瞞你說，這位少奶奶，就是我的乾娘。」

雙兒初時聽他說江南有一個少奶奶，還道說的是莊家的三少奶，後來聽他說那位少奶奶有一對雙生兒子，又是他乾娘，才知另有其人。

胖頭陀卻又一驚，道：「是你乾娘？她姓甚麼？武林中有這樣厲害的人物，我怎地沒聽見過？」韋小寶笑道：「武林中厲害的人物多著呢。像我這個老婆……」說著向雙兒一指，道：「你瞧她小巧玲瓏，嬌滴滴的模樣，怎知她一身武功？」雙兒滿臉飛紅，道：「相公你別瞎說。」

胖頭陀跟雙兒交過手，這樣小小一個姑娘，居然身手了得，若非親見，也真難以相信，點頭道：「說得是。小施主既然不肯赴神龍島，那也沒法了，眾位請罷！」

韋小寶道：「大師先行！」他似乎是客氣，其實是要胖頭陀先行，他若向東，自己便向西，他如往北，自己便往南。胖頭陀搖搖頭，說道：「施主先請。我要將這石碑上的碑文拓了去。」韋小寶暗暗好笑，心想自己信口胡吹，居然騙得他信以為真。

注：

一、順治四后。端敬皇后董鄂氏及康熙生母孝康皇后，與順治合葬孝陵。廢后及孝惠皇后（即本書中的皇太后）另葬孝東陵。「孝康」及「孝惠」都是到雍正、乾隆年間才加的諡號，康熙時還沒有這樣稱呼。但通俗小說不必這樣嚴格遵守歷史事實。

二、順治出家五台山一事，清代民間盛傳，稱爲「清代四大疑案」之一。其餘三大疑案是順治皇太后下嫁攝政王、雍正奪嫡、乾隆出於海寧陳家。據官書記載，順治因染天花而死，然官書中疑點甚多，以致後人頗多猜測。清初大詩人吳梅村有「清涼山讚佛詩」四首，肯定與董鄂妃有關，頗有人認爲隱指順治因傷心愛妃之逝，而至五台山出家。詩云：

「西北有高山，云是文殊台。台上明月池，千葉金蓮開，花花相映發，葉葉同根栽。王母攜雙成，綠蓋雲中來。（按：雙成指女仙子董雙成。）漢王坐法宮，一見光徘徊。結以同心合，授以九子釵⋯⋯攜手忽太息，樂極生微哀。千秋終寂寞，此日誰追陪？⋯⋯（言董鄂妃得順治寵幸，順治有人生無常之悲。全詩甚長，不具錄。）

「傷懷驚涼風，深宮鳴蟋蟀。嚴霜被瓊樹，芙蓉凋素質。可憐千里草，萎落無顏色。（按：「千里草」即「董」字，指董鄂妃逝世。）⋯⋯南望倉舒墳（以曹操幼年天折的兒子鄧哀王曹倉舒比榮親王）掩面添悽惻。戒言秣我馬，遨遊凌八極。（述順治以愛妃逝世，內心傷痛及生出世之想。）

「八極何茫茫，日往清涼山。此山蓄靈異，浩氣供屈盤⋯⋯名山初望幸，衒命釋道安，預從最高頂，洒掃七佛壇⋯⋯中坐一天人，吐氣如游檀。寄語漢皇帝，何苦留人間？⋯⋯唯有大道心，與石永不刊。以此護金輪，法海無波瀾。（言順治心生上五台山之志。）

「嘗聞穆天子，六飛騁萬里⋯⋯盛姬病不救，揮鞭哭弱水。漢皇好神仙，妻子思

脱屣……寵奪長門陳，恩盛傾城李。（漢武帝金屋藏嬌、廢后居長門宮，以及李夫人故事。）穠華即修夜，痛入哀蟬誄。苦無不死方，得令昭陽起……持此禮覺王，賢聖總一軌。道參無生妙，功謝有為恥，色空兩不住，收拾宗風裏。」（覺王，即釋迦牟尼。歸結為皈依佛法，以禪宗求解脫。）

三、順治在位時即拜玉林為師學佛。《玉林國師年譜》云：順治十六年，世祖請師起名，師書十餘字進呈，世祖自擇「癡」字，上則用禪宗龍池祖法派中「行」字，法名「行癡」。玉林為「通」字輩，名「通琇」，字玉林，其弟子皆以「行」字排行。

韋小寶看了壁上字畫，自是一字不識，

搖頭道：「這一幅寫得不大好。」

陸先生蕭然起敬，請他指點，其中敗筆缺失，在於何處。

韋小寶道：「敗筆很多，勝筆甚少！」

第十九回

九州聚鐵鑄一字　百金立木招羣魔

十八少林僧和韋小寶、雙兒二人下得錦繡峯來。澄心將經書還給韋小寶，問道：

「施主是不是即回北京？」韋小寶道：「是。」澄心道：「我們等受玉林大師之囑，護送施主平安回京。」可是眾位和我同行，行痴大師有人保護麼？」澄心道：「施主放心，玉林大師另有安排。」韋小寶這時對玉林這老和尚已十分佩服，他閉目打坐，似乎天塌下來也不理，可是不動聲色，暗中一切已布置得安安貼貼。

既有少林十八羅漢護送，一路之上自是沒半點凶險，那身材高瘦的胖頭陀固然沒再現身，連其餘武林中人物也沒撞見一個。

不一日來到北京城外，十八少林僧和韋小寶行禮作別。澄心道：「施主已抵京城，老僧等告辭回寺。」韋小寶道：「眾位大和尚，承你們不怕辛苦，一直送我到這裏，我……我實在感激不盡，請受我一拜。」說著跪下磕頭。澄心忙伸手扶起，說道：「施主一路上善加接待，我們從山西到北京，乃是遊山玩水，何辛苦之有？」

原來韋小寶一下五台山，便僱了十九輛大車，自己與雙兒坐一輛，十八位少林僧各坐一輛，又命于八快馬先行，早一日打前站，沿途定好客店，預備名茶、細點、素齋，無不極盡豐盛。每一處地方韋小寶大撒賞金，掌櫃和店夥將十八位少林僧當作天神菩薩一般相待。少林僧清苦修持，原也不貪圖這些飲食之欲，但見他相敬之意甚誠，自不免喜悅。

韋小寶雖然油腔滑調，言不由衷，但生性極愛朋友，和人結交，倒是一番真心。這一路上和眾僧談談說說，很是相得，陡然說要分手，心中一酸，不禁掉下淚來。

澄心道：「善哉，善哉！小施主何必難過？他日若有緣法，請到少林寺來敘敘。」

韋小寶哽咽道：「那是一定要來的。」澄心和眾僧作別而去。

進得北京城時，天色已晚，不便進宮。韋小寶來到西直門一家大客店「如歸客棧」，要了間上房，歇宿一宵後，明日去見康熙，奏明一切。尋思：「那瘦得要命的胖頭陀拚命想奪我這部經書，說不定暗中還跟隨著我。十八位少林和尚既去，他再來下手搶奪，我和雙兒可抵擋不了。還是麻煩著點，先將經書藏得好好的，明兒到宮裏去帶領大隊侍衛來取，呈給小皇帝，這叫做『萬失無一』！」

於是命于八買備應用物事，遣出雙兒，閂上了門。關窗之前，先查明窗外並無胖頭陀窺探，這才用油布將那部《四十二章經》包好，拉開桌子，取出匕首，在桌子底下的磚牆上割了一洞。那匕首削鐵如泥，剖磚自是毫不費力。將經書放入牆洞，堆好磚塊，取水化開石灰，糊上磚縫。石灰乾後，若非故意去尋，決不會發見。

次日一早，命于八去買套車，要先帶雙兒去吃一餐豐盛早點，擺擺闊綽，讓這小丫頭大開眼界，然後去買套太監衣帽，再進宮去。市上要買太監衣帽，倒不容易，如買不到手，索性便穿上侍衛服色，再趕做一件黃馬褂套上，那時候威風凜凜、大搖大擺的進宮，教眾侍衛、太監瞧得目瞪口呆，豈不有趣？自己這御前侍衛副總管是皇上親封，又不是假的？心道：「就是這個主意，還做甚麼勞什子的太監？老子穿黃馬褂進宮便了。」

和雙兒上了騾車，彎了舌頭，滿口京腔，說道：「咱們先去西單老魁星館，那兒的炸羊尾、羊肉餃子，還對付著可以。」車夫恭恭敬敬的應道：「是！」于八挺直腰板，

775

坐在車夫之側，說道：「嘿，京城裏連騾子也與眾不同，這麼大眼漆黑的叫騾，我們山西通省就找不出一頭來。」韋小寶功成回京，心下說不出的得意。

那騾車行得一陣，忽然出了西直門。韋小寶道：「喂，是去西單哪，怎麼出了城？」

車夫道：「是，對不起哪，大爺！小人這口騾子有股倔脾氣，走到了城門口，非得出城門去溜個圈兒不可。」韋小寶和雙兒都笑了起來。于八道：「嘿，京城裏連騾子也有官架子。」

大車出城後迤往北行，走了一里有餘，仍不回頭，韋小寶心知事有蹊蹺，喝道：「趕車的，你搞甚麼鬼？快回去！」車夫連聲答應，大叫：「回頭，得兒，得兒，呼！得兒，轉回頭！」鞭子噼啪亂揮，騾子卻一股勁兒的往北，越奔越快。車夫破口大罵：「他媽的臭騾子，我叫你回頭！得兒，停住，停住！你奶奶的王八蛋騾子！」他越叫越急，騾子卻那裏肯停？

便在此時，馬蹄聲響，兩騎馬從旁搶了上來，貼到騾車之旁。馬上騎者均是身材魁梧的漢子。

韋小寶低聲道：「動手！」雙兒身子前探，伸指戳出，正中車夫後腰。他身子一晃，從車上摔了下去，大叫一聲，給車旁馬匹踹個正著。馬上漢子飛身而起，坐在車夫位上。這人反手抓她手腕，雙兒手掌翻過，拍向他面門。那漢子左掌格開，右手抓她肩頭。兩人拆了八九招，騾子仍發足急奔。左邊馬上騎者叫道：「怎麼啦？鬧甚麼玩意兒？」砰的一聲響，車上漢子胸口給雙兒右掌擊中，飛身跌出。另一名

漢子提鞭擊來。雙兒伸手抓住鞭子，順手纏在車上。驟車正向前奔，急拉之下，那漢子立時摔下馬來，忙撒手鬆鞭，哇哇大叫。

雙兒拿起驟子韁繩，她不會趕車，交在于八手裏，說道：「你來趕車。」于八道：

「這個……我……也不會。」韋小寶躍上車夫座位，接過韁繩，他也不會趕車，學著車夫

「得兒，得兒」的叫了幾聲，左手鬆韁，右手緊韁，便如騎馬一般，那驟子果然轉過頭

來，又那裏有甚麼倔脾氣了？

只聽得馬蹄聲響，又有十幾騎馬趕來，韋小寶大驚，拉驟子往斜路上衝去。追騎撥

轉馬頭，在後急跟。馬快車慢，不多時，十餘騎便將驟車團團圍住。

韋小寶見馬上漢子各持兵刃，叫道：「青天白日，天子腳下，你們想攔路搶劫嗎？」

一名漢子笑道：「我們是請客的使者，不是打劫的強盜。韋公子，我家主人請你去喝杯

酒！」韋小寶一怔，問道：「你們主人是誰？」那漢子道：「公子見了，自然認得。我

們主人如不是公子的朋友，怎麼請你去喝酒？」

韋小寶見這些人古裏古怪，多半不懷好意，叫道：「那有這麼請客的？勞駕，讓道

罷！」另一名大漢笑道：「讓道便讓道！」手起一刀，將驟頭斬落，驟屍一歪，倒在地

下，將驟車也帶倒了。韋小寶和雙兒急躍下地。雙兒出手如風，但敵人騎在馬上，她身

子又矮，打不到人，一指指接連戳去，不是戳瞎了馬眼，便戳中敵人腿上的穴道。

一霎時人喧馬嘶，亂成一團。幾名漢子躍下馬來，揮刀上前。雙兒身手靈活之極，

指東打西，打倒了七八名漢子。餘下四五人面面相覷，不知如何是好。

777

大道上一輛小車疾馳而來，車中一個女子聲音叫道：「是自己人，別動手！」

韋小寶一聽到聲音，心花怒放，叫道：「啊哈！我老婆來了！」

雙兒和眾漢子當即停手罷鬥。雙兒大為驚疑，她可全沒料到這位相公已娶了少奶奶。其時盛行早婚，男子十四五歲娶妻司空見慣，只是韋小寶從沒向她說過已有妻子。

小車馳到跟前，車中躍出一人，正是方怡。韋小寶滿臉堆歡，迎上去拉住她手，說道：「好姊姊，我想死你啦，你去了那裏？」方怡微笑道：「慢慢再說。怎麼你們打起架來？」眼見地下躺了多人，鮮血洒了滿地，頗感驚詫。

一名漢子躬身道：「方姑娘，我們來邀請韋公子去喝酒，想是大夥兒禮數不周，得罪了公子。方姑娘親自來請，再好也沒有了。」方怡奇道：「這些人都是你打倒的？你武功可大進了啊。」韋小寶道：「要長進也沒這麼快，是雙兒姑娘為了保護我，小顯身手。」

方怡眼望雙兒，見她不過十三四歲年紀，一副嬌怯怯的模樣，真不信她武功如此高強，問道：「妹妹貴姓？」她在莊家之時，和雙兒並未朝相，是以二人互不相識。

雙兒上前跪下磕頭，說道：「婢子雙兒，叩見少奶奶。」韋小寶哈哈大笑。方怡羞得滿臉通紅，急忙閃身，道：「你……你叫我甚麼？我……我……不是的。」雙兒站起身來，道：「相公說你是他的夫人，婢子服侍相公，自然叫你少奶奶了。」方怡向韋小寶狠狠白了一眼，說道：「這人滿嘴胡說八道，莫信他的。你服侍他多久了？難道不知他脾氣麼？我是方姑娘。」雙兒微微一笑，道：「那麼現下暫且不叫，日後再叫好了。」

方怡道：「日後再叫甚……」臉上又是一紅，將最後一個「麼」字縮了回去。

雙兒向韋小寶瞧去，見他一副得意洋洋的神情，突然之間，她也滿臉飛紅，卻是想起了在五台山上，他曾對胖頭陀說自己是他老婆，原來他有個脾氣，愛管年輕姑娘叫老婆。待聽他笑著又問：「我那小老婆呢？」雙兒也就不以為異。

方怡又白了他一眼，道：「分別了這麼久，一見面也不說正經的，儘要貧嘴。」當即吩咐眾漢子收拾動身。那些漢子給他點了六道，動彈不得，由雙兒一一解開。

韋小寶笑道：「早知是你請我去喝酒，恨不得背上生兩隻翅膀，飛過來啦。」方怡又白了他一眼，道：「你早知不到是我請你。」韋小寶心中甜甜的，道：「我怎會有一刻忘了你？早忘了你叫我啊，別說喝酒，就是喝馬尿、喝毒藥，那也是隨傳隨到，沒片刻停留。」方怡一雙妙目凝視著他，道：「別說得這麼好聽，要是我請你去天涯海角喝毒藥呢？」韋小寶見她說話時似笑非笑，朝日映照下艷麗難言，只覺全身暖洋洋地，道：「別說天涯海角，就是上刀山、下油鍋，我也去了。」方怡道：「好，大丈夫一言既出，甚麼馬難追。」韋小寶一拍胸膛，大聲道：「大丈夫一言既出，甚麼馬難追。」兩人同時大笑。

方怡命人牽一匹馬給韋小寶騎，讓雙兒坐了她的小車，自己乘馬和韋小寶並騎而行，迎著朝陽緩緩馳去，眾漢子隨後跟來。方怡道：「你本事也真大，掉了甚麼槍花，收了一個武功這等了得的美麗小丫頭？」韋小寶笑道：「那裏掉甚麼槍花了？是她心甘情願跟我的。」

韋小寶跟著問起沐劍屏、徐天川等人行蹤，道：「在那鬼屋裏，你給神龍教那批像

伙擒住了，後來怎生脫險的？是莊家三少奶請人來救了你們的嗎？」方怡問道：「誰是莊家三少奶？」韋小寶道：「便是那莊子的主人。」方怡搖搖頭，道：「莊子的主人？我們一直沒見到。神龍教要找的是你，他們對你也沒惡意，那麼老三找你不到，就放了我們。小郡主他們就在前面，不久就會見到。」轉過頭來，微有嗔色，道：「你心中惦記的就只是小郡主，見面只這一會，已連問了七八次。」韋小寶笑道：「幾時問了七八次啊？真冤枉。倘若我只見到她，沒見到你，這時候我早問了七八十次啦。」方怡微笑道：「你就是生了十張嘴巴，這一會兒也來不及問七八十次。不過你啊，一張嘴巴比十張嘴巴還要厲害。」

兩人談談說說，不多時已走了十餘里，早繞過了北京城，一直向東而行。韋小寶道：「快到了嗎？」方怡慍道：「還遠得很呢！你牽記小郡主，也不用這麼性急，早知你這樣，讓她來接你好得多了，也免得你牽肚掛腸的。」韋小寶伸了伸舌頭，道：「以後我一句話也不問就是。」方怡道：「你嘴上不問，心裏著急，更加惹人生氣。」她似乎醋意甚濃，韋小寶越聽越高興，笑道：「倘若我心裏有半分著急，我不是你老公，是你兒子。」方怡噗哧一笑，道：「乖……」臉上一紅，下面「兒子」兩字沒說出口。

行到中午時分，在鎮上打了尖，一行人又向東行。韋小寶不敢再問要去何處，眼看離北京已遠，今日已沒法趕回宮裏去見康熙，心想：「反正小玄子又沒限我何時回報，就算我在五台山多躭擱了，今日回宮，遲幾日回宮，卻有何妨？」

一路上方怡跟他儘說些不相干的閒話。當日在皇宮之中，兩人雖同處一室，但多了

個沐劍屏，方怡頗為矜持，此刻並騎徐行，卻是笑語殷勤，不再故作莊重。餘人識趣，遠遠落在後面。韋小寶情實初開，在皇宮中時叫她「老婆」，還是玩笑佔了六成，輕薄討便宜佔了三成，只有一成才有隱隱約約的男女之意。此日別後重逢，見方怡一時輕嗔薄怒，一時柔語淺笑，不由得動情，見她騎了大半日馬，雙頰紅暈，滲出細細汗珠，說不出的嬌美可愛，呆呆的瞧著，不由得痴了。

方怡微笑問道：「你發甚麼呆？」韋小寶道：「好姊姊，你……你真是好看。我想……」方怡道：「你想甚麼？」韋小寶道：「我說了你可別生氣。」方怡道：「……我想……」方怡道：「你想甚麼？」韋小寶道：「我想，你倘若真的做了我老婆，我不知可有多開心。」

方怡橫了他一眼，板起了臉，轉過頭去。韋小寶急道：「好姊姊，你生氣了麼？」「正經的話，我不生氣，不正經的，自然生氣。你想甚麼？」韋小寶道：「我想，你倘若真的做了我老婆，我不知可有多開心。」

方怡道：「自然生氣，生一百二十個氣。」韋小寶道：「這話再正經也沒有了，我……我是真心話。」方怡道：「在宮裏時，我早發過誓，一輩子跟著你、服侍你，還有甚麼真的假的？你說這話，就是自己想變心。」

韋小寶大喜，若不是兩人都騎在馬上，立時便一把將她抱住，親親她嬌艷欲滴的面龐，當下伸出右手，拉住她左手，道：「我怎麼會變心？」「千年、一萬年也不變心。」方怡道：「你說這話便是假的，一個人怎會有一千年、一萬年好活，除非你是烏……」說到這「烏」字，嗤的一笑，轉過了頭，一隻手掌仍讓他握著。

韋小寶握著她柔膩溫軟的手掌，心花怒放，笑道：「你待我這樣好，我永遠不會做

小烏龜。」妻子偷漢，丈夫便做烏龜，這句話方怡自也懂得。她俏臉一板，道：「沒三句好話，狗嘴裏就長不出象牙。」韋小寶笑道：「你嫁雞隨雞，嫁狗隨狗，這輩子想見你老公嘴裏長出象牙來，那可難得緊了。」方怡伏鞍而笑，左手緊緊握住了他手掌。

兩人一路說笑，傍晚時分，在一處大市鎮的客店中宿了。次晨韋小寶命于八僱了一輛大車，和方怡並坐車中。兩人說到情濃處，韋小寶摟住她腰，吻她面龐，方怡也不抗拒，可是再有非份逾越，卻一概不准了。韋小寶於男女之事，原也似懂非懂，至此為止，已是大樂。只盼這輛大車如此不停行走，走到天涯海角，回過頭來，又到彼端的天涯海角，天下的道路永遠行走不完，就算走完了，老路再走幾遍又何妨？天行了又宿，宿後又行，只怕方怡忽說已經到了。

身處溫柔鄉中，甚麼皇帝的詔令，甚麼《四十二章經》，甚麼五台山上的老皇爺，盡數置之腦後，迷迷糊糊的不知時日之過，道路之遙。

一日傍晚，車馬到了大海之濱，方怡攜著他手，走到海邊，輕輕的道：「好弟弟，我和你駕船出洋，四海遨遊，過神仙一般的日子，你說好是不好？」說這話時，拉著他手，將頭靠在他肩頭，身子軟軟的，似已全無氣力。

韋小寶伸左手摟住她腰，防她摔倒，只覺她絲絲頭髮擦著自己面頰，腰肢細軟，微微顫動，雖想坐船出海未免太過突兀，隱隱覺得頗為不安，但當此情景，這一個「不」字，又如何說得出口？

海邊停著一艘大船，船上水手見到方怡的下屬手揮青巾，便放了一艘小船過來，先將韋小寶和方怡接上大船，再將餘人陸續接上。于八見要上船，說道自己暈船，說甚麼也不肯出海。韋小寶也不勉強，賞了他一百兩銀子。于八千恩萬謝的回山西去了。

韋小寶進入船艙，只見艙內陳設富麗，腳下鋪著厚厚的地氈，桌上擺滿茶果細點，便如王公大官之家的花廳一般，心想：「好姊姊待我這樣，總不會有意害我。」船上兩名僕役拿上熱手巾，讓二人擦臉，隨即送上兩碗麵來。麵上鋪著一條條黑黑的雞絲，入口鮮美，略有腥氣，滋味與尋常雞絲又有不同。只覺船身晃動，已揚帆出海。

舟中生涯，又別有一番天地。方怡陪著他喝酒猜拳，言笑不禁，直到深夜，服侍他上床後，才到隔艙安睡，次日一早，又來幫他穿衣梳頭。韋小寶心想：「她此刻還不知我不是太監，只道我們做夫妻畢竟是假的，甚麼時候才跟她說穿？」

舟行數日，這日兩人偎倚窗邊，同觀海上日出，見海面金蛇萬道，奇麗莫名。方怡嘆道：「當日我去行刺韃子皇帝，只道定然命喪宮中，那知道老天爺保祐，竟會遇著了你，今日更同享此福。好弟弟，你的身世，我可一點也不明白，你怎麼進宮，又怎樣學的武功？」

韋小寶笑道：「我正想跟你說，就只怕嚇你一跳，又怕你歡喜得暈了過去。」

方怡又向他靠緊了些，低聲道：「倘若我聽了歡喜，那是最好，就算是我不愛聽的，只要你說的是真話，那……那……我也不在乎。」韋小寶道：「好姊姊，我就跟你說真話，我出生在揚州，媽媽是妓院裏的。」方怡吃了一驚，轉過身來，顫聲問道：

783

「你媽媽在妓院裏做事？是給人洗衣、燒飯，還是……還是掃地、斟茶？」

韋小寶見她臉色大變，眼光中流露出恐懼之色，心中登時一片冰涼，知她對「妓院」十分鄙視，倘若直說自己母親是妓女，只怕這一生之中，她永不會再對自己有半分尊重和親熱了，當即哈哈一笑，說道：「我媽媽在妓院裏做事時還只六七歲，怎能給人洗衣燒飯？」

方怡臉色稍和，道：「還只六七歲？」韋小寶順口道：「韃子進關後，在揚州殺了不少人，你是知道的了？」延挨時刻，想法子給母親說得神氣些，方怡道：「是啊。」

韋小寶道：「我外公是明朝大官，在揚州做官，韃子攻破揚州，我外公抗敵而死。我媽媽那時是個小女孩，流落街頭，揚州妓院裏有個豪富嫖客，見她可憐，把她收去做小丫頭，一問之下，好生敬重我外公，便收了我媽媽做義女，帶回家去，又做千金小姐。後來嫁了我爸爸，他是揚州有名的富家公子。」

方怡將信將疑，道：「原來如此。先前還嚇了我一跳，還道你媽媽淪落在妓院之中，給人做女傭，服侍那些不識羞恥、人盡可夫的……壞女人。」

韋小寶自幼在妓院中長大，從來不覺得自己媽媽是個「不識羞恥的壞女人」，聽方怡這麼說，不由得心中有氣，暗道：「你沐王府的女人便很了不起嗎？他媽的，我瞧貨真價實是不識羞恥、人盡可夫的。」他原想將自己身世坦然相告，這一來，可甚麼都說不出口了，索性信口胡吹，將揚州自己家中如何闊綽，說了個天花亂墜，但所說的廳堂、房舍、傢具擺設，不免還是麗春院的格局。

方怡也沒留心去聽，道：「你說有一件事，怕我聽了歡喜得暈了過去，就是這些

麼？」韋小寶給她迎頭潑了一盆冷水，又見她對自己的吹牛渾沒在意，不禁興味索然，自己不是太監的話也懶得說了，隨口道：「就是這些，原來你聽了並不歡喜。」方怡淡淡的道：「我歡喜的。」這句話顯然言不由衷。

兩人默默無言的相對片刻，忽見東北方出現一片陸地，坐船正直駛過去。方怡奇道：「咦，這是甚麼地方？」過不了一個多時辰，已然駛近，但見岸上樹木蒼翠，長長的海灘望不到盡頭，盡是雪白細沙。方怡道：「坐了這幾日船，頭也昏了，我們上去瞧瞧好不好？」韋小寶喜道：「好啊，好像是個大海島，不知島上有甚麼好玩物事。」

方怡將梢公叫進艙來，問他這島叫甚麼名字，聽說島上生有仙果，吃了長生不老。梢公道：「回姑娘的話：這是東海中有名的神仙島，有甚麼特產。只不過有福之人才吃得著。姑娘和韋相公不妨上去碰碰運氣。」

方怡點點頭，待梢公出艙，輕輕的道：「長生不老，也不想了，眼前這等日子，就比做神仙還快活。」韋小寶大喜，道：「我和你就在這島上住一輩子，仙果甚麼的，也不打緊，只要你永遠陪著我，我就是神仙。」方怡靠在他身邊，柔聲道：「我也一樣。」

兩人坐小船上岸，腳下踏著海灘細沙，鼻中聞到林中飄出來的陣陣花香，真覺是到了仙境。方怡道：「不知島上有沒有人住？」韋小寶笑道：「人是沒有，卻有個美貌無比的女仙，帶了個小廝，到島上來啦。」方怡嫣然一笑，道：「好弟弟，你是我的小廝，我是你的丫頭。」韋小寶聽到「丫頭」兩字，想起雙兒，回頭一望，不見她跟來，這些日來冷落了雙兒，心下微感歉仄，但想她如跟在身後，自己不便跟方怡太過親熱，

還是不跟來的好。

兩人攜手入林，聞到花香濃郁異常。韋小寶道：「這花香得厲害，難道是仙花麼？」

向前走得幾步，忽聽草中簌簌有聲，跟著眼前黃影閃動，七八條黃中間黑的毒蛇竄了出來。韋小寶叫道：「啊喲！」拉了方怡轉身便走，只跨出一步，眼前又有七八條蛇擋路，全身黑黃間條，長舌吞吐，嗤嗤發聲。這些蛇都是頭作三角，顯具劇毒。

方怡擋在韋小寶身前，拔刀揮舞，叫道：「你快逃，我來擋住毒蛇！」韋小寶那肯如此不顧義氣，獨自逃命？忙拔出匕首，道：「從這邊走！」拉著方怡斜刺奔出，跨得兩步，頭頸中一涼，一條毒蛇從樹上掛了下來，纏住他頭頸，只嚇得他魂飛天外，大聲驚叫。方怡忙伸手去拉蛇身。韋小寶叫道：「使不得！」那蛇轉過頭來，一口咬住了方怡手背，牢牢不放。韋小寶急揮匕首，將蛇斬為兩段。便在此時，兩人腿上腳上都已纏上了毒蛇。韋小寶揮匕首去斬，只覺左腿上一麻，已給毒蛇咬中。

方怡拋去單刀，抱住了他，哭道：「我夫妻今日死在這裏了。」韋小寶仗著匕首鋒利，每一刀揮去，便斬斷一條毒蛇。但林中毒蛇愈來愈多，兩人掙扎著出林，身上已給咬傷了七八處。韋小寶只覺頭暈目眩，漸漸昏迷，遙望海中，那艘小船正向大船駛去，相距已遠。方怡叫了幾聲，船中水手卻聽不到。

方怡捲起韋小寶褲腳，俯身去吸他腿上蛇毒。韋小寶驚道：「不……不行！」忽聽得身後腳步聲響，有人說道：「你們到這裏來幹甚麼？不怕死麼？」韋小寶回過頭來，見是三名中年漢子，忙叫：「大叔救命，我們給蛇咬了。」一名漢子從懷中取

786

出藥餅，拋入嘴中一陣咀嚼，敷在韋小寶身上蛇咬之處。韋小寶道：「你……你先給她治。」這時自己雙腿烏黑，已全無知覺。方怡接過藥來，自行敷上傷口。

韋小寶道：「好姊姊……」眼前一黑，咕咚一聲，向後摔倒。

待得醒轉，只覺唇燥舌乾，胸口劇痛，忍不住張口呻吟。聽得有人說道：「好啦，醒過來啦！」韋小寶緩緩睜眼，見有人拿了一碗藥，餵到他嘴邊。他毫不猶豫便都喝了下去，入口奇苦，喝完藥後，道：「多謝大叔救命，我……我那姊姊可沒事嗎？」那人道：「幸喜救得早，我們只須遲來得片刻，兩個人都沒命了。你們忒也大膽，怎地到這神仙島來？」韋小寶聽得方怡有救，心中大喜，沒口子的稱謝，這時才察覺自己是睡在床上被窩之中，全身衣衫已然除去，雙腿兀自麻木。

那漢子相貌醜陋，滿臉疤痕，但在韋小寶眼中，當真便如救命菩薩一般。他吁了口氣，道：「船上水手說道，這島上有仙果，吃了長生不老。」

那漢子嘿的一笑，道：「倘若真有仙果，他們自己又不來採？」韋小寶叫道：「啊喲，這些水手不懷好意，船上我還有同伴，莫要……莫要著了歹人的道兒。大叔，請你想法子救她一救。」那醜漢道：「那船三天之前便已開了，卻到那裏找去？」韋小寶不解，茫然道：「三天之前？」那醜漢道：「你已經昏迷了三日三夜，你多半不知道罷？」

韋小寶想起雙兒，她雖武功甚高，可是茫茫大海之中，孤身一人，如何得脫眾惡徒毒手，不由得大急。

那醜漢安慰道：「此時著急也已無用，你好好休息。這島上的毒蛇非同小可，至少要服藥七日，方能解毒。」他問了韋小寶姓名，自稱姓潘。

到得第三日上，韋小寶已可起身，扶著牆壁慢慢行走。那姓潘的醜漢帶了他去看方怡。原來她另有婦女照料，但見她玉容憔悴，精神委頓。兩人相見，又歡喜，又難受，不由得摟著哭了起來。此後兩人日間共處一室，說起毒蛇厲害，都是毛髮直豎。

到得第六日上，那姓潘的說道：「我們島上的大夫陸先生出海回來了，我已邀他來給韋兄弟看看。」韋小寶謝了。

不多時進來一人，四十來歲年紀，文士打扮，神情和藹可親，問起韋小寶為毒蛇所噬的經過，說道：「島上居民身邊都帶有雄黃蛇藥，就是將毒蛇放在身上，那蛇也立即逃去，決不敢咬人。」韋小寶道：「原來如此。怪不得潘大哥他們都不怕。」陸先生給他看了傷，取出六顆藥丸，道：「你服三顆，另三顆給你的同伴，每日服一顆。」韋小寶深深致謝，取出二百兩銀票，道：「一點兒醫金，請先生別見笑。」

陸先生吃了一驚，笑道：「那用得著這許多？公子給我二兩銀子，已多謝得很了。」韋小寶執意要給，陸先生謝了收下，笑道：「公子厚賜，卻之不恭。公子在這裏恐怕住得也氣悶了，今晚和公子的女伴同去舍下喝一杯如何？」韋小寶大喜，一口答允。

傍晚時分，陸先生派了兩乘竹轎來接韋小寶和方怡。這竹轎其實只是一張竹椅，兩邊穿了竹槓，前後有人相抬，島居簡陋，並沒真的轎子。

兩乘竹轎沿山溪而行，溪水淙淙，草木清新，頗感心曠神怡，只是韋方二人一見大

788

樹長草，便慄慄危懼，唯恐有毒蛇竄將出來。轎行七八里，來到三間竹屋前停下。那屋子的牆壁屋頂均由碗口大小的粗竹所編，看來甚是堅實。江南河北，均未見過如此模樣的竹屋。

陸先生迎了出來，請二人入內。到得廳上，一個三十餘歲的婦人出來迎客，是陸先生的妻子。那婦人拉著方怡的手，顯得十分親熱。陸先生邀韋小寶到書房去坐，書房中竹書架上放著不少圖書，四壁掛滿了字畫，看來這陸大夫是個風雅之士。

陸先生道：「在下僻處荒島，孤陋寡聞之極。韋公子來自中原勝地，華族子弟，眼界既寬，鑒賞必精，你看這幾幅書畫，還可入方家法眼麼？」

他這幾句文謅謅的言語，韋小寶半句也不懂，但見他指著壁上字畫，抬頭看去，見圖畫中一張的是山水，另一張畫上有隻白鶴，有隻烏龜，笑道：「這隻老烏龜倒很好玩。」陸先生微微一怔，指著一幅立軸，道：「韋公子，你瞧這幅石鼓文寫得如何？」

韋小寶見這些字彎彎曲曲，像是畫符一般，點頭道：「好，很好！」陸先生指著另一幅大字，道：「這一幅臨的是秦瑯琊台刻石，韋公子以為如何？」

韋小寶心想一味說好，未免無味，搖頭道：「這一幅寫得不大好。」陸先生肅然起敬，道：「倒要請韋公子指點，這幅字的敗筆缺失，在於何處。」韋小寶道：「敗筆很多，勝筆甚少！」他想既有「敗筆」，自然也有「勝筆」了。

陸先生乍聞「勝筆」兩字，呆了一呆，道：「高明，高明。」指著西壁一幅草書，道：「這幅狂草，韋公子以為如何？」韋小寶側頭看了一會，搖頭道：「這幾個字墨乾

了，也不蘸墨。嗯，這些細線拖來拖去，也不擦乾淨了。」陸先生一聽，臉色大變。草書講究墨法燥濕，筆潤為濕，筆枯為燥，燥濕相間，濃淡有致，因燥顯濕，以濕襯燥，陰陽映帶，如雲霞障天，方為妙書。至於筆劃相連的細線，書家稱為「遊絲」，或聯數筆，或聯數字，講究賓主合宜，斜角變幻，又有飄帶、摺帶種種名色。韋小寶數言之間，便露了底。

陸先生又指著一幅字，說道：「這一幅全是甲骨古文，兄弟學淺，一字不識，要請韋公子指點。」

韋小寶見紙上一個個字都如蝌蚪一般，宛似五台山錦繡峯普濟寺中石碣上所刻文字，心念一動，道：「這幾個字我倒識得，那是『神龍教洪教主萬年不老，仙福永享，神通廣大，壽與天齊！』」

陸先生滿臉喜容，說道：「謝天謝地，你果然識得這些字！」

眼見他欣喜無限，說話時聲音也發抖了，韋小寶疑心登起：「我識得這幾個字，他為甚麼如此高興？莫非他也是神龍教的？啊喲，不好！蛇……蛇……蛇……靈蛇……難道這裏便是神龍島？」衝口而出：「胖頭陀在那裏？」

陸先生吃了一驚，退後數步，顫聲道：「你……你已經知道了？」韋小寶點了點頭，其實他是甚麼也不知道。陸先生臉色鄭重，說道：「既然你都知道了，那也很好。」

走到書桌邊，磨墨鋪紙，說道：「你便將這些蝌蚪古文，一字一字譯將出來。那一個是『洪』字，那一個是『教』字。」提筆蘸墨，招手要他過去。

要韋小寶提筆寫字，那真比要他性命還慘，韋小寶暗暗叫苦，但見陸先生神色難看，不敢違拗，硬著頭皮，走過去在書桌邊坐下，伸手握管，手掌成拳。他持筆若像吃飯拿筷，倒也有三分相似，可是這麼一握，有如操刀殺豬，又如持鎚敲釘，天下卻那有這等握管之狀？

陸先生怒容更盛，強自忍住，緩緩的道：「你先寫自己的名字！」

韋小寶霍地站起，將筆往地下一擲，墨汁四濺，大聲說道：「老子狗屁不識，屁字都不會寫。甚麼『洪教主壽與天齊』，老子是信口胡吹，騙那惡頭陀的。你要老子寫字，等我投胎轉世再說，你要殺要剮，老子皺一皺眉頭，不算好漢。」

陸先生冷冷問道：「你甚麼字都不識？」

韋小寶道：「不識！不識你烏龜的『龜』字，也不識你王八蛋的『蛋』字。」他西洋鏡既給拆穿，不由得老羞成怒，反正身陷蛇島，有死無生，求饒也是無用，不如先佔些口舌上的便宜。

陸先生沉吟半晌，拿起筆來，在紙上寫了個蝌蚪文字，問道：「這是甚麼字？」

韋小寶大聲道：「去你媽的！我說過不識，就是不識。難道還有假的？」

陸先生點點頭，道：「好，原來胖頭陀上了你的大當，可是此事已稟報了教主，你這小賊！」突然一躍而前，又住韋小寶的頭頸，雙手越收越緊，咬牙切齒的道：「你害得我們蒙騙教主，人人給你累得死無葬身之地。大家一起死了乾淨，也免得受那無窮無盡的酷刑。」

791

韋小寶給他叉得透不過氣來，滿臉紫脹，伸出了舌頭。陸先生眼見手上再一使勁，這小孩便得氣絕斃命，想到此事干係異常重大，心中一驚，便放開了手指，雙手推出，將他摔在地下，恨恨出房。

過了良久，韋小寶才驚定起身，「死烏龜，直娘賊」也不知罵了幾百聲，心想身在這毒蛇島上，無處可逃，倘若逃入樹林草叢，只有死得更快。走到門邊，伸手推門，那竹門外面反扣住了，向窗外望去，下臨深谷，實是無路可走，轉頭看到壁上的書畫，心道：「這些屁字屁畫，有甚麼好？」拾起筆來，蘸滿了墨，在一幅幅書畫上便畫，大烏龜、小烏龜畫了不計其數。

畫了幾十隻烏龜，手也倦了，擲筆於地，蜷縮在椅上，片刻間就睡著了。睡醒時天已全黑，竟無人前來理會，肚中餓得咕咕直響，心想：「這隻綠毛烏龜要餓死老子。」過了好一會，忽聽得門外腳步聲響，門縫中透進燈光，竹門開處，陸先生持燭進房，側頭向他凝視。韋小寶見他臉上不露喜怒，心下倒也有些害怕。

陸先生將燭台放在桌上，一瞥眼間，見到壁上所懸書畫已盡數給他塗抹得不成模樣，忍不住怒發如狂，叫道：「你……你……」舉起手來，便欲擊落，但手掌停在半空，終於忍住怒氣，說道：「你……你……」聲音在喉間罄住了，說不出話來。

韋小寶笑道：「怎麼樣？我畫得好不好？」

陸先生長嘆一聲，頹然坐倒，說道：「好，畫得好！」

他居然不打人，還說畫得好，韋小寶倒也大出意料之外，見他臉上神色淒然，顯是

心痛之極，倒也有此過意不去，說道：「陸先生，對……對不起，我塗壞了你的畫。」

陸先生搖搖頭，說道：「沒……沒甚麼。」雙手抱頭，伏在桌上，過了好一會，說道：「你想必餓了，吃了飯再說。」

客堂中桌上已擺了四菜一湯，有雞有魚，甚是豐盛。跟著方怡由陸夫人陪著出來，四人共膳。韋小寶大奇：「莫非我這幾十隻烏龜畫得好，陸先生一高興，就請我吃飯？」但他一點兒自知之明倒也還有，看情形總似乎不像。幾次開口想問，見陸先生臉上陰晴不定，深恐觸怒了他，飯沒吃飽，便讓奪下飯碗，未免犯不著。當下一言不發，悶聲吃了個飽。

飯罷，陸先生又帶他進書房。

陸先生從地下拾起筆來，在紙上寫了「韋小寶」三字，道：「這是你自己的名字，你會不會寫？」

陸先生「嗯」了一聲，眼望窗外，凝思半晌，左手拿了燭台，走到那幅蝌蚪文之前，仔細打量，指著一個個字，口中唸唸有辭，回到桌邊，取過一張白紙，振筆疾書，伸指數了數蝌蚪文字的字數，又數紙上字數，再在紙上一陣塗改，回頭又看那幅蝌蚪文字，喃喃自言自語：「那三個字相同，這兩個字又是一般，須得天衣無縫，才是道理。」沉思半天，又在紙上一陣塗改，喜道：「行了！」

韋小寶不知他搞甚麼鬼，反正飯已吃飽，也就不去理會。只見陸先生又取過一張白

紙，仔仔細細的寫起字來。

這一次他寫得甚慢，寫完後搖頭晃腦的輕輕讀了一遍。韋小寶只聽到有甚麼「神龍島」、「洪教主」、「壽與天齊」等等語句，最後則是第一部在何地何山，第二部在何地何山。他心下恍然，這些話都是他在普濟寺中向胖頭陀信口胡吹的，那知胖頭陀居然信以為真，回來大加傳揚。又想：「那日胖頭陀邀我上神龍島來見洪教主，我說甚麼也不肯，不料鬼使神差，這船又竟駛到了這裏，眼下西洋鏡拆穿，洪教主又已知道了。他當然要大發脾氣，只怕要將好姊姊和我丟入蛇坑，給幾千幾萬條毒蛇吃得屍骨無存。」想到無窮無盡的毒蛇纏上身來，當真不寒而慄。

陸先生轉過身來，臉上神色十分得意，微笑道：「韋公子，你識得石碣上的蝌蚪文，委實可喜可賀。也是本教洪教主洪福齊天，才天降你這位神童，能讀蝌蚪文字。」

韋小寶哼了一聲，道：「你不用取笑。我又識得甚麼蝌蚪文、青蛙文了？老子連癩蝦蟆文也不識。我是瞎說一番，騙那瘦竹篙頭陀的。」

陸先生笑道：「韋公子何必過謙？這是公子所背誦的石碣遺文，我筆錄了下來，請公子指點，是否有誤。」說著讀道：

「維大唐貞觀二年十月甲子，特進衛國公程知節，光祿大夫兵部尚書曹國公李勣，徐州都督胡國公秦叔寶會於五台山錦繡峯，見東方紅光耀天，斗大金字現於雲際，文曰：『千載之下，爰有大清。東方有島，神龍是名。教主洪某，得蒙天恩。威靈下濟，丕赫威能。降妖伏魔，如日之昇。羽翼輔佐，吐故納新。萬瑞百

祥，罔不豐登。仙福永享，普世崇敬。壽與天齊，文武仁聖。」須史，天現青字，文

曰：『天賜洪某四十二章經八部，一存河南伏牛山蕩魔寺，二存山西筆架山天心庵，三

存四川青城山凌霄觀，四存河南嵩山少林寺，五存湖北武當山眞武觀，六存川邊崆峒山

迦葉寺，七存雲南昆明沐王府，八存雲南昆明平西王府。」靖等恭錄天文，彫於石碣，

以待來者。」

陸先生抑揚頓挫的讀畢，問道：「有沒讀錯？」韋小寶道：「這是唐朝的石碣，怎

會知道後世有個平西王吳三桂？」陸先生道：「上帝聰明智慧，無所不知，無所不曉，

既知後世有洪教主，自然也知道有吳三桂了。」韋小寶心中暗暗好笑，點頭道：「那也

說得是。」心想：「不知你在搗甚麼鬼？」

陸先生道：「這石碑上的文字，一字也讀錯不得。雖然韋公子天賦聰明，但依我之

見，那也是聖靈感動，才識得這些蝌蚪文字，日後倉卒之際，或有認錯。最好韋公子將這

篇碑文讀得滾瓜爛熟，待洪教主召見之時，背誦如流，洪教主一喜歡，自然大有賞賜。」

韋小寶雙眼一翻，登時恍然大悟，連連點頭，說道：「原來如此，原來如此。」料

知胖頭陀和陸先生已稟報洪教主，說有個小孩識得石碑上的文字，洪教主定要傳見考

問。豈知這件事全是假的，陸先生怕教主怪罪，只得假造碑文，來騙教主一騙。

陸先生道：「我現在讀一句，韋公子跟一句，總須記得一字不錯爲止。『維大唐貞

觀二年十月甲子……』

事到臨頭，韋小寶欲待不讀，也不可得，何況串通了去作弄洪教主，倒也十分有

趣，便跟著誦讀。他生性機伶，聽過一段幾百字的言語，要再行複述，那是半點不費力氣，說到讀書，可就要他的命了，這篇短文雖只寥寥數百字，但所有句子都十分拗口，含義更全不明白，甚麼「丕赫威能」、「吐故納新」，渾不知是甚麼意思，只得跟著陸先生一遍又一遍的讀下去。幸虧陸先生不怕厭煩的教導，但也讀了三十幾遍，這才背得一字無誤。

當晚他睡在陸先生家中，次晨又再背誦。陸先生聽他已盡數記住，甚是歡喜，於是取過紙筆，將一個個蝌蚪字寫了出來，教他辨認，那一個是「維」字，那一個是「貞」字。這一來韋小寶不由得叫苦連天，這些蝌蚪文扭來扭去，形狀都差不多，要他一一分辨，又寫將出來，當真難於登天，苦於殺頭。他片刻也難坐定，如何能靜下心來學蝌蚪文？

韋小寶固然愁眉苦臉，陸先生更加惴惴不安。陸先生這時早已知道，石碣上文字另有含義，他數了胖頭陀所拓搨片中的字數，另作一篇文字，硬生生的湊上去，只求字數相同，碣文能討得洪教主歡心，那管原來碣文中寫些甚麼。如此拼湊，自然破綻百出，「維大唐貞觀二年」這句中，「二」字排在第六，但碣文中第六字的筆劃共有十八筆之多，無論如何說不上是個「二」字，第五字只有三筆，與那「觀」字也極難拉扯得上。

但顧得東來西又倒，陸先生才氣再大，倉卒間也捏造不出一篇天衣無縫的文章來。洪教主聰明之極，這篇假文章多半逃不過他法眼，但大難臨頭，說不得只好暫且搪塞一時，日後的禍患，只好走著瞧了。

這天教韋小寶寫字，進展奇慢，直到中午，只寫會了四個蝌蚪文，幸好蝌蚪文本來

796

奇形怪狀，在韋小寶筆下寫出來難看之極，倒也不覺如何刺眼，若是正楷，由一個從未學過寫字的孩子寫將出來，任誰一看，立知真偽。

下午學了三字，晚間又學了兩字，這一天共學了九個字。韋小寶不住口的大吵大嚷，幾次擲筆不學。陸先生又恐嚇，又哄騙，最後叫了方怡來坐在旁邊相陪，韋小寶這才勉強耐心續學。陸先生一面教，一面暗暗覘心，只怕洪教主隨時來傳，倘若一篇文章尚未學全，便給教主叫了去，韋小寶這顆腦袋固然不保，自己難免陪著他全家送命。

可是這件事絲毫心急不得，越盼他快些學會，韋小寶反而越學越慢，腦子中塞滿的這許多蝌蚪，便如真的在糾纏游動一般，實在難以辨認。

學得數日，韋小寶身上毒蛇所噬的傷口倒好全了，勉強認出的蝌蚪文卻還只二三十字，而且纏夾不清，十個字中往往弄錯了七八個。

陸先生正煩惱間，忽聽得門外胖頭陀的聲音說道：「陸先生，教主召見韋公子！」

陸先生臉如土色，手一顫，一枝蘸滿了墨汁的毛筆掉落衣襟之上。

一個極高極瘦的人走進書房，正是胖頭陀到了。韋小寶笑道：「胖尊者，你怎地今日才來見我？我等了你好久啦。」

胖頭陀見到陸先生的神色，已知大事不妙，不答韋小寶的話，喃喃自語：「我早該知道這小鬼是在胡說八道，偏是痰迷了心竅，要想立甚麼大功，不料反而更加早死。」

陸先生冷笑道：「你不過光棍一條，那也罷了，姓陸的一家八口，卻盡數陪了你送命。」

胖頭陀一聲長嘆，道：「大家命該如此，這叫做在劫難逃。陸兄，事已至此，你我同生

共死，大丈夫死就死了，又有何懼？」

韋小寶拍手道：「胖尊者這話說得是，是英雄好漢，怕甚麼了？我都不怕，你更加不用怕。」

陸先生冷笑一聲，道：「無知小兒，不知天高地厚，等到你知道怕，已經遲了。」

胖頭陀道：「胖尊者請稍待，我去向拙荊吩咐幾句。」

過了一會，陸先生回入書房，臉上猶有淚痕。胖頭陀道：「陸兄，你的升天丸，請給我一粒。」陸先生點點頭，從懷中取出一個瓷瓶，拔開瓶塞，倒出一粒紅色藥丸給他，說道：「這丸入口氣絕，非到最後關頭，不可輕舉妄動。」胖頭陀接過，苦笑道：「多謝了！胖頭陀對自己性命也還看得不輕，不想這麼快就即升天。」

韋小寶在五台山上，見胖頭陀力敵少林寺十八羅漢，威風凜凜，此刻討這毒藥，顯是當洪教主怪罪之時便即自殺，才明白事態果真緊急，不由得害怕起來。

三人出門，韋小寶隱隱聽得內堂有哭泣之聲，問道：「方姑娘呢？她不去麼？」胖頭陀道：「哼，你小小年紀，倒是多情種子，五台山上有個私奔老婆，這裏又有個方姑娘。」左手一把將他抱起，喝道：「走罷！」邁開大步，向東急行，頃刻間疾逾奔馬。

陸先生跟在他身畔，仍是一副愁眉苦臉的模樣。韋小寶見他顯得毫不費力，卻和胖頭陀並肩而行，竟不落後半步，才知這文弱書生原來也身負上乘武功，說道：「胖尊者、陸先生，你們二位武功這樣高強，又何必怕那洪教主？你們……」胖頭陀伸出右掌，一把按住他口，怒道：「在這神龍島上，你敢說這等大逆不道的話，可活得不耐煩

798

？」韋小寶給他這麼一按，氣爲之窒，心道：「他媽的，你怕洪教主怕成這等模樣，還自稱是英雄呢，狗熊都不如！」

三人向著北方一座山峯行去。行不多時，只見樹上、草上、路上，東一條、西一條，全是毒蛇，但說也奇怪，對他三人卻全不滋擾。轉過了兩個山坡，抬頭遙見峯頂建著幾座大竹屋。胖頭陀抱著韋小寶直上峯頂。

這時山道狹窄，陸先生不能與胖頭陀並肩而行，落後丈許。胖頭陀將嘴湊在韋小寶耳邊，低聲問道：「你那部《四十二章經》呢？」韋小寶道：「不在我身邊。」胖頭陀道：「那還用說？你身邊早已搜過了幾遍。到那裏去啦？」韋小寶道：「少林寺十八羅漢拿了經書，自然去交了給他們方丈。」心想這瘦竹篙頭陀打不過少林十八羅漢，聽得經書到了少林寺方丈手中，自然不敢去要，就算敢去要，也必給人家撐了出來。

那日胖頭陀親手將經書交在澄心和尚手中，對韋小寶這句話自無懷疑，低聲道：「待會見了教主，可千萬不能提到此事。否則教主逼你交出經書，你交不出，教主他老人家非將你丟入毒蛇窠不可。」

韋小寶聽他語聲中大有懼意，而且顯然怕給陸先生聽到，低聲道：「你明明已搶到了經書，又還給了少林寺和尚，教主知道了，更非將你丟入毒蛇窠不可。哼哼，就算暫時不罰你，派你去少林寺奪還經書，也有得夠你受的了。」胖頭陀身子一顫，默然不語。

韋小寶道：「咱哥兒倆做椿生意。有甚麼事，你照應我，我也照應你。大家悶聲大

發財。否則大家一拍兩散，同歸於盡。」

陸先生突然在身後接口問道：「甚麼一拍兩散，同歸於盡？」

韋小寶道：「咱三人有福共享，有難同當。」心想此刻處境之糟，已然一塌胡塗，

能把這兩個好手牽累在內，多少有點依傍指望。

又行了一頓飯時分，到了峯頂，過了一會，兩人齊聲長嘆。

胖頭陀和陸先生都默不作聲。只見四名身穿青衣的少年挽臂而來，每人背上都負

著一柄長劍。左首一人問道：「胖頭陀，這小孩幹甚麼的？」

胖頭陀放下韋小寶，道：「教主令旨，傳他來的。」

少女捏了一下韋小寶的右頰，笑道：「瞧這娃娃相貌，定是胖頭陀的私生兒，你賴也賴

不掉的。」

西首三名紅衣少女嘻嘻哈哈的走來，背上也負著長劍，見到三人，迎了上來。一個

少女笑道：「胖頭陀，這小孩是你的私生子麼？」說著在韋小寶頰上捏了一把。胖頭陀

道：「姑娘取笑了。這小孩是教主他老人家特旨呼召，有要緊事情問他。」另一個圓臉

少女捏了一下韋小寶的右頰，笑道：「瞧這娃娃相貌，定是胖頭陀的私生兒，你賴也賴

不掉的。」

韋小寶大怒，叫道：「我是你的私生兒子。你跟胖頭陀私通，生了我出來。」

一眾少年少女一怔，隨即哈哈大笑。那圓臉少女臉上通紅，啐道：「小鬼，你作死

啊！」伸手便打。韋小寶側頭避開。這時又有十幾名年輕男女聞聲趕到，都向那圓臉少

女取笑。那少女又羞又惱，左足飛起，在韋小寶屁股上猛力踢了一腳。韋小寶大叫：

「媽，你幹麼打兒子？」一眾少年少女笑得更加響了。

800

只聽得鐘聲鏜鏜響起，眾人立即蕭靜傾聽，二十多名年輕男女轉身向竹屋中奔去。

胖頭陀道：「教主集眾致訓。」向韋小寶道：「待會見到教主之時，可千萬不能胡說八道。」韋小寶見他神色鬱鬱，這些年輕男女對他又頗為無禮，心想他武功甚高，幹麼怕了這些十幾歲的娃娃，不由得對他有些可憐，便點了點頭。

只見四面八方有人走向竹屋，胖頭陀和陸先生帶著韋小寶走進屋去。過了一條長廊，眼前突然出現一座大廳。這廳碩大無朋，足可容得千人之眾。韋小寶在北京皇宮中住得久了，再巨大的廳堂也不在眼中。可是這座大廳卻實在巨大，一見之下，不由得蕭然生敬。

但見一羣羣少年男女衣分五色，分站五個方位。青、白、黑、黃四色的都是少年，穿紅的則是少女，背上各負長劍，每一隊約有百人。大廳彼端居中並排放著兩張竹椅，鋪了錦緞墊子。兩旁站著數十人，有男有女，年紀輕的三十來歲，老的已有六七十歲，身上均不帶兵刃。大廳中聚集著五六百人，竟沒半點聲息，連咳嗽也沒一聲。

韋小寶心中暗罵：「他媽的，好大架子，皇帝上朝麼？」過了好一會，鐘聲連響九下，內堂腳步聲響。韋小寶心道：「鬼教主出來了。」

那知出來的卻是十名漢子，都是三十歲左右年紀，衣分五色，分在兩張椅旁一站，每一邊五人。又過了好一會，鐘聲鏜的一聲大響，跟著數百隻銀鈴齊奏。廳上眾人一齊跪倒，齊聲說道：「教主仙福永享，壽與天齊。」胖頭陀一扯韋小寶衣襟，令他跪下。

韋小寶只得也跪了下來，偷眼看時，見有一男一女從內堂出來，坐入椅中。鈴聲又

響，眾人慢慢站起。

那男的年紀甚老，白鬚垂胸，臉上都是傷疤皺紋，醜陋已極，心想這人便是教主了。那女的卻是個美貌少婦，看模樣不過二十二三歲年紀，微微一笑，媚態橫生，艷麗無匹。韋小寶暗讚：「乖乖不得了！這女人比我那好姊姊還要美貌。皇宮和麗春院中，都還沒這等標致腳色。」

左首一名青衣漢子踏上兩步，手捧青紙，高聲誦道：「恭讀慈恩普照、威臨四方洪教主寶訓：『眾志齊心可成城，威震天下無比倫！』」

廳上眾人齊聲唸道：「眾志齊心可成城，威震天下無比倫！」

韋小寶一雙眼珠正骨碌碌的瞧著那麗人，眾人這麼齊聲唸了出來，將他嚇了一跳。

那青衣漢子繼續唸道：「教主仙福齊天高，教眾忠字當頭照。教主駛穩萬年船，乘風破浪逞英豪！神龍飛天齊仰望，教主聲威蓋八方。個個生為教主生，人人死為教主死，教主令旨盡遵從，教主如同日月光！」

那漢子唸一句，眾人跟著讀一句。韋小寶心道：「甚麼洪教主寶訓？大吹牛皮。我天地會的切口詩比它好聽得多了。」

眾人唸畢，齊聲叫道：「教主寶訓，時刻在心，建功克敵，無事不成！」那些少年少女叫得尤其起勁。洪教主一張醜臉上神情漠然，他身旁那麗人卻笑吟吟的跟著唸誦。

眾人唸畢，大廳中更無半點聲息。

注：唐末軍閥羅紹威取魏博鎮，將其五千精兵盡數殺死，事後深為懊悔，自認是極大錯誤，說：「合六州四十三縣鐵，不能為此錯也。」王莽時錢幣以銅鐵鑄作刀形，刀上文字鍍以黃金，稱為「錯刀」。羅紹威以錯刀之「錯」喻錯誤之「錯」，此錯之大，聚六州四十三縣之鐵，也難以鑄成。「九州聚鐵鑄一字」，此「一字」為一個大「錯」字，本書借用以喻韋小寶受騙赴神龍島，悔之莫及。

戰國時秦國商鞅變法，法令初頒時恐人民不遵，立三丈之木於南門，宣稱若能搬出北門者賞五十金，此事甚易而賞重，眾皆不信。有一人試行搬木，商鞅果然依令照賞，於是人人皆信其法。商鞅立法嚴峻，民不敢違。

洪夫人右足在匕首柄上一點，

那匕首陡地向她咽喉疾射過去。

韋小寶驚叫：「小心！」洪夫人身子向下急縮，

那匕首竟飛過她頭頂，疾射教主胸口。

第二十回
殘碑日月看仍在　前輩風流許再攀

那麗人眼光自西而東的掃過來，臉上笑容不息，緩緩說道：「黑龍門掌門使，今日限期已至，你將經書繳上來。」她語音又清脆，又嬌媚，動聽之極，伸出左手，攤開手掌。

韋小寶遠遠望去，見那手掌眞似白玉彫成一般，心底立時湧起一個念頭：「這女人年紀雖比我大了幾歲，但做我老婆倒也不錯。她如到麗春院去做生意，揚州的嫖客全要擁到，蘇州、鎭江、南京的男人也要趕來，將麗春院大門也擠破了。」

左首一名黑衣老者邁上兩步，躬身說道：「啓稟夫人：北京傳來稟告，已查到四部經書的下落，正加緊出力，依據教主寶訓教導，就算性命不要，也要取到，奉呈教主和夫人。」他語音微微發抖，顯是十分害怕。

那女人微微一笑，說道：「教主已將日子寬限了三次，黑龍使你總是推三阻四，不肯出力，對教主未免太不忠心了罷？」

韋小寶心道：「可惜，可惜，這個標致女人，原來竟是這老醜洪教主的老婆，一朵鮮花插在牛糞上。月光光，照毛坑！」

那女子左手抬起，向韋小寶招了招，笑道：「小弟弟，你過來。」韋小寶嚇了一跳，低聲道：「我？」那女子笑道：「對啦，是叫你。」韋小寶向身旁陸先生、胖頭陀

黑龍使鞠躬更低，說道：「屬下受教主和夫人大恩，粉身碎骨，也難圖報。實在這事萬分棘手，屬下派到宮裏的六人之中，已有鄧炳春、柳燕二人殉教身亡。還望教主和夫人恩准寬限。」

韋小寶心道：「那肥母豬和假宮女原來是你的下屬。只怕老婊子的職位也沒你大。」

二人各望一眼。陸先生道：「夫人傳呼，上前恭敬行禮。」韋小寶心道：「我偏不恭敬，又待怎地？」可是走上前去，還是恭恭敬敬的躬身行禮，說道：「教主和夫人仙福永享，壽與天齊。」

洪夫人笑道：「這小孩倒乖巧。誰教你在教主之下，加上『和夫人』三個字？」

韋小寶不知神龍教中教眾向來只說「教主仙福永享，壽與天齊」，一入教後，便將這此話唸得熟極而流，誰也不敢增多一字，減少半句。韋小寶眼見這位夫人容貌既美，又極有權勢，反正拍馬屁不用本錢，隨口便加上了「和夫人」三字，聽她相詢，便道：「教主有夫人相伴，壽與天齊才有樂趣，否則過得兩三百年，夫人歸天，教主豈不寂寞得緊？」

洪夫人一聽，笑得猶似花枝亂顫，洪教主也不禁莞爾，手撚長鬚，點頭微笑。

神龍教中上下人等，一見教主，無不心驚膽戰，誰敢如此信口胡言？先前聽得韋小寶如此說，都代他捏一把汗，待見教主和夫人神色祥和，才放了心。

洪夫人笑道：「那麼這三個字，是你自己想出來加上去的了？」

韋小寶道：「正是，那是非加不可的。那石碑彎彎曲曲的字中，也提到夫人的。」

此言一出，陸先生全身登如墮入冰窖，自己花了無數心血，才將一篇碑文教了他背熟，忽然間他別出心裁，加上夫人的名字，那如何還湊得齊字數？這頑童信口開河，勢不免將碑文亂說一通，自己所作文字本已破綻甚多，這一來還不當場敗露？

洪夫人聽了也是一怔，道：「你說石碑上也刻了我的名字？」韋小寶道：「是啊！」

807

他隨口說了「是啊」二字，這才暗叫：「糟糕！她若要我背那碑文，其中卻沒說到夫人。」好在洪夫人並不細問，說道：「你姓章，從北京來的，是不是？」韋小寶又道：「是啊。」洪夫人道：「聽胖頭陀說，你在北京見過一個名叫柳燕的胖姑娘，她還教過你武功？」

韋小寶心想：「我跟胖頭陀說的話，除了那部經書之外，他都稟告了教主和夫人，眼下只好死挺到底，反正胖柳燕已經死了，這叫做死無對證。」便道：「正是，這個柳姑姑是我叔叔的好朋友，白天夜裏，時時到我家裏來的。」

洪夫人笑吟吟的問道：「她來幹甚麼？」韋小寶道：「跟我叔叔說笑話啊。有時他們還摟住了親嘴，以為我看不到，我可偷偷都瞧見了。」他知越說得活靈活現，諸般細微曲折的細節都說到了，旁人越會相信。

洪夫人笑道：「你這孩子滑頭得緊。人家親嘴，你也偷看。」轉頭向黑龍使道：「你聽見嗎？小孩子總不會說謊罷？」

韋小寶順著她眼光瞧去，見黑龍使臉色大變，恐懼已達極點，身子發顫，雙膝一曲，跪倒在地，連連磕頭，道：「屬下……屬下督導無方，罪該萬死，求教主和夫人網開一面，准屬下將功贖罪。」韋小寶大奇，心想：「我說那肥豬姑娘和我叔叔親嘴，跟這老頭兒又有甚麼相干？為甚麼要嚇成這個樣子？」

洪夫人微笑道：「將功贖罪？你有甚麼功勞？我還道你派去的人，當真忠心耿耿的在為教主辦事。那知道在北京，卻在幹這些風流勾當。」黑龍使又連連磕頭，額頭上鮮

血淖淖而下。韋小寶心下不忍，想說幾句對他有利的言語，一時卻想不出來。

黑龍使膝行而前，叫道：「教主，我跟著你老人家出死入生，雖無功勞，也有苦勞。」洪夫人冷笑道：「你提從前的事幹甚麼？你年紀這樣大了，還能給教主辦多少年事？黑龍使這職位，早些不幹，豈不快活？」黑龍使抬起頭來望著洪教主，哀聲道：「教主，你對老部下、老兄弟，總該開恩罷？」

洪教主臉上神色木然，淡淡的道：「咱們教裏，老朽胡塗之人太多，也該好好整頓一下才是。」他聲音低沉，說來模糊不清。韋小寶自見他以來，首次聽到他說話。

突然間數百名少男少女齊聲高呼：「教主寶訓，時刻在心，建功克敵，無事不成！」

黑龍使嘆了口氣，顫巍巍的站起身來，說道：「吐故納新，我們老人，原該死了。」

轉過身來，說道：「拿來罷！」

廳口四名黑衣少年快步上前，手中各托一隻木盤，盤上有黃銅圓罩罩住，走到黑龍使身前，將木盤放在地下，迅速轉身退回。廳上眾人不約而同的退了幾步。

黑龍使喃喃的道：「教主寶訓，時刻在心，建功克敵，無事不成，……嘿嘿，有一事不成，便是屬下並不忠心耿耿。」伸手握住銅蓋頂上的結子，向上一提。

盤中一物突然竄起，跟著白光一閃，斜刺裏一柄飛刀激飛而至，將那物斬為兩截，掉在盤中，蠕蠕而動，卻是一條五彩斑爛的小蛇。

韋小寶一聲驚呼。廳中眾人也都叫了起來：「那一個？」「那一個叛徒，膽敢忤逆教主？」「甚麼人犯上作亂？」「拿下了！」

809

洪夫人突然站起，雙手環抱，隨即連擺三下。只聽得唰唰唰唰，長劍出鞘之聲大作，數百名少男少女奔上廳來，將五六十名年長教眾團團圍住。這數百名少年青衣歸青衣，白衣歸白衣，毫不混雜，各人佔著方位，或六七人、或八九人分別對付一人，長劍分指要害，那數十名年老的頃刻之間便遭制住。胖頭陀和陸先生身周，也各有七八人以長劍相對。

一名五十來歲的黑鬚道人哈哈大笑，說道：「夫人，你操練這陣法，花了好幾個月功夫罷？要對付老兄弟，其實用不著這麼費勁。」站在他身周的是八名紅衣少女，兩名少女長劍前挺，劍尖挺住他心口，喝道：「不得對教主和夫人無禮。」那道人笑道：

「夫人，那條五彩神龍，是我無根道人殺的。你要處罰，儘管動手，何必連累旁人？」

洪夫人坐回椅中，微笑道：「你自己認了，再好也沒有。道長，教主待你不薄吧？委你爲赤龍門掌門使，那是教主一人之下，萬人之上的高職，你爲甚麼要反？」無根道人說道：「屬下沒有反。黑龍使張淡月有大功於本教，只因他屬下有人辦事不力，夫人便要取他性命，屬下大膽向教主和夫人求個情。」洪夫人笑道：「倘若我不答允呢？」

無根道人道：「神龍教雖是教主手創，可是數萬兄弟赴湯蹈火，人人都有功勞。當年起事，共有一千零二十三名老兄弟，到今日有的命喪敵手，有的爲教主誅戮，膡下來的已不到一百人。屬下求教主開恩，饒了我們幾十個老兄弟的性命，將我們盡數開革出教。教主和夫人見著我們老頭兒討厭，要起用新人，便叫我們老頭兒一起滾蛋罷。」

洪夫人冷笑道：「神龍教創教以來，從沒聽說有人活著出教的。無根道長這麼說，

810

當眞異想天開之至。」無根道人道：「這麼說，夫人是不答允了？」洪夫人道：「對不起，本教沒這個規矩。」無根道人哈哈一笑，道：「原來教主和夫人非將我們盡數誅戮不可。」洪夫人微笑道：「那也不然。老人忠於教主，教主自然仍舊當他好兄弟，決無歧視。我們不問年少年長，只問他對教主是否忠心。那一個忠於教主的，舉起手來。」

數百名少年男女一齊舉起左手，被圍的年長教衆也都舉手，連無根道人也高舉左手，大家同聲道：「忠於教主，決無二心！」韋小寶見大家舉手，也舉起了手。

洪夫人點頭道：「那好得很啊，原來人人忠於教主，連這個新來的小弟弟，雖非本教中人，居然也忠於教主。」韋小寶心道：「我忠於烏龜王八蛋。」洪夫人道：「大家都忠心，那麼我們這裏一個反賊也沒有了。恐怕有點不對頭吧？得好好查問。各位老兄弟只好暫且委屈一下，都綁了起來。」數百名少年男女齊聲應道：「是！」

一名魁梧大漢叫道：「且慢！」洪夫人道：「白龍使，你又有甚麼高見？」那大漢道：「高見是沒有，屬下覺得不公平。」洪夫人道：「嘖嘖嘖，你指摘我處事不公平。」那大漢道：「屬下不敢，屬下跟隨教主三十年，凡事勇往直前。我爲本教拚命之時，這些小娃娃都還沒生在世上。爲甚麼他們才對教主忠心，反說我們老兄弟不忠心？」

洪夫人笑吟吟的道：「白龍使這麼說，那是在自己表功了。你是不是說，倘若沒有你白龍使鍾志靈，神龍教就無今日？」

那魁梧大漢鍾志靈道：「神龍教建教，是教主一人之功，大夥兒不過跟著他老人家打天下，有甚麼功勞可言，不過……」

洪夫人道：「不過我們沒有功勞，這些二十幾歲的小娃娃們就更加沒有功勞。」

洪夫人道：「我不過二十幾歲，那也沒有功勞了？」鍾志靈遲疑半晌，道：「不錯，夫人也沒有功勞。創教建業，是教主他老人家一人之功。」

洪夫人緩緩的道：「既然大家沒有功勞，殺了你也不算冤枉，是不是？」說到這裏，眼中閃過一陣殺氣，臉上神色仍嬌媚萬狀。

鍾志靈怒叫：「殺我姓鍾的一人，自然不打緊。就只怕如此殺害忠良，誅戮功臣，神龍教的基業，要毀於夫人一人之手。」

洪夫人道：「很好，很好，唉，我倦得很。」這幾個字說得懶洋洋地，那知道竟是下令殺人的暗號。站在白龍使身周的七名白衣少年一聽，長劍同時挺出，一齊刺入鍾志靈身子。七劍拔出，他身上射出七股血箭，濺得七名白衣少年衣衫全是鮮血，倒地而死。七名少年退到廊下，行動甚是整齊。

教中老兄弟都知白龍使鍾志靈武功甚高，但七劍齊至，竟無絲毫抗禦之力，足見這七名少年爲了今日在廳中刺這一劍，事先曾得教主指點，又已不知練了多少遍，實已到了熟極而流的地步，無不心下慄慄。

洪夫人打了個呵欠，左手輕輕按住了櫻桃小口，顯得嬌慵之極。洪教主仍神色木然，對白龍使的喪命，宛若沒瞧見。洪夫人輕輕的道：「青龍使、黃龍使，你們兩位覺得白龍使鍾志靈謀叛造反，是不是罪有應得？」

一個細眼尖臉的老者躬身說道：「鍾志靈反叛教主和夫人，處心積慮，由來已久，

812

屬下十分痛恨，曾向夫人告發了好幾次。夫人總是說，瞧在老兄弟面上，要讓他有個悔改的機會。教主和夫人寬宏大量，只盼他改過自新，那知這人惡毒無比，委實不可赦。如此輕易將他處死，那是萬分便宜了他。教中兄弟，無不感激教主和夫人的恩德。」

韋小寶心道：「這是個馬屁大王。」

洪夫人微微一笑，說道：「黃龍使倒還識得大體。青龍使，你以為怎樣？」

一個五十來歲的高瘦漢子向身旁八名青衣少年怒目而視，斥道：「滾開。教主要殺我，我不會自己動手嗎？」八名少年長劍向前微挺，劍尖碰到了他衣衫。那漢子嘿嘿幾聲冷笑，慢慢提起雙手，抓住了自己胸前衣衫，說道：「教主、夫人，當年屬下和赤、白、黑、黃四門掌門使義結兄弟，決心為神龍教賣命，沒想到竟有今日。夫人要殺許某，並不希奇，奇在黃龍使殷大哥貪生怕死，竟說這等卑鄙齷齪的言語，來誣衊自己好兄弟……」

猛聽得「嗤」的一聲急響，那漢子雙手向外疾分，已將身上長袍扯為兩半，手臂一振之間，兩片長袍橫捲而出，將身旁八名青衣少年的長劍盪開，青光閃動，手掌中已多了兩柄尺半長的短劍。嗤嗤之聲連響，八名青衣少年胸口中劍，盡數倒地，傷口中鮮血直噴。八人屍身倒在他身旁，圍成一圈，竟排得十分整齊。這幾下手法之快，直如迅雷不及掩耳。

洪夫人一驚，雙手連拍，二十餘名青衣少年同時搶上，挺劍攔在青龍使身前，又團團將他圍住。

青龍使哈哈大笑，朗聲說道：「夫人，你教出來的這些娃娃，膿包之極。教主要靠這些小傢伙來建功克敵，未免有些不大順手罷？」

七少年刺殺鍾志靈，洪教主猶如視而不見，青龍使刺殺八少年，他仍似無動於衷，穩穩而坐，始終渾不理會。

洪夫人嫣然一笑，說道：「青龍使，你劍法高明得很哪，今日……」

忽聽得嗆啷啷、嗆啷啷啷之聲大作，大廳中數百名少年男女手中長劍紛紛落地，眾人大奇之下，見眾少年一個個委頓在地，各人隨即覺得頭昏眼花，立足不定。功力稍差的先行摔倒，跟著餘人也搖搖晃晃，倒了下來，頃刻之間，大廳中橫七豎八的倒了一地。

洪夫人驚呼：「為甚麼……」身子一軟，從竹椅中滑了下來。

青龍使卻昂然挺立，獰笑道：「教主，你殘殺兄弟，想不到也有今日罷？」兩柄短劍一擊，錚然作聲，踏著地下眾人身子，向洪教主走去。

洪教主哼了一聲，道：「那也未必！」伸手抓住竹椅靠手，喀喇一聲，拗斷了靠手。

青龍使登時變色，退後兩步，說道：「教主，偌大一個神龍教，弄得支離破碎，到底是誰種下的禍胎，你老人家現下總該明白了罷？」

洪教主「嗯」的一聲，突然從椅上滑下，坐倒在地。青龍使大喜，搶上前去，驀地裏呼的一聲，一物夾著一股猛烈之極的勁風，當胸飛來。青龍使右手短劍用力斬出，那物斷為兩截，原來便是洪教主從竹椅上拗下的靠手。他這一擲之勁非同小可，一段竹棍雖給斬

斷，上半截餘勢不衰，嘆的一聲，插入青龍使胸口，撞斷了五六條肋骨，直沒至肺。

青龍使一聲大叫，戛然而止，肺中氣息接不上來，登時啞了。身子晃了兩下，手中兩柄短劍落地，分別插入了兩名少年身上。這兩名少年四肢麻軟，難以動彈，神智卻仍清醒，口中也能說話，短劍插身，痛得高聲大叫。

數百名少年男女見教主大展神威，擊倒青龍使，齊聲歡呼。只見洪教主右手撐地，掙扎著要想站起，但右腿還沒站直，雙膝一軟，倒地滾了幾滾，摔得狼狽不堪。這一來，人人都知教主和自己一樣，也已中毒，筋軟肉痺。教主平素極其莊嚴，在教眾面前話也不多說一句，笑也不多笑一聲，此刻竟摔得如此丟人，自是全身力道盡失。

大廳上數百人盡數倒地，卻只一人站直了身子。此人本來身材矮小，可是在數百名臥地不起的人中，不免顯得鶴立雞羣。

此人正是韋小寶。他鼻中聞到一陣陣淡淡幽香，只感心曠神怡，全身暖洋洋地，快美難言，眼見一個個人都倒在地下，何以會有此變故，心中全然不解。他呆了一會，伸手去拉胖頭陀，問道：「胖尊者，大家幹甚麼？」

胖頭陀奇道：「你……你沒中毒？」韋小寶奇道：「中毒？我……我不知道。」他用力扶起胖頭陀，可是胖頭陀腿上沒半點力氣，又即坐倒。

陸先生突然問道：「許大哥，你……你使的是甚麼毒？」

青龍使身子搖搖晃晃，猶似喝醉了一般，一手扶住柱子，不住咳嗽，說道：「可惜，可……可惜功敗垂成，我……我是不中用了。」

陸先生道：「是『七蟲軟筋散』？是『千里銷魂香』？是……是『化……化血……

腐骨粉』？」連說了三種劇毒藥物的名稱，說到「化血腐骨粉」時，聲音顫抖，顯得害

怕已極。

青龍使右肺受傷，咳嗽甚劇，答不出話。陸先生道：「韋公子卻怎地沒中毒？啊，

是了！」他突然省悟，這「是了」二字叫得極響，說道：「你短劍上搽了『百花腹蛇

膏』，妙計，妙計。韋公子，請你聞一聞青龍使那兩柄短劍，是不是劍上有花香？」

韋小寶心想：「劍上有毒，我才不去聞呢。」說道：「就在這裏也香得緊呢。」

陸先生臉現喜色，道：「是了，這『百花腹蛇膏』遇到鮮血，便生濃香，本是煉製

香料的一門秘法，常人聞了，只有精神舒暢，可是……可是我們住在這靈蛇島上，人人

都服慣了『雄黃藥酒』，以避毒蛇，這股香氣一碰上『雄黃藥酒』，便令人筋骨酥軟，十

二個時辰不解。許大哥，真是妙計。這『百花腹蛇膏』在島上本是禁物，原來你暗中早

已有備，你定有三四個月沒喝雄黃藥酒了。」

青龍使坐倒在地，正好坐在兩名少年身上，搖頭道：「人算不如天算，到頭來還是

中了洪安通的毒手。」

幾名少年喝道：「大膽狂徒，你膽敢呼喚教主的聖名！」

青龍使拾起一柄長劍，慢慢站起，一步步向洪教主走去，道：「洪安通的名字叫不

得？我殺了這惡賊之後……咳咳……還叫不得？」數百名少年男女都驚呼起來。

過了一會，只聽得黃龍使蒼老的聲音道：「許兄弟，你去殺了洪安通，大夥兒奉你

816

爲神龍教教主。大家快唸：咱們齊奉許教主號令，忠心不貳。」

大廳上沉默片刻，便有數十人唸了起來：「咱們齊奉許教主號令，忠心不貳。」有

此聲音堅決，有些顯得遲疑，頗爲參差不齊。

青龍使走得兩步，咳嗽一聲，身子晃幾下，他受傷極重，但勉力掙扎，說甚麼要先

殺了洪教主。

洪夫人忽然格格一笑，說道：「青龍使，你沒力氣了，你腿上半點力氣也沒了，你

胸口鮮血湧了出來，快流光啦。你不成啦。坐下罷，疲倦得很，坐下罷，對了，坐下休

息一會。你放下長劍，坐到我身邊來，讓我治好你的傷。對啦，坐倒罷，放下長劍。」

越說聲音越溫柔嬌媚。

青龍使又走得幾步，終於慢慢坐倒，錚的一聲，長劍脫手落地。

黃龍使見青龍使再也無力站起，大聲道：「許雪亭，你這奸賊痴心妄想，他媽的想

做教主，你撒泡尿自己照一照，這副德性像是不像。」

赤龍使無根道人喝道：「殷錦，你這卑鄙無恥的小人，見風使舵，東搖西擺。老道

手腳一活，第一個便宰了你。」

黃龍使殷錦道：「你狠甚麼？我……我……」欲待還口，見青龍使許雪亭搖搖晃晃

的又待站起，眼見這場爭鬥尚不知鹿死誰手，又住了口。

一時廳上數百人的目光，都注視在許雪亭身上。

洪夫人柔聲道：「許大哥，你倦得很了，還是坐下來罷。你瞧著我，我唱個小曲兒

817

給你聽。你好好歇一歇，以後我天天唱小曲兒給你聽。你瞧我生得好不好看？」

許雪亭唔唔連聲，說道：「你……你好看得很……不過我……我不敢多看……」說著又即坐倒，這一次再也站不起來，但心中雪亮，自己只要一坐不起，殺不了教主，數百人中以教主功力最爲深厚，身上所中之毒定是他最先解去，那麼反叛他的一衆老兄弟人人無倖，盡數要遭他毒手，說道：「陸……陸先生，我動不了啦，你給想……想……咳咳……想個法子。」

陸先生道：「韋公子，這教主十分狠毒，待會他身上所中的毒消解，便會殺死大夥兒，連你也活不成。你快去將教主和夫人殺了。」

陸先生又道：「這洪夫人狐狸精，儘會騙人，你別瞧她的臉，不可望她眼睛。」

韋小寶道：「是！」挺劍走上幾步。

這幾句話他就是不說，韋小寶也早明白，當下拾起一柄劍，慢慢向洪教主走去。

洪夫人柔聲道：「小兄弟，你說我生得美不美？」聲音中充滿了銷魂蝕骨之意。韋小寶心中一動，轉頭便欲向她瞧去。胖頭陀大喝一聲：「害人精，看不得！」韋小寶一凜，緊緊閉住了眼睛。洪夫人輕笑道：「小兄弟，你瞧啊，向著我，睜開了眼。你瞧，我眼珠子裏有你的影子！」

韋小寶一睜眼，見到洪夫人眼波盈盈，全是笑意，不由得心中大蕩，隨即舉劍當胸，向著洪教主走去，心道：「你這樣的美人兒，我真捨不得殺，你的老公卻非殺不可。」

忽然左側有個清脆的聲音說道：「韋大哥！殺不得！」

818

這聲音極熟，韋小寶心頭一震，向聲音來處瞧去，只見一名紅衣少女躺在地下，秀眉俊目，正是小郡主沐劍屏。他大吃一驚，萬想不到竟會在此和她相遇，至於她身穿赤龍門少女的紅衣，反不覺如何驚奇了，忙俯身將她扶起，問道：「你怎麼會在這裏？」

沐劍屏不答他的問話，只道：「你⋯⋯你千萬殺不得教主。」韋小寶奇道：「你投了神龍教？怎⋯⋯怎麼會？」沐劍屏全身軟得便如沒了骨頭，將頭靠在他肩上，一張小口剛好湊在他耳邊，低聲道：「你如殺了教主和夫人，我就活不成了。那些老頭子恨死了我，非盡數殺了我們這些少年人不可。」韋小寶道：「我要他們不來害你，他們會答允的。」沐劍屏急道：「不，不！教主給我們服了毒藥，旁人解不來的。」

韋小寶和她久別重逢，本已十分歡喜，何況懷中溫香軟玉，耳邊柔聲細語，自是難於拒卻，又想她已給教主逼服了毒藥，旁人解救不得，那麼殺了教主，便是害死懷中這個小美人兒，此事萬萬不可，只一件事為難，低聲道：「我如不殺教主，教主身上毒性去了之後，就要殺我了。」他將沐劍屏緊緊抱住，這句話就在她耳邊而說。

沐劍屏道：「你救了教主和夫人，他們怎麼還會殺你？」

韋小寶心想不錯，洪夫人這樣千嬌百媚，無論如何是殺不下手的，眼前正是建立大功的機會，只是胖頭陀、陸先生、無根道人這幾個，不免要給教主殺了。那無根道人十分豪傑，殺了他未免可惜。最好是既不殺教主和夫人，也保全得胖頭陀等人的性命，便道：「正是！好老婆。就算教主要殺我，我也非救你不可。」說著在她左頰上親了一吻。

沐劍屏大羞，滿臉通紅，眼光中露出喜色，低聲道：「你立了大功，又是小孩，教

主怎會殺你？」

韋小寶將沐劍屏輕輕放落，轉頭道：「陸先生，教主是殺不得的，夫人也殺不得。

石碑上刻了字，說教主和夫人仙福永享，壽與天齊，我怎敢害他們性命？他二位老人家

神通廣大，就是要害，也害不死的。」

陸先生大急，叫道：「碑文是假的，怎作得數？別胡思亂想了，快快將他二人殺

了，否則大夥兒死無葬身之地。」

韋小寶連連搖頭，說道：「陸先生，你不可說這等犯上作亂的言語。你有沒有解

藥？咱們趕快得解了教主和夫人身上的毒。」

洪夫人柔聲說道：「對啦，小兄弟，你當真見識高超。上天派了你這樣一位少年英

雄下凡，前來輔佐教主。神龍教有了你這樣一位少年英雄，真是大家的福氣。」這幾句

話說得似乎出自肺腑，充滿了驚奇讚嘆之意。

韋小寶聽在耳裏，說不出的舒服受用，笑道：「夫人，我不是神龍教的人。」

洪夫人笑道：「那再容易也沒有了。你現下即時入教，我就是你的接引人。教主，

這位小兄弟為本教立了如此大功，咱們派他個甚麼職司才是？」

洪教主道：「白龍門掌門使鍾志靈叛教伏法，咱們升這少年為白龍使。」

洪夫人笑道：「好極了。小兄弟，本教以教主為首，下面就是青、黃、赤、白、黑

五龍使。像你這樣一入教就做五龍使，那真是從所未有之事。足見教主對你倚重之深。

小兄弟，你姓韋，我們是知道的，你大號叫作甚麼？」

韋小寶道：「我叫韋小寶，江湖上有個外號，叫作『小白龍』。」他想起那日茅十八給他杜撰了個外號，覺得若無外號，不夠威風，想不到竟與今日之事不謀而合。

洪夫人喜道：「你瞧，你瞧！這是老天爺的安排，否則那有這樣巧法。教主金口，一言既出，決無反悔。」

陸先生大急，說道：「韋公子，你別上他們的當。就算你當了白龍使，他們一不高興，若要殺你，還不是易如反掌？白龍使鍾志靈便是眼前的榜樣。你快殺了教主和夫人，大家奉你為神龍教教主便了。」

此言一出，眾人皆是一驚。胖頭陀、許雪亭、無根道人等都覺這話太過匪夷所思，但轉念一想，若不奉他為教主，教中再沒比白龍使更高的職位，眼前情勢惡劣之極，眾人性命懸於其手，也只有這樣，方能誘得他去殺了教主和夫人，只消渡過難關，諒這小孩童就算真的當了教主，也逃不過眾人的掌握。當下眾人齊道：「對，對，我們齊奉韋公子為神龍教教主，大夥兒對你忠心耿耿。」

韋小寶心中一動，斜眼向洪夫人瞧去，只見她半坐半臥的靠在竹椅上，全身猶似沒了骨頭一般，胸口微微起伏，雙頰紅暈，眼波欲流，心道：「做教主沒甚麼好玩，這教主夫人可真美得要命。我如做了教主，你這教主夫人可還做不做哪？」

但這念頭只在腦海中一晃而過，隨即明白：「這三人個個武功高強，身上毒性一解，我又怎管他們得了？這是過橋抽板。」過橋抽板的事，他在天地會青木堂中早已有過經歷，天地會的兄弟們是英雄好漢，過了橋之後不忙抽板，這些神龍教的傢伙，豈有

821

不大抽而特抽、抽個不亦樂乎的？教主夫人雖美，畢竟自己的小命更美，便伸了伸舌頭，笑道：「教主我是當不來的，你們說這種話，沒的折了我的福份，而且有點兒大逆不道。這樣罷，教主、夫人，大家言歸於好，今日的帳，雙方都不算。陸先生、青龍使他們冒犯了教主，請教主寬宏大量，不處他們的罪。陸先生，你取出解藥來，大家服了，和和氣氣，豈不是好？」

洪教主不等陸先生開口，立即說道：「好，就這麼辦。白龍使勸我們和衷共濟，不咎既往，本座嘉納忠言，今日廳上一切上作亂之行，本座一概寬赦，不再追究。」

韋小寶喜道：「青龍使，教主答允了，那不是好得很嗎？」

陸先生眼見韋小寶無論如何是不會去殺教主了，長嘆一聲，說道：「既是如此，教主、夫人，你們兩位請立下一個誓來。」

洪夫人道：「我蘇荃決不追究今日之事，若違此言，教我身入龍潭，為萬蛇所噬。」

洪教主低沉著聲音道：「神龍教教主洪安通，日後如向各位老兄弟清算今日之事，洪某身入龍潭，為萬蛇所噬，屍骨無存。」

「身入龍潭，為萬蛇所噬」，那是神龍教中最重的刑罰，教主和夫人當眾立此重誓，雖為勢所迫，卻也是決計不能反口的了。陸先生道：「青龍使，你意下如何？」

無根道人大聲道：「就是這樣。洪教主原是我們老兄弟，他文才武功，勝旁人十倍，大夥兒本來擁他為主，原無二心。自從他娶了這位夫人後，性格大變，只愛提拔少

一息，道：「我……我反正活不成了。」陸先生又道：「無根道長，你以為怎樣？」許雪亭奄奄

822

年男女，將我們老兄弟一個個的殘殺。青龍使這番發難，只求保命，別無他意。教主和夫人既已當眾立誓，決不追究今日之事，不再肆意殺害老兄弟，大家又何必反他？再說，神龍教原也少不得這位教主。」

一眾少年少女縱聲高呼：「教主仙福永享，壽與天齊。」

陸先生道：「韋公子，你沒喝雄黃藥酒，不中百花腹蛇膏之毒，致成今日大功，冥冥之中，自有天意。要解此毒，甚是容易，你到外面去舀此冷水來，餵了各人服下即可。」

韋小寶笑道：「這毒原來如此易解。」走到廳外，卻找不到冷水，繞到廳後，見一排放著二十餘隻七石缸，都裝滿清水，原來是防竹廳失火之用，當下滿滿提了一桶清水，回到廳中，先舀一瓢餵給教主喝下，其次餵給洪夫人。第三瓢卻餵給無根道人，說道：「道長，你是英雄好漢。」第四、五瓢餵了胖頭陀和陸先生，第六瓢餵給沐劍屏。

各人飲了冷水，便即嘔吐，慢慢手腳可以移動。韋小寶又餵數人後，陸先生已可起立行走，過去扶起青龍使許雪亭，為他止血治傷。胖頭陀等分別去提冷水，灌救親厚的兄弟。不久沐劍屏救了幾名紅衣少女。一時大廳上嘔吐狼藉，臭不可當。

洪夫人道：「大家回去休息，明日再行聚會。」

洪教主道：「本座既不究既往，眾兄弟自戮之間，也不得因今日之事，互相爭吵尋仇，違者重罰。五龍少年不得對掌門使不敬，掌門使也不可藉故處置本門少年。」

眾人齊聲奉令，但疑忌憂慮，畢竟難以盡去。

洪夫人柔聲道：「白龍使，你跟我來。」韋小寶還不知她是在呼喚自己，見她招

823

手，這才想起自己已已做了神龍教的白龍使，便跟了過去。

教主和夫人並肩而行，出了大廳，已可行動的教眾都躬身行禮，高聲叫道：「教主

仙福永享，壽與天齊！」

教主和夫人沿著一條青石板路向廳左行去，穿過一大片竹林，到了一個平台之上。

台上築著幾間大竹屋，十餘名分穿五色衣衫的少年男女持劍前後把守，見到教主，一齊

躬身行禮。洪夫人領韋小寶進了竹屋，向一名白衣少年道：「這位韋公子，是你們白龍門

新任的掌門使，請他在東廂房休息，你們好好服侍。」說著向韋小寶一笑，進了內堂。

幾名白衣少年躬身向韋小寶道：「屬下少年參見座使。」韋小寶在皇宮中做慣了首

領太監，在天地會中又做慣了香主，旁人對他恭敬，已毫不在乎，只點了點頭。

幾名白衣少年引他進了東廂房，獻上茶來。雖說是廂房，卻也十分寬敞，陳設雅潔，

桌上架上擺滿了金玉古玩，壁上懸著字畫，床上被褥華美，居然有點皇宮中的派頭。

幾名白衣少年見洪夫人言語神情之中，顯然對韋小寶極為看重，而教主這「仙福居」

更是從無外人在此過宿，白龍使享此殊榮，地位更在其他四使之上了。這些少年在此守

衛，不知適才大廳中的變故，但見韋小寶位尊得寵，一個個過來大獻殷勤。

當日下午，韋小寶向幾名白衣少年問了五龍門的各種規矩。原來神龍教下分五門，

每一門統率數十名老兄弟、一百名少年、數百名尋常教眾。掌門使本來都是教中立有大

功的高手耆宿，但教主近來全力提拔新秀，往往三十歲左右之人，便得出掌僅次於掌門

824

使的要職，因此韋小寶年紀雖小，卻也無人有絲毫詫異。

次晨洪教主和夫人又在大廳中召集教眾。各人臉上都有惴惴不安之色，教主雖已立誓不再追究，但他城府極深，誰也料不到他會有甚麼厲害手段使出來。

教主和夫人升座。韋小寶排在五龍使班次的第四位，反在胖頭陀和陸先生之上。

洪教主問道：「青龍使的傷勢怎樣？」陸先生躬身道：「啟稟教主：青龍使傷勢不輕，性命是否能保，眼下還是難說。」教主從懷中取出一個醉紅小瓷瓶，道：「這是三顆天王保命丹，你拿去給他服了。」說著也不見他揚手，那瓷瓶便向陸先生身前緩緩飛來。

陸先生忙伸手接住，伏地說道：「謝教主大恩。」他知這天王保命丹十分難得，是教主派遣部屬採集無數珍奇藥材煉製而成，其中的三百年老山人參、白熊膽、雪蓮等物尤其難得，教主大費心力所煉成的，前後也不過十來顆而已。許雪亭服了這三顆靈丹，性命當可無礙。

其餘老兄弟都躬身道謝，均想：「青龍使昨日對教主如此衝撞，更立心要害他性命，今日教主反賜珍藥，那麼他的的確確是不咎既往了。」無不大感欣慰。大廳中本來人人嚴加戒備，這時臉上都現笑容，不少人大吁長氣。

洪夫人笑道：「白龍使，聽說你在五台山上見到一塊石碣，碣上刻有蝌蚪文字？」

韋小寶躬身道：「是！」

胖頭陀道：「啟稟教主、夫人，屬下拓得這碣文在此。」從懷中取出一個油紙包，打了開來，取出一張極大的拓片，懸在東邊牆上，拓片黑底白字，文字希奇古怪，無人

能識。

洪夫人道：「白龍使，你若識得這些文字，便讀給大家聽聽。」

韋小寶應道：「是。」眼望拓文，大聲背誦陸先生所撰的那篇文字：「維大唐貞觀二年十月甲子……」慢慢的一路背將下去，偶爾遺忘，便道：「嗯，這是個甚麼字，倒也難認，是了，是個『魔』字。」背到「仙福永享，普世崇敬。壽與天齊，文武仁聖」那四句時，將之改了一改，說是「仙福永享，連同夫人。壽與天齊，文武仁聖」

這「連同夫人」四字，實在頗為粗俗，若教陸先生撰寫，必另有雅馴字眼，但韋小寶不通文理，那裏作得出甚麼好文章來？不將四字句改成五字，已十分難能可貴了。

洪夫人一聽到這四字，眉花眼笑，說道：「教主，碣文中果真有我的名字，倒不是白龍使胡亂捏造的。」

洪教主也十分高興，點頭笑道：「好，好！我們上邀天眷，創下這個神龍教來。原來大唐貞觀年間，上天已有預示。」

廳上教眾齊聲高呼：「教主仙福永享，壽與天齊。」

無根道人等老兄弟也自駭然，均想：「教主與夫人上應天象，那可冒犯不得。」

韋小寶最後將八部《四十二章經》的所在也都一一唸了。洪夫人嘆道：「聖賢豪傑，惠民救世，固然上天早有安排，便連吳三桂這等人，也都在老天爺的算中。教主，這八部寶經，份中應屬本教所有，遲早都會到我神龍教來。」教主撚鬚微笑，道：「夫人說得是。」

眾人又大叫：「壽與天齊，壽與天齊！」

待人聲稍靜，洪教主道：「現下開香堂，封韋小寶為本教白龍門掌門使之職。」

神龍教開香堂，和天地會的儀節又自不同。韋小寶見香案上放著五隻黃金盤子，每隻盤子中都盛著一條小蛇，共分青、黃、赤、白、黑五色。五條小蛇昂起了頭，舌頭一伸一縮，身子卻盤著不動。

韋小寶拜過五色「神龍」，向教主和夫人磕頭，接受無根道人等人道賀。洪夫人斟了三杯雄黃酒讓他飲下，笑道：「飲了此酒，島上神龍便都知道你是自己人，以後再也不會來咬你了。」洪教主賜了一串雄黃珠子，命他貼肉掛著，百毒不侵。跟著白龍門本門的執事和少年齊來參見掌門使。洪教主吩咐：「青龍門掌門使因病休養，胖頭陀拓揚碣文有功，青龍門事務，暫由胖頭陀代理。待青龍使病愈，再行接掌。」胖頭陀躬身奉令。

洪教主又道：「五龍使和陸高軒六人，齊到後廳議事。」當即和夫人走下座來。廳上眾人高呼恭送，無根道人、韋小寶、胖頭陀、陸先生等都跟隨其後。韋小寶這時才知，原來陸先生的名字叫陸高軒。

那後廳便在大廳之後，廳堂不大，居中兩張大竹椅，教主和夫人就座。下面設了五張矮橙，三位掌門使分別坐下，胖頭陀也坐了一張，說道：「白龍使請坐。」韋小寶見陸先生並無座位，微感遲疑。陸先生微笑道：「白龍使請坐，『潛龍堂』中，沒有我這等閒職教眾的座位。」韋小寶料想規矩如此，胖頭陀若非代理青龍使，那

827

也是沒有座位的了，便即坐下。陸先生站在黑龍使下首。

突然之間，殷錦等四人都站起身來，韋小寶不明所以，跟著站起，只聽殷錦和陸先生等五人齊聲唸道：「教主寶訓……」韋小寶當即跟著唸下去：「……時刻在心，建功克敵，無事不成。」他尖銳的童音，又比那五人更大聲了些。洪教主點了點頭，五人這才坐下。

洪教主道：「碣文所示，這八部《四十二章經》散處四方，可是黑龍使報稱，其中四部是在皇宮之內，卻是何故？」黑龍使道：「想來這四部經書本在少林寺、沐王府等處，後來給韃子搶入了宮中。」洪教主沉吟不語，黑龍使臉上懼意漸濃。

洪教主轉向胖頭陀，問道：「你師兄有消息回報沒有？」

胖頭陀恭恭敬敬的道：「啟稟教主：瘦頭陀以前曾說，在鑲藍旗旗主府中，曾查到一些端倪，可是後來卻再也查不到甚麼了。」

韋小寶心中一動：「鑲藍旗旗主府中？那不是陶姑姑的師父去過的地方嗎？原來胖頭陀還有個師兄，叫作瘦頭陀。」只聽洪教主說道：「你說我吩咐他儘快追查，不得懶散。」胖頭陀連聲答應。

過了一會，洪夫人微笑道：「黑龍使派人去皇宮裏取經，據他自己說已經竭盡全力，可是至今一部經書也沒取來。這件事，咱們恐怕得另派一個福份大些的人去辦了。」

黃龍使殷錦忙道：「夫人高見。取經之事，想來和福份大小干係極大。黑龍使也不是不努力，不肯為教主立功，可是始終阻難重重，多半是福氣不夠，因此寶經難以到

手。」洪夫人微笑道：「依你之見，誰的福份夠呢？」殷錦道：「本教福氣最大的，自然是教主他老人家，其次是夫人。不過總不能勞動兩位大駕，親自出馬。更其次福份最大的，首推白龍使。他識得碣文，又立下大功，印堂隱隱透出紅光，福份之大，教主屬下無人能出其右。」

洪教主撚鬚微笑，道：「但他小小孩童，能擔當這大任麼？」

白龍使一職，在神龍教雖然甚尊，在韋小寶心裏，卻半點份量也沒有，他既陷身島上，只好隨遇而安。瞧著閉月羞花的洪夫人，自是過癮之極，但瞧得多了，如給教主發見自己色迷迷的神色，難免有殺身之禍，還是儘速回北京為妙，聽教主這麼說，正是脫身的良機，便道：「教主、夫人，承蒙提拔，我本事是沒有的，但靠了兩位的大福氣，混進皇宮中去偷這四部寶經，倒也有點成功的指望。」

洪教主點了點頭。洪夫人喜道：「你肯自告奮勇，足見對教主忠心。我知你聰明伶俐，福份又大，恐怕正是上天派來給教主辦成這件大事的。」

洪教主續道：「……小皇帝派了他去五台山，意欲不利於我教。我們接連派了幾批人手出去，要擒他來審問，章老三找他不到，胖頭陀也沒能成功，不料小桂子沒找到，卻遇上了你。」

洪教主緩緩說道：「據黑龍使稟報，他派在皇宮中的部屬傳出消息，小皇帝手下有個小太監，叫作甚麼小桂子的……」韋小寶大吃一驚：「拆穿西洋鏡，那可糟糕之極！」

殷錦聽教主語氣稍頓，說道：「那是教主洪福齊天！」

洪教主向他微微點了點頭，續道：「白龍使，你到得宮中，這小桂子的事，可得細

細查一查，皇帝派他去五台山，到底有甚麼圖謀。」

韋小寶已嚇出了一身冷汗，忙道：「是，是。」心下十分歡喜，聽教主口氣，果然

是派自己去皇宮了。

洪夫人道：「那八部《四十二章經》之中，據說藏有強身保命、延年益壽的大秘密。

想我們教主既然上蒙天眷，許以仙福永享，壽與天齊，這八部經書，遲早自會落入教主手

中。白龍使，你再去爲教主立一大功，將這八部經書取來，教主自然另有封賞。」

韋小寶站了起來，躬身說道：「屬下粉身碎骨，也難報教主與夫人的大恩，自當盡

忠報國，馬革裹屍。」這「盡忠報國，馬革裹屍」八個字，是他從說書先生那裏學來

的，每逢大將出征，君王勉勵，大將就慷慨激昂，說了這八個字出來，他依樣葫蘆，用

在此處，未免有點不倫不類。

洪夫人一笑，說道：「你效忠教主，那就好得很了。你去北京，要那幾個人相助，

可隨便挑選。」韋小寶心想：「我自求脫身，教中有人跟了去，縛手縛腳。」說道：

「人多了恐怕洩漏機密，啊，是了，赤龍使座下的少女，屬下想挑一兩人去，讓她們喬裝

宮女，在宮裏行事較爲方便。」他想到了沐劍屏，要將她帶去。

無根道人道：「這些小姑娘只怕沒甚麼用，只要教主和夫人允准，你隨便挑選就

是。」韋小寶道：「多謝道長。」

陸高軒道：「啟稟教主、夫人，屬下昨日犯了重罪，深謝教主不殺之恩……」洪教

830

主揮一揮手，皺眉道：「昨日之事，大家不得記在心上，今後誰也不許再提。」

陸高軒道：「是，多謝教主。屬下想跟隨白龍使同去，托賴教主與夫人洪福，或能為教主立此微功，稍表屬下感激之誠。」洪教主點頭道：「陸高軒智謀深沉，武功高強，筆下更十分來得，一篇文章作得四平八穩。」洪教主點頭道：「很好，很好，你跟隨白龍使同去便了。」

陸高軒尋思：「他說『一篇文章作得四平八穩』，杜撰碣文之事，他早就心中雪亮。」

胖頭陀道：「啓稟教主、夫人，屬下也願隨同白龍使去北京為教主辦事。」洪教主點了點頭，見黃龍使也欲自告奮勇，說道：「人數多了，只怕洩漏行藏，就是你們兩個同去。一切行止，全聽白龍使的號令，不得有違。」陸高軒和胖頭陀躬身說道：「屬下遵命。」

洪夫人從懷中取出一條小龍，五色斑斕，是青銅、黃金、赤銅、白銀、黑鐵鑄成，說道：「白龍使，這是教主的五龍令，暫且交你執掌。教下數萬教眾，見此令有如親見教主。為了幹辦大事，付你生殺大權。立功之後，將令繳回。」

韋小寶應道：「是。」雙手恭恭敬敬的接過，心下發愁：「我只盼一回北京，再也不去理他甚麼神龍教、惡虎教。拿了她這個『五龍令』，從此麻煩可多得緊了。」

洪夫人道：「白龍使與陸高軒、胖頭陀三人暫留，餘人退去。」無根道人和黑龍使、黃龍使三人行禮退出。

洪教主從身邊取出一個黑色瓷瓶，倒了三顆朱紅色的藥丸出來，說道：「三人奮勇赴北京幹事，本座甚是嘉許，各賜『豹胎易筋丸』一枚。」

831

胖頭陀和陸高軒臉上登時現出又歡喜、又驚懼的神色，屈右膝謝賜，接過藥丸，吞入肚中。韋小寶依樣葫蘆，跟著照做，接過「豹胎易筋丸」，當即吞服，過不多時，便覺腹中有股熱烘烘的氣息升將上來，緩緩隨著血行，散入四肢百骸之中，說不出的舒服。

洪夫人道：「白龍使暫留，餘人退去。」胖頭陀和陸高軒二人退了出去。

洪夫人微笑道：「白龍使，你使甚麼兵刃？」韋小寶道：「屬下武藝低微，沒學過甚麼兵器，只有一把匕首防身。」洪夫人道：「給我瞧瞧。」

韋小寶從靴筒中拔出匕首，倒轉了劍柄，雙手呈上。洪夫人接過一看，讚道：「好劍！」拔下一根頭髮，放開了手，那根頭髮緩緩落上刃鋒，斷為兩截。洪教主也讚了聲：「很好！」

韋小寶為人別的沒甚麼長處，於錢財器物卻看得極輕，見洪夫人對這匕首十分喜歡，心想要拍馬屁，就須拍個十足，說道：「這柄匕首，屬下獻給夫人。天下的佳人，再也沒有佳過夫人的了。」他曾聽說書先生說過多次，甚麼「寶劍贈烈士，紅粉贈佳人」，畢竟這兩句話太難，不易記得清楚。

洪夫人格格嬌笑，說道：「好孩子，你對我們忠心，可不是空口說白話。我沒甚麼好東西給你，怎能要孩子的物事？你這番心意，我可多謝了。來，我傳你三招防身保命的招式，叫做『美人三招』，你記住了。」

胭脂、寶劍，都要……都要獻給佳人。天下的佳人，再也沒有佳過夫人的了。」他曾聽說書先生說過多次，甚麼「寶劍贈烈士，紅粉贈佳人」，畢竟這兩句話太難，不易記得清楚。

她走下座來，取出一塊手帕，將匕首縛在自己右足小腿外側，笑道：「教主，勞你的大駕，演一下武功。」洪教主笑嘻嘻的緩步走近，突然左手一伸，抓住了夫人後領，將她身子提在半空。

這一下實在太快，韋小寶吃了一驚，「啊」的一聲，叫了出來。

洪夫人身子微曲，纖腰輕扭，左足反踢，向教主小腹踹去。教主後縮相避，洪夫人順勢反過身來，左手摟住教主頭頸，右手竟已握住匕首，劍尖對準了教主後心，笑道：「這是第一招，叫做『貴妃回眸』，你記住了。」

這幾下乾淨利落，韋小寶看得心曠神怡，大聲喝采，叫道：「妙極！」心想：「那日我給胖頭陀抓著提起，半點法子也沒有，倘若早學了這招，一劍已刺死了他。」

教主將洪夫人身子輕輕橫放在地。洪夫人又將匕首插入小腿之側，翻身臥倒。教主伸出右足，虛踏她後腰，手中假裝持刀架住她頭頸，笑道：「投不投降？」

韋小寶心想：「到這地步，又有甚麼法子？自然是大叫投降了。」

豈知夫人嘻嘻一笑，竟不叫「投降」，驀見夫人的腦袋向著她自己胸口鑽落，敵人架在頸中的一刀自然落空，她順勢在地下一個觔斗，在教主胯下鑽過，握著匕首的右手成拳，輕輕一拳擊在教主後心，只是劍尖向上。倘若當真對敵，這一劍自然插入了敵人背心。韋小寶又大叫一聲：「好！」

教主待她插回匕首後，將她雙手反剪，左手拿住她雙手手腕，右手虛執兵器，架在她膚光白膩的頭頸之中，笑道：「這一次你總逃不了啦。」夫人笑道：「看仔細了！」

右足向前輕踢，白光閃動，那匕首已割斷她小腿上縛住的手帕，脫了出來。她右足順勢一勾，在匕首柄上一點，那匕首陡地向她咽喉疾射過去。

韋小寶驚叫：「小心！」只見她身子向下急縮，那匕首竟飛過她頭頂，疾射教主胸口。眼見情勢危急，教主放開夫人雙手，仰天一個鐵板橋，噗的一聲，匕首在他胸口掠過，直插入身後的竹牆，直沒至柄。

洪夫人勾腳倒踢匕首，韋小寶已然嚇了一大跳，待見那匕首射向她咽喉，她在間不容髮之際避開，匕首又射向教主胸口，這一下勢在必中，教主竟又避開。這幾下險到了極處的奇變，只瞧得他目瞪口呆，心驚膽戰，喉頭那一個「好」字，竟叫不出來。

洪夫人笑問：「怎樣？」韋小寶伸手抓住椅背，似欲跌倒，道：「可嚇死我了。」

教主洪安通和夫人見他臉色蒼白，嚇得厲害，聽了他這句話，那比之一千句、一萬句頌揚更加歡喜。他二人武功高強，多一個孩子的稱讚亦不足喜，但他如此駭心，足見對二人之忠。洪夫人明知故問：「匕首又不是向你射來，怕甚麼了？」韋小寶道：「我怕……怕傷了夫人和……和教主。」洪夫人笑道：「傻孩子，那有這麼容易便傷到教主了？這一招叫做『飛燕迴翔』，挺不易練。教主神功蓋世，就算他事先不知，這一招也傷他不著。但世上除了教主之外，能夠躲得過這出其不意一擊的，恐怕也沒幾個。」

當下將這「美人三招」的練法細細說給他聽，雖說只是三招，可是全身四肢，無一處沒有關連，如何拔劍，如何低頭，快慢部位，勁力準頭，皆須拿捏得恰到好處。那第二招臥地轉身，叫做「小憐橫陳」。洪夫人又道：「這『美人三招』，用的都是古代美人

834

的名稱，男人學了，未免有些不雅，好在你是孩子，也不打緊。」

章小寶一招一式的跟著學，洪夫人細心糾正，直教了一個多時辰，才算是教會了，但眞要能使，自非再要長期苦練不可，尤其第三招「飛燕迴翔」，稍有錯失，便殺了自己。洪夫人叫他去打造一柄鈍頭的鉛劍，大小重量須和匕首相同，以作練習之用。

洪安通在教衆之前，威嚴端重，不苟言笑，但此時一直陪著夫人教招，笑嘻嘻的在旁瞧著，竟然極有耐心，待夫人教畢，說道：「夫人的『美人三招』自是十分厲害，只不過中者必死。我來教你『英雄三招』，旨在降服敵人，死活由心。」

章小寶大喜，跪了下來，說道：「叩謝教主。」

洪夫人笑道：「我可從沒聽你有『英雄三招』，原來你留了教好徒兒，卻不教我。」

洪安通笑道：「這是剛才瞧了你的美人三招，臨時想出來的，現製現賣，也不知成不成。你給我指點指點。」洪夫人橫了他一眼，媚笑道：「啊喲，我們大教主取笑人啦。」

洪安通道：「自來英雄難過美人關，英雄三招，當然敵不過美人三招。」洪夫人又一陣媚笑，嬌聲道：「在孩子面前，也跟我說這些風話。」

洪安通自覺有些失態，咳嗽一聲，莊容說道：「白龍使年紀小，與人動手，極易給人抓住後頸，一把提起。夫人，你就將我當作是白龍使好了。」洪夫人笑道：「你可不能弄痛人家。」洪安通道：「這個自然。」

洪夫人左手伸出，抓住他身子提了起來。洪安通身材魁梧，看來總有一百六七十斤。洪夫人嬌怯怯的模樣，居然毫不費力的一把便將他提起。

洪安通道：「看仔細了！」左手慢慢反轉，在夫人左腋底搔了一把。洪夫人格格一笑，身子軟了下來。洪安通左手拿住她腋下，右手慢慢迴轉，抓住她領口，緩緩舉起她身子，過了自己頭頂，輕輕往外擲出。洪夫人身子一著地，便淌了出去，如在水面滑溜飄行。

洪夫人笑聲不停，身子停住後，仍斜臥地下，並不站起。適才洪安通搔她腋底、反手擒拿、拋擲過頂，每一下都使得極慢，韋小寶看得清清楚楚，見他姿式優美，說不出的好看，行動雖慢，仍節拍爽利，指搔掌握，落點奇準，比之洪夫人的出手迅捷，顯然又更難了幾倍。洪夫人笑道：「你格支人家，那是甚麼英雄了？」說著慢慢站起。

洪安通微笑道：「眞正的英雄好漢，自不會來搔你癢。可是白龍使倘若給敵人提起，定是頸下『大椎穴』給一把抓住，那是手足三陽督脈之會，全身使不出力道，只好去輕搔敵人腋底『極泉穴』，這穴屬手少陰心經，敵人非鬆手不可。白龍使有了力氣，便能甩敵過頂，一摔之際，同時拿閉了敵人肘後『小海穴』和腋下『極泉穴』，將他摔在地下，他已然動彈不得。」韋小寶拍手笑道：「這一招果然妙極。」洪安通道：「你熟練之後，出招自是越快越好。」

他跟著俯伏在地下，洪夫人伸足重重踏住了他後腰，右手取過倚在門邊的門閂，架在他頸中，嬌聲笑道：「你投不投降？」洪安通笑道：「我早就投降了！我向你磕頭。」

韋小寶嚇了一跳，他手臂倘若急速揮出，以他武功，擊斷門閂並不希奇，但如此緩雙腿一縮，似欲跪拜，右臂卻慢慢橫掠而出，碰到門閂，喀喇一聲響，門閂竟爾斷折。

836

緩的和門門一碰，居然也將門門震斷，卻大出意料之外。

洪安通道：「你縮腿假裝向人叩頭，乘勢取出匕首。你手上雖沒我的內力，但你的匕首鋒利異常，敵人任何兵器都可一削而斷。」他口中解說，突然間一個觔斗，作勢向洪夫人胯下鑽去。

韋小寶一怔，心想他以教主之尊，怎麼可從女子胯下鑽過？雖是他自己的妻子，似乎總是不妥。那知洪安通並非真的鑽過，只一作勢，左手已抓住夫人右腳足踝，右手虛點她小腹，道：「這是削鐵如泥的匕首，敵人便有天大的膽子，也不敢掙扎。」說著慢慢站起。

洪夫人頭下腳上，給他倒提起來，笑道：「快放手，成甚麼樣子？」

洪安通哈哈大笑，右手摟住她腰，放直她身子，說道：「白龍使，你身材矮小，不能倒提敵人，那麼抓住他足踝一拖，就算拖他不起，匕首指住他小腹，敵人也只好投降。那時你便得在他胸口『神藏』、『神封』、『步廊』等要穴踢上幾腳，防他反擊。」

韋小寶大喜，道：「是，是！這幾腳是非踢不可的。」

洪安通雙手反負背後，讓夫人拿住，洪夫人拿著半截門門，架在他頸中。洪安通笑道：「敵人拿住我雙手，自然扣住我手腕脈門，教我手上無力，難以反擊，當此情景，本來只好用腳……」他話未說完，洪夫人「啊」的一聲，笑著放手，跳了開去，滿臉通紅，道：「不能教孩子使這種下流招數。」

洪安通笑道：「『撩陰腿』那裏是下流招數了？」正色說道：「下陰是人身要害，中

837

者立斃，即是名門大派的拳腳之中，也往往有『撩陰腿』這一招，少林派也

有，不足爲奇。不過敵人在你背後，你雙手受制，頸中架刀，只好使『反撩陰腿』。」說

到這裏，頓了一頓，又道：「但敵人也必早防到你這一著，見你腿動，多半一刀先將你

的小腦袋砍了下來。因此撩陰反踢這一招便用不著。」

他這時雙臂反在背後，又給洪夫人搶上來抓住了手腕，突然雙手十指彎起，各成半

球之型，身子向後一撞，十指便抓向洪夫人胸部。

洪夫人向後急縮，放脫了他手腕，啐道：「這又是甚麼英雄招式子？」

洪安通微微一笑，道：「人身胸口『乳中』、『乳根』兩穴，不論男女，都是致命大

穴。白龍使，那人既能將你雙手反剪握住，武功自是不低，何況多半已拿住你手腕穴

道，就算給你抓中了，本來也不要緊，但他一見你使出這等手勢，自然而然的會向後一

縮，待得想起你手上使不出力道，已然遲了一步。夫人，你再來抓住我雙手。」

洪夫人走上兩步，輕輕在他反剪的手背上打了一記，然後伸左手握住他雙手手腕，

上身後仰，不讓他手指碰到自己胸口。洪安通道：「看仔細了！」背脊後撞，十指向洪

夫人胸口虛抓。洪夫人明知他這一抓是虛勢，還是縮身避讓。

洪安通突然一個倒翻筋斗，身子躍起，雙腿一分，已跨在她肩頭，同時雙手拇指壓

住她太陽穴，食指按眉，中指按眼，說道：「中指使力，戳瞎敵人眼睛，拇指使力，重

壓令敵人昏暈。但須防人反擊。」又是一個空心觔斗，倒翻出去，遠遠躍出丈餘，右手

在小腿邊一摸，裝作摸出匕首，匕尖向外，左掌斜舉，說道：「敵人的眼睛如給你這樣

一下戳瞎了，再撲上來勢道定然厲害無比，須防他抱住了你牢牢不放。」

韋小寶見這一招甚為繁複，宛似馬戲班中小丑逗趣一般，可是閃避敵刃、制敵要害，的具顯效，嘆道：「這一招真好，可就難練得緊了。」

洪安通道：「我教你的雖只三招，但其中包含擒拿、打穴、輕身三門功夫，有一項練得不到家，這三招便使不出。說到擒拿、打穴、輕身三招，每一項都須十年八年之功。但你只學跟這三招相干的，那便容易得多。」當下指點了穴道部位、擒拿手法、輕身腿勁，與他拆解數遍，演得不對便一一校正。只是韋小寶不敢騎到他頭頸中去，洪安通也沒教他試練。

洪夫人道：「教主，我這美人三招是師父所授，當年經過千錘百鍊的改正。你這英雄三招卻是臨時興之所至，隨意創制，比之我的美人三招又更厲害得多。不是當面捧你，大宗師武學淵深，委實令人拜服。」

洪安通抱拳笑道：「夫人謬讚，可不敢當。」

‧昨日韋小寶在大廳之上，見他不言不笑，形若木偶，心下對他很有點瞧不起，早就在想：「這樣一個呆木頭般的老傢伙，大家何必對他怕成這個樣子？」此刻見到他的真實功夫，那才死心塌地的佩服，說道：「把師父教的功夫練得純熟，那不算希奇，教主心裏要出甚麼新招，就隨手使了出來，那才真是天下無敵了。」洪夫人問道：「為甚麼天下無敵？」韋小寶道：「敵人本事再大，教主使幾下新招出去，他認也不認得，自然只好大叫投降。」

洪安通和夫人齊聲大笑。一個微微點頭，一個道：「說得不錯。」

洪夫人又道：「教主，我這美人三招有三個美人的名字，你這英雄三招如此厲害，也得有三位大英雄的名頭才是。」

洪安通微笑道：「好，我來想想。第一招是將敵人舉了起來，那是臨潼會伍子胥舉鼎，叫做『子胥舉鼎』。」洪夫人道：「好，伍子胥是大英雄。」洪安通道：「第二招將敵人倒提而起，那是魯智深倒拔垂楊柳，叫做『魯達拔柳』。」洪夫人道：「很好，魯智深是大英雄。你這第三招雖然巧妙，不過有點兒無賴浪子的味道，似乎不大英雄……」

說到這裏，格格嬌笑。

洪安通笑道：「怎麼會不大英雄？叫個甚麼招式好呢？嗯，我兩根食指扣住你眉毛，這叫做『張敞畫眉』。」洪夫人笑道：「張敞又不是英雄，給夫人畫眉，難道也算是英雄的一招？」洪安通笑道：「閨房之樂，有甚於畫眉者。你說給夫人畫眉不是英雄？」

洪夫人紅暈雙頰，搖了搖頭。

韋小寶不知張敞是甚麼古人，心想給老婆畫眉毛，非但不是英雄，簡直是個怕老婆的孱漢，他也不懂洪安通掉文，乃是在跟妻子調笑，說道：「教主，你這一招騎在敵人頭頸裏，騎馬的大英雄可多得很，關雲長騎赤兔馬，秦叔寶騎黃驃馬。」

洪安通笑道：「對，不過關雲長的赤兔馬本來是呂布的，秦瓊又將黃驃馬賣了，都不大貼切。有了，這一招是狄青降伏龍駒寶馬，叫做『狄青降龍』，他降服的那匹寶馬，本來是龍變的。」

洪夫人拍手笑道：「好極！狄青上陣戴個青銅鬼臉兒，只嚇得番邦兵將大呼小叫，落荒而逃，那自然是位大英雄。只不過咱們叫做神龍教……」洪教主微笑道：「不相干，就算是龍，也有給人收伏得服服貼貼的時候。」洪夫人「呸」的一聲，滿臉紅暈，眼中水汪汪地滿是媚態。

當下韋小寶又將「美人三招」和「英雄三招」一試演，手法身法不對的，洪安通和夫人再加指點。這六招功夫極盡巧妙，韋小寶一時之間自難學會。洪教主說不用躭心，只消懂了練習的竅門，假以時日，自能純熟。待得教畢，已是中午時分了。

洪夫人堅決不收匕首，還了給韋小寶，說道：「你武功還沒練好，這次去為教主辦事，須得這利器防身。」又道：「白龍使，本教之中，能得教主親自點撥功夫的，除我之外，便是你一個了。」韋小寶道：「那不知是屬下幾生修來的福氣。」洪夫人道：「你當忠心為教主辦事，以報答教主的恩德。」韋小寶道：「是。」洪夫人道：「你這就去罷，明天一早和胖頭陀、陸高軒他們乘船出發，不用再來告辭了。」

韋小寶答應了，向二人恭恭敬敬的行禮，轉身出門，走到門邊，回頭道：「夫人，如我能活到八十歲，那時教主和夫人再各教我三招，好不好？」

洪夫人微微一怔，隨即明白這是他的善禱善頌，他現下不過十三四歲，到八十歲還有六十幾年，但教主和自己是壽與天齊，再活六十幾歲自是應有之義，嘻嘻一笑，說道：「我答允你了。你八十歲生日，教主和我再各傳你三招。等到你一百歲大壽，我們又各傳三招，叫做『老壽星三招』、『老婆婆三招』。」韋小寶道：「不，夫人那時仍跟

今日一樣年輕美麗，多半你和教主更年輕了些，傳我的是……是……『金童三招』、『玉女三招』。」

洪安通和夫人哈哈大笑，心下極喜。

胖頭陀和陸高軒兩人坐在廳外山石上等了甚久，始終不見韋小寶出廳，驚疑不定，不知有甚變故，待見他笑容滿臉的出來，才放了心。兩人想問，又不敢問。

韋小寶道：「教主和夫人傳了我不少精妙的武功。」胖頭陀和陸高軒齊聲道：「恭喜白龍使。本教之中，除了夫人之外，從未有人得教主傳過一招半式。」韋小寶洋洋得意，道：「教主和夫人也這麼說。」陸高軒道：「白龍使得教主傳以來從所未有。」向胖頭陀望了一眼，問韋小寶道：「教主和夫人可曾說起，何時賜給我們『豹胎易筋丸』的解藥。」韋小寶奇道：「這『豹胎易筋丸』還得有解藥？難道……這是毒藥？」陸高軒道：「也不能這麼說，咱們回家詳談。」向竹廳瞧了幾眼，臉上大有戒慎恐懼之色。

三人回到陸家，韋小寶見胖陸二人神色鬱鬱，心下起疑，問道：「這『豹胎易筋丸』是怎麼一回事？到底是毒藥還是靈丹？」胖頭陀嘆道：「是毒藥還是靈丹，那也得走著瞧呢！咱三人的性命，全在白龍使的掌握之中了。」韋小寶一驚，問道：「為甚麼？」胖頭陀向陸高軒瞧去，陸高軒點了點頭。胖頭陀道：「白龍使，人家客氣的，叫我胖尊者，不怎麼客氣的，叫我胖頭陀。可是我瘦得這般模樣，全然名不副實，你是不是

覺得有點兒奇怪？」韋小寶道：「是啊。我早在奇怪，猜想是人家跟你開玩笑，才這樣叫的。可是教主也叫你胖頭陀，他老人家可不會取笑你啊。」

胖頭陀嘆了口長氣，道：「我服豹胎易筋丸，這是第二次了，那真是死去活來，現在還常常做噩夢。我本來很矮很胖，胖頭陀三字，名不虛傳。」

韋小寶道：「啊，一服豹胎易筋丸，你就變得又高又瘦了？那好得很啊，你現在相貌堂堂，威武之極，從前是個矮胖子，一定不及現在神氣。」

胖頭陀苦笑，說道：「話是不錯。可是你想想，一個矮胖子，在三個月之內，身子忽然拉得長了三尺，全身皮膚鮮血淋漓，這番滋味好不好受？若不是運氣好，終於回歸神龍島，教主又大發慈悲，給了解藥，我只怕還得再高兩尺。」

韋小寶不禁駭然，道：「咱們三人也服了這藥丸，我再高兩尺，還不打緊。你如再高兩尺，那……那可未免太高了。」

胖頭陀道：「這豹胎易筋丸藥效甚是靈奇，服下一年之內，能令人強身健體，但若一年滿期，不服解藥，其中猛烈之極的毒性便發作出來。卻也不一定是拉高人的身子，我師哥瘦頭陀本來極高，卻忽然矮了下去，他本來極瘦，卻變得腫脹不堪，十足成了個大胖子。」

韋小寶笑道：「你胖尊者變瘦尊者，瘦尊者變胖尊者，兩人只消對掉名字，豈不是甚麼事都沒有了？」胖頭陀臉上微有怒色，搖頭道：「不成的。」韋小寶連忙道歉：「胖尊者，我說錯了，請勿見怪。」胖頭陀道：「你執掌五龍令，我是下屬，就算打我罵

我，我也不會反抗，何況這句話也不是有意損人。我和師兄二人的脾氣性格、相貌聲音，全然大不相同，單是一胖一瘦換個名字，並不能讓胖尊者變瘦尊者，瘦尊者變胖尊者。」韋小寶點頭道：「原來如此。」

胖頭陀續道：「五年之前，教主派我和師哥去辦一件事。這件事十分棘手，等到辦成，已過期三天，立即上船回島，在船裏藥性已經發作，苦楚難當。師哥脾氣十分暴躁，狂性大發，將船上桅桿一腳踢斷了，這艘船便在大海中漂流，日子一天天過去，我越來越高，越來越瘦，他偏偏越來越矮，越來越胖。這豹胎易筋丸能將矮胖之人拉成瘦長，高瘦之人壓成矮胖，洪教主也當真神通廣大之至。這般漂流了兩個多月，那時只道兩人再也難以活命。船上糧食吃完，我們將梢公水手一個個殺來吃了，幸好饒天之倖，碰上了另一艘船，才得遇救，我們逼著那船立即駛來神龍島。教主見事情辦得安當，我們又不是故意躭擱，便賜了解藥。我們這兩條性命才算撿了回來。」

韋小寶聽越越驚。轉頭向陸高軒瞧去，見他臉色鄭重，知胖頭陀之言當非虛假，說道：「那麼我們在一年之內，定須取得八部《四十二章經》，回歸神龍島了？」

陸高軒道：「八部經書一齊取得，自是再好不過，但這談何容易？只要能取得一兩部，及時趕回，教主自然也會賜給解藥。」

韋小寶心想：「我手中已有六部，當真沒奈何時，便分一兩部給教主，又有何難？」

當即放心，笑道：「這次倘若教主不賜解藥，說不定咱們小的變老，老的變小。我變成七八十歲的老公公，你們兩位卻變成了小娃娃，那可有趣得緊了。」

陸高軒身子一顫，道：「那……那也並非不能。」語氣之中，甚是恐懼，又道：

「我潛心思索，這豹胎易筋丸多半是以豹胎、鹿胎、紫河車、海狗腎等大補大發的珍奇藥材製煉而成，藥性顯然是將原來身體上的特點反其道而行之。猜想教主當初製煉此藥，是爲了返老還童，不過在別人身上一試，藥效卻不易隨心所欲，因此……因此……」

韋小寶道：「因此教主自己就不試服，卻用在屬下身上。」陸高軒忙道：「這是我的猜想，決計作不得準。請白龍使今後千萬不可提起。」

韋小寶道：「兩位放心，包在我身上，教主定給解藥。兩位請坐，我去給方姑娘說幾句話。」他昨日見到了沐劍屏，急於要告知方怡。

陸高軒道：「洪夫人已傳了方姑娘去，說請白龍使放心，只要你盡心爲教主辦事，方姑娘在島上只有好處。」韋小寶吃了一驚，道：「方……方姑娘不跟我們一起去？」

陸高軒道：「洪夫人差人來傳了她去，有言留給內人，是這樣說的。還說赤龍門那位沐劍屏沐姑娘也是一樣。」

韋小寶暗暗叫苦，他先前跟無根道人說，要在赤龍門中挑選幾人同去，其意自然只在沐劍屏，那知洪夫人早已料到，顫聲問道：「夫人……夫人是不放心我？」

陸高軒道：「這是本教規矩，奉命出外爲教主辦事，不能攜帶家眷。」韋小寶苦笑道：「這兩個姑娘又不是我家眷。」陸高軒道：「那也差不多。」

韋小寶本來想到明日就可攜同方沐二女離島，心下十分歡喜，霎時之間，不由得沒精打采，尋思：「教主和夫人果然厲害，豹胎易筋丸箍子套在我頭上還不夠，再加上我

845

大小老婆的兩道箍子。厲害，厲害！」

次日清晨，韋小寶剛起身，只聽得號角聲響，不少人在門外大聲叫嚷：「白龍門座下弟子，恭送掌門使出征，爲教主忠心辦事。」跟著鼓樂絲竹響起。韋小寶搶出門去，只見門外排著三四百人，一色白衣，有老有少。眾人齊聲高呼：「掌門使旗開得勝，馬到成功！」其後有數十名青衣教眾，是來相送代掌門使胖頭陀的。

韋小寶自覺神氣，登時精神一振，帶同胖頭陀、陸高軒二人，行禮作別，忽聽得馬蹄聲響，兩騎馬馳到船邊。正在和前來送行的無根道人、張淡月、殷錦等人行禮作別，忽聽得馬蹄聲響，兩騎馬馳到船邊。正在和前馬上兩人都身穿白衣，竟是方怡和沐劍屏二女。韋小寶大喜，心中怦怦亂跳，尋思：

「莫非夫人回心轉意，又放她們和我同去？」

方沐二人翻身下馬，走上幾步。方怡朗聲說道：「奉教主和夫人之命，前來相送白龍使出征。」韋小寶心一沉：「原來只是送行。」方怡又躬身道：「屬下方怡、沐劍屏，奉夫人之命自赤龍門調歸白龍門，齊奉白龍使號令。」

韋小寶一怔，隨即恍然大悟：「原來你……你早已是神龍教赤龍門的屬下，一路上裝腔作勢，只是奉教主之命，騙我上神龍島來。胖尊者硬請不成功，你就來軟請。」想到此節，只覺滿心不是味兒，本想和她二人說幾句親熱話兒，卻也全無興致，忽然想起一事，對陸高軒道：「陸先生，服侍我的那小丫頭雙兒，你去叫人放出來，我要帶了同去。」陸高軒道：「這個……」韋小寶大怒，喝道：「甚麼這個那個的？快放！」向船上隨從囑咐了幾句。那他厲聲一喝，陸高軒竟不敢違抗，應道：「是，是！」

人一躍上岸，飛奔而去。

過不多時，便見兩乘馬迅速奔來，當先一匹馬上騎者身形纖小，正是雙兒。她不等勒定馬匹，叫道：「相公！」便從鞍上飛身而起，輕輕巧巧的落在船頭。在無根道人等大高手眼中，這手輕功也不算如何了不起，只是見她年紀幼小，姿勢又甚美觀，都喝了聲采。

初時韋小寶見坐船駛走，生怕雙兒落入奸人之手，常自躭心，她武功雖強，畢竟年紀幼小，人又溫柔斯文，不明世務，在海船上無處可走，必定吃虧，待見到方怡也是神龍教下弟子，猛然想起，自己坐到島上的那艘海船，自然也是教中之物。他見到雙兒，十分歡喜，拉住她手，但見她容色憔悴，雙眼紅腫，顯是哭過不少次，忙問：「有人欺侮了你嗎？」

雙兒道：「沒……沒有，我只是記掛著相公。他們……他們關了我起來。」韋小寶道：「好啦！咱們回去了。」雙兒道：「這裏……毒蛇很多。」說著哇的一聲，又哭了出來。

韋小寶向方怡又望了一眼，想起她引自己走入林中，讓毒蛇咬噬，諸多做作，海船上種種甜言蜜語，全是假意，不由得甚是氣憤，向她狠狠白了一眼，說道：「開船罷！」船上水手拔錨起碇，岸上鞭炮聲大作，送行諸人齊聲說道：「恭祝白龍使旗開得勝，馬到成功，為教主立下大功！」

海船乘風揚帆，緩緩離島。岸上眾人大聲呼叫：「教主寶訓，時刻在心……」

847

韋小寶心想：「我若不知方姑娘已經入教，倒會時時刻刻記著她。這麼一來，倒也一無牽掛。」但想到來時方怡的柔情纏綿，心下不禁一片惆悵。又想：「她們兩個怎麼會入了神龍教？當真奇哉怪也。是了，她們給章老三一夥人捉拿了去，莊少奶說託人去救，定是救不出來，於是便給神龍教逼得入了夥。小郡主服了教主的毒藥，方姑娘當然也服了。嗯，方姑娘如不聽話，不來騙我上神龍島，她也得毒發身亡，那是無可奈何，倒也怪她不得。不過這小娘皮裝模作樣，騙老公不花本錢，不是好人！他媽的，神龍教到底是幹甚麼的？老子雖然做了白龍使，可就全然胡裏胡塗！」

想到這些事全因章老三而起，心想：「這老傢伙不知是屬於甚麼門，老子將來如回神龍島，將他調到白龍門來，每天打這老傢伙三百板屁股。」又想：「章老三不知是不是在島上？他多半不敢稟報教主，說我就是小桂子，否則教主聽他說已捉到了我這麼個大人物，轉手又即放了，非殺他頭不可。對！胖頭陀不敢拆穿西洋鏡，章老三也不敢拆穿東洋鏡。」

【金庸簡介】

本名查良鏞，浙江海寧人，一九二四年生。曾任報社記者、編譯、編輯，電影公司編劇、導演等；

一九五九年在香港創辦明報機構，出版報紙、雜誌及書籍，一九九三年退休。先後撰寫武俠小說十

五部，廣受當代讀者歡迎，至今已蔚為全球華人的共同語言，並興起海內外金學研究風氣。曾獲頒

眾多榮銜，包括英國政府O.B.E勳銜，法國「榮譽軍團騎士」勳銜、「藝術文學高級騎士」勳章；

香港大學、香港理工大學、香港公開大學、加拿大英屬哥倫比亞大學、日本創價大學和英國劍橋大

學的榮譽博士學位；香港大學、加拿大UBC大學、北京大學、華東師範大學、中山大學、南開大

學、蘇州大學和臺灣清華大學的名譽教授，以及英國牛津大學聖安東尼學院及慕蓮學院、英國劍橋

大學魯賓森學院及李約瑟研究院、澳洲墨爾本大學和新加坡東亞研究所選為榮譽院士。現任英國牛

津大學漢學術研究院高級研究員、加拿大UBC大學文學院兼任教授、浙江大學人文學院院長、教

授。其《金庸作品集》分由香港、臺灣及廣州出版，有英、日、韓、泰、越、印尼等多種譯文。

為使全世界金庸迷能夠彼此分享閱讀心得，遠流特別架設「金庸茶館」網站，以整合、提供、聯

結、傳播一切與金庸作品相關的資訊，站址是：http://jinyong.ylib.com

林皋「讀聖賢書，行忠義事」。

林皋，福建莆田人，生於順治十五年，比康熙大四歲，印文全用漢篆，當時名畫家王

翬、惲壽平等多用他所治印章。

全世界華人的共同語言　金庸新校新序・全十五部

金庸作品集

從台北到紐約，從香港到倫敦，從東京到上海，中國人在不同的地方，可能說不同的方言，可能吃不同的菜式，也可能有不同的政治立場，但他們都讀──金庸作品集。

鹿鼎記 / 金庸作. -- 四版. -- 臺北市：
　　遠流, 2006 [民95]
　　　冊；　公分. -- (金庸作品集；32-36)
　ISBN 957-32-5805-6 (全套：精裝)

857.9　　　　　　　　　　　　95011295

金庸作品集❸❸

鹿鼎記 (二)〔公元2006年金庸新修版〕

The Duke of the Mount Deer, Vol. 2

作者 金庸

※本書由查良鏞（金庸）先生授權遠流出版公司限在臺灣地區出版發行。
※使用本書內容作任何用途，均須得本書作者查良鏞（金庸）先生正式授權。

執行主編　李佳穎
執行副主編　鄭祥琳
特約編輯　許雅婷
封面設計　霍榮齡
內頁插畫　姜雲行
美術編輯　霍榮齡設計工作室
封面原圖　元 黃公望「富春山居圖」，國立故宮博物院（臺灣）藏品。

發 行 人　王榮文
出版・發行　遠流出版事業股份有限公司
　　　　　　臺北市南昌路二段81號6樓
電　　話　886-2-23926899
傳　　真　886-2-23926658
郵　　撥　01894561

1987年2月 1 日　初版一刷
2011年8月 1 日　四版六刷

新修版 每冊 280 元 (本作品全五冊，共1400元)
〔另有典藏版共36冊 (不分售)，平裝版共36冊，文庫版共72冊，大字版共72冊 (陸續出版中)〕

行政院新聞局局版臺業字第1295號

ISBN 957-32-5805-6 (套：精裝)
ISBN 957-32-5807-2 (第二冊：精裝)
Printed in Taiwan

金庸茶館網站
http://jinyong.ylib.com　E-mail:jinyong@ylib.com
YL*ib* 遠流博識網
http://www.ylib.com　E-mail:ylib@ylib.com